Clube dos Cavaleiros Vol. 2

Dupla
TENTAÇÃO

TESSA DARE

Clube dos Cavaleiros Vol. 2

Tradução: Natália Chagas Máximo    GUTENBERG

Copyright ©2010 by Eve Ortega
Copyright desta edição © 2024 Editora Gutenberg

Título original: *Twice Tempted by a Rogue*

Todos os direitos reservados pela Editora Gutenberg. Nenhuma parte desta publicação poderá ser reproduzida, seja por meios mecânicos, eletrônicos, seja via cópia xerográfica, sem a autorização prévia da Editora.

EDITORA RESPONSÁVEL
Flavia Lago

EDITORAS ASSISTENTES
Natália Chagas Máximo
Samira Vilela

PREPARAÇÃO DE TEXTO
Natália Chagas Máximo

REVISÃO
Claudia Vilas Gomes

CAPA
Larissa Carvalho Mazzoni
(sobre imagem de Shelley Richmond/Arcangel)

DIAGRAMAÇÃO
Waldênia Alvarenga

Dados Internacionais de Catalogação na Publicação (CIP)
Câmara Brasileira do Livro, SP, Brasil

Dare, Tessa
 Dupla tentação / Tessa Dare ; tradução Natália Chagas Máximo. -- 1. ed. -- São Paulo : Gutenberg, 2024. -- (Clube dos cavaleiros ; 2)

Título original: *Twice Tempted by a Rogue*
ISBN 978-85-8235-744-6

1. Romance norte-americano I. Título. II. Série.

24-205626   CDD-813.5

Índices para catálogo sistemático:
1. Romances : Literatura norte-americana 813.5

Tábata Alves da Silva - Bibliotecária - CRB-8/9253

A **GUTENBERG** É UMA EDITORA DO **GRUPO AUTÊNTICA**

São Paulo
Av. Paulista, 2.073 . Conjunto Nacional
Horsa I . Sala 309 . Bela Vista
01311-940 . São Paulo . SP
Tel.: (55 11) 3034 4468

Belo Horizonte
Rua Carlos Turner, 420
Silveira . 31140-520
Belo Horizonte . MG
Tel.: (55 31) 3465 4500

www.editoragutenberg.com.br
SAC: atendimentoleitor@grupoautentica.com.br

Para Amy, Courtney e Leigh

*Obrigada por um ótimo fim de semana nas montanhas
e por toda a ajuda com este livro.*

Capítulo 1

Rhys St. Maur, recém-nomeado Lorde Ashworth, era um homem quebrado.

Literalmente.

Aos 20 anos, já havia fraturado o braço esquerdo duas vezes: uma vez durante uma briga entre alunos em Eton e outra no treinamento militar. Já havia perdido a conta das costelas fraturadas. Socos atravessando bares enevoados para acertar-lhe o rosto já haviam quebrado a cartilagem de seu nariz algumas vezes, deixando-o com um perfil irregular. Além de suas inúmeras cicatrizes que não o ajudavam em nada. Por volta dos 30 anos, seu dedo mindinho da mão direita começou a recusar-se a dobrar. E, em um clima úmido como aquele, seu joelho esquerdo latejava com as memórias da marcha pelos Pireneus e de sobreviver ileso à Batalha de Nivelle. E tudo isso para, na manhã seguinte, ter o joelho atingido pela enxada de um fazendeiro basco assim que saiu do acampamento para urinar antes do amanhecer.

Naquela noite, parecia que o joelho esquerdo estava em chamas, crepitando de dor enquanto Rhys caminhava penosamente pelo coração de granito de Devonshire, guiando seu cavalo pela estrada escura. A umidade no ar oscilava entre nevoeiro e chuva, e a noite estava densa com sua indecisão. Seu campo de visão se resumia a apenas alguns metros à sua frente, razão pela qual decidira desmontar e conduzir seu cavalo a pé. Entre o espesso nevoeiro e o terreno traiçoeiro repleto de pedras e atoleiros sugadores de botas, o risco de um acidente fatal era alto demais.

Para o cavalo, é claro. Rhys não tinha a menor preocupação consigo mesmo. Na verdade, se julgasse que aquela região pantanosa e abandonada tivesse alguma chance de lhe tirar a vida, ele selaria seu cavalo com alegria e adentraria a escuridão.

Mas isso não iria adiantar. Nunca adiantava. No final, apenas acabaria com um cavalo manco ou morto, talvez mais uma costela quebrada e a mesma maldição que o atormentava desde a infância: uma boa sorte indesejada, imerecida e desperdiçada.

Não importava que infortúnio o atingisse, naquela ou em qualquer outra noite, Rhys St. Maur estava condenado a sobreviver.

O gemido baixo do vento tocava sua espinha como a corda de violino. Atrás dele, o cavalo empacou. Com um tranquilizante *shhh* para acalmar a fera, Rhys seguiu em frente, levantando a gola do casaco para se proteger do nevoeiro.

Mesmo se eu tiver de andar por um vale de sombra mortal, não temerei os males...*

E fazia muito, muito tempo que Rhys caminhava por esse vale. Ele tinha se embrenhado tanto na sombra da morte que podia sentir os pés se transformando em pó dentro de suas botas, a respiração em seus pulmões ardendo como enxofre. Um fantasma vivo, era isso que ele era. Havia retornado da guerra para um baronato recém-herdado, e seu único dever agora era assombrar a aristocracia inglesa. Encostar-se desajeitadamente nos cantos de suas festas, aterrorizar as jovens e delicadas damas e fazer os cavalheiros esfregarem as têmporas enquanto tentavam não encarar a cicatriz retorcida que marcava rosto dele.

Ao contornar uma curva acentuada na estrada, uma visão vagamente familiar emergiu do nevoeiro. Se sua interpretação dos marcos estivesse correta, o lugar deveria ser esse. A pequena vila de Buckleigh-in-the-Moor. A distância, apenas uma tênue constelação de brilhantes pontilhados âmbar contra a noite escura.

Sentindo o cheiro de palha e segurança, o cavalo acelerou o passo. Logo, o aglomerado de construções de pedra e barro ganhou foco. Não devia ser tão tarde quanto parecia. Um bom número de casas ainda exibia luz por suas janelas – como se olhos amarelos espionassem por debaixo dos chapéus de palha.

Ele se deteve no meio da estrada. Enxugando a umidade dos olhos, espreitou na direção da velha estalagem. Quatorze anos haviam se passado desde que estivera lá, mas a mesma placa ainda rangia em suas correntes acima da porta. Escrito em retocadas letras douradas estava: Três Cães. Abaixo das palavras, um ilustrado trio de cães permanecia em alerta perpétuo.

---

* Salmo 23:4 [Salmo de Davi]. Bíblia Sagrada, tradução oficial da Conferência Nacional dos Bispos do Brasil – 6ª edição, 2022 – Edições CNBB. (N. T.)

Uma explosão de risadas grosseiras sacudiu uma das janelas destrancadas da estalagem. Pelo visto, o velho Maddox ainda fazia bons negócios.

Mesmo com a impaciência de seu cavalo, Rhys permaneceu imóvel encarando a estalagem. Finalmente, inclinou o rosto para o céu acima dela. O nevoeiro cobria a vila como fibras de algodão, obscurecendo os picos escarpados que se erguiam altos na encosta íngreme mais adiante. Sem aquela sombra ameaçadora, a vila de Buckleigh-in-the-Moor—esse lugar odioso do qual estava fugindo desde que podia se lembrar—quase parecia pitoresca. Charmosa. Acolhedora.

E, com essa teoria tola, Rhys quase riu alto.

Esse lugar não o iria acolher.

Mal havia formulado o pensamento em sua cabeça quando a porta da frente da estalagem se abriu nas dobradiças, lançando um feixe de luz e calor no pátio. A onda abafada de risadas que ele ouvira antes agora se transformou em um rugido de excitação, pontuado pelo ruído de vidro se quebrando.

– Seu filho da puta bastardo!

Ah, sim, aí estava a recepção pela qual ele esperava. Mas a menos que as velhas superstições fossem verdadeiras e alguma bruxa tivesse previsto sua chegada, Rhys sabia que as palavras não poderiam ter sido destinadas a ele. Era improvável que alguém o reconhecesse, pois tinha apenas 17 anos quando estivera lá pela última vez.

Impulsionado pela curiosidade e pelos aromas de cerveja e de fumaça de turfa, ele se aproximou da porta aberta e parou do lado de fora. A taverna era apertada e muito parecida com a lembrança de Rhys. Grande o suficiente para acomodar um pequeno bar, meia dúzia de mesas, uma variedade incompatível de cadeiras e bancos e, naquela ocasião especial, um pandemônio completo.

– Isso mesmo! Bata nele com força!

Dois brutamontes sem pescoço se encaravam no centro do salão, cuspindo e rodeando um ao outro enquanto os espectadores empurravam as mesas e as cadeiras para o lado. O mais alto dos brigões desferiu um golpe desajeitado que não acertou nada além do ar. O impulso o levou para os braços de um espectador assustado, que não gostou e o empurrou de volta. Em segundos, o salão transformou-se em um borrão de punhos.

Sem ser notado, parado na sombra da porta, Rhys transferiu seu peso de uma perna para outra. Um eco de sede de sangue sussurrava em seu ouvido. Quando jovem, ele teria se lançado no nó mais denso daquela violência, ansioso para socar e arranhar até sair dali. Apenas para sentir a adrenalina pulsando, o corte do vidro quebrado marcando a carne, o gosto de sangue na boca. A estranha e fugaz sensação de estar vivo. Mas ele não era mais aquele jovem. Graças à guerra, ele já tinha tido o suficiente de brigas e dor. E fazia muito tempo que desistira de se sentir vivo.

Após alguns minutos, a briga marginal se dissipou. Mais uma vez, os dois brutamontes se encararam, arfando e ávidos por mais. Riram enquanto rodeavam um ao outro, como se aquilo fosse a diversão típica de um sábado à noite. Provavelmente era. Não era como se a vida no pântano oferecesse uma variedade de diversões além de beber e brigar.

Agora, observando aqueles rostos com mais atenção, Rhys se perguntou se os dois poderiam ser irmãos. Ou primos, talvez. O mais alto tinha traços amassados, enquanto o mais baixo exibia um nariz adunco. Mas os olhos refletiam a mesma tonalidade azul e vazia, e ambos tinham a mesma expressão de estupidez deliberada.

O menor pegou um banquinho baixo e provocou seu oponente, como se incitando um touro. O "touro" investiu. Desferiu um soco selvagem por cima do banquinho, mas seu punho errou o alvo por alguns centímetros. E, para encurtar a distância, ele agarrou um castiçal de bronze da lareira e o arremessou pelo ar, sugando todo o som do salão.

Whoosh.

O mais baixo, então, atirou o banquinho, que se estilhaçou contra a lareira. Desviando a atenção do "touro" por um momento, ele mergulhou em direção a uma mesa ainda posta para uma refeição. Pratos meio vazios e cascas de pão estavam espalhados sobre linho branco.

Rhys franziu a testa. Desde quando o velho Maddox se preocupava com toalhas de mesa? Mas não teve mais tempo para se questionar, pois o brutamontes menor se aproximou brandindo uma faca.

– Vou ensiná-lo a levantar uma arma contra mim, seu filho da puta! – ele rosnou.

Todos no salão congelaram. Rhys parou de se apoiar no batente da porta e ficou ereto, reconsiderando sua decisão de não intervir. Com um castiçal e uma faca envolvidos, alguém ficaria gravemente ferido, ou pior. Por mais que tivesse se cansado das brigas, ver homens morrendo o deixava ainda mais exausto.

Mas, antes que pudesse agir, uma sequência de sons o fez parar onde estava.

Crash. Uma garrafa quebrando.

Plink, plink, plink. Pedaços de vidro escorrendo pelo chão.

Bam! O brutamontes menor desabou inconsciente na mesa, filetes de vinho escorrendo ao redor de suas orelhas.

– Harold Symmonds, você vai pagar por esse vinho. – Uma esbelta mulher de cabelos escuros estava em pé diante da forma desacordada daquele homem, segurando o que restava de uma garrafa de vidro verde. – E pela toalha de mesa também! – Ela balançou a cabeça e disse: – Sangue e vinho tinto nunca saem do linho branco.

A mulher se virou para o segundo homem:

– E quanto a você, Laurence – disse ela, ameaçando-o com as pontas afiadas do vidro da garrafa quebrada.

E embora fosse duas vezes maior do que a taverneira e, além disso, um valentão, Laurence ergueu as mãos em rendição.

De fato, todos os homens no salão ficaram paralisados. Como se temessem a disciplina severa que essa pequena taverneira poderia impor. Interessante. Para um homem como Rhys, que havia passado vários anos comandando soldados, aquela atenção imediata dizia muito.

Apontando a garrafa para Laurence, a mulher o pressionou contra a parede.

– Foi o seu próprio patrão que trouxe isso, você sabe.

–Isso? – Ele olhou para o castiçal em seu punho cerrado. – É do Gideon?

– Não, é da estalagem. – Ela arrancou o objeto do brutamontes atordoado e dobrou o braço, erguendo-o à altura dos olhos. – Mas Gideon o trouxe. Carregou este castiçal e o seu conjunto por todo o caminho desde Plymouth na semana passada. Eles custaram muito caro, e eu ficaria agradecida se mantivesse suas mãos sujas longe destas bugigangas.

O objeto devia pesar como uma pedra, mas não lhe custou nenhum esforço erguer o castiçal de volta à lareira com a mão e ajustá-lo no devido lugar.

– Pronto – disse para si mesma, satisfeita com a simetria.

Recuando, ela atirou os estilhaços cortantes da garrafa no fogo, e uma labareda alimentada pelo vinho irrompeu na lareira. A chama avermelhada iluminou o rosto dela, e Rhys enfim pôde admirá-la.

Minha nossa, como ela era linda!

E jovem.

E... linda.

Rhys nunca fora muito bom com as palavras. Ele não poderia descrever com exatidão o que havia naquela mulher que a tornava tão marcante. Tudo o que sabia era que estava fascinado por ela.

A pele dela era clara, e os cabelos escuros estavam se desprendendo de uma trança grossa. Tinha uma silhueta esbelta, ainda que feminina. Seus olhos eram grandes e expressivos, mas, para descobrir a cor, ele precisaria se aproximar mais.

Ele desejava estar mais perto dela.

Sobretudo agora que ela não estava mais armada.

Fúria irradiava de sua forma esguia enquanto ela apoiava as mãos nos quadris e repreendia o grupo.

– É a mesma maldita cena, de novo e de novo. – Seu tom era incisivo, mas a voz por baixo era rouca, calorosa. – Caso não tenham percebido, esta taverna é tudo o que temos em Buckleigh-in-the-Moor. Estou tentando construir um nome para este lugar, torná-lo um estabelecimento respeitável para os viajantes. Agora me digam, como vou tornar esta estalagem apropriada para a nobreza se vocês, brutamontes descomunais, destroem meu salão de jantar uma vez a cada quinzena?

A mulher lançou um olhar furioso ao redor do salão, confrontando silenciosamente cada um dos desordeiros. Quando seu olhar colidiu com o de Rhys, ele notou a primeira rachadura em sua fachada de compostura. Os cílios dela tremularam. Essa foi a extensão de sua visível surpresa. O restante dela permaneceu imóvel como granito enquanto dizia:

– E tudo isso na frente de um hóspede.

Rhys sentiu cada cabeça do salão se virando para encará-lo. Mas ele não conseguiria desviar o olhar da taverneira nem se quisesse. Ah, que mulher!

Entre a viagem e a umidade, seu corpo vinha reclamando a noite toda. Ele não conseguia acreditar que outra parte do seu corpo pudesse enrijecer… mas estava claro que podia. Suas calças de montaria estavam justas na virilha. Seu membro estava duro o suficiente para rivalizar com o candelabro de bronze. Não recordava de reagir assim tão intensamente a uma mulher desde que fora um jovem devasso. Talvez nem mesmo naquela época. Seu coração batia forte. Sangue bombeava por suas veias, dando ordens a cada uma de suas partes. Todo o seu corpo estava se tencionando, reunindo forças e preparando-se para um propósito. Um propósito muito específico e prazeroso.

Droga. Ele sentia-se *vivo*.

Ainda sustentando seu olhar, ela disse com firmeza:

– Agora arrume esse lugar.

Rhys piscou. Ele não se lembrava daquela mulher – ele não poderia tê-la esquecido – mas ela de alguma forma o reconhecera? Estava o confrontando por sua negligência grosseira como lorde? Seria uma acusação justa. Se houvesse algo que precisava ser consertado em Buckleigh-in-the-Moor, a responsabilidade deveria ser dele.

Mas, enquanto os homens diante dele entravam em ação, arrastando cadeiras e mesas contra o chão de ardósia para recolocá-los no lugar, Rhys percebeu que as palavras dela não eram dirigidas a ele. E quase sentiu-se decepcionado. Adoraria consertar as coisas para ela. Começando por aquele cabelo escuro e bagunçado.

Com um movimento impaciente de seus dedos, ela ajeitou uma mecha atrás da orelha.

– Bem-vindo à Três Cães – disse ela. – Você vai entrar ou não?

Ah, ele entraria. Definitivamente iria entrar.

Rhys deu um passo à frente e fechou a porta atrás de si.

Antes que pudesse responder à saudação, a atenção da taverneira desviou-se.

– Não é aí, Skinner. Do lado esquerdo da lareira.

Skinner apressou-se em obedecer. Toda a sua robustez de um metro e oitenta.

– Tenho um cavalo lá fora – avisou Rhys, assim que voltou a capturar a atenção dela.

A mulher assentiu e chamou um jovem magricela que estava no bar.

– Darryl, cuide do cavalo do cavalheiro. – Para Rhys, perguntou: – O senhor vai querer uísque?

– Apenas cerveja.

– Tenho ensopado de coelho e torta de carneiro.

O estômago dele roncou.

– Aceitarei ambos.

– Então, por favor, sente-se.

Rhys atravessou o salão até uma mesa, acomodou-se na cadeira que parecia mais resistente e aceitou uma caneca de bebida da mão dela. Saboreou a cerveja gelada, observando a taverneira e seu bando de pugilistas reabilitados limpando os destroços do local. Não é de se admirar que o local ainda mantivesse um bom movimento. Pela lembrança de Rhys, o velho Maddox nunca havia tido uma taverneira tão bela nem tão feroz.

Ela continuava lançando olhares na direção dele, mesmo enquanto varria os cacos de vidro do chão e enrolava a toalha de mesa suja. Havia uma estranha suavidade em seu olhar. Aquilo não podia estar certo. Talvez estivesse olhando para outra pessoa. Sob o pretexto de se espreguiçar, Rhys girou o pescoço e examinou calmamente o salão.

Não. Não havia mais ninguém.

Estranho.

Tudo naquela mulher—sua postura, sua voz, as reações que inspirava – proclamava sua força. Contudo, seus olhos lhe diziam algo diferente.

Falavam sobre esperança, medos e vulnerabilidade, embora Rhys não fizesse ideia do motivo para ela revelar tudo isso a um completo estranho, muito menos a ele–mas de uma coisa tinha certeza: aqueles olhares que ela continuava lhe oferecendo continham mais contato humano do que ele experimentara em anos.

Ela estava o tocando. Do outro lado do salão, com as mãos ocupadas, aquela mulher tocava-o. Lá no fundo, ele podia sentir isso.

Rhys sorveu sua cerveja e ponderou sobre a estranha natureza do destino. Acreditava piamente em predestinação. De que outra maneira explicaria o fato de seu coração ainda bater? Batalhas após batalhas, ele havia mergulhado de cabeça nas lutas sangrentas nos seus onze anos de infantaria, ansiando pelo encontro com a morte. Apenas para ser cruelmente decepcionado quando o destino o poupou mais uma vez. Ele não conseguia morrer. Mas, talvez, apenas desta vez, sua maldita sorte estivesse prestes a lhe conceder uma verdadeira bênção.

Enquanto aquela mulher se curvava para varrer as lascas de madeira do canto, ele observou a curva suave do pescoço dela e as mechas soltas de seu cabelo na nuca. Rhys poderia passar um tempo muito agradável enrolando aquela mecha de cabelo em seu dedo, contando quantas vezes se enrolaria. Cinco, ele supôs, ou talvez seis.

Quando ela se endireitou e seus olhos voltaram a se encontrar, ele ergueu a cerveja em uma saudação silenciosa. A taverneira sorriu timidamente antes de desviar o olhar. Estranho, pois ela não parecia ser tímida.

Como se para provar seu ponto, ela chamou do outro lado do salão:

– Laurence, leve Harry de volta para o lugar a que pertence. Está sangrando nas minhas lajes, e eu acabei de limpá-las ontem.

– Sim, Meredith.

Meredith. O nome puxou um fio em sua mente, mas a memória se desfez antes que Rhys pudesse agarrá-la.

Laurence deslizou um braço sob a pilha de gemidos que era Harry Symmonds e ergueu o homem inconsciente.

– Não me chame de Meredith! – Ela os enxotou em direção a um canto isolado com a vassoura. – Enquanto se comportarem como meninos, será Sra. Maddox para vocês.

A cerveja azedou na língua de Rhys. *Sra. Maddox?*

Ah, que droga. Essa jovem mulher, forte e bela mulher era casada com o velho Maddox? Não era uma taverneira, afinal, mas a dona da estalagem. O destino não lhe dera sorte nenhuma. Ele deveria ter imaginado. Nada tão belo poderia estar destinado a ele neste mundo.

Um prato de ensopado e um pedaço de torta de carneiro apareceram na mesa diante dele. Rhys começou a comer, mantendo seu olhar fixo na comida em vez de na mulher adorável que o serviu. Ele não perseguia mulheres casadas, não importa quantos olhares lhe lançassem. Sem mencionar que, se era casada com Maddox e ficava lhe ofertando, ela deveria ser não apenas volúvel, como também tola e um tanto cega.

Ele estava mais faminto do que percebera e limpou ambos os pratos em questão de minutos. Sempre fora um glutão rápido e eficiente, mais ainda desde o exército. Por mais de uma vez, no ano em que herdou o título de lorde, ele ergueu o olhar de uma mesa finamente posta em um jantar londrino para descobrir que seus modos à mesa eram objeto de intenso e horrorizado escrutínio. Apenas mais um de seus traços adquiridos que faziam as damas inglesas buscarem seus *vinaigrettes*.[*]

Ele tomou o resto da cerveja e levou o caneco vazio até o balcão para reabastecer. A Sra. Maddox havia desaparecido por um momento, e um jovem de dentes separados estava atrás do balcão. Rhys o reconheceu como o rapaz que ela encarregara de acomodar seu cavalo. Qual era o nome dele mesmo? Dylan? Dermott?

– Darryl Tewkes, às suas ordens, senhor. Vai querer outra cerveja?

O jovem pegou o caneco de Rhys, e seu olho esquerdo se contraiu na borda enquanto fazia isso. Rhys não conseguia dizer se era uma piscadela ou uma espécie de tique nervoso. Este último, esperava, quando o olho se fechou outra vez por mais um segundo.

Darryl Tewkes tinha uma aparência divertida. Nariz afilado e orelhas pontudas. Como um dos duendes que os antigos moradores daquela vila ainda acreditavam existir.

– Seu cavalo é um belo animal, senhor – continuou Darryl, entregando-lhe um caneco de cerveja gelada. – Já o acomodei. Está sem sela e hidratado. Voltarei para escová-lo e dar-lhe feno daqui a pouco.

Rhys assentiu com aprovação e ergueu sua bebida.

– Ele tem um nome, senhor? O cavalo?

---

[*] *Vinaigrettes* era um objeto em voga entre o século XV e XIX. Eram pequenos recipientes aromáticos com a finalidade de suavizar alguns odores (como o do tabaco). Feito de formatos e tamanhos diferentes os *vinaigrettes* eram artigos de luxo usados por pessoas da alta sociedade. Um artesanato refinado e bem ornamentado onde se colocavam sais ou vinagre aromático ou perfumes elegantes, que eram diluídos no vinagre e absorvidos por uma pequena esponja. Seu uso era majoritariamente feminino, e os sais ou perfumes contidos neles também podiam ser usados para reanimar pessoas desmaiadas. Uma espécie de difusor pessoal da época. (N. T.)

O lorde limpou a boca com a manga.

– Não. – Ele não os nomeava mais, não mais.

– O senhor ficará muito tempo na região? – Quis saber Darryl.

– Apenas uma noite.

No início, Rhys não tinha certeza de quanto tempo ficaria. Mas agora sabia–uma noite naquele lugar era tudo o que poderia suportar. Pela manhã, ele cavalgaria a encosta e daria uma longa e demorada olhada no que viera ver. E então partiria. Certamente poderia contratar um administrador para cuidar de qualquer assunto que precisasse de sua atenção ali. Era isso que os cavalheiros com títulos e posses costumavam fazer, não era? Para onde iria depois, Rhys não fazia ideia. Aonde o destino o levasse, supunha.

– Uma noite? – O olho de Darryl deu um tremelique ansioso. – Precisa ficar mais do que uma noite, senhor. Uma noite não é tempo suficiente para ver as atrações locais.

Rhys franziu a testa. Atrações? Havia atrações locais?

As sobrancelhas do jovem se arquearam.

– Eu faço passeios para os turistas – contou ele, com o rosto se iluminando. – Duas horas, ou meio dia. O melhor custo-benefício é a minha excursão de um dia inteiro pelo Pântano Místico com comentários guiados e um piquenique no almoço.

Rhys soltou uma risada ao imaginar viajantes refinados fazendo piquenique à sombra de Bell Tor. Esperava que tomassem precauções contra os corvos. Ele pigarreou e perguntou:

– Que tipo de atrações?

– Bem, é uma viagem mística através do tempo, sabe. – Ele fez um gesto grande e expansivo. – Começarei levando você aos antigos sepulcros megalíticos e às minas abandonadas dos estanhadores do século passado.

Rhys estava familiarizado com essas paisagens. Elas pareciam muito com pilhas aleatórias de pedra.

– Depois tem as cruzes dos antigos monges. E Bell Tor, é evidente. Em um dia claro, você pode ver...

– Mais pedras? – Rhys resmungou, ainda desimpressionado.

– Ah, mas isso não é nada. Ainda não lhe contei sobre a melhor parte do passeio. As ruínas assombradas da Residência Nethermoor.

Agora o rapaz tinha a atenção de Rhys.

– Ruínas assombradas, você diz?

Darryl apoiou os cotovelos no balcão e se inclinou para a frente, como se não ousasse falar muito alto:

– Sim. Residência Nethermoor. A Casa Amaldiçoada de Ashworth. Gerações de maldade floresceram naquela casa. Até uma noite de verão, quatorze anos atrás, quando ela queimou até o chão em uma conflagração profana. Meu passeio termina lá, quando a hora se aproxima do crepúsculo. Às vezes, se escutar com atenção, pode ouvir o crepitar das chamas ou sentir um cheiro de enxofre no vento. Dizem que aquele incêndio foi o julgamento de Deus. Depois daquela noite, nunca mais se ouviu falar sobre aquela família.

– O que aconteceu com eles? – Rhys perguntou, surpreso ao ouvir a pergunta sair de seus lábios. Ele precisava reconhecer que o jovem Darryl tinha um dom para contar histórias. – Quero dizer, você falou de assombração.

– Ah sim. Bem, o fantasma do velho Lorde Ashworth não foi visto. Ele nunca retornou a Devonshire. Morreu no ano passado, em algum lugar na Irlanda, eu acho. E Lady Ashworth morreu alguns anos antes do incêndio. Há algumas pessoas aqui–as que possuem o dom–que avistaram sua forma fantasmagórica pairando alto sobre as ruínas da casa. Como se ainda estivesse perambulando pelos corredores superiores. Mas é o filho que as pessoas veem com mais frequência.

Rhys engasgou-se com um gole de cerveja.

– O filho?

– Sim. Ele era um jovem selvagem, sempre causando problemas. Agitava o pântano com suas cavalgadas imprudentes. Dizem que tinha um pouco do diabo nele.

– E ele morreu nesse incêndio?

– Não exatamente. Ele quase morreu e, pelo que contam, isso deveria ter mesmo acontecido. Mas, mesmo tendo sobrevivido, é como se ele tivesse deixado uma impressão fantasmagórica na Residência Nethermoor. As pessoas espiam seu fantasma vagando pelo lugar, especialmente em noites quentes de verão. Já até o viram galopando pelo pântano em um cavalo espectral, com chamas lambendo seus calcanhares.

Rhys piscou para o jovem, sem saber se deveria sentir-se divertido, confuso, ofendido ou… levemente preocupado. Por mais absurda que fosse a história de Darryl, partes dela tinham um leve toque de verdade. Todos esses anos que passara sentindo-se meio vivo, poderia ser porque havia deixado para trás um fantasma de quando era um rapazote? Ele balançou a cabeça para afastar essa ideia tola. O nevoeiro de Dartmoor talvez estivesse invadindo seus ouvidos, confundindo sua mente.

– Então – Darryl inclinou-se para a frente e mexeu as sobrancelhas. – O passeio. O senhor é corajoso o suficiente? Atreveria-se a arriscar um encontro com Rhys St. Maur, o fantasma vivo de Bell Tor?

Um sorriso surgiu nos lábios de Rhys. Isso poderia ser divertido. Antes que ele pudesse decidir como responder, uma figura juntou-se a Darryl do lado de dentro do balcão.

Meredith.

Sra. Maddox, ele se corrigiu.

– Darryl – disse ela, estapeando a nuca do rapaz –, seu idiota. Este é Rhys St. Maur. Lorde Ashworth agora. Você está falando com seu "fantasma vivo", vivo e em carne e osso.

O rosto pálido de Darryl ficou ainda mais branco enquanto encarava Rhys, o maxilar movendo-se sem nenhum efeito audível. Pelo menos seu olho tinha parado de tremer.

O jovem engoliu em seco enquanto Rhys apoiava o braço no balcão e se inclinava para a frente. Até que seus rostos estivessem a apenas centímetros de distância. E então, quando teve certeza de que Darryl estava prestando muita atenção, o lorde abaixou a voz e sussurrou...

– Bu!

Capítulo 2

– Eu... Você é... – Darryl gaguejou. – Quero dizer, não é...

– Eu cuido dele, Darryl. – Com um tom que não admitia objeções, Meredith enxotou o atrapalhado cavalariço do bar. – Volte para os estábulos.

Rhys a encarava. Para evitar o olhar dele, Meredith logo desviou sua atenção, fingindo arrumar as garrafas. Até agora, ela se contentara com olhares furtivos, mas o observaria a noite toda se pudesse, explorando cada contorno e sombra dele. Catalogando todas as maneiras como ele havia mudado e todas como não.

O cabelo foi a primeira coisa que ela reparou. Ou melhor, a falta dele. Rhys o mantinha cortado rente ao couro cabeludo, o que a confundiu por um momento quando o viu na porta. Todas as suas lembranças dele incluíam longas ondas de cabelo escuro presas com um cordão de couro. Ou caindo soltas em mechas rebeldes sobre a testa. Naquela época, às vezes, ele tentava esconder o rosto – um novo hematoma roxo embaixo do olho ou um corte no lábio.

Agora, parecia que ele havia desistido de esconder suas feridas. Seu rosto era um mapa de cicatrizes que ela não reconhecia, mas agradecia por estarem curadas. Elas lhe diziam que não era um sonho desta vez. Era mesmo Rhys St. Maur sentado ali no banco, um cotovelo apoiado no balcão. Grande, desafiador, rústico e – meus sais–bem ali na frente dela. Em carne e osso. Após quatorze anos.

– Eu conheço você – disse ele, devagar. Seu tom era quase de uma pergunta.

– Conhece? – Desesperada para disfarçar sua surpresa, Meredith pegou o caneco vazio dele.

Os dedos de Rhys se apertaram sobre a alça. Grandes e ásperos. Fortes.

O olhar dela encontrou-se com o dele, e mais uma vez aquele homem a aprisionou com seus olhos maravilhosos. Em todos os anos que passara vivendo na Residência Nethermoor, Rhys St. Maur nunca a havia olhado assim. Mal a havia olhado. Agora ela podia notar que seus olhos eram selvagens e belos, assim como o restante dele. Castanhos e profundos, salpicados de âmbar. Como o melhor conhaque, ou...

– Conhaque... – sussurrou ela.

A sobrancelha dele se arqueou. Uma cicatriz grossa a dividia em duas.

– Quer um conhaque? – pigarreou Meredith. – A noite está fria lá fora. Um homem precisa de algo mais do que cerveja para se aquecer.

– É mesmo? – Seus lábios se curvaram de um jeito sensual.

Ela amaldiçoou-se silenciosamente, percebendo o tom de flerte que suas palavras implicavam. Não tinha sido sua intenção. Não que julgasse repulsiva a ideia de... aquecer Rhys St. Maur. Pelo contrário, há anos que fantasias sobre fazer isso aqueciam seu banho.

– Eu... eu só quis dizer...

– Eu sei. Obrigado, Sra. Maddox. Mas não bebo destilados.

Bem. Ele podia não precisar de uma bebida, mas Meredith precisava. Ela alcançou uma garrafa embaixo do balcão – sua reserva particular e serviu-se generosamente.

– Eu a conheço – disse ele. E desta vez não era uma pergunta. Sua voz estava mais grave do que ela se lembrava e atingia lugares diferentes dentro dela. – Eu não me lembro de você, mas a conheço.

Ela inclinou o copo de gim aos poucos, tomando um gole encorajador antes de responder:

– Meredith Lane – apresentou-se enfim, dando a ele seu nome de solteira. – Você não deve se lembrar, mas meu pai...

– Administrava nossos estábulos. É claro que me lembro. – Ele inclinou a cabeça e estreitou os olhos. – Você é a filha de George Lane? Impossível. Quando eu vi aquela garotinha pela última vez, ela não era nada além de sardas e ossos.

As bochechas dela esquentaram. Ele se lembrava. Não da maneira como ela gostaria de ser lembrada, mas já era alguma coisa.

– Merry Lane – disse ele, a voz suavizando. Uma risada baixa presa em sua garganta. – Não acredito. Você é a pequena Merry Lane.

O calor em suas bochechas era agora um rubor completo. Aquela era a única atenção que ele havia lhe dado quando menina – seu apelido bobo e sentimental. Se os dois se cruzassem pelos estábulos, enquanto a empurrava impacientemente para o lado, ele lhe dizia em tom zombeteiro: *Vá para casa, Merry Lane.*

– Eu não sou mais Merry Lane. – Enxugando o balcão com um pano, ela manteve o tom leve. – Essa é a magia de estar longe das redondezas por quatorze anos, meu senhor. As coisas mudam na sua ausência.

– De fato, Sra. Maddox. De fato. – De repente sério, ele pigarreou. – Seu pai... Ele ainda está vivo?

– Lá em cima, neste momento. Agora ele administra os estábulos aqui da estalagem, com a ajuda do Darryl. Embora quase nunca abriguemos algo mais requintado do que pôneis de carga e montarias ocasionais de algum viajante.

– Eu gostaria de vê-lo.

– Então terá que esperar. Ele já deve estar dormindo agora, mas amanhã você pode... – Ela fez uma pausa. – Suponho que você pretende passar a noite aqui. É a única estalagem em quilômetros.

Por favor, fique, a voz tola dentro de Meredith implorava. *Por favor, não vá embora de novo.*

– Sim, por uma noite.

– Apenas uma noite? – Não que isso importasse. Quer ele ficasse por uma ou dez noites, com certeza iria embora em algum momento. Não havia nada para ele aqui. As terras que herdou eram em grande parte pântanos sem valor. Residência Nethermoor em si era uma ruína queimada, e assim deveria permanecer.

– Apenas uma noite. – Ele lhe deu um sorriso leve e autodepreciativo. – Isso se você tiver um quarto para um fantasma vivo, é claro.

– Não dê importância ao Darryl Tewkes – disse ela rapidamente. – Ele vem tecendo essa história há anos. E a conta para todos os turistas que passam por aqui, tentando atraí-los a ficar na região por mais uma noite. Mais dinheiro para a estalagem, você sabe, assim como para o bolso dele. Ele até convenceu alguns moradores ao longo da rota turística a fazerem *souvenirs* para vender. Cruzes de pedra em miniatura e coisas do gênero.

– Que diligente ele é. Um funcionário esforçado, uma esposa jovem e capaz... O velho Maddox parece ter se saído muito bem.

– Faz seis anos que o homem está na sepultura. Depende do seu ponto de vista se isso é se sair bem ou não.

O maxilar dele se contraiu.

– Você é viúva.

Ela assentiu em resposta.

– Sinto muito por isso.

– Não sinta. – Meredith brincou com o copo que estava limpando. Ora bolas, ela era uma viúva, dona da estalagem e dali a dois verões chegaria aos 30 anos. Como ele conseguia fazê-la sentir-se como uma garotinha desajeitada de novo? – Quero dizer, já se passaram anos. Estou viúva há mais tempo do que fui casada. E ele me deixou a estalagem, então nós nos viramos bem.

– Nós? Você tem filhos?

A dor familiar veio e passou em um instante. Ela balançou a cabeça.

– Não. Somos apenas meu pai e eu. E o Darryl, desde que a tia faleceu. E todos os aldeões, afinal de contas. Tivemos que encontrar uma maneira de sobreviver, não é? O principal empregador local nos abandonou há quatorze anos.

Rhys encarou sua cerveja por um momento. Depois, ergueu-a e bebeu em silêncio.

Ele parecia contrariado, e ela lamentou a amargura em seu tom. Mas ele precisava saber a verdade, pois não tinha sido fácil. O falecido Lorde Ashworth fora um verdadeiro canalha, mas pelo menos pagava salários de vez em quando e dava alguma clientela aos comerciantes locais. Depois que Nethermoor pegou fogo e a família abandonou a região, a vila ficou à deriva. Havia pouquíssima agricultura na área, sendo este o coração rochoso do pântano. Buckleigh-in-the-Moor perdeu uma geração inteira conforme os homens mais jovens deixavam a cidade, um por um. A nova prisão de guerra em Princetown proporcionou algum trabalho por um tempo. Outros foram para mais longe, para Exeter ou Plymouth. Aqueles poucos que permaneceram na vila dependiam dos salários que a estalagem Três Cães podia oferecer, como Darryl fazia, ou então ganhavam a vida através de negócios escusos.

Falando em negócios escusos... Como se ela o tivesse chamado em pensamento, Gideon Myles entrou pela porta.

Os homens reunidos o saudaram com um brado caloroso, ao que Gideon respondeu com um elegante aceno de seu chapéu de aba baixa. Como sempre, ele saboreou por um momento a sua notoriedade, apertando com vigor as mãos estendidas de vários homens. Mas, muito em breve, seus olhos astutos a procuraram. Meredith sabia que não deveria esperar que ele se aproximasse.

– Volto em um instante – disse ela a Rhys, saindo de trás do balcão. Rhys estava só de passagem, apenas pernoitando. Gideon Myles e ele não tinham negócios, mas o encontro dos dois só resultaria em problemas.

Gideon a cumprimentou com um sorriso maroto. Ele era jovem – uns três anos mais novo do que ela –, mas nunca lhe faltou arrogância. Ele também era bonito demais para o seu próprio bem.

– Ora, ora – disse ele. – Você parece ansiosa para me ver? E com razão. Tenho um barril de vinho da Madeira para você esta semana.

– Ótimo, ótimo – disse ela distraída, lançando um olhar para Rhys. – Podemos ir lá fora e discutir isso no pátio?

– No pátio? Acabei de entrar. Está frio como a boceta de uma bruxa lá fora, e quase tão úmido. – Sua sobrancelha se arqueou e ele baixou a voz para um murmúrio sugestivo. – A menos que queira um pouco de privacidade, nesse caso, eu sugeriria um local diferente.

Ela soltou um suspiro frustrado. Não era hora para flertes. Puxando-o de canto, ela disse:

– Você não pode descarregar a carroça esta noite.

– Como assim? Sei que o nevoeiro está um pouco denso, mas até os homens carregarem os pôneis o tempo certamente...

– Não, não. Você também não deve carregar os pôneis. Estou falando sério, Gideon. Hoje à noite não dá. Pode colocar a carroça no celeiro, e nós a cobriremos com cobertores e afins. O Darryl vai dormir em cima dela, para mantê-la segura.

Ele fez um som de escárnio na garganta.

– Eu não confiaria em Darryl Tewkes nem para guardar minha bebida enquanto eu saísse para urinar. – Seus olhos ficaram sérios. – É uma carga valiosa esta noite, Meredith. Tenho dois homens lá fora, armados com pistolas e espingardas. É arriscado demais não transportar a mercadoria imediatamente.

Ainda pior. Dois homens armados? Ela hesitou, lançando um olhar em direção ao bar.

– Como de costume – ele continuou –, há mais do que vinho da Madeira nesse negócio para você. Sabe que pago generosamente pelo uso dos pôneis do seu pai.

– Eu sei, eu sei. Mas você não compreende.

– Tudo o que sei é que seus olhos continuam desviando para aquele cavalheiro no bar. Grande e feio, não é? De onde ele veio? – Sua voz endureceu. – Ele a assustou?

– Não, não. Ele é apenas um viajante. – Uma inspiração a atingiu, e ela acrescentou: – Ou assim ele diz. Se quer saber, eu acho que ele está a serviço do magistrado de Lydford. Melhor não dar a ele motivo para suspeitar, sabe? Espere até amanhã, depois que ele partir.

– Você sabe que não posso transportar essas mercadorias à luz do dia. E o magistrado de Lydford está no meu bolso há mais de um ano. – Gideon tirou o casaco e o jogou para um homem que estava à espera.

– Talvez eu deva me apresentar. Acrescente as bebidas dele à minha conta, está bem?

Meredith tentou protestar, mas Gideon já estava no meio do salão.

– Sou Gideon Myles – ele anunciou, jogando seu chapéu no balcão ao lado do cotovelo de Rhys.

Rhys ergueu os olhos de sua cerveja.

– Deveria conhecer esse nome?

– Ouso afirmar que sim. Mas a modéstia nunca foi uma das minhas virtudes.

Com um suspiro relutante, Rhys apoiou suas mãos no balcão e levantou-se. Meredith notou um lampejo de hesitação cruzar as feições de Gideon. Ele era um homem grande pela maioria dos padrões, mas Rhys o eclipsava apenas com sua sombra.

– Não me diga – disse Rhys, cruzando os braços sobre seu peito enorme. – E você quer me mostrar sua gruta encantada e me vender um frasco de pó de duende.

A expressão de Gideon se esvaziou em total confusão.

– Não sei o que diabos você está insinuando – disse ele devagar –, mas sei que sinto vontade de socá-lo por isso.

Era inútil. Meredith não tinha escolha a não ser intervir.

– Desculpe-me a interrupção – disse ela a Rhys. – O Sr. Myles é nosso... transportador local de mercadorias secas. – Ela ignorou a expressão de orgulho ferido de Gideon. Ele logo compreenderia o motivo daquela mentira. – Gideon, este é Rhys St. Maur. O novo Lorde Ashworth.

O silêncio tomou conta da taverna. Conversas morreram no meio das sílabas. O nome Ashworth teve o mesmo efeito que o som de um castiçal de bronze arremessado pelo ar. Era um som perigoso. Uma ameaça.

– Ashworth – repetiu Gideon, encarando Rhys com olhos vingativos.

Rhys permaneceu impassível e disse com calma:

– Sim. Acredito que já estabelecemos nossos nomes, Sr. Myles.

Um murmúrio se espalhou pelo salão. Pernas de cadeiras raspando pelo chão.

– O que você está fazendo aqui? – indagou Gideon.

– O que eu bem entender. Não lhe devo satisfações.

Meredith sabia que tinha que encerrar essa cena, e rápido. Ela mal acabara de dar conta da bagunça da primeira briga. E agora Gideon tinha dois homens lá fora armados com pistolas e uma carroça repleta de mercadorias contrabandeadas que, sem sombra de dúvida, ele mataria para proteger.

– Ele só está aqui para pernoitar – ela anunciou para todo o salão. – E eu estava prestes a mostrar-lhe as acomodações. Sr. Myles, nosso comércio pode esperar até amanhã de manhã.

Viu, ela disse a Gideon com os olhos. *Agora compreende por que não pode descarregar aquela carroça esta noite?*

O contrabandista entendeu. Mas não estava feliz com isso. Ele adotou uma postura petulante.

– Darryl pode levá-lo lá pra cima.

– É minha estalagem. Ele é meu hóspede. – Ela se virou para Rhys. – Pode me acompanhar, milorde?

Ela não esperou pela resposta dele, apenas virou-se e seguiu em direção à escada dos fundos e esperou que ele a acompanhasse. Ele a seguiu. As tábuas antigas e curvadas rangeram sob o peso dele, e a escadaria de repente parecia estreita demais.

– Sinto muito causar-lhe problemas – ele lamentou.

– Problema nenhum – ela respondeu, diminuindo o passo. – Mas, se não se importa que eu lhe pergunte, por que está aqui?

Ela o ouviu suspirar.

– Honestamente, Sra. Maddox? – *Creak.* – Estou me perguntando a mesma coisa.

Era razoável.

– Seu quarto é logo aqui – disse ela, guiando-o pelo corredor. Ela esperou ao lado, segurando a porta aberta para que ele entrasse.

Ele caminhou alguns passos até o meio do quarto e girou lentamente, avaliando suas acomodações. Meredith prendeu a respiração, imaginando o que ele acharia. Ela só tinha terminado de redecorar o quarto naquela semana. Era o primeiro passo em sua campanha para transformar a Três Cães em um estabelecimento de qualidade. Uma verdadeira estalagem, uma onde turistas abastados planejariam dar uma pausa em suas viagens, e não apenas parar com relutância se por acaso quebrassem uma das rodas de sua carruagem.

Meredith suspirou enquanto ia acender o fogo. Ela não tinha a menor noção do que estava fazendo. Foi apenas naquela tarde que ela ficara no centro daquele quarto, sentindo-se orgulhosa das novas cortinas com babados e da manta acolchoada. O vaso de porcelana azul acima da lareira acrescentava um toque de elegância, ela havia imaginado.

Agora, vendo o pequeno quarto do ponto de vista de Rhys, ela notou as vigas expostas no teto, as paredes desgastadas, o cheiro sufocante de fumaça de turfa da lareira… Tudo parecia inadequadamente sórdido e monótono. Só podia imaginar como aquilo pareceria aos olhos de um cavalheiro titulado. Quem ela estava enganando, afinal?

– Darryl trará suas malas. Devo dizer a ele para agir como pajem?

– Não – respondeu Rhys, rapidamente. Ela pensou tê-lo visto estremecer. – Não é necessário.

– Tem o lavatório no canto. – *Por favor, que a porcelana nova não lasque.* Ele assentiu.

– Servimos o café da manhã lá embaixo pela manhã. E, se precisar de alguma coisa nesse meio tempo, é só pedir.

– Obrigado. – Ele lançou um olhar para o teto. – Este quarto é um tanto...

– Com correntes de ar – completou ela. – Eu sei. Desculpe-me. Vou mandar o Darryl durante a noite para colocar mais turfa no fogo, e tem um cobertor extra no baú. Mas então você pode acabar sentindo calor, nesse caso há sempre a janela. – Com distinto pavor, ela sentiu que estava falando demais, mas não conseguia parar. – Sei que o quarto deve ser pobre, comparado ao que está acostumado, mas espero que o ache adequado para o seu...

Ele se virou para ela e sorriu.

E, de repente, Meredith não tinha mais palavras.

– Adequado? – Ele balançou a cabeça. – No exército, me acostumei mais a dormir no chão duro do que qualquer coisa. Meus quartos em Londres eram vazios e frios. – Ele olhou ao redor do quarto. – Posso lhe assegurar, este é o melhor quarto que conheci em anos. Verdadeiro luxo. Dormirei bem esta noite.

As palavras dele fizeram seu coração flutuar no peito. Droga. Ela não podia começar a desejá-lo. Bem, ela o desejava desde quando era uma menina, mas não podia se dar ao luxo de retomar esse hábito agora. Ele partiria pela manhã.

– Na verdade – disse ele com leveza, caminhando até a janela e olhando para fora, –, estou tão satisfeito com este quarto que acho que poderia beijá-la por isso.

Oh, céus. Por certo, isso não a ajudaria com a questão do desejo.

Ele ergueu a cabeça, como se surpreendido por suas próprias palavras. Claro que estava. Era uma ideia ridícula. A última vez que Rhys olhou para ela, viu apenas sardas e ossos. Confirmando o absurdo, ele disse:

– Que estranho.

Ela tentou rir, mas não conseguiu. Ele estava se aproximando demais. Seu pulso trovejou em seu peito enquanto aquelas botas enormes o levavam pelo velho piso de carvalho que rangia. Tábuas que ela havia esfregado com areia e de joelhos apenas alguns dias atrás. Seus ombros ainda doíam.

A profundidade de seus olhos castanhos a examinaram enquanto ele parava.

– Acho que adoraria beijá-la. – Ele estendeu a mão e pegou uma mecha solta do cabelo dela que estava no ombro, enrolando-a lentamente entre o dedo e o polegar. – O que você me diz, Merry Lane? Vai me dar uma recepção adequada de boas-vindas?

Ela poderia fazer uma piada, ou se afastar. Sabia bem como rejeitar as investidas de um homem. Lá embaixo, na taverna, ela fazia isso o tempo todo. Para cada um dos poucos homens que levou para sua cama desde a morte do marido, ela recusou dezenas de outros. Mas passara a juventude sonhando com aquele homem em particular olhando para ela com exatamente aquele lampejo de desejo nos olhos, dizendo aquelas exatas palavras para ela.

Acho que adoraria beijá-la.

Era simplesmente demais. Em um ataque de nervos, ela disse rapidamente:

– Há mais alguma coisa da qual precise, milorde?

O tom brusco da resposta fez com que ele recuasse.

– Não. – Ele se virou, mas não antes de ela captar um lampejo de mágoa em seus olhos. Ele passou a palma da mão sobre seu cabelo escuro e curto. – Não, desculpe-me. Isso foi… errado da minha parte. Não vai se repetir.

Meredith ficou ali por um momento, observando-o voltar para a janela. Ele não se virou ao dizer:

– É melhor você me deixar, não é?

Ela saiu pela porta discretamente, fechando-a atrás de si. Em seguida, socou o batente com um rosnado baixo.

Droga, droga, droga. Em toda a sua vida, nunca estivera tão frustrada consigo mesma. Ela acabara de perder a chance – a única que teria–de compartilhar um beijo, e muito provavelmente uma cama, com o homem que desejara desde quando mal sabia o que desejo significava. E não só isso, mas também havia dado a ele a impressão errada com sua recusa. Agora ele pensava que ela o achava pouco atraente e desejável, quando nada poderia estar mais longe da verdade.

Gideon ainda estava lá embaixo, no bar. Ela precisava ver o carregamento de mercadorias dele armazenado com segurança no celeiro. Sem mencionar, terminar de servir seus clientes sem perder mais móveis no processo.

Entretanto, Rhys partiria pela manhã. E ela nunca mais teria outra chance. Ela trabalhava tanto por esse lugar. Todos os dias, o dia todo. Não merecia uma noite para si mesma?

Meredith bateu firmemente na porta.

Quando ele a abriu, ela falou rapidamente antes que perdesse a coragem:

– Você pode – disse ela. – Você pode me beijar. Eu não me importaria.

– Você não se importaria?

– Não.

Rhys segurou o queixo de Meredith com uma das mãos e inclinou o rosto dela para o dele. Foi só então que ela percebeu que havia dirigido seu discurso corajoso ao botão do casaco dele. Com o polegar, ele acariciou a bochecha dela ternamente, e ela deixou seus olhos se fecharem. Ele repetiu o gesto, deslizando o polegar da bochecha dela até o queixo. Apenas esse toque suave da pele dele contra a dela fez todo o seu corpo vibrar.

Incapaz de suportar a antecipação por mais um momento, Meredith abriu os olhos.

Ele não a beijou.

– Obrigado por isso. – Ele tocou com a ponta do dedo no canto da boca dela antes de soltá-la. – Boa noite, Sra. Maddox.

Antes que ela pudesse desejar o mesmo, ele já havia fechado a porta.

Capítulo 3

Se ao menos pedra queimasse...
No amanhecer tênue e cinzento, Rhys deteve-se diante da carcaça devastada da Residência Nethermoor. Após uma ausência longa o bastante, ele não sabia o que esperar. Fantasiara que, ao rever aquele lugar, ele seria apenas uma cicatriz no pântano, uma pilha fumegante de cinzas e cal. Mas suas esperanças foram frustradas. Pois, ao contrário das vigas do telhado, dos pisos e dos corredores, as paredes externas de Nethermoor tinham sido construídas com pedra. E, maldição, pedra não queima.

Grande parte da alvenaria daquela residência outrora grandiosa desaparecera na névoa de Dartmoor, sem dúvida saqueada para novas construções. Mas, aqui e ali, uma pilha ordenada de pedras persistia – o canto de um aposento, uma porta arqueada levando de um nada a outro. Quatorze invernos implacáveis tinham varrido a fuligem das rochas remanescentes, que agora pareciam tão desgastadas e permanentes quanto as numerosas torres de granito brotando através das intermináveis faixas de tojo do pântano.

Tempo e chuva são capazes de fazer o seu pior durante séculos. Uma conflagração poderia consumir a charneca ao redor. Mas a Residência Nethermoor nunca desapareceria por completo, pois era feita de pedra, e as pedras são eternas.

Dando as costas à residência, Rhys caminhou a curta distância até onde os estábulos outrora existiram. Onde o fogo havia começado. Pouco restava para marcar o local, além de uma baixa borda de rochas delineando a fundação. O lugar estava coberto de musgo e junco. Ele chutou um pedaço de metal escurecido no chão. Talvez um velho bridão. Ou quem sabe um estribo. Um calafrio gelado percorreu seu pescoço.

Atrás dele, seu cavalo relinchou inquieto. O animal desgostava do lugar tanto quanto Rhys. Deveria ter dado mais crédito às histórias de Darryl. Talvez o cheiro de carne de cavalo chamuscada ainda permanecesse na brisa. Será que seu cavalo estava com as orelhas em alerta porque de algum modo ainda captava os ecos fracos de gritos dos equinos?

Rhys estremeceu. Nos anos desde que deixou Nethermoor, ele ouviu os gritos de morte de muitas criaturas, humanas e inumanas. Mas nenhum era tão sinistro ou arrepiante quanto os sons que aquele lugar havia gravado em sua memória – o estalo nítido e rítmico de um chicote beijando o couro, o sibilar de um incêndio alimentado pelo vento, e aqueles gritos desesperados dos cavalos aprisionados.

Darryl Tewkes tinha razão. Rhys *deveria* ter morrido com aqueles animais há quatorze anos. Ele vinha cortejando a morte todos os dias de sua vida desde então. Mas ele era similar àquela maldita pedra: enorme, duro e indestrutível. Suportara as surras diárias de sua juventude, as incontáveis brigas na escola e nas tavernas, bem como os estragos da batalha. Estava mais sombrio, mais cruel e marcado pelas suas dores, mas ainda estava aqui.

Ainda aqui. Parado diante desse amontoado infernal de pedras e miséria que ele herdara.

Se ao menos pedra queimasse...

Um gosto amargo preencheu sua boca. Ele virou a cabeça, pretendendo cuspir, mas em vez disso dobrou-se e começou a vomitar. Maldição. Onze anos na infantaria e ele nunca havia vomitado em batalha.

Levante-se, disse a voz dentro dele. A voz fria e imperativa que ele nunca conseguira silenciar, mesmo com cem canhões trovejando em seus ouvidos. *Levante-se*. Não importava o que o derrubasse – punho, tiro ou baioneta – de alguma forma, ele sempre cambaleava de volta aos pés, pronto para aguentar mais. *Levante-se. Em pé. Erga-se, seu pedaço miserável de escória.*

Rhys levantou-se.

Virou-se devagarinho.

E partiu, sem olhar para trás.

Sentiu-se tentado a cavalgar direto para Lydford, deixando Buckleigh-in-the-Moor para trás sem nem ao menos se despedir. Mas precisava voltar. Ele havia deixado suas malas na Três Cães. E nem seu cavalo nem ele haviam se alimentado.

Acima de tudo, ele precisava rever Meredith.

Devia-lhe um pedido de desculpas por aquela proposta grosseira na noite passada. O fato de aquela mulher ter sido a única alma na vila a recebê-lo com civilidade não significava que ela iria para a cama com ele. Ele não conseguia entender o que o havia possuído para sequer sugerir isso. Estava muito cansado e com os olhos embaçados, além um pouco embriagado com aqueles olhares tímidos e suaves. Ele apenas queria se aproximar dela e ficar ali por um tempo e descobrir se o cabelo dela cheirava tão bem quanto parecia. E, depois, dormir. Adormecer e esquecer, em vez de passar a noite se revirando e amaldiçoando as vigas.

Naturalmente, ela o recusara. E fez muito bem. E ela reuniu a generosidade para bater em sua porta e conceder-lhe uma espécie de absolvição, mas não havia sido corajosa o suficiente para olhá-lo nos olhos enquanto o fazia. Ainda assim, ele não resistiu em roubar-lhe um toque.

Ah, a pele dela era uma alegria pura de se tocar. Fresca e macia, como a parte inferior de uma folha.

Ao olhar-se no espelho do lavabo naquela manhã, ele se deu conta de sua loucura. Era um homem horrendo e desfigurado. O que uma mulher como ela poderia querer com um sujeito como ele? Talvez dinheiro, quem sabe. Não que ela fosse do tipo que aceitaria uns trocados pelos seus favores, mas Rhys não queria que Meredith pensasse que ele era do tipo que pagaria. Ele não usava mais as mulheres dessa maneira.

Não, ela merecia um pedido de desculpas. Ele não era bom em fazer as pazes, mas faria o que pudesse. Cumprimentá-la com um bom-dia civilizado, agradecer-lhe pela hospitalidade e pagar-lhe o triplo do que devia. E então cavalgaria direto para fora da vila e nunca mais a incomodaria.

Seu cavalo seguia ao longo do caminho estreito e trilhado. Não era a melhor rota de regresso para a vila, mas era a mais segura, como evidenciado pelas cruzes de pedra colocadas por monges séculos atrás. Caso alguém se desviasse do caminho seguro, corria o risco de tropeçar em um pântano e ficar preso na turfa e na lama até a cintura. Quando criança, Rhys conhecia o relevo daquelas encostas melhor do que os números, mas não confiava o suficiente em sua memória para arriscar atolar o cavalo.

Já estava no meio da manhã quando ele desceu para o pequeno vale que abraçava Buckleigh-in-the-Moor. A luz solar perseguia a névoa para recantos e buracos escuros. Considerando a aspereza do terreno ao redor, aquele era mesmo um lugar favorecido. Um riacho vigoroso havia escavado o desfiladeiro ao longo dos milênios e, além da fonte de água, o vale oferecia alguma proteção contra os ventos brutais de Dartmoor. A vila também contava com algumas dezenas de árvores, que cresciam razoavelmente retas – um acontecimento incomum nos pântanos varridos pelo vento.

No entanto, quando se reencontrou com a estrada principal e entrou na vila propriamente dita, Rhys notou o que não havia conseguido ver na noite passada. Muito pouco havia mudado por ali. Na verdade, pouquíssima coisa. Não havia novas construções. Casas abandonadas haviam caído em ruínas. Assim como Meredith havia lhe dito, a vila não prosperara na ausência dos Ashworths. Um espinho de culpa o picou profundamente.

Rhys virou-se em direção à estalagem. Como a maioria das construções da vila, suas fundações eram feitas de pedra, mas suas paredes eram de taipa, uma mistura curada de terra e palha. Telhas de ardósia davam-lhe um teto mais sólido do que o colmo habitual. Com uma camada brilhante de cal fresca e venezianas pintadas de verde, a estalagem era de longe a estrutura mais bem cuidada da vila, e também a maior. Mesmo àquela hora da manhã, o pátio fervilhava de atividade. E ficou claro para Rhys que a Três Cães não era apenas o centro físico da vila, mas também o centro social e comercial. E a pequena Merry Lane comandava tudo. Notável.

No pátio, ele desmontou e caminhou com seu cavalo em direção aos estábulos. Uma figura curvada correu ao seu encontro, mancando com a ajuda de uma muleta de madeira.

– Lorde Ashworth! Por Deus, é você mesmo. Merry me disse que você havia voltado, mas mal podia acreditar nela. – O velho apoiou-se em sua muleta e tirou o chapéu, revelando um cabelo prateado por baixo.

– Senhor Lane! – cumprimentou Rhys, recuperando o fôlego. – É... é bom revê-lo.

Mas não era. De fato, era infernal ver George Lane como estava agora – curvado, envelhecido, aleijado e com cicatrizes. Na memória de Rhys, ele permanecera um homem no auge da vida, um cavaleiro habilidoso dotado de temperamento equilibrado e mão firme. Os estábulos de Nethermoor haviam sido o refúgio de Rhys em sua juventude, e Lane sempre fora gentil com ele. Quando o fogo irrompeu nos estábulos na noite do incêndio, foi George Lane quem o arrastou já quase inconsciente para fora das chamas. Assim que deixou Rhys a salvo, o homem trabalhou arduamente para salvar os cavalos. Teve sucesso em alguns casos, mas falhou na maioria. Durante sua última tentativa de resgate, uma viga em chamas caiu em sua perna.

Logo após o incêndio, Rhys fora enviado para a casa de parentes em Yorkshire e, nos anos seguintes, nunca sequer escreveu para perguntar sobre a condição de seu velho amigo. Provavelmente porque suspeitava, corretamente, que a condição dele seria esta. Aleijado por toda a vida.

Aquele pequeno espinho de culpa crescia rapidamente dentro de si, em ramos e vinhas, entrelaçando suas entranhas em um estrangulamento.

– Eu levo seu cavalo. – Sorrindo, o velho equilibrou sua muleta sob um braço e estendeu a outra mão para pegar as rédeas. – Vá tomar o café da manhã – disse ele.

Rhys entregou-lhe as rédeas com relutância. Desejava que Lane permitisse que ele fizesse o trabalho de desselar e escovar o cavalo, mas não insistiria. Ele conhecera muitos soldados aleijados em batalha e aprendera a nunca subestimar suas habilidades.

Além disso, George Lane não parecia muito impedido por suas lesões. Ele ainda mantinha um estábulo de cavalos impecável, pelo que Rhys podia notar enquanto o seguia até a porta do local.

– Não precisa entrar – Lane o avisou, detendo-o com uma mão estendida. – Você sabe que cuidarei muito bem dele.

– Eu sei – respondeu Rhys, perguntando-se por que o velho não queria que ele entrasse nos estábulos. Bem, isso poderia ter algo a ver com o fato de que seus últimos estábulos tinham sido queimados até o chão. Se fosse George Lane, Rhys também não confiaria nele lá dentro, pensando bem.

Rhys apoiou o ombro no largo batente da entrada e falou para o interior escurecido:

– É um grande estábulo que você tem aqui. Sua filha me contou que mantém principalmente pôneis de carga.

– Isso mesmo – respondeu Lane. – Comecei a criá-los há uma década, a partir de alguns pôneis selvagens que trouxe do pântano. São bem treinados agora e resistentes. Nós os alugamos conforme a necessidade para agricultores locais e assim por diante.

Rhys balançou a cabeça. Que desperdício da habilidade do homem.

– Pergunto-me por que não mantém cavalos para correspondência. – Para agilizar as viagens, coches privados e públicos trocavam de cavalos com frequência. Se a estalagem Três Cães oferecesse cavalos de correio para aluguel e troca, poderia atrair muito mais negócios.

– Eu gostaria – respondeu o velho. – Mas não tenho um plantel de criação adequado. É difícil reunir esse tipo de moeda, especialmente em uma vila onde as pessoas pagam suas dívidas com ovos com mais frequência do que com xelins.

– Eu imagino. – Rhys assustou-se quando algo cutucou a parte detrás de seu joelho. Virou-se para encontrar uma dupla de cães de orelhas longas farejando suas botas. – Vão embora! – pediu ele, fingindo um chute. – Não tenho sobras pra vocês.

Embora estranhamente, ele jurava sentir o cheiro de pão fresco assado.

– Eles estão apenas sendo amigáveis – disse uma voz feminina. – É a mim que eles querem.

Meredith estava diante dele, com os braços envolvendo uma grande cesta trançada. Uma fartura de pãezinhos espreitava por baixo de um pano de musselina estampado. O estômago de Rhys revirava com a fome despertada.

Droga, todo o seu corpo revirava faminto.

– Você ainda está aqui – disse ela. – Pensei que talvez tivesse ido embora.

– Eu fui. E depois voltei.

– Não sei de onde vem o nome da estalagem – disse ela, observando os cães mordiscarem a borla da bota dele. – Maddox só tinha dois cães de caça. Quando estava bêbado, costumava dizer aos viajantes insolentes que o terceiro cão estava na torta. – Ela lançou-lhe um olhar fugaz antes de gritar para dentro do estábulo: – Pai, eu já lhe disse, deixe esse trabalho para o Darryl. Você não deveria estar forçando seu coração.

– Estou escovando o melhor cavalo de Devonshire. É um prazer, não um esforço. E Darryl foi buscar água.

Rhys a ouviu soltar um suspiro frustrado. Sua testa franziu-se em preocupação.

– Pai, você não pode...

Rhys pousou a mão em seu ombro e a afastou da porta.

– Não – disse ele, baixinho. – Não diga a um homem o que ele não pode fazer. Ele só ficará mais determinado a provar que você está errada.

O rosto dela não conseguia decidir qual expressão tomar. A testa franzida demonstrava certo incômodo com a interferência dele, mas suas bochechas estavam ficando coradas pelo embaraço. Os lábios dela tremiam nos cantos como se Meredith pudesse chorar, e seus olhos...

Seus olhos eram lindos. E deixavam Rhys demasiado bobo para sequer formular o próximo pensamento. Se não fosse pela montanha de pão entre ambos, ele a teria abraçado ali mesmo.

Abraçá-la, veja só que ideia. De onde vinham esses devaneios? Meredith Maddox era uma mulher linda, e não havia como negar que ele desejava o corpo dela mais do que desejava uma noite tranquila de sono. Qualquer homem sentiria o mesmo. Mas isso não era apenas luxúria. Ele nunca havia sentido tamanha vontade de abraçar uma mulher e mantê-la ali. Ele queria beijá-la na noite passada, embora nunca tivesse sido muito adepto a beijos. Beijar tinha a ver com romance e inocência, e todas aquelas outras coisas que nada tinham a ver com ele. Seus encontros passados com mulheres tinham uma semelhança notável com suas brigas: impulsivos, brutais e pouco satisfatórios.

O que ele queria com Meredith era diferente. Aquela mulher forte e autossuficiente despertara um impulso terno dentro dele. Ele era responsável pela situação atual dela. Aliás, pela situação daquela vila. Por culpa dele, com o dia ainda mal amanhecido, ela já estava trabalhando duro havia horas. Era por culpa dele que Meredith precisava cuidar de um pai inválido durante o dia e de um bando de bêbados indisciplinados à noite. Cada passo manco do pai dela, cada pequeno calo em sua mão, cada mancha de sangue em sua toalha de mesa branca e delicada... tudo isso era sua própria maldita culpa.

— Um médico passou por aqui ano passado — disse ela suavemente, olhando desfocada para o pão. — Ele examinou meu pai em troca de hospedagem e alimentação. E constatou que coração dele está fraco. Se ele não diminuir o ritmo...

Rhys apertou levemente o ombro dela.

— Conheço seu pai há quase tanto tempo quanto você, Merry. A equitação está em seu sangue. É a vida dele. Ele preferiria morrer a diminuir o ritmo.

— Eu sei. Eu sei, mas... — Ela olhou para Rhys e deu de ombros, como se ele pudesse entendê-la sem palavras.

E ele entendeu. De repente, Rhys entendeu tudo. A razão pela qual ele havia sobrevivido aos últimos quatorze anos e enfim voltado para aquela vila. A razão pela qual não poderia deixá-la agora. O caminho para redimir toda a sua vida desperdiçada. Tudo fazia um sentido perfeito e inquestionável.

— É domingo? — perguntou ele.

— Sim — respondeu ela, em um tom perplexo.

Ele olhou ao redor do pátio.

— Por que as pessoas não estão na igreja? Onde está o vigário?

— Não temos mais vigário. Ele partiu há doze anos, quando seu pai parou de pagar-lhe o sustento. Um cura vem de Lydford uma vez por mês para realizar os cultos.

Ele praguejou baixinho. Isso tornava as coisas um pouco mais difíceis.

Ela lhe deu um sorriso maroto.

— O que é? Sente necessidade de confessar seus pecados?

— Maldição. Isso levaria anos. — E ele não queria nenhum perdão. Não, apenas queria acertar as coisas. — Confissão não é obrigatória, certo?

– Obrigatória para quê?

– Para um casamento.

Um pãozinho caiu da cesta de Meredith, e os cães se atracaram sobre ele aos seus pés.

Quando ela falou, sua voz estava estranhamente frágil:

– Você está noivo?

– Ainda não. Mas estarei, em breve. – Antes do café da manhã, ele esperava. Céus, ele estava faminto. Se ela perdesse outro pãozinho daquela cesta, nunca chegaria aos cães.

– E pretende se casar com sua noiva aqui? Em Buckleigh-in-the-Moor?

– Sei que a igreja da vila não é a mais grandiosa, mas servirá. Não faria sentido ir para outro lugar, não é? A viagem seria difícil para o seu pai.

Ela lançou-lhe um olhar de total perplexidade.

– Você pretende se casar aqui. Nesta vila remota. Apenas para que meu pai possa ser um convidado no seu casamento?

– Bem, pensei que você gostaria da presença dele.

– Meu senhor, por que diabos eu me importaria com a presença de meu pai ao seu casamento?

Os cantos da boca de Rhys se contraíram com diversão. Maldição, suspeitava que estivesse quase sorrindo, mas ele não sorria. Nunca. Porém, estava ansioso para aprender como era a sensação.

A percepção aguçou o olhar dela.

– Oh, não! – exclamou ela.

Oh, não?

Oh, não, mesmo. Essa não era a reação que ele esperava. Tudo seria muito mais fácil se Meredith aceitasse sua oferta. A inevitabilidade. Mas não era nele que ela se concentrava. O olhar dela estava focado em um ponto atrás do ombro esquerdo dele.

– Lá vem seu comitê de boas-vindas.

Rhys virou-se. Vindo em sua direção estavam os dois brutamontes da noite passada – ele não conseguia se lembrar de seus nomes–cercados por uma dúzia de outros homens. Rhys reconheceu alguns deles da estalagem na noite passada, mas outros rostos eram novos.

Todos eles carregavam tochas acesas.

– Ashworth – disse o brutamontes maior. – Viemos para escoltá-lo para fora da vila. Para sempre.

Dentro do estábulo, Rhys podia ouvir os pôneis ficando inquietos e nervosos. Ele também estava inquieto. Não podia suportar chamas tão perto de um estábulo de cavalos. Mas o bando de tolos segurando as tochas... eles não inspiravam nada nele além de desprezo.

– Harold e Laurence Symmonds, o que diabos estão fazendo com essas tochas? – Meredith perguntou. – Está claro como dia, seus idiotas.

– Vá para dentro com seu pai – Rhys murmurou para Meredith. – Certifique-se de que ele esteja seguro. Eu cuido disso.

Ela desapareceu no estábulo.

Rhys caminhou em direção ao centro do pátio.

– Muito bem. Vocês têm minha atenção. Agora digam o que querem dizer.

Harold Symmonds cuspiu na terra.

– Os Ashworths foram uma praga para nossa vila. O fogo queimou a Residência Nethermoor até o chão quatorze anos atrás e expulsou sua família dos pântanos para sempre. Você também deveria ter ficado longe. Agora estamos aqui com estas tochas para mostrar que o fogo vai expulsar você do pântano outra vez.

– Ah – disse Rhys, coçando o pescoço. – E, ainda assim, aqui estou eu.

Um tiro ecoou pelo ar.

Rhys virou-se com rapidez, procurando a origem. Não precisou procurar muito. Gideon Myles estava na porta do estábulo, com uma pistola fumegante na mão.

– Seus desmiolados. Eu tenho uma carroça cheia de... – Ele lançou um olhar para Rhys. – ...de mantimentos neste estábulo e vou atirar em cada um de vocês antes de deixar que queimem isso ao redor!

A multidão ficou desconcertada.

– Foi tudo ideia dele! – Laurence apontou o dedo para seu companheiro.

– Não foi, seu mentiroso!

Lá iam eles de novo.

Laurence fez um gesto amplo com sua tocha, fazendo com que os homens recuassem para evitar serem chamuscados. Os dois se enfrentaram, circulando um ao outro no meio do pátio. Seus seguidores, que claramente haviam vindo nessa missão pelo entretenimento, pareciam felizes por assistir a outra briga em vez de um linchamento.

Desta vez, Rhys não ficaria apenas observando. Ele colocou-se entre os dois homens e agarrou cada um pelo colarinho. Ele fez uma careta enquanto a fumaça oleosa das tochas atingia suas narinas. Um flexionar de seus braços, e ele poderia bater a cabeça de ambos e encerrar toda a cena.

Mas não podia continuar resolvendo todos os problemas com violência. Ele não queria mais viver com raiva.

– Tudo bem – disse ele, afrouxando o aperto. – Já basta!

– Fogo! Fogo!

O grito de pânico surgiu atrás dele. Antes que Rhys pudesse registrar sua origem, uma onda de água gelada caiu sobre sua cabeça, encharcando-o. O choque o congelou por um momento. Uma correnteza gelada escorreu por suas costas, e ele tremeu.

– Desculpe! – Uma voz tímida veio de trás dele. Rhys a reconheceu como pertencente a Darryl Tewkes. Ele se virou, e lá estava o jovem, com o olho trêmulo.

– Mil desculpas – gaguejou ele mais uma vez. – Estava tentando acertar as tochas, sabe.

Com um suspiro rouco, Rhys se sacudiu. Gotas de água voaram por toda parte. Ele pegou as tochas fumegantes dos dois homens, virou-as de cabeça para baixo e as apagou na terra.

– Escutem todos vocês. – O eco do tiro atraíra curiosos, e agora toda a vila estava ouvindo. Droga, ele odiava fazer discursos. Tentou manter a voz firme. – Vocês podem trazer suas tochas, suas armas e seus... – Ele revirou os olhos e acenou com a manga molhada para Darryl. – ...baldes de água fria, e o que mais quiserem. Mas não podem me intimidar. Fogo, tiros e afogamento... Já passei por cada um deles e sobrevivi a todos.

Ele encarou Harold e Laurence.

– Vocês se julgam bons de briga? Lutei por onze anos com o Quinquagésimo Segundo, o regimento mais condecorado do Exército Britânico. Infantaria leve, a primeira linha de ataque em qualquer batalha. Batalhei por Portugal, Espanha, França e Bélgica. Sozinho, em Waterloo, abati sete membros da Guarda Imperial de Napoleão. E esses são apenas os que matei de perto.

Com muita calma, ele virou-se para Gideon Myles.

– Quer brincar com armas? Eu também sei fazer isso. Rifle, mosquete, pistola... é só escolher. Posso limpar, montar e carregar qualquer um deles em menos de um minuto. Não desperdiço pólvora, e minha mira é certeira.

E, já que tinha a atenção de toda a vila, ele prosseguiu:

– E saibam todos que eu sou imune às bobagens. Certa vez, um casal de camponeses portugueses me encontrou sangrando em um campo, baleado no ombro durante um confronto. Eles me arrastaram para um galinheiro e me mantiveram lá por quase uma semana, apenas enfiando um atiçador entre as ripas de vez em quando para me cutucar na lateral e verificar se eu já estava morto. – Ele virou-se para Darryl. – Você aí, com o balde. Sabe como se diz "água" no idioma deles?

Darryl balançou a cabeça em negativa.

– Nem eu, maldição. E, ainda assim, aqui estou eu. Sou indestrutível. Além disso, sou Rhys St. Maur, o lendário fantasma vivo e, com certeza, vocês não vão me assustar e me tirar da minha própria residência amaldiçoada.

Silêncio.

Rhys havia dito tudo o que pretendia. Ninguém parecia saber o que fazer a seguir. Harold, Laurence, Gideon Myles, Darryl… todos apenas ficaram ali, boquiabertos, olhando para ele e depois um para o outro. Bando de tolos.

Um pãozinho bateu na testa de Harold Symmonds, quebrando o transe coletivo.

– Vão para casa. – Meredith apareceu de repente ao lado de Rhys, ainda segurando sua cesta de pães com as duas mãos. Sua voz ecoou pelo pátio. – Vão para casa, todos vocês.

Um a um, os aldeões se viraram e foram embora. Myles desapareceu de volta para os estábulos a fim de, segundo ele, continuar vigiando sua preciosa carroça de mantimentos. Rhys percebeu que o homem era demasiado protetor de uma carga de "bens secos".

Ele soltou o ar aos poucos, sentindo a tensão em seus músculos também se dissipar.

– Você está bem? – Meredith o examinou da cabeça aos pés. – Sinto muito por essa cena.

Ele torceu a água de sua camisa, recuando para não pingar nos pães dela.

– Não se preocupe. Não foi sua culpa. E eu precisava de um banho.

Ele ergueu o olhar e a encontrou paralisada, os olhos fixos em seus ombros e peitoral encharcados. Rhys não conseguia identificar o olhar dela, mas suspeitava que fosse de repulsa. Com a camisa grudando no corpo e os cabelos grudados na cabeça – sem mencionar o fato de ter acabado de ser recebido por uma multidão com tochas –, ele deveria ter a aparência de um monstro.

– Um banho – disse ela, reanimando-se de repente. – Sim, claro. Vou mandar preparar água e aquecê-la.

– Não, não se preocupe com isso. A bomba será o suficiente para mim.

– Como desejar, então. – Ela virou-se para sair.

Ele a segurou pelo braço.

– Eu... Merry, sinto muito trazer tantos problemas pra você. Vou compensar isso.

Ele compensaria a todos. Com certeza, alguns dos moradores de Buckleigh-in-the-Moor eram verdadeiros tolos, e ele nunca ganharia um concurso de popularidade por ali. Mas a maioria dos aldeões deveria ser de almas decentes e honestas, e tinham bons motivos para vê-lo com suspeita. Com o tempo, eles acabariam mudando de opinião.

Meredith mordeu o lábio. Um meio-sorriso atraente fez com que se formasse uma covinha em suas bochechas.

– Você traz todo tipo de problema, Rhys St. Maur, e sempre trouxe. Mas não se preocupe, vou cuidar de Harold, Laurence e dos outros.

– Tenho certeza de que vai. – Ela parecia cuidar da vila inteira. Da estalagem, dos viajantes, de seu pai inválido e das vidas e fortunas de todos esses homens idiotas.

Mas quem cuidava dela?

Ele perguntou:

– Você já tomou seu próprio café da manhã?

Ela balançou a cabeça em negativa.

– Então vamos fazer isso – disse ele, recuando. – Vou me lavar na bomba. Por favor, encontre algo para comermos. E então vamos nos sentar para tomar café da manhã juntos e marcar a data do nosso casamento.

Capítulo 4

Enquanto preparava a mesa do café da manhã, Meredith recusou-se até mesmo a pensar nas palavras que Rhys lhe dissera lá fora. Certamente seus ouvidos a haviam enganado. Não era possível que ele lhe propusesse um casamento após uma única noite na Três Cães. Suas acomodações eram agradáveis, mas não tão boas assim.

Ela nem sequer tinha presunto ou bacon. Até que a Sra. Ware chegasse, não haveria carne para servir, exceto pela torta de carneiro fria. Apenas pães e geleia de mirtilo. E creme fresco e ovos cozidos, e café feito com água da nascente. Eis um consolo: a Três Cães preparava o melhor café da Inglaterra, ou assim um hóspede bem viajado havia proclamado certa vez. Não que Meredith pudesse saber por experiência própria. O mais longe de casa que já estivera fora em Tavistock.

Ela tinha acabado de arrumar uma mesa para dois quando Rhys entrou no salão, recém-banhado e vestindo uma camisa e calças limpas. Seu cabelo estava tão curto que já estava seco. Ela queria acariciá-lo, para ver se era tão macio quanto penas de ganso, ou áspero, como grama aparada.

Céus, o que ela estava pensando? Aquela cena no pátio deixara bem claro que, para a própria segurança de Rhys e a harmonia da vila, ela precisava alimentá-lo e mandá-lo embora. Hoje mesmo. Com nenhuma carícia no cabelo envolvida.

— Gostaria de sentar-se, milorde? — Ela tentou perguntar com um tom casual e despreocupado. — Gostaria de um café?

— Gostaria, sim. Mas, por favor, me chame apenas de Rhys — pediu ele, acomodando-se em um banco de madeira. — Poucas pessoas o fazem. — Ele aceitou a caneca de café que ela lhe entregou. Seus dedos se tocaram na troca, e a sensação foi elétrica. Ele tomou um gole destemido da bebida escaldante. – Então – continuou ele, colocando a caneca na mesa –, quando esse cura vem à vila novamente? Quão logo podemos nos casar?

Aquele formigamento elétrico se tornou um choque em todo o corpo de Meredith.

– O senhor não pode estar falando sério.

– Claro que posso. Sou sempre sério. Julga que eu encararia um casamento de forma leviana?

Um riso surpreso escapou dela.

– O que mais posso pensar, quando o senhor apenas acabou de chegar?

– Não é como se eu fosse um estranho para você. – Ele tomou outro gole do café. – Você me conhece desde que era menina.

– Até ontem à noite, eu não o via há quatorze anos.

– Hum... – Um pequeno sorriso curvou seus lábios. – Isso é o destino. Estamos fadados a nos casar.

Meredith sentiu como se estivesse presa em um antigo barril de vinho, rolando pela encosta pedregosa de Bell Tor. Atordoada e desorientada. Um pouco embriagada.

Ela cruzou os braços sobre o peito.

– Bem, eu não quero me casar com o senhor. – E não queria mesmo, não mais. Não precisavam falar sobre os pedaços de papel onde ela havia escrito "Meredith St. Maur, Lady Ashworth", quando tinha 12 anos. – Eu não quero me casar de jeito nenhum.

Enquanto viúva, ela era a proprietária daquela estalagem. Mas isso não seria mais o caso se ela se casasse.

Com calma, ele retrucou:

– Se tem uma coisa que aprendi ao longo dos anos, é que o destino não se importa com o que queremos.

– Bem, eu não acredito no destino. – Ela se abraçou ainda mais forte.

– O destino também não se importa se acreditamos nele. Essa é a questão. – Ele riu. – Meredith, abaixe o escudo que está fazendo com os braços e venha sentar-se comigo. – Quando ela hesitou, Rhys arqueou uma sobrancelha. – É apenas um café da manhã.

Era mesmo?

Quando ela se sentou, ele pegou uma faca e passou manteiga em um pãozinho.

– Você compreenderia o que eu quero dizer sobre o destino se tivesse vivido uma guerra em minha pele.

As palavras se assentaram como pedras no peito dela.

– É verdade? Tudo o que o senhor disse lá no pátio?

– Tudo aquilo e ainda mais. – Ele mordeu o pão, levando dois terços dele à boca de uma só vez.

– Isso é... – ... de partir o coração. – É impressionante, que tenha sobrevivido. – Naquele momento, Meredith sentiu o quão perto havia chegado, inúmeras vezes, de nunca mais vê-lo. E isso a fez querer levá-lo para o andar de cima e prendê-lo na cama. E de fazer amor com ele apenas uma vez, antes que aquele homem voltasse a partir.

– Ah, bem. – Ele engoliu. – Não tão impressionante, na verdade. Tentei ao máximo deixar esta terra a cada passo, mas Deus e o Diabo continuaram me mandando de volta. Nenhum dos dois me queria, suponho.

Talvez eu apenas o desejasse mais.

Para evitar dizer as palavras em voz alta, Meredith arrancou um pedaço indelicado de pão e o mastigou ruidosamente.

Empurrando seu café para o lado, Rhys tirou do bolso do casaco duas moedas. Ele as deixou cair na mesa, onde ficaram como damas de latão na trama de algodão azul e branco. Examinando-as mais de perto, elas não se pareciam com nenhuma moeda que Meredith já tinha visto. Ela pegou uma e a segurou contra a luz, girando-a entre o polegar e o indicador. O disco era irregular e grosseiramente cunhado. De um lado, a cabeça de um cavalo se destacava em relevo; no reverso, ela encontrou o rabo de um cavalo.

Ela riu disso.

– São moedas estrangeiras de suas viagens?

– Não. São fichas que indicam a associação a uma sociedade de elite conhecida como o Clube dos Cavaleiros. A posse de uma dessas moedas dá ao homem o direito de reprodução com Osíris, o garanhão mais valioso da Inglaterra. As regras do clube afirmam que as fichas não podem ser compradas, vendidas ou doadas. Só podem ser conquistadas ou perdidas em um jogo de azar. Existem apenas dez delas no mundo e, no momento, eu possuo duas. Sabe como as consegui?

Ela balançou a cabeça.

– Destino, puro e simples. Sem mérito algum de minha parte, fui poupado enquanto outros homens – melhores do que eu – caíram.

Ele apoiou um cotovelo na mesa e olhou pela janela. O sol brilhante da manhã o fez estreitar os olhos, enrugando o tecido cicatrizado em sua têmpora.

Segurando uma das moedas na mão, ele prosseguiu:

– Esta pertencia a um oficial do meu batalhão. Major Frank Brentley, de York. Era um bom homem. Sua esposa viajava com a companhia e remendava camisas para mim. Ele nunca bebia, mas era um jogador nato, sempre apostando nos dados ou nas cartas. Diziam que ganhou esta ficha em um jogo de vinte e um às cegas. Costumava dizer que teve sorte a vida toda.

Ele bateu a moeda na mesa.

– Bem, a sorte o abandonou em Waterloo. Estávamos no flanco esquerdo da linha, e um dos *voltigeurs*[*] surgiu do nada. Em um momento Brentley estava ao meu lado, no outro foi derrubado por um tiro de rifle à queima-roupa, as entranhas para fora.

Engolindo com cuidado, Meredith largou o pedaço de pão que estava segurando.

– Desculpe-me – disse ele. – Não é uma conversa adequada para o café da manhã, eu sei. Enfim, depois que matei o soldado francês, carreguei Brentley para fora da ação. Tentei deixá-lo confortável. Ele tirou essa ficha do bolso. "Jogue comigo por ela", ele disse. "Eis a regra. Cara ou coroa?", mas, então, ele morreu e a moeda rolou de sua mão. Estava tão manchada de sangue que não dava para distinguir o símbolo de nenhum dos lados. Mas eu tinha ganhado no lançamento dela, não é? E é assim que minha vida segue. É como se eu tivesse uma moeda com "vida" estampada de um lado e "morte" do outro, e não importa quantas vezes eu a jogue para o ar, ela sempre cai com a "vida" para cima.

Rhys pegou a outra ficha.

– Esta pertencia a Leo Chatwick, o marquês de Harcliffe, fundador do Clube dos Cavaleiros. Outro bom homem. Tinha tudo: juventude, riqueza e boa aparência. Admirado por todos. Assassinado a sangue-frio há quase dois meses, enquanto caminhava pela parte errada de Whitechapel. Agredido e roubado por ladrões. Ou é o que a maioria acredita. Seus assassinos nunca foram capturados.

Meredith estremeceu.

– Que terrível. Ele era um amigo muito próximo seu?

– Não – respondeu ele. – Já aprendi a lição. Não faço amigos próximos.

As palavras a fizeram sentir empatia, mas também feriram seu orgulho. Ele aceitaria uma esposa, mas não um amigo? O elogio implícito em sua proposta enfraqueceu. Qualquer que fosse o motivo pelo qual ele queria casar-se, parecia ter mais relação com essas estranhas fichas de bronze do que com ela.

Com sua mão enorme e marcada por cicatrizes, Rhys pegou um ovo cozido e o bateu com a borda da colher até que uma rede de pequenas

---

[*] Os *Voltigeurs* eram as unidades militares de atiradores franceses que foram formadas por Napoleão Bonaparte em 1804. (N. T.)

rachaduras cobrisse a superfície manchada de marrom. A cautela comedida nos movimentos dele a encantava. Ela não conseguia desviar o olhar.

– Sou estéril. – Ela soltou de repente. – Provavelmente. Já que fui casada por quatro anos e nunca engravidei.

Ele franziu a testa, descascando o ovo.

– Maddox era velho. Isso não significa...

– Não foi só ele. – Ela baixou a voz. – Tive amantes desde então.

O rosto dele se fechou.

– Ah.

O que ele pensaria dela agora? Meredith ergueu o queixo, recusando-se a se sentir envergonhada.

– Consegui mudar sua opinião? Talvez não sejamos tão destinados assim, afinal de contas.

– Não foi isso que eu quis dizer. Sinto muito que tenha se sentido sozinha. Sou um idiota por ter ficado tanto tempo longe. O fato de você ser estéril não me importa. A última coisa que eu quero é um filho. E tem a minha palavra de que não vou apressá-la para... a consumação.

– O quê? – O ar saiu de seus pulmões. Ela mexeu na toalha da mesa. – Bem, lá se foi meu principal incentivo para aceitá-lo.

Ele pareceu confuso.

– Sério?

– Sério.

– Então, quando me ofereceu um beijo ontem à noite... você não estava apenas sendo generosa?

O rosto dela esquentou enquanto empurrava o saleiro na direção dele.

– Não, Rhys. Generosidade não teve nada a ver com isso. Nada mesmo.

Ele a estudou por um momento, depois deu de ombros.

– Se você diz.

Por que ele agia tão surpreso? Certamente devia receber muita atenção feminina, aonde quer que fosse. Como uma mulher não poderia se sentir atraída por ele?

Ela observou enquanto Rhys pegava o ovo trêmulo que ele havia descascado com tanto cuidado. Ele o partiu ao meio com um único movimento de suas mandíbulas. Os músculos de sua bochecha trabalhavam enquanto ele engolia o restante. Que combinação intrigante de ternura e poder Rhys personificava.

Meredith imaginou-se nua, tremendo diante dele. Revelando-se aos poucos e com cuidado, e então... devorada. Só de pensar nisso, ela ficou um pouco assustada, e incrivelmente excitada.

– Se não deseja ter filhos... – indagou ela – ... por que você quer se casar?

Quando homens se interessavam por ela, ir para a cama costumava estar em primeiro plano na mente deles. E não era como se ela tivesse dinheiro ou influência para oferecer. Não o suficiente para influenciar um nobre, de qualquer forma.

– Vou cuidar de você.

– Eu cuido de mim mesma. Com bastante competência.

– Sim, você cuida. E cuida de seu pai, desta estalagem e de toda a maldita vila. Coisas que deveriam ser minha responsabilidade, agora que herdei tudo. Não posso permitir que continue trabalhando tanto. Eu sou o senhor deste lugar agora e vou assumir meu papel na vizinhança.

Ela riu.

– Você não notou a multidão que o recebeu esta manhã? Os aldeões não querem a sua ajuda. Eles querem que você vá embora.

Ele balançou a cabeça.

– Aquilo não era uma multidão, era um bando de tolos.

– Eles podem ser tolos, mas são grandes e fortes. E podem causar problemas reais para você, se quiserem. E Gideon Myles não é nenhum simplório.

– Gideon Myles! – bufou ele. – O que esse homem significa para você?

Aquele tom na voz dele era ciúme? Isso não deveria excitá-la, mas o fez. Até a ponta dos pés.

– Ele é um parceiro de negócios. E um amigo. – E um contrabandista que não hesitará em usar de violência se isso lhe convier. Ela limpou a garganta e continuou: – Quais são seus verdadeiros planos, Rhys?

– Planejo casar-me com você.

Aquela emoção a percorreu novamente.

– Além disso... planejo cumprir minhas responsabilidades como lorde. Dar à vila algum meio de sustento. Vai levar tempo, mas vou reconstruir a propriedade.

– *Reconstruir*? Reconstruir a Residência Nethermoor? Por que você faria isso? – Ela sabia que tipo de infância ele havia sofrido naquela casa. Por que gostaria de reconstruí-la? Sem mencionar que, não importa o quanto ele desejasse, Gideon Myles e seus comparsas nunca permitiriam que isso acontecesse. – E como pensa que vai realizar a construção? Os homens locais nunca trabalharão para você.

– Eles vão trabalhar se eu pagar o suficiente.

Meredith balançou a cabeça.

– Os mais velhos ainda odeiam seu pai. Os mais jovens, os poucos que sobraram, cresceram ouvindo todo tipo de superstição e histórias. Eles vão temê-lo.

– Bem, se eu não conseguir mão de obra local, trarei trabalhadores de Plymouth ou Exeter, eu suponho.

– Isso vai custar caro.

– Tenho algumas terras no norte e pretendo vendê-las. E recentemente recebi um dinheiro. Não o suficiente para restaurar a Residência Nethermoor ao seu pleno esplendor, mas se eu o investir com sabedoria será o bastante para construir uma casa e ainda sobrará o suficiente para viver.

E se os investimentos não fossem sábios e falhassem, o que aconteceria? Ele iria à falência sem fonte de renda ou aluguéis. E voltaria a partir. De alguma forma, todas as possibilidades terminavam com ele indo embora mais uma vez.

– Você não precisará mais fazer isso quando se casar comigo – disse ele, olhando ao redor do salão. – Trabalhar, quero dizer. Eu cuidarei de você e de seu pai.

Ao mencionar seu pai, Meredith sentiu uma pontada aguda no peito. Droga, ele estava tornando isso tão difícil.

– Mas eu gosto de trabalhar aqui – protestou ela. – Tenho orgulho do que fiz com este lugar e tenho planos para fazer ainda mais.

– Você poderia fazer muito mais como a senhora de uma residência.

– Rhys… você está sendo tão ingênuo.

As sobrancelhas dele arquearam-se.

– Eu, acusado de ingenuidade? Devo dizer, nunca pensei que esse dia chegaria. Sinto vontade de gravar a data em uma placa.

– Esqueceu-se de como a vida é por aqui. Agora é uma agradável manhã de verão, mas deve lembrar-se de como é no inverno. É severo, solitário e desolado. Você não pode desejar voltar a viver aqui. E nós aprendemos a sobreviver sem um lorde. Apenas vá embora.

– Eu não vou a lugar algum.

– Por que diabos não? – Meredith certamente iria se fosse Rhys.

– As circunstâncias apenas me trariam de volta. É o destino.

Com um gemido baixo, ela apoiou os cotovelos na mesa e enterrou o rosto nas mãos.

– Você não acredita em mim – disse ele, inclinando-se para a frente. – Eu sei. Mas, quando um homem caminha pela fronteira entre este mundo e o próximo com tanta frequência quanto eu, começa a notar a mão do destino por todos os lugares. Às vezes, em lampejos brilhantes, outras vezes em tons mais sutis. É como descobrir uma cor nova, que a maioria das pessoas não consegue enxergar. Mas eu vejo.

Ele retirou as mãos dela do rosto.

– Quando você olha para mim, seus olhos brilham. Estou lhe dizendo, estamos destinados.

O coração dela disparou.

– E o que o faz tão certo disso?

– Isto. – Ele gesticulou para o café da manhã disposto na mesa entre eles. Alguns pães, pequenos potes de barro com manteiga e geleias. Duas canecas de café e um prato de creme fresco. Os pratos estavam dispostos aleatoriamente; migalhas pontilhavam a toalha de mesa xadrez. A cena não parecia um presságio do destino para ela, mas então... compreendeu o que ele queria dizer. A luz quente brilhava sobre ambos com certa familiaridade, deixando-os sem ter como esconder suas imperfeições um do outro. Naquela manhã, ela nem sequer prendera o cabelo de modo adequado. Para um observador casual, os dois pareceriam um casal tomando seu milésimo café da manhã juntos, em vez do primeiro.

O olhar caloroso de Rhys encontrou-se com o dela.

– Apenas parece certo, não é?

Sim, parecia. Era a coisa mais certa que ela já havia sentido, e também a mais aterrorizante.

– Não lute contra isso. – disse ele. – Case-se comigo.

Não lutar contra? Ele não estava sendo justo. Rhys havia desaparecido por quatorze anos e, agora, aparecia em uma manhã prometendo cumprir todas as suas responsabilidades e nunca mais partir? Pedindo que ela e aquela vila abandonassem a segurança que conquistaram a duras penas e colocassem o próprio futuro de volta nas mãos dos Ashworth? Ele oferecia um sonho, mas a forçaria a desistir de sua realidade segura para alcançá-lo.

Meredith não podia correr esse risco. Não baseada em um quase beijo, nem no brilho invisível do "destino". Ela forçou-se a dizer as palavras:

– Não, Rhys. Não posso me casar com você.

Os olhos dele inflamaram-se, e a mão cerrou-se em punho. Por um momento, ele parecia quase zangado. Estranho, após permanecer tão calmo e controlado diante dos aldeões agitados. Aqui estava um lampejo do Rhys do qual ela recordava-se de tantos anos atrás: selvagem, furioso e indomável. Irresistível.

Apenas alguns segundos depois, ele suprimiu aquela explosão emocional. O maxilar dele relaxou, por fim alisando a toalha da mesa com a palma da mão.

De todas as razões pelas quais aquele homem precisava deixar Buckleigh-in-the-Moor, aquela era a mais convincente. Ela não suportaria ver o local tirando o espírito de Rhys para sempre.

– Bem. – Ela levantou-se com as pernas trêmulas. – Você terá um longo dia pela frente.

– Sim, eu terei, Sra. Maddox. – Ele parecia resignado enquanto levantava-se da mesa. – De fato, terei.

– Devo pedir a Darryl que sele o seu cavalo?

– Não, não. Vou deixá-lo descansar hoje.

Ela franziu a testa, confusa.

– Então... você pretende ficar mais uma noite?

– Pretendo ficar para sempre.

Completamente atordoada, Meredith voltou a sentar-se.

– Você não me ouviu, milorde? Desculpe-me se não fui clara, mas...
– Minha nossa, ela teria forças para recusá-lo duas vezes? Uma já tinha sido difícil o suficiente.

Ele sorriu e caminhou em direção à porta.

– Não se preocupe, Merry Lane, eu a ouvi. Sei que você disse que não pode se casar comigo. Mas também sei que vai. Só que não agora.

Após Rhys subir para o andar de cima, Meredith manteve-se ocupada. Não era difícil. Sempre havia trabalho a ser feito e, naquela manhã, quanto mais mecânica fosse a tarefa, melhor. Ela mal tinha acabado de limpar a mesa do café da manhã quando a Sra. Ware chegou para começar os preparativos culinários do dia. Havia toalhas de mesa para passar e canecas de estanho para esfregar. Na tarde seguinte, a diligência do correio passaria, e, dependendo do tempo e da condição das estradas, o cocheiro poderia parar na Três Cães para que os cavalos descansassem e permitir que os passageiros se refrescassem.

Antes da correria do meio-dia, ela tirou um momento de descanso. Pegou um dos jornais que Gideon havia trazido na noite anterior e o abriu, alisando o papel amassado contra o balcão do bar. Ostensivamente, os jornais eram para os hóspedes da estalagem, mas Meredith era a única que os lia. Ela lia todos, cada página. Durante aqueles anos de guerra, aquela mulher os vasculhava procurando qualquer menção a Rhys. Nas semanas após uma batalha, às vezes encontrava um relato da bravura de seu regimento ou uma lista de baixas que, por misericórdia, não incluía o nome dele.

Hoje, parecia que ela abriria o jornal e encontraria a manchete: RHYS ST. MAUR RETORNOU A DEVONSHIRE. Talvez, se lesse as palavras impressas, ela começaria a acreditar que era verdade. Embora duvidasse que até mesmo os repórteres do *The Times* pudessem encontrar uma explicação lógica para aquela cena de hoje no café da manhã. Talvez a manchete devesse ser: DONA DE ESTALAGEM POBRETONA RECUSA PROPOSTA DE CASAMENTO DE LORDE.

Abaixo disso, em letras menores: AMBOS COMPROMETIDOS COM A CONFUSÃO.

– Deixei seu barril de vinho da Madeira na despensa. – Gideon Myles apareceu. Ele colocou uma figurinha de cerâmica no balcão. – E isso aqui apareceu em uma enseada perto de Plymouth.

– É mesmo? – Meredith pegou a pastorinha de porcelana na mão e a examinou à luz. Era finamente bem-feita e pintada. Requintada.

Frágil.

– É incrível – disse ela – que algo assim sobrevivesse sendo jogado sobre as ondas e arremessado contra um litoral rochoso.

–É? – indagou Gideon, inocente e com um sorriso nos lábios.

Aquele homem era diabolicamente bonito, e sabia disso. Não apenas sabia, mas fazia uso. Como intermediário entre os contrabandistas costeiros de Devonshire e os mercados de Bristol, Londres e demais lugares, Gideon usava seu charme malicioso para encher os bolsos, aquecer suas noites e, em geral, divertir-se bastante.

– Um verdadeiro milagre – admitiu ela.

– Pensei que ficaria bem em um dos seus quartos redecorados. Dá um toque de classe, sabe.

– Com certeza. – Ela sorriu para a pastorinha. – Muito atencioso de sua parte, Gideon. Muito obrigada.

A sobrancelha dele arqueou-se.

– O quanto está agradecida?

Impossível flertar.

– Tão grata a ponto de ofertar uma caneca de cerveja.

– Droga. Esperava por uma gratidão demonstrada na cama. Mas não vou recusar a bebida. Da próxima vez, eu trarei um colar de esmeraldas sangrentas.

– Não acho que elas aparecem nessas enseadas com frequência – disse ela, deslizando para ele uma caneca de cerveja.

Ele lhe deu um sorriso malicioso.

– Só precisa saber onde procurar. – Ele tomou metade de sua cerveja em um gole só, e, quando abaixou a caneca, seu comportamento tinha mudado. Ele apoiou os braços no balcão. – O que Ashworth está fazendo de volta a Devonshire?

– Como eu deveria saber?

Ele a encarou em silêncio, deixando claro para ela que não acreditava em seu desconhecimento nem por um momento. Meredith deu de ombros:

– Bem, ele herdou as terras agora, não é? É natural que queira dar uma olhada nelas. – Com um ar indiferente, Meredith acrescentou: – Talvez queira começar a cumprir seu papel como Lorde Ashworth.

Gideon tossiu.

– Por que ele faria isso? Eu poderia muito bem assumir o legado do velho vigário.

Ele forçou uma risada, mas Meredith reparou no brilho ferido em seu olhar. Gideon Myles ficara órfão ainda menino, quando seus pais sucumbiram a uma febre. O vigário o acolheu, abrigou e educou por muitos anos. Mas, quando a vida dele ficou difícil, o clérigo deixou a vila e abandonou Gideon, que teve que se virar sozinho aos 13 anos.

– Não gostaria de ser um vigário? – perguntou ela. Ele riu de novo, e Meredith protestou: – Não, eu falo sério. Acho que seria mais adequado para o clero do que imagina. Por mais que cultive essa imagem de malandro, você tem um bom coração. – Com a ponta dos dedos, ela tocou o cordeiro de cerâmica ajoelhado aos pés da pastorinha. – E uma mente rápida também. Você é inteligente demais para se envolver em crimes mesquinhos como profissão.

Ele desviou o olhar, e Meredith pensou ter visto um rubor subir pelo pescoço dele.

– As opções são limitadas por aqui, não são? – Ele balançou a cabeça. – Não, tem sido uma vida infernal pra mim. Mas ultimamente estou me tornando familiarizado demais com o celibato.

Ela riu do olhar sugestivo que ele lhe deu, sabendo que aquelas palavras eram apenas um flerte casual. Como dissera a Rhys, Gideon era um parceiro de negócios e um amigo. Nada mais. É verdade, ele era um homem robusto com um impulso natural, e não recusaria um convite para sua cama. Mas Meredith gostava demais dele para arriscar estragar as coisas por uma ou duas noites de prazer. Foi por isso que os poucos amantes que ela teve desde que Maddox morreu eram todos viajantes de passagem. Sem risco de apego emocional.

Olhando para trás, talvez fosse por isso que ela sempre fora tão atraída por Rhys. Ele estava sempre em movimento: correndo, cavalgando, brigando e lutando pelo continente. Era um homem que nunca permitiria que nada o prendesse em um lugar.

Exceto que agora estava de volta, prometendo fazer exatamente isso: permanecer em um lugar.

– Ele disse que quer reconstruir a Residência Nethermoor. – As palavras lhe escaparam.

Praguejando, Gideon colocou sua caneca de volta na mesa.

– Por que diabos ele faria isso? É um terreno baldio inútil lá em cima.

– Eu sei, mas Rhys disse... – A voz dela desvaneceu ao perceber o deslize.

Os olhos dele brilharam.

– Ah, *Rhys* disse? Vocês estão tão íntimos, assim?

– Não desse jeito – respondeu ela, secamente. – Não que seja da sua conta.

– Claro que é da minha conta. – Gideon abaixou a voz. – Meu negócio. Meu sustento. Não posso pagar pela presença dele aqui, Meredith. Nem você. Ashworth já me fez perder um dia. Se ficar pelas redondezas, meu negócio está acabado. Se eu não conseguir mantê-lo, você não terá mercadorias baratas pra esta estalagem. Se a Três Cães sofrer, toda a vila sofre. Aquele homem é um problema pra Buckleigh-in-the-Moor.

– Eu sei, eu sei. – Ela franziu a testa, esfregando uma mancha no balcão que estava ali há anos e que não iria desaparecer tão cedo. – E eu tentei dizer isso a ele, mas...

Ela não conseguiu completar a frase. *Tentei dizer isso a ele, mas Rhys insistiu que estamos destinados a nos casar um com o outro.*

Interpretando o silêncio como uma preocupação genuína, Gideon segurou o pulso dela com a mão.

– Não se preocupe. Ele não vai ficar na vila por muito tempo. De um jeito ou de outro, eu vou cuidar disso.

Ela assentiu, sabendo que ele o faria. E o toque protetor dele foi gentil, ela supôs, mas não lhe fazia sentir nada. Não como o toque de Rhys na noite passada. Ainda podia sentir aquela leve carícia formigando em sua bochecha.

Apenas parece certo, não é?

Ela se recompôs.

Gideon disse:

– Se nenhum homem das redondezas for trabalhar pra ele, transportar pra ele ou vender pra ele, o homem será forçado a desistir em breve. E se não desistir... bem, existem outras maneiras de convencê-lo.

– Como aquelas tochas esta manhã?

Praguejando, ele inclinou a cabeça e esfregou a nuca.

– Eu quis dizer maneiras que envolvem homens e armas de verdade. Não um par de paspalhões consanguíneos e um simplório garoto do estábulo com seu balde de água.

Meredith ignorou a menção dele à violência e às armas.

– Por falar em Darryl, é melhor eu ir chamá-lo e também o meu pai pro almoço.

– Você consegue estender seu chamado até Nethermoor, então? Sempre soube que falava claro, mas isso até que me surpreenderia.

– O que você quer dizer? Darryl não está em Nethermoor. Eu acabei de vê-lo, não faz nem dez minutos.

– Não o Darryl, mas seu pai. – Ele arqueou uma sobrancelha.

– Meu pai? Em Nethermoor? O que ele está fazendo por lá?

Gideon deu de ombros e tomou um gole de sua cerveja.

– Melhor perguntar a ele, não é? Ou ao seu amigo Rhys. Os dois estão juntos. Meu informante acabou de me trazer essa notícia.

Meredith largou o pano de limpeza.

– Não que eu me importe. Os garotos Symmonds estão carregando os pôneis neste exato momento. Vamos levá-los na direção de Two Oaks e depois pegaremos o caminho mais longo. Ashworth e seu pai podem ficar por lá o dia todo, no que me diz respeito.

– Não se eu fizer algo a respeito disso.

Meredith puxou os cordões do avental com dedos desajeitados pelo nervoso. Seu pai não deveria estar no pântano sob o sol do meio-dia. Esse tipo de esforço poderia colocar a saúde dele em risco.

Gideon tinha razão. A presença de Rhys seria apenas um problema para todos eles. Iria pedir a Rhys St. Maur para que deixasse o pai dela em paz, que pegasse todas as suas propostas tolas e deixasse a vila. E então, de alguma forma, o expulsaria de sua imaginação e seguiria com sua vida.

Rhys precisava seguir em frente, e ela também.

Capítulo 5

Esforçando-se sob o sol do meio-dia, Rhys ergueu do pântano um pedaço de pedra que estava coberta por líquen. Uma gota de suor escorreu por suas costas nuas enquanto carregava a rocha pela encosta inclinada, jogando-a no chão com um grunhido e empurrando-a para seu devido lugar com a bota.

— Você acha que é grande o suficiente? — perguntou, enxugando a testa e estreitando os olhos para o chão. As pedras já formavam quase três lados de um retângulo. Mais algumas horas de trabalho, e ele teria um esboço completo para a fundação. — Talvez eu devesse dar uma alargada.

— Já está quase do tamanho da estalagem — disse George Lane. — Eu pensei que isso era para ser um chalé.

— Sim. — *O melhor chalé que já foi construído*.

E, quando Meredith visse, ela saberia que ele estava sendo sincero sobre permanecer ali. Sobre casar-se com ela. Não que Rhys pudesse dizer-se surpreso com a relutância inicial da moça. Como pretendente, ele tinha pouco a oferecer além de um modesto saldo bancário. E por certo não a convenceria com base em sua boa aparência ou modos educados. Mas assim que visse a prova de seu comprometimento em reconstruir a Residência e a vila, ela mudaria de ideia. Meredith era uma mulher inteligente e compreendia quando uma situação lhe era benéfica. Afinal, casou-se com o velho Maddox, e ele nunca acreditaria que aquilo fora por amor.

— Onde pretende colocar a porta? — indagou Lane, mancando ao redor do retângulo quase finalizado.

— Ali. — Rhys apontou com a cabeça enquanto erguia outra pedra. — Virada para a direção nordeste.

— Longe das ruínas, então? Bem, não o culpo por manter aquela visão longe de você.

– Longe do vento – retrucou Rhys.

As sobrancelhas do velho arquearam-se:

– Como quiser.

Rhys alinhou a pedra com as demais. Ele sabia que superstições eram tão sólidas quanto granito ali em Dartmoor, mas, por certo, George Lane não acreditava em nenhuma das absurdas histórias de fantasmas de Darryl Tewkes, não é mesmo?

– Estou falando sério – disse ele, enxugando a testa. – Aquele terreno plano ali... – disse, apontando para uma área nivelada mais próxima – é o lugar mais indicado para os novos estábulos. A casa do mestre de estábulos deve ficar de frente pra ela, não acha? E imagino que você prefira ficar contra o vento.

– Estábulos? – Apoiado em sua muleta, Lane tirou o chapéu de feltro da cabeça e o torceu entre as mãos velhas e marcadas. – Você pretende reconstruir os estábulos?

– Pretendo reconstruir tudo – revelou Rhys, com calma. – Começando pelos estábulos. Sou membro de um clube, sabe? É conhecido como Clube dos Cavaleiros. A associação inclui direitos de reprodução de um garanhão chamado Osíris.

– Osíris. – As mãos do velho começaram a tremer. – Osíris, o grande campeão puro-sangue?

– Então você já ouviu falar dele.

– Ouvi falar dele? – riu Lane. – Em seu auge, os jornais esportivos só falavam sobre aquele garanhão. Eu ouvi dizer que ele havia sido vendido a um lorde, algum tempo atrás. – Ele coçou a nuca. – Como era mesmo o nome dele...?

– Harcliffe. Leo Chatwick, o marquês de Harcliffe. Ele está morto agora.

– Oh. Você o conhecia?

– Só um pouco.

– Sinto muito pela perda do seu amigo.

Rhys deu de ombros.

– Não éramos próximos. Sinta por ele, não por mim.

Ele caminhou um pouco mais longe e apoiou a bota em outro pedaço de pedra, balançando-a para a frente e para trás para soltá-la do solo. A pedra era bem quadrada, ele notou, e não estava muito firme. Rhys apostaria que ela havia pertencido à antiga casa. Devia ter rolado até ali após o incêndio. Então, decidiu deixá-la onde estava.

Em vez disso, Rhys escolheu outra pedra e deu-lhe um chute rápido, desprendendo-a.

– De qualquer maneira, o destino quis que eu controlasse um quinto daquele garanhão, e planejo cruzá-lo com algumas éguas no próximo ano. Vou precisar de estábulos. E de um mestre de estábulos também.

– Você... – Lane parou e fungou. – Você quis dizer eu?

– Existe algum outro candidato por aqui? – Rhys fez um gesto teatral virando o pescoço, observando a paisagem árida.

Soltando um suspiro lento e sibilante, George Lane escolheu a maior pedra disponível e sentou-se, deslizando a muleta para descansar ao seu lado.

– Estou aleijado.

– Sim, eu sei. – Claro que ele sabia. Aquilo era culpa do próprio Rhys. – Pretendo contratar cavalariços, é claro. Você não precisará fazer o trabalho pesado, apenas supervisionar. Não há mais ninguém por estas bandas com experiência em cuidar e treinar cavalos daquele calibre.

Lane praguejou baixinho. Mas quando Rhys lançou-lhe um olhar furtivo, pôde ver que o homem mais velho estava sorrindo.

– Cavalos de correio – disse Lane, de repente. – Não imagino que tenha em mente criar alguns desses, não é? Seria de grande ajuda pra Merry, com a estalagem.

– Não vejo por que não. – Rhys parou de trabalhar na pedra e sentou--se perto do velho. – Mas você não vai precisar mais se preocupar com a sua filha. É por isso que estou fazendo uma casa tão grande.

George Lane franziu a testa.

– Deve ser a velhice, Rhys. Não estou entendendo.

– Esta casa será pra você, a longo prazo. Mas, a curto prazo, nós três poderemos chamá-la de lar. Enquanto a Residência estiver sendo reconstruída.

– Nós três?

– Você, Meredith e eu. – Era melhor falar logo, julgou Rhys. O velho descobriria em breve. – Senhor Lane, vou me casar com a sua filha.

Ele precisava reconhecer o destino. Casar-se com Meredith era uma solução perfeita. Bela em sua simplicidade, assim como o céu sem nuvens acima. Com a troca dos votos, Rhys assumiria a responsabilidade não apenas pelo bem-estar de Meredith, mas também pelo de seu pai e o da vila. Ele conseguia enxergar tudo agora. Com os estábulos, eles criariam tanto cavalos de corrida quanto de carga, para serem vendidos e obter lucro. Uma vez reconstruída a Residência Nethermoor, ele poderia oferecer emprego para metade da vila e negócios para o restante. A estalagem poderia continuar, ele supôs... apenas contrataria um estalajadeiro para cuidar dela.

Rhys tinha tantos planos em sua mente, anos planejados. Talvez o suficiente para preencher décadas. Era uma sensação estranha, planejar mais do que um dia à frente. Era uma sensação boa. Ele ouvira homens de sua posição, herdeiros da nobreza, referirem-se às responsabilidades de suas propriedades como fardos. Mas o estranho era que, naquele momento, Rhys sentia-se notavelmente mais leve.

Por um tempo, Lane o encarou em silêncio. Primeiro, uma sobrancelha espessa se ergueu, depois as duas.

– Casar-se com ela. Você planeja fazer de Meredith a sua esposa?

– Sim. – Era mais como se o universo tivesse planejado isso para ele, mas Rhys não discutiria.

– Você já disse isso para a Merry?

– Já.

– Está certo, então. – Lane inclinou a cabeça, olhando para o horizonte além do ombro de Rhys. – Isso explica por que ela parece tão confusa.

Rhys virou-se e avistou Meredith subindo a colina, caminhando decidida na direção deles com uma cesta pendurada no braço. O vento balançava as mechas de seu cabelo escuro, agitando-as em todas as direções. Conforme aproximava-se, ela afastava os fios soltos com impaciência.

– O que está acontecendo aqui? – Ela dirigiu a pergunta a Rhys.

– Estou construindo uma casa.

– Uma casa? Para quem?

– A nossa casa. Bem, pelo menos por um tempo. Será apenas um chalé de pedra. Vai levar um tempo para reconstruir a Residência Nethermoor. Anos, talvez. Precisarei contratar um arquiteto e um mestre de obras. Então pensei que poderíamos viver aqui enquanto lá estiver em construção e, depois, poderá ser o lar do seu pai. – Rhys apontou com o polegar para a direção do terreno plano. – Construiremos os estábulos logo ali, como pode ver.

Meredith olhou fixamente para a direção que ele havia indicado. Depois, seu olhar caiu sobre o retângulo inacabado de pedras. Talvez ela não estivesse vendo.

Ele disse, defensivamente:

– Sei que não parece muito coisa agora. Mas me dê alguns dias. Quando eu começar as paredes, você terá uma ideia melhor.

– Você está planejando construir uma casa inteira sozinho? Com suas próprias mãos?

– Bem… sim. Se isso for necessário. Preferiria contratar homens locais para ajudar, mas depois daquela cena nesta manhã, imagino que não estejam muito dispostos a aceitar.

Pelo menos não agora. Mas, assim como Meredith, uma vez que vissem que Rhys estava ali para ficar, em vários sentidos do termo, os moradores da vila acolheriam sua presença na vizinhança. Ou pelo menos receberiam de bom grado os salários que Rhys poderia pagar.

Enquanto isso, ele trabalharia sozinho. Fora assim que havia conquistado o respeito de seus homens na infantaria: nunca pedira a um soldado alistado para fazer algo que ele mesmo não faria. Nem polir uma fivela nem cavar uma cova. E certamente nunca hesitou em liderar uma tropa em batalha.

– Escute – disse ele para ela –, estou feliz que esteja aqui. Qual o tamanho que você julga que a cozinha precisar ter? Você quer que fique voltada para a encosta ou para a descida? Considerando os ventos, talvez faça mais sentido ter a lareira do lado da encosta. Perde-se menos calor dessa forma. Mas a descida fica mais próxima ao canal, e você estaria mais perto da fonte de água.

Ela colocou a mão no braço dele. Rhys parou de falar, instantaneamente. A pressão da mão de Meredith em sua pele nua... ele gostou. Gostou muito.

– Eu disse que não posso me casar com você. – Ela o lembrou.

– Eu me lembro disso.

– Você acha que vai me convencer a mudar de ideia apenas cortejando meu pai?

Ele deu de ombros.

George Lane exclamou:

– Merry, vamos criar cavalos de corrida premiados! E Rhys tem planos para criar cavalos de carga para a estalagem.

– Ah, é mesmo? Foi isso o que o Rhys lhe disse?

Ela lançou-lhe um olhar frio e penetrante que, sem dúvida, tinha a intenção de ser intimidador, mas Rhys já tinha visto e rido de diversos olhares intimidadores para deixar-se afetar.

O que o afetou, de fato, foi o aperto firme que Meredith deu no pulso dele.

– Precisamos conversar – disse ela, baixinho, seu olhar desviando para o pai. – A sós.

– É claro.

O corpo de Meredith vibrou com a sensação provocada pelo toque de Rhys na parte inferior de suas costas, logo que ele a conduziu para longe do pai dela. Para ser precisa, a mão dele era tão grande que cobria bem mais do que a região lombar da moça. O polegar dele alojava-se logo abaixo da omoplata dela, e o dedo mindinho roçava a curva do quadril de Meredith.

Assim que os dois afastaram-se alguns passos, Rhys virou-se para ela e indagou:

– Então, o que você gostaria de discutir?

Céus, como ela poderia pensar com alguma clareza com ele daquele jeito? Sem camisa, suado, os músculos saltados devido ao trabalho e a pele queimada em um tom de bronze por conta do sol. Ela tentou desviar o olhar, mas foi um erro. Visto que as calças de brim se moldavam aos quadris e coxas de Rhys como uma camada de cal.

Com grande esforço, ela voltou sua atenção para os olhos dele. O sol estava tão forte que ela precisou estreitar os olhos, então protegeu a testa com uma das mãos.

– Rhys, o que você está fazendo?

– Eu lhe disse, estou construindo uma casa. Colocando a fundação.

Ela olhou para o retângulo de pedras, alinhado com todo o cuidado. Ao fundo, as ruínas da Residência Nethermoor permaneciam de sentinela no topo da colina. Como ele poderia desejar construir uma nova casa ali, na sombra daquele lugar horrível?

– Isso não é bom pro meu pai – disse ela. – Ele já está velho, e faz quatorze anos que está mancando. Meu pai não deveria se envolver em um trabalho extenuante.

– Sou eu quem está fazendo o trabalho extenuante. Ele está apenas me aconselhando.

– Não importa, você está mantendo meu pai aqui sob o sol quente o dia todo. Apenas isso já é um desgaste. Sem mencionar que está enchendo a cabeça dele com conversas sobre estábulos e cavalos de corrida...

– Acredito que ele esteja animado com isso.

Meredith precisava admitir, fazia meses que seu pai não parecia tão feliz e saudável quanto agora. Estava até entusiasmado. Mas, se o plano de criação de cavalos não desse certo, ele ficaria devastado.

– Tenho certeza de que ele está animado, e esse é o problema. Você está deixando-o agitado com coisas que podem nunca acontecer. Isso não é bom para o coração dele.

E nem para o meu coração.

– Não estou preparando seu pai para uma decepção. Eu o estou preparando para eventualidades. Você é quem está se agitando com coisas que não vão acontecer. – Rhys tocou levemente o queixo dela. – Eu não vou a lugar nenhum, Merry Lane.

– Por favor... – Quando ele dizia tais coisas, com sinceridade naqueles calorosos olhos castanhos, Rhys a fazia desejar acreditar nele, tanto que mal podia aguentar. – Por favor, não me chame assim.

– Você não gosta?

Nem mesmo Maddox a chamara de Merry, nem seus amantes desde então. Na verdade, estes não a chamavam de nada. Bem, houve um gentil cavalheiro que a chamou de "amor", e depois aquela alma atormentada que a chamava de "Sally" repetidas vezes, e depois chorou ruidosamente nos braços dela por uma hora. Isso fora constrangedor. Por um ano inteiro, o fato a desencorajou para novos relacionamentos.

Fazia muito tempo que ela não sentia os braços de um homem a envolvendo. E Rhys tinha braços excelentes. Provavelmente poderiam envolvê-la duas vezes.

Concentre-se, Merry Lane.

– É muito íntimo, e sabe disso – respondeu ela. – E eu nem respondo mais por Lane.

– Você está certa – assentiu ele. – Devemos fazer isso direito. Não vou chamá-la pelo seu nome de batismo até nos casarmos. E, mesmo assim, só depois que a novidade de chamá-la de Lady Ashworth passar. – Ele sorriu. – Isso pode levar um mês ou dois.

Quem diria? Aquele homem podia ser encantador quando queria.

E, com muita frequência, ela podia ser uma tola.

– S-Sim, mas... Quero dizer... – Meredith gaguejou um pouco, baixando o olhar na tentativa de recompor-se. A tentativa falhou.

Uma cicatriz enrugada no peito dele prendeu sua atenção. Próxima ao ombro direito dele, do tamanho de um xelim e igualmente redonda. Era provável que fosse um ferimento de bala de mosquete. Ela se perdeu naquela cicatriz por um momento, imaginando o que teria acontecido com a bala. Teria se alojado em algum lugar daquele ombro denso e poderoso? Ou teria atravessado direto? Qualquer que fosse o caso, era um milagre que seu braço não tivesse se separado do restante do corpo dele e que ainda pudesse fazer uso do membro.

De súbito, Meredith se deu conta de que estava sendo rude e ergueu o rosto para ele. Com alívio, notou que ele também não estava olhando para ela. Rhys estava olhando com intensidade e pensativo – talvez quase saudoso – para algo além dela. O que era estranho, pois Meredith sabia que não havia nada atrás dela além pedras. Por um momento, ela resistiu à vontade de virar-se.

Mas então ela cedeu à tentação e virou-se. Como suspeitava, não havia nada para ver além do mesmo pântano eterno: urze inclinada e salpicada de pedras. Uma paisagem dura e interminável em tons de cinza, marrom e verde fosco, coberta por um céu tão infinito e azul que ela imaginava que um oceano não poderia rivalizar em profundidade ou matiz.

Não que Meredith já tivesse estado perto de um oceano.

– O que é? – indagou ela. – Qual é o problema?

– É bonito. – Ele soou surpreso. – Este lugar. Ao longo dos anos, eu nunca me lembrei daqui desta forma, mas é… – Rhys suspirou ruidosamente. – É lindo.

Meredith olhou fixamente, tentando imaginar aquela paisagem pelo olhar de alguém que não a tinha visto por todos os dias de sua vida. Pensou nos adjetivos que os viajantes costumavam usar: intimidante, misterioso e solitário. Até mesmo alguns dos moradores evitavam as terras altas do pântano. Lá em cima, não havia árvores, nem abrigo do vento ou do sol. Sem misericórdia. Havia uma razão para terem construído a prisão de guerra a menos de trinta quilômetros de distância. Apesar das cores brilhantes e da vasta extensão, para a maioria das pessoas, aquele lugar assemelhava-se a uma prisão feita de vazio em vez de muros.

Era preciso certa coragem para olhar aquela paisagem e chamá-la de bela.

– É lindo mesmo – disse ela, virando-se para encará-lo. E ele também era. Rude, marcado e selvagem…

– Estou feliz que você também ache. Já que passará grande parte de seus dias admirando esta vista, assim que a casa estiver concluída. – O sorriso dele era um lampejo branco em seu rosto bronzeado.

Lindo. Era um homem lindo, enorme e tolo.

– Sabe – disse ele, astutamente. – Se tivesse alguns trabalhadores, eu não precisaria do seu pai aqui. Com certeza você deve ter alguma influência sobre os homens locais.

Era verdade. Mas esse não era o ponto.

– Eu sei que tem boas intenções. Mas você não pode esperar voltar para Buckleigh-in-the-Moor em uma noite e ter a vila ao seu lado na manhã seguinte. O nome Ashworth é uma maldição por aqui. As pessoas ainda se lembram das maldades do seu pai, mesmo que você tenha se esquecido delas.

Ele ficou pensativo, tenso.

– Eu não me esqueci.

Ela repreendeu-se em silêncio. É claro que ele não teria se esquecido. Tais maldades haviam sido incutidas nele. Mesmo agora, Rhys ainda devia carregar as marcas delas, em algum lugar sob todas aquelas cicatrizes de batalha.

Ele disse:

– Juro que me lembro dos crimes do meu pai tão claramente quanto me lembro dos meus. E é por isso que fui poupado durantes esses anos todos, para que eu pudesse voltar e acertar as contas.

De repente, o humor dele iluminou-se. Rhys sorriu e espreguiçou-se. Os músculos do abdômen dele ondularam, chamando a atenção para o caminho de pelos escuros que o dividia, como o antigo canal romano que cortava o pântano como rocha. A boca de Meredith secou.

Ele disse:

– Devo voltar ao trabalho. Vamos lá, Mer... – Ele levantou um braço, o bíceps flexionando enquanto coçava a parte detrás da cabeça. – Senhora Maddox. De certo você pode...

– Oh, pelo amor de Deus! – ela o interrompeu. – Você poderia, por favor, colocar uma camisa enquanto falamos?

O rosto dele ficou corado.

– Claro. Eu peço desculpas.

Percorrendo alguns passos encosta acima, Rhys agachou-se para pegar um pedaço de pano branco. Enquanto ele se curvava, Meredith notou uma cicatriz maior e irregular na parte detrás do ombro dele. A resposta para a pergunta dela. Estava claro que a bala de mosquete havia atravessado direto.

Um arrepio a percorreu enquanto Rhys voltava, puxando a camisa pela cabeça e deixando o linho solto na cintura.

Agora, talvez Meredith pudesse pensar. Talvez. O sol batia forte sobre os dois, mas ela sabia que só tinha a ele para culpar por sua condição superaquecida. Não havia nada a fazer a não ser recuar e reagrupar-se.

– Discutiremos isso mais tarde – disse para ele. – De volta à estalagem. O jantar será às seis. Não se atrase. Eu trouxe um lanche pra você enquanto isso. – Meredith estendeu a cesta para ele, que a pegou, surpreso. – Certifique-se de que meu pai beba água o suficiente e encontre alguma sombra, ou eu vou tirar a sua pele. O tempo está bom, mas, se houver nevoeiro ou tempestade, vocês devem ficar por aqui, entendeu? Eu mandarei homens para buscá-los. Você está há muito tempo longe desses pântanos para encontrar o caminho no escuro. Isso é tudo de que preciso, que não saiam vagando pelo pântano.

Ele lançou um olhar divertido para o céu claro e sem nuvens. Uma risada rouca veio de sua garganta.

– O quê? – questionou ela, com os nervos à flor da pele. – O que foi agora?

– Você já está falando como uma esposa.

Ela fez um gesto de desdém.

– Você é impossível!

– Viu? E lá vai você outra vez.

Com um rosnado baixo de frustração, Meredith virou-se para caminhar de volta para casa.

– Não foi uma reclamação – disse ele. – Eu até gostei.

Ela também. Ela também. E isso foi a coisa mais impossível de todas.

Capítulo 6

Naquela noite, Rhys estava na metade de seu terceiro prato de guisado quando fez uma pausa para respirar. O dia de trabalho puxado o deixara faminto e exausto, mas de um jeito bom. De um modo honesto e produtivo.

Com a barriga cheia, ele recostou-se na cadeira e observou Meredith enquanto ela cuidava da administração da estalagem, também um negócio honesto e produtivo. Ele balançou a cabeça. Não estava certo. O trabalho dele já havia terminado, e ela ainda tinha horas de trabalho pela frente. Ela sequer havia jantado?

Naquela noite, Meredith tinha um pequeno grupo de viajantes para atender: um homem de meia-idade e duas mulheres mais jovens. Rhys supôs que uma era a esposa dele e a outra, a irmã ou prima, ou algo do tipo. Mas, apenas observando a interação entre eles, Rhys não conseguia identificar quem era quem. O homem não demonstrava atenção ou consideração especial por nenhuma das mulheres. Patético. Que desperdício de matrimônio. Uma vez que Meredith fosse sua esposa, ele faria questão de que todo homem naquele salão soubesse que ela lhe pertencia.

Entretanto, por esta noite, ele contentou-se em observar sua futura esposa atendendo seus clientes: servindo-lhes pratos fumegantes de comida e canecas de chá quente, conversando brevemente com eles sobre a viagem. Rhys detestava que ela tivesse que trabalhar tanto, mas era claro que Meredith tinha orgulho e prazer nisso.

Ela lhe deu um sorriso ao passar pela sua mesa a caminho do bar. Uma curva doce e suave de seus lábios, e acidental, se sua rápida volta para a seriedade indicasse alguma coisa.

Assim que Meredith deixou os viajantes, Darryl Tewkes desceu como uma ave de rapina sobre eles.

– Vocês, nobres cavalheiros, ficarão muito tempo na região? – Ele puxou um banquinho para a mesa deles, fazendo com que as damas se espremessem. – Temos fascinantes pontos turísticos aqui em Buckleigh-in-the-Moor. Ficaria feliz em guiá-los amanhã.

– Pontos turísticos? – questionou o homem com a boca cheia de carne. – Quais pontos?

– Ora é uma viagem mística através do tempo, veja só. – Rhys abafou seu gemido com um grande gole de cerveja. Ele ouviu Darryl iniciar seu familiar discurso: as antigas minas, os sepulcros, as cruzes de pedra, os picos...

– E o melhor de tudo... – o jovem desajeitado baixou a voz – ...as ruínas assombradas da Residência Nethermoor.

– Assombrada? – As duas damas ecoaram em uníssono, depois entreolharam-se com expressões combinadas de horror e prazer.

Elas deviam ser irmãs.

– Sim, a propriedade amaldiçoada dos Ashworth – continuou Darryl, inclinando-se para mais perto.

Rhys pigarreou e empurrou a cadeira para trás, raspando as pernas contra as pedras do chão.

Darryl congelou. As duas jovens ficaram tão pálidas que poderiam ser fantasmas elas mesmas. Após um longo momento, o rapaz ergueu a cabeça e deu a Rhys um olhar constrangido e nervoso, como se pedisse permissão para continuar.

Com um movimento de pescoço, Rhys pegou sua cerveja e seguiu em frente, ignorando todos eles. Que Darryl Tewkes continuasse a contar suas histórias fantasmagóricas enquanto podia. Em breve o nome Ashworth significaria algo diferente para aquela vila. Algo além de uma maldição ou uma atração macabra de turismo para viajantes de passagem.

Ele avistou Meredith no bar. Ela estava sorrindo e flertando com um velho corcunda enquanto lhe servia um copo de gim. O cabelo dela estava desprendendo-se da trança mais uma vez, e mechas pesadas caíam e ondulavam enquanto ela abaixava-se para pegar um copo ou esticava-se para recolocar a garrafa na prateleira.

Era prazeroso observá-la. Ele tinha se acostumado muito rápido com a ideia de casamento, para um homem que tremia ao pensar nisso durante toda a sua vida adulta. Isso, mais do que qualquer coisa, provava que estavam destinados.

Mesmo agora, enquanto observava aquelas mechas escuras soltando-se da trança, os dedos dele ansiavam por acariciar aquele cabelo. Ele nunca tinha tomado tempo para fazer algo assim com uma mulher antes. Talvez tivesse sentido as mechas longas do cabelo de uma meretriz deslizando sobre a pele nua dele uma ou duas vezes, mas nunca desejara tocá-lo intencionalmente.

Ele queria tocar Meredith *em todos os lugares*. Acariciar a testa dela com os nós dos dedos, pois as pontas calejadas de seus dedos eram muito ásperas. Enrolá-los naquele cabelo, enterrar seu rosto nele. Acordar cedo em uma manhã de domingo apenas para ficar na cama por horas e contar cada mecha. Um homem poderia fazer isso com sua esposa, não? Esparramar-se no colchão, aconchegar a cabeça dela contra seu peito e acariciar seu cabelo pelo simples prazer de fazê-lo?

Ele só precisaria manter-se de camisa.

Rhys repreendeu-se em silêncio por aquele erro. O que estava pensando, deixando-a ver seu torso nu, todas aquelas cicatrizes que acumulara ao longo dos anos? A expressão no rosto dela quando pediu que ele vestisse uma camisa... Meredith deve ter ficado enojada. Ele notava os olhares cautelosos e desconfiados que ela continuava lançando para ele.

Meredith abaixou-se atrás do balcão e alinhou quatro copos para encher. Rhys caminhou em direção a ela, ansioso para causar uma impressão melhor naquela noite.

– Nem pense nisso.

Gideon Myles colocou-se à sua frente. Rhys teve que admitir, o homem tinha coragem para tentar aquilo com ele.

– Deixe-a em paz. Ela não é para você – disse Myles em voz baixa. – Não há nada nesta vila pra você.

– Ah, é? Eu tenho um título e uma pilha de documentos legais que dizem o contrário.

– E eu tenho uma pistola. – A mão de Myles foi para a cintura.

Rhys acenou com a mão, desdenhoso.

– Sim, sim. Eu a vi nesta manhã. Não me impressionei naquela hora, tampouco agora. – Ele observou o homem com atenção, avaliando-o. Altura média, magro e provavelmente cerca de cinco anos mais novo do que Rhys. Seus olhos tinham o brilho faminto da ambição, e uma arrogância pura alimentava seu andar.

Rhys não gostava dele. Nem um pouco.

– Você é muito protetor daquelas mercadorias secas que carrega, Sr. Myles.

– Meu comércio não é da sua conta.

– Ah, mas eu acho que é. Como o lorde deste lugar, a atividade ilegal é minha preocupação. E minha preocupação... bem, isso é um problema seu, não é? Você está transportando mercadorias contrabandeadas para esta vila e está preocupado que eu vá pôr um fim nisso.

Para o crédito dele, Myles nem tentou negar a acusação. Ele arqueou as sobrancelhas com calma.

– E...?

– E está certo. Eu vou pôr um fim nisso.

O maxilar dele contraiu-se.

– Nem pense nisso. Fique fora do meu caminho, Ashworth, e não causarei problemas pra você. Isso é negócio, não é pessoal.

– Ah, mas isso é pessoal pra mim – Rhys deu um pequeno passo em direção a Gideon, forçando-o a recuar um pouco. – Se contrabandeou produtos franceses durante a guerra, mesmo que em pequena quantidade... de fato, é muito pessoal. Seu "negócio" pode ter comprado a bala que atravessou este ombro. – Ele bateu a mão sobre a ferida. – E que passou a centímetros do meu coração.

O rival cerrou o maxilar:

– Não pode me culpar por isso. Se eu tivesse pagado por essa bala, ela teria acertado o alvo.

– Justo. Então, se esqueça de mim. Vamos falar dos outros. Quantos barris de conhaque julga que foram necessários para financiar cada baioneta ou sabre que perfurou um dos meus homens em batalha?

– Eu não sei. – Os olhos de Gideon brilharam. – Talvez o mesmo tanto que foi necessário para impedir que os moradores da vila morressem de fome depois que você deixou Devonshire.

Touché.

Os dois encararam-se por um momento.

– Acho que você estava certo – disse por fim, Gideon. – É pessoal.

Rhys assentiu em concordância.

– Muito bem, então. Você tem uma semana pra ir embora da minha vila. Ou eu mesmo vou me certificar de que você parta.

Rhys apenas riu e balançou a cabeça.

– Você e qual exército? Ah, espera... me esqueci! Exércitos também não podem me matar.

– Uma semana. – O homem recuou em direção à porta, parando antes de sair para acrescentar: – Voltarei em uma semana. Não me deixe encontrá-lo aqui.

Assim que Gideon Myles saiu, Rhys parou de importar-se com ele. Como se fosse permitir que um contrabandista insignificante ditasse onde e quando ele poderia estar em sua própria terra. Que piada.

Ele caminhou até o balcão e sentou-se em um dos bancos. Observou enquanto Meredith abria um novo barril de vinho. Os músculos definidos em seus braços contrastavam com suas características delicadas e sua pequena estatura.

— Você não tem uma moça para lhe ajudar à noite? – perguntou ele, olhando ao redor. – Uma garçonete?

Ela balançou a cabeça enquanto servia.

— No momento, não. Minha ajudante regular deu à luz há algumas semanas. Ainda não sei se ela vai voltar.

— Quando chega o próximo correio?

— Amanhã.

— Posso lhe pedir algumas folhas de papel e tinta?

Meredith não respondeu, apenas deu de ombros enquanto saía para entregar os copos de vinho. Mas, alguns minutos depois, duas folhas de papel grosso e amarelado apareceram no balcão diante dele, junto com uma pena e um pequeno pote de tinta.

— Para quem você está escrevendo? – perguntou-lhe ela, apoiando os cotovelos no bar. – Um amigo?

— Não exatamente – Na verdade, Julian Bellamy poderia muito bem ser um inimigo.

Ao lado de Rhys e do Duque de Morland, Bellamy era um dos três membros sobreviventes do Clube dos Cavaleiros. Ele fora o mais próximo de Leo e, pelo que parecia, tinha ficado devastado com a trágica morte do amigo. Desde o assassinato, Bellamy parecia um homem possuído, determinado a caçar os assassinos de Leo e levá-los à justiça.

Nas últimas semanas, no entanto, uma nova testemunha havia surgido. Se a prostituta que testemunhara o assassinato de Leo pudesse ser levada a sério, Bellamy poderia ter tido algo a ver com aquela morte.

Rhys teria preferido pedir ao Duque de Morland para enviar seus pertences para Devonshire. Ele e Rhys haviam trocado mais socos do que palavras quando eram garotos, mas agora o considerava um amigo, de certa forma. No entanto, o duque estava em lua de mel em sua propriedade em Cambridgeshire, deixando Rhys sem escolha a não ser escrever para Bellamy. Assassino ou não, não havia mais ninguém em Londres a quem ele pudesse recorrer.

Ele trabalhou devagar; com os dedos rígidos, precisava tomar cuidado se quisesse que sua caligrafia fosse legível. Depois de meia página, Rhys largou a pena e pausou para massagear a própria mão.

— Por que você não tenta com a esquerda?

Rhys olhou para cima e viu Meredith de volta ao bar.

Ela apontou com a cabeça para mão direita dele, a machucada.

– Por que ainda tenta escrever com ela? Você prefere a esquerda, de qualquer forma.

Como aquela mulher sabia disso? Era verdade, ele preferira a mão esquerda desde a juventude. Mas tinha sido espancado por tentar escrever com ela. Mudou para a direita e foi espancado por sua má caligrafia. Depois, ele praticou em segredo, passando horas penosas trabalhando em um papel e pena, até que seus rabiscos desajeitados se tornassem uma escrita fluida e sem esforço.

E então Rhys simplesmente foi espancado por outra coisa.

– Quer um gim? – Meredith segurou a garrafa sobre um copo vazio.

– Não, obrigado.

Com um pequeno encolher de ombros, ela inclinou a garrafa e o serviu mesmo assim. Depois de encher o copo pela metade, Meredith colocou a garrafa de lado e levou o copo aos próprios lábios.

– Isso o incomoda muito? – perguntou ela por trás do copo, lançando um olhar para o salão atrás dele.

Rhys deu uma olhada casual por cima do ombro, tendo uma boa expectativa do que veria. Ele estava certo. Todos no salão olhavam para ele. Os olhos estavam cheios de ódio, fascinação e medo, ou todos os três. Ele reconheceu alguns homens do grupo com tochas daquela manhã. Perto da lareira, Harold e Laurence Symmonds o encaravam por cima de canecas de cerveja.

– Eles são irmãos ou primos? – questionou ele, inclinando a cabeça para indicar o par de valentões.

– Sim – Ao notar a clara confusão dele, ela explicou: – A mãe deles se envolveu com dois irmãos. Ninguém nunca conseguiu descobrir quem era filho de quem. Mas sim, eles são irmãos ou primos.

– Explica algumas coisas – murmurou Rhys. Ele virou-se de volta para Meredith e deu de ombros. – Os olhares não me incomodam. Estou acostumado. Eles também vão se acostumar, com o tempo.

Meredith não concordou nem discordou, apenas bebeu seu drinque.

– Quando anunciarmos nosso noivado – disse ele. – Vão se acostumar mais rápido.

Ela engasgou com o copo.

Rhys voltou a escrever sua carta.

– Ainda tão surpresa? Eu lhe disse, é o destino. Como pretendente, eu sei que não tenho muito a lhe oferecer no momento, mas é por isso que comecei o chalé. Fiz um bom progresso na fundação hoje. Deve ser grande o suficiente pra nós três, se eu construir dois andares. – Ele coçou a nuca. – Vai levar algum tempo, porém, coletar tantas pedras.

– O que você quer dizer? – Ela arqueou as sobrancelhas. – Você tem uma pilha de pedras, bem ali no topo da colina.

Ela referia-se aos restos da Residência Nethermoor, é claro. E estava certa. O monte desmoronando era um suprimento de material de construção. Mas, de alguma forma, Rhys não conseguia suportar a ideia de roubar pedras de seu passado infernal para construir a casa do seu futuro. O chalé era para ser um novo começo.

– Prefiro guardar para reconstruir a Residência – mentiu ele. – Vou juntar as pedras do pântano pro chalé. Ou talvez escave um pouco de granito da encosta.

Ela balançou a cabeça.

– Por que não usa taipa?

– Taipa? – Estranho, ele não tinha pensado nisso. Ali na vila, a maioria das construções era feita das tradicionais paredes de terra batida.

– Uma vez que você tenha a base de pedra, tudo do que precisa pra uma casa de taipa é terra e palha – explicou ela. – É mais fácil e muito mais barato. E, se for bem construída, pode durar séculos. – Meredith olhou para o teto. – É o que pretendo usar, quando tiver a chance de expandir este lugar.

Rhys olhou para cima, surpreso.

– Você tem planos de expandir a estalagem?

– Ah, eu tenho todo tipo de planos para este lugar.

Rhys assinou sua carta, dobrou-a e a enfiou no bolso.

– Conte-me sobre eles.

Meredith lançou-lhe um olhar zombeteiro.

– Estou chocada que queira saber, já que estão destinados a nunca se concretizar.

– Entretenha-me. Eu gostaria de ouvi-los mesmo assim.

– Muito bem. – Ela colocou um segundo copo no balcão e o encheu pela metade. Apesar de sua aversão a bebidas alcoólicas, Rhys não protestou. Começava a sentir-se constrangido por deixá-la beber sozinha. Ele não queria interrompê-la ou discutir o assunto, então aceitou o copo e deu um gole cauteloso.

Fogo rasgou sua garganta.

– Droga! – disse ele, tossindo. – Isso não é gim de Plymouth.

– Não, é uma bebida local. Cura todos os males.

– Você quer dizer que os causa, né? – Ele deu outro gole cauteloso e pensou que queimava menos desta vez. – Continue, então. Estava me contando sobre seus planos.

Ela encheu o próprio copo.

– Como eu disse, planejo acrescentar uma nova ala quando tiver a chance. E, por "chance", quero dizer recursos, é claro. Quartos de hóspedes no andar de cima e um salão de jantar e uma sala de estar adequados aqui embaixo, que pretendo juntar ao prédio bem ali – disse ela, indicando a direção com um movimento do queixo. – Em frente aos estábulos. Assim, o pátio ficará fechado em três lados em vez de dois.

Pensativo, Rhys tomou mais um gole enquanto Meredith continuava a detalhar seus planos para móveis de qualidade e pratos mais finos no salão de jantar. A Três Cães estava bem situada, explicou ela, localizada na única estrada que atravessava aquela parte do pântano. No momento, a estalagem que ficava a dez quilômetros pela estrada atraía a maior parte dos viajantes, mas Meredith pretendia mudar isso.

– Com o fim da guerra, mais pessoas farão viagens por lazer. Não há motivo para a Três Cães não ter uma fatia desse bolo – O rosto dela animou-se enquanto continuava descrevendo seus planos: – Com acomodações melhores, quartos maiores e alguns cavalos para a correspondência... este lugar poderia ser um verdadeiro *destino*. Uma parada pra gente fina a caminho dos pontos turísticos a oeste. Por que não deveriam interromper sua viagem por aqui e explorar Dartmoor também? Como você disse mais cedo, o pântano pode ser um lugar bonito.

– Lindo. Acho que usei a palavra lindo.

– Usou, sim. – Ela deu-lhe um sorriso tímido. – Lindo, então.

Os olhares de ambos se entrelaçaram e se prenderam. Rhys embebeu-se daqueles olhos encantadores. Eles o faziam sentir-se revigorado. Limpo, tanto quanto um homem como ele poderia estar.

Quanto mais a encarava, no entanto, mais o sorriso dela desaparecia de seu rosto.

Em um gesto nervoso, Meredith umedeceu os lábios com a língua. Então, ela se recompôs e anunciou à sala:

– Hora de fechar, cavalheiros.

Os últimos beberrões ergueram-se de seus bancos e saíram pela porta, resmungando enquanto partiam. Um deles bocejou, e Rhys não pôde evitar fazer o mesmo.

– Você deve estar exausto – disse Meredith, enxugando as mãos no avental depois de arrumar as últimas cadeiras e trancar a porta. –

Sinto muito por tê-lo mantido acordado até tão tarde, falando sobre meus planos tolos.

– Eles não são planos tolos. São bem sensatos.

Juntos, os dois dirigiram-se para a escada dos fundos. E, embora fossem planos que Meredith nunca precisaria colocar em prática, Rhys admirava a inteligência e o espírito por trás que os motivavam. Admirava essas qualidades ainda mais do que admirava a beleza dos cabelos e dos olhos dela. E isso dizia muito.

– Você realmente pensou em tudo, não é?

– Sim, pensei. E estou orgulhosa disso. Tenho orgulho do que alcancei com a Três Cães até agora, mas sei que poderia fazer muito mais.

– Tenho certeza de que poderia.

– Então, você vê... – Ela engoliu em seco enquanto paravam na porta do quarto dele. – A vila, a estalagem, meu pai, eu... todos nós ficaremos bem sem você. Pode partir, Rhys. Viva sua vida e nos deixe em paz.

Ignorando as palavras dela, o lorde encostou-se com um ombro contra o batente da porta. Ele não iria a lugar nenhum.

– Nossa, como você é linda.

As palavras apenas saíram, e Rhys não fazia ideia de onde vieram. Ele não se lembrava de ter dito aquelas palavras para uma mulher antes. Maldição, tudo com Meredith parecia novo. Ou talvez ele estivesse apenas embriagado.

O gim. Ele culpou o gim. A bebida sempre o tornava sentimental e impulsivo.

– Ora, Rhys St. Maur – disse ela, sorrindo. – Isso foi um flerte?

– Não. Eu não sei flertar.

– Vamos, seja sincero – Ela alcançou a gola da camisa dele e brincou com ela de forma insinuante. Com a voz rouca, disse: – Todo esse papo de casamento e destino e sina... é tudo uma estratégia pra me levar para a cama, não é?

Ele estava realmente tão bêbado, ou ela soava esperançosa?

– Não – respondeu ele com sinceridade. – Não, não é.

Embora, *minha nossa*, a ideia de levá-la para a cama o deixasse atordoado. Imagens enchiam a mente dele. Imagens selvagens e depravadas, como nas gravuras que os soldados carregavam em suas botas e trocavam por um valor maior do que o ouro. E, graças às malditas chamas do gim queimando dentro dele, Rhys estava tentado a dar vida àquelas imagens, na carne. Na carne dela. Ele queria encontrar o lugar mais macio e secreto dela e alojar-se com prazer, a noite toda.

Vulnerabilidade cintilou nos olhos dela.

– Você não me deseja?

Que inferno! Claro que ele a desejava. Rhys desejava Meredith com tanta intensidade que as orelhas doíam por tanto apertar o maxilar. Ele a queria tanto que poderia empurrar aquele batente da porta como Sansão e derrubar toda a maldita estalagem.

Mas ele tinha cometido um erro ontem: pressionado com muita força, muito rápido. Rhys forçou um sorriso casual:

– Estou me guardando para a noite de núpcias.

A explosão de risada surpresa dela atraiu o olhar dele para a boca dela, e lá seu olhar permaneceu. Meredith tinha lábios adoráveis. Uma tonalidade rosa-escuro, mais avermelhada no centro. O lábio inferior mais cheio do que o superior. O rosto dela era bonito, mas não delicado. Suas maçãs do rosto eram altas e orgulhosas. Tinha um semblante determinado na testa e no maxilar, e o queixo terminava em um ponto decisivo. Mas a boca de Meredith era uma curva macia, exuberante e vulnerável no meio de toda aquela força e determinação.

Rhys queria… não, *precisava*… prová-la.

– Não… – sussurrou ele, ficando ereto e emoldurando o rosto delicado dela em suas grandes mãos calejadas. – Não vou levá-la pra minha cama ainda. Mas vou roubar aquele beijo esta noite.

Capítulo 7

E beijá-la foi o que ele fez, antes mesmo que Meredith pudesse ter tempo para respirar.

Rhys pressionou os lábios contra os dela, como se Meredith pudesse mudar de ideia se ele lhe desse a chance, ou como se ele mesmo pudesse mudar. O momento foi desajeitado, os lábios encontraram-se em um ângulo estranho, e os olhos dela ainda estavam abertos.

Por um momento, ela sentiu-me como se tivesse 14 anos outra vez. Desajeitada e incerta. Dolorosamente consciente de tudo, exceto da alegria de ser beijada.

Mas então ele inclinou o rosto dela, e sua boca moveu-se levemente contra a dela. Ela lembrou-se de fechar os olhos.

E, de repente, os dois se encaixaram. De repente, aquele beijo era tudo. E Meredith ainda se sentia com 14 anos, mas daquela maneira feliz e eufórica de rolar abaixo em uma encosta rochosa sem pensar em cautela, sem outro propósito senão perseguir a emoção e a alegria.

Rhys St. Maur a estava beijando.

E era *maravilhoso*.

Eles permaneceram assim por um longo tempo, com os lábios unidos em uma ternura inocente. Rhys não fez nenhum movimento para separá-los ou explorar a boca dela com a língua, embora Meredith fosse permitir de bom grado. Se ele quisesse, poderia ter tomado tudo. Mas Rhys nem mesmo tentou. Ele apenas a beijou suavemente, várias e várias vezes. Os cantos da boca dela. Seu lábio superior, depois o inferior. Pequenos goles doces de gim e calor.

Quando enfim ele se afastou, ela instintivamente levantou as mãos para cobrir as dele, pressionando-as contra seu rosto e impedindo-o de soltá-la. Meredith foi atingida pelo pensamento de que poderia tocá-lo o tempo todo. Poderia acariciar o cabelo dele, ou alisar as palmas das mãos sobre os músculos firmes dos ombros e do peito dele.

Droga, ela era uma tola.

Mas Meredith contentou-se com isso, arrastando os polegares sobre o dorso das mãos dele, traçando as delicadas curvas entre seus dedos, e enfim envolvendo os pulsos grossos dele com os dedos enquanto abria os olhos.

– Isso foi... – Ele a olhou com uma expressão intrigada. – Isso foi bom.

– Sim. Bastante.

Rhys deslizou as mãos do rosto dela. Meredith soltou os pulsos dele, relutante.

Com um pigarro constrangido, ele estendeu a mão para trás, procurando pelo trinco.

– Bem, já está tarde. Acho que é melhor eu...

– Espere.

Que se dane a sensação de ter 14 anos novamente. E para o inferno com "bom".

Com velocidade decisiva, Meredith o agarrou pelo colarinho, ergueu-se na ponta dos pés e o beijou, com paixão. Ele tropeçou contra a porta, e o momento do choque fez com que os lábios dele se separassem. Ela aproveitou a chance para deslizar a língua ao encontro à dele. Foi tudo o que precisou. Rhys realmente a beijou de volta. Bocas abertas, dentes se chocando, línguas se enredando. O desejo era evidente.

Sim, até que enfim. Era isso o que ela queria: aquele frenesi de sabores selvagens e texturas ásperas. O calor úmido da língua dele, o raspar da barba dele, seu inebriante cheiro masculino. Rhys St. Maur, o homem. E o corpo dela correspondendo ao dele, toda mulher.

Rosnando baixinho em sua garganta, ele deslizou as mãos em volta da cintura dela e as fechou nas costas de seu vestido, levantando-a contra ele. Todo o corpo de Meredith pressionado contra o dele. Os seios dela esmagados contra o peito de Rhys, e ela podia sentir cada pedaço dele.

Até que, com um gemido de arrependimento, ele a abaixou no chão.

– E então? – Sua voz estava ofegante, mas esperava que seus olhos comunicassem a proposta com maior sucesso.

– Então, eu estou bem – disse ele, assentindo distraidamente. – Muito bem, na verdade.

Ela riu baixinho, agarrando-se ao pescoço dele. Não havia dúvida de que Rhys St. Maur era um homem viril, mas em raros momentos ele tinha uma doce, incerta e juvenil expressão no rosto. Isso o tornava ainda mais cativante para ela.

Meredith mordeu o lábio inferior e balançou suavemente em convite.
– Eu quis dizer, o que você acha? Sobre esta noite.
– Eu acho... – Ele soltou os braços dela de seu pescoço e apertou suas mãos antes de soltá-las. – Que esta noite, terei sonhos muito vívidos.

Para decepção dela, Rhys encontrou o trinco da porta e o deslizou para abrir. Antes de entrar em seu quarto, ele depositou um último beijo na bochecha de Meredith.
– E, pela primeira vez, talvez eu possa apreciá-los.

Cinco manhãs depois, Meredith estava sentada no mesmo quarto, observando Rhys dormir. Os primeiros raios da alvorada infiltravam-se pela janela. Uma luz cinzenta e aquosa, que ainda não dourara. Os lençóis brancos a refletiam com um brilho difuso, mas o restante do quarto permanecia na penumbra.
Um galo cantou no pátio.
Na cama, Rhys respondeu com um ronco baixo e suave.
Meredith soltou a respiração e, em silêncio, ajustou sua postura na cadeira, apenas esperando que o sol despertasse antes de Rhys.
Ela odiava recorrer a esse tipo de espionagem, mas não conseguia pensar em outra maneira de avaliar a... saúde dele. Ao longo da última semana, ela desenvolveu uma forte suspeita de que Rhys havia sofrido alguma lesão de guerra em sua anatomia masculina. Por qual outra razão ele resistiria àquele claro convite na noite em que se beijaram? Sem mencionar as insinuações mais sutis que Meredith emitira todas as noites desde então.
Parte dela não conseguia acreditar que Rhys ainda estava por lá. Contrariando todos os seus argumentos e o bom senso, ele havia seguido em frente com o plano do chalé. Todas as noites ela lhe lançava olhares insinuantes no bar. De certo, ele recuperaria o juízo e partiria em qualquer manhã, ela raciocinava. Mas queria uma noite com ele primeiro.
A última noite tinha sido indignidade final. Ele voltara de mais um dia de trabalho pesado nos pântanos. Molhado da bomba, mas ainda brilhando com o esforço do dia. Atraente de um modo selvagem. Rhys sentara-se à sua mesa de costume, comera seus três pratos habituais enquanto suportava os olhares desconfiados e os xingamentos murmurados dos locais. Depois, aproximara-se dela no balcão para informá-la sobre o progresso do dia.

– Terminei de montar o pedestal hoje – contara ele. – Agora que a fundação está pronta, começarei a preparar a terra para a taipa. Precisarei alugar pôneis amanhã para transportar uma carga de palha. Se tudo correr bem, amanhã poderei começar a primeira elevação. – Ele bocejara. – Acho que vou me recolher cedo esta noite, a menos que precise de mim.

Ah, ela precisava dele. Meredith queria inclinar-se sobre o balcão e beijar aquela boca sonolenta, diante de todo o salão. O doce e maldito tolo estava construindo uma casa de pedra e taipa com as próprias mãos. Para o pai dela. Como poderia não desejar beijá-lo? Como ela poderia não querer fazer muito mais do que isso?

Em vez disso, sussurrara descaradamente:

– Devo ir ao seu quarto depois de fechar a estalagem?

E, embora Rhys tivesse prendido a respiração e seu olhar estivesse cheio de desejo, ele havia lhe desejado uma boa-noite e retirara-se para o andar de cima. Sozinho.

Deveria haver algo de errado lá embaixo. Homens de sangue quente não costumavam recusar convites tão claros. E Rhys era um belo espécime de um homem de sangue quente no auge de sua virilidade.

Gradualmente, o quarto aqueceu-se com uma luz amarela fraca. Meredith piscou, focando na imagem diante dela.

O enorme corpo de Rhys transbordava da cama: a mesma cama que teria parecido solitária e vazia se ela tivesse dormido sozinha nela. Ele dormia de lado, com os lençóis amontoados em suas pernas e cintura. Pelo vislumbre de seu peitoral e da perna, ela podia imaginar que ele estava completamente nu. Mas, droga, era impossível ver o que ela precisava ver daquele ângulo.

Meredith levantou-se da única cadeira do quarto e aproximou-se da cama, esperando ter uma visão melhor. Então, congelou no lugar quando ele emitiu um som gutural e áspero. Era o som de um homem desferindo ou recebendo um golpe. Ele debateu-se de repente, enroscando-se nos lençóis enquanto o cotovelo batia no travesseiro.

– Não… – Ela o ouviu gemer. Então, com mais força: – Não!

Ela ficou ali, imóvel, sem saber o que fazer. Deveria acordá-lo? Ela se atreveria? Se Rhys estivesse revivendo alguma luta ou batalha em seus sonhos, ele poderia atacá-la na confusão. Talvez ela devesse apenas deixá-lo. Ninguém nunca sofreu efeitos a longo prazo por conta de um pesadelo. Se o lorde acordasse por conta própria e a visse ali, ele poderia sentir-se violado ou envergonhado.

Agora, sua respiração estava rápida e superficial. Ele parou de lutar com o travesseiro e virou-se de costas, com os punhos cerrados ao lado do corpo.

Eles eram do tamanho de pedras. Seus dentes estavam cerrados, os tendões tensionados e salientes ao longo do pescoço. Um rosnado baixo e desumano ribombou em sua garganta e forçou caminho através de seus dentes.

O coração de Meredith doeu. Ela não fazia ideia do tamanho da agonia que ele estava suportando naquele sonho, mas sabia que não podia ficar parada e vê-lo sofrer por mais um momento. Em sua infância, ela teste-munhara a dor dele e nunca tinha feito nada a respeito. Não havia nada que pudesse fazer naquela época. Como a frágil filha de um trabalhador protestaria contra os maus-tratos do senhor a seu próprio filho?

Mas ela não era mais uma menina e, agora, podia fazer algo para aliviar o sofrimento de Rhys.

Ela aproximou-se da cama e se agachou ao lado dele.

– *Shhh* – disse ela, suavemente. – *Shhh*. Você está seguro, Rhys. Está tudo bem.

Ela forçou os próprios dedos a pararem de tremer e colocou uma mão no ombro dele. Ao seu repentino estremecimento, ela quase retirou o toque. Mas continuou sussurrando e acalmando-o com um tom suave e só manteve sua mão lá, pressionada levemente contra sua pele aquecida, até a tensão no corpo dele se dissipar. Quando os punhos dele se abriram e sua respiração se estabilizou, ela retirou a mão e começou a respirar novamente.

Por um quarto de hora ou mais, ela ficou ajoelhada ali, observando-o retornar a um sono tranquilo e permitindo que sua própria frequência cardíaca desacelerasse.

Ele soltou um suspiro suave em seu sono, um que a derreteu por dentro, e seus lábios curvaram-se em um meio-sorriso. Meredith perguntava-se se ela estava no sonho que Rhys estava tendo agora. Esperava que sim. Ele deu um pequeno gemido: um que sugeria prazer, não dor.

Ela não conseguiu resistir mais. Sorrateiramente, puxou as dobras dos lençóis, soltando-as do abdômen dele. E então levantou a lateral do lençol e inclinou a cabeça para espiar por baixo.

Não, nenhuma lesão de guerra. Nenhuma que pudesse inibir sua função masculina. Quaisquer que fossem as cicatrizes que cobriam o restante do corpo dele, as partes íntimas de Rhys estavam mesmo saudá-veis. *Perfeitas*. Como se o membro dele pudesse sentir o interesse dela, ele contraiu-se em busca de atenção. A excitação a dominou na onda de ansiedade que diminuía. Apenas olhando para ele, Meredith sentiu o calor crescendo nas dobras de seus joelhos.

Ele fez um movimento repentino, e ela soltou o lençol. Desviou o olhar de volta para o rosto dele bem a tempo de ver seus olhos se abrirem:

escuros, intensos, furiosos e perigosos. Os pelos na nuca de Meredith arrepiaram-se, e o coração batia contra suas costelas. Ela suspeitava que um bom número dos soldados de Napoleão testemunhara aquele mesmo olhar nos olhos de Rhys e de que foi a última coisa que viram.

– Sou eu... – disse ela, rapidamente. – Meredith.

Rhys piscou algumas vezes. A compreensão afastou a violência dos olhos dele.

– Nossa... – murmurou ele, sentando-se apoiando um cotovelo e passando a palma da mão sobre o rosto, depois sobre o cabelo raspado. – Você me surpreendeu. Aconteceu alguma coisa?

– Não. Não aconteceu nada. – Ela quase riu, lembrando-se do motivo da visita. –Está tudo bem. Lamento acordá-lo, eu apenas... ouvi barulhos e fiquei preocupada.

– Malditos pesadelos.

– Você quer falar sobre eles?

– Não. – Com um olhar para o peito exposto, ele praguejou mais uma vez. Encolheu-se para o lado distante da cama, mergulhando sob os lençóis e puxando-os até o queixo.

E ela riu. Meredith não pôde evitar.

– Ofendi sua modéstia?

– Não. Não, eu que estou ofendendo a sua. Não quero enojá-la.

– Enojar-me? Como isso poderia acontecer?

– No outro dia. Você pediu pra que eu vestisse a camisa. – Ele puxou o lençol mais próximo ao peito. – Sei que devo parecer repulsivo, com todas essas cicatrizes.

– Oh, Rhys... – Ela enterrou o rosto nas mãos por um momento, depois as removeu e decidiu ser honesta: – Eu pedi pra colocar uma camisa porque você é o homem mais atraente que já vi, e eu mal conseguia falar duas palavras sensatas ao admirá-lo. Não acho nada em você repulsivo.

Ele piscou mais algumas vezes.

– Oh.

Ela sentou-se na beirada da cama, no espaço vazio que ele criara ao se mover.

– Quanto a cicatrizes... – Ela alcançou a ponto do lençol e puxou. Ele permitiu que o linho escapasse de suas mãos, e Meredith o puxou para baixo, revelando o peito dele, marcado por batalhas de vários tipos. – Você não pode acreditar que elas são nojentas. Não sabe como as mulheres se sentem sobre cicatrizes, Rhys? Suas amantes não ficaram fascinadas por elas?

A respiração de Rhys ficou ofegante enquanto ela deslizava a ponta do dedo sobre a clavícula dele.

Ele respondeu:

— Não houve amantes. Não há algum tempo.

— Quanto tempo?

— Anos.

— Tanto tempo?

A emoção subiu por sua garganta. Ela engoliu em seco, tentando manter o coração dentro do peito, onde pertencia. Rhys era um dos homens mais sensuais que ela já tinha conhecido. Meredith havia sentido isso mesmo quando menina. Era o que lhe atraía nele, em uma idade em que seus próprios sentimentos de desejo começavam a despertar e consolidar-se. Ela sempre foi fascinada por ele, mas mais do que nunca no verão de seus 14 anos. Naquele ano, Rhys partiu para Eton como um garoto crescido e voltou um *homem*. Ela não pôde deixar de se maravilhar com sua selvageria, sua força e seu corpo: esses mesmos ombros largos que agora acariciava com o toque. Ela deixou um dedo percorrer o pequeno vale esculpido entre o músculo do ombro e o bíceps dele.

Que grave injustiça que este homem bonito tivesse sido privado de afeto físico e prazer durante anos. E, ainda assim, Meredith não podia negar a onda de alegria possessiva em seu peito, por saber que ele lhe pertencia de alguma forma. Ela seria a primeira dele, depois de tanto tempo. Rhys se lembraria dela para sempre. Ela garantiria isso.

Ela deslizou a palma da mão pelo bíceps dele, virando o pulso para acariciá-lo com as costas dos dedos enquanto levantava a mão de volta.

— Meredith... — Havia um aviso na voz dele. Mas nenhuma das forças enroladas naqueles músculos admiráveis mobilizou-se para afastá-la.

— *Shhh* — disse-lhe ela, acariciando o braço dele novamente. — Deixe-me tocar você.

Rhys relaxou contra o travesseiro, e seus olhos se fecharam.

Pelas suas pálpebras, Rhys avistou tulipas. Um infinito campo de tulipas vermelhas e um céu azulado e brilhante como água-marinha. Ele já vira aquele campo em uma agradável manhã de primavera, marchando pela Holanda com o Quinquagésimo Segundo batalhão. Uma brisa leve acariciara o cabelo dele... quase com tanta doçura quanto Meredith acariciava sua pele agora. Aquele campo florido tinha sido a coisa mais bonita que ele já vira, tão belo que fazia até suas feridas curadas doerem. Ele conduzira seus homens através dele, incapaz de resistir. Caminhando por aquele campo com um milhão de flores alegres voltadas para o sol atrás dele, Rhys sentira como se o estivessem recebendo. Ele se ajoelhara diante daquela beleza, banhado nela como se pudesse lavar toda a feiura da guerra. *Isso deve ser o que é o céu*, ele tinha pensado. *É melhor eu olhar e respirar tudo isso agora, porque talvez não possa aproveitar isso depois que morrer.*

Foi apenas quando tinha parado para olhar por cima do ombro que ele vira a verdade: o brilho penetrante de uma centena de baionetas perfurando o céu azul em uníssono. Todo o seu batalhão de soldados desgrenhados, pisoteando o campo e destruindo as tulipas com botas e cotovelos sangrentos. Rhys fora recebido pela beleza da criação de Deus e estava uma deixando destruição sombria em seu rastro.

Porque ele era um brutamontes violento, e era isso o que fazia.

O carinho de Meredith... ah, isso era o paraíso. E Rhys sabia que, quanto mais tempo permitisse que ela o tocasse assim, mais ele estava caminhando descuidadamente naquela beleza pura e sedutora, insensível ao dano que poderia causar. Mas simplesmente não conseguia obrigar-se a detê-la. Ainda não.

Ele manteve os olhos fechados. Meredith passou a mão pelo braço dele outra vez, e a excitação percorreu o corpo dele, concentrando-se em sua virilha e clamando por libertação.

– As mulheres acham as cicatrizes de um homem irresistíveis – disse Meredith, suavemente. – Somos atraídas por elas, pelo mistério. – Os dedos dela encontraram a ferida de entrada, redonda e limpa, da bala que atravessara seu ombro em Vitoria. Ela traçou a cicatriz enrugada, pressionando o polegar contra ela. Um toque de humor aliviou sua voz: – Pense em... pense em mamilos.

– Ma... – *Minha nossa!* – Você disse...

– Mamilos. Os homens não são fascinados pelos mamilos de uma mulher?

Ele não poderia responder pelos outros homens, mas, de repente, Rhys só conseguia pensar naquilo.

Ela disse:

– As cicatrizes de um homem são o mesmo para nós. Não podemos deixar de pensar sobre elas, na cor e na textura. Desejamos explorá-las... não apenas com os dedos, mas também com os lábios.

Os lábios dela roçaram no ombro dele, que abriu os olhos de repente. Uma mecha solta do cabelo de Meredith acariciou seu peito enquanto ela beijava uma antiga ferida cicatrizada. Rhys queria capturar aquela mecha de cabelo com as pontas dos dedos, mas ele não conseguia se mover. Se ousasse se mover, ela poderia parar.

Não pare. Não pare.

Meredith deixou um rastro de beijos quentes no peito dele. Doces, ternos e femininos. E tão eróticos, que seu membro já está enrijecido como um cano de arma pronto para disparar.

Pressionando um último beijo na cicatriz na têmpora dele, a mulher ergueu a cabeça e endireitou-se. Rhys não poderia ter imaginado a expressão do próprio rosto, mas o sorriso dela lhe disse que ela gostava.

Ele baixou o olhar e, de repente, percebeu que Meredith mal estava vestida. Seu fino camisolão de linho escorregou por um ombro. Os graciosos contornos de seu pescoço e clavícula atraíram o olhar dele ainda mais para baixo. Rhys vislumbrou os pequenos e firmes seios dela inchando sob o tecido transparente.

Ele pigarreou.

– Como mamilos.

O sorriso dela alargou-se.

– Sim.

Os dedos dele buscaram o laço que adornava o decote da camisola dela. Agarrando a delicada fita de cetim, ele desfez o laço singelo com um puxão lento e carregado de tensão. Rhys retirou a mão dali para apreciar como o tecido se abria, revelando um vislumbre de pele. Então, Meredith mexeu o ombro, e a musselina deslizou para baixo, desnudando um de seus seios.

Por um momento, ele ficou imóvel, hipnotizado pela perfeição da pele daquela mulher e de suas nuances rosadas. E pelo lindo mamilo empinado, apenas alguns tons mais escuros do que a pele. Enquanto a observava, a aréola enrugou-se e contraiu, projetando o mamilo dela em um botão rígido. Um botão que implorava para ser colhido e sugado.

Um gemido suave escapou-lhe enquanto apoiava-se em um cotovelo e a alcançava com a outra mão. O seio de Meredith era tão pequeno e delicado, e a mão dele tão grande e feia que, se ele a segurasse, não veria nada dela. Onde estaria o prazer nisso? Em vez disso, Rhys passou a parte detrás de um dedo ao longo da parte inferior do seio. A pele dela estremeceu e arrepiou-se. Ele quase recuou, mas o suave suspiro de prazer dela o encorajou. Rhys acariciou a mesma região, depois traçou um círculo largo com o polegar, contornando a borda da aréola. Meredith era a moça mais macia que ele já havia tocado. A boca dele salivou.

Como se pudesse sentir sua necessidade, Meredith inclinou-se para a frente, encontrando-o no meio do caminho.

– Sim – incentivou ela. – Beije-me.

Ele cravou um beijo na parte inferior do seio dela, provando aquela pele com uma lambidela de sua língua furtiva. Era o paraíso. Um verdadeiro bálsamo. Um prazer tão intenso que beirava a loucura. O aroma doce e picante da pele dela o inebriava. Contra sua boca, ela era fresca e perfeita. E era muito bom que fosse desposá-la, porque Rhys sabia, apenas por essa primeira prova, que ele nunca iria saciar-se.

– Solte o seu cabelo – pediu ele, a voz autoritária. Aquele era um tom nada adequado para usar com a futura esposa, mas *céus*... Rhys queria que ela fizesse aquilo e não ousaria pedir com gentileza.

Meredith o fez, puxando às pressas a fita que prendia sua trança. Seu seio desnudo movimentou-se deliciosamente enquanto ela soltava o cabelo e o balançava, livre. Aquelas mechas grossas cascatearam sobre os ombros e os seios dela, escuras e sensuais. Uma curva cremosa, coroada pelo mamilo pálido e rijo, espreitava através da cascata de cabelo que cobria o seio.

Somando-se a isso havia o sorriso provocante e o convite terno nos olhos dela, e... *minha nossa*. Campos de tulipas, céus de água-marinha... não eram em nada como Meredith. Ela era a coisa mais bela e perfeita que Rhys já tinha visto.

Ele sentou-se na cama.

– Eu deveria sair.

– O quê? Por quê?

– Muito trabalho pra fazer hoje. Preciso alugar os pôneis, se lembra?

– Rhys – Ela colocou uma mão no peito dele, impedindo-o de imediato. – Ainda é cedo. E você trabalhou tanto durante toda a semana. Tire a manhã pra descansar, desfrute um pouco.

– Eu gosto de trabalhar no chalé.

Meredith lançou-lhe um olhar insinuante através de cílios cerrados.

– Mais do que gostaria de mim?

Ele procurou pelo quarto sua camisa e calças. Lá estavam elas, penduradas em um gancho próximo à porta. Droga, por que as havia deixado tão longe? Ele acenou na direção delas.

– Você poderia ser gentil a ponto de me passar minhas roupas?

Meredith riu.

– Não, eu não poderia ser gentil. E começo a me questionar por que ainda estou com estas vestes.

Meredith moveu-se para baixar a camisola longa do outro ombro. Rhys cobriu o rosto com uma das mãos e deu um gemido abafado, debatendo se seria sábio dar-lhe o que ela queria e sair da cama nu, com uma ereção evidente. Em vez disso, ele puxou o lençol e o enrolou em volta da cintura enquanto levantava-se, jogando a ponta sobre o ombro como uma toga de um grego na Antiguidade. Isso o fez sentir-se imponente e filosófico, o que o ajudou na batalha para conter sua luxúria.

Ele atravessou o quarto para vestir-se.

– Isso não vai acontecer. Não esta manhã. Peço desculpas pelas liberdades que tomei.

– Rhys – disse ela, enquanto ele vestia a camisa. – Não há necessidade de pedir desculpas. Somos adultos. E nos desejamos. Não há motivo para não nos divertirmos um pouco. Não precisa significar mais do que isso.

Tirando o lençol da cintura, Rhys pegou as calças e as vestiu com puxões impacientes antes de virar-se para confrontá-la.

– Meredith. Você é minha futura esposa. Quando eu fizer amor com você pela primeira vez, isso vai significar muito. Pelo menos pra mim.

Ela piscou, surpresa. Baixando o olhar, Meredith passou os braços de volta pelas mangas de seu camisolão e amarrou a fita com os dedos trêmulos.

Rhys suspirou e se recompôs. Olha só... Ele era um brutamontes destrutivo. Mal a tocara e já a estava machucando.

– Desculpe-me. Eu não estou bravo. – Ele pegou suas botas e sentou-se na beirada oposta da cama. – Eu... só não sou bom com as palavras. Quero lhe explicar isso, mas pode não sair direito. Você me permite tentar?

Meredith deu de ombros em consentimento.

Ele começou a calçar o pé direito na bota.

– Despedacei muitas coisas na minha vida. Coisas demais. Estive no ramo da morte por anos e há apenas uma coisa que nunca consegui destruir com sucesso. Você está olhando para ela. – Ele começou a calçar a bota esquerda, mais devagar. Seu joelho rígido tornava isso complicado. – Este corpo sobreviveu a golpes, balas de mosquete, baionetas, granadas e qualquer outra coisa que Deus e Napoleão pudessem atirar contra mim. Estou destinado a viver. Não há outra explicação. E, agora que aceitei isso, eu parei de despedaçar as coisas.

Rhys colocou os pés calçados no chão e se virou para encará-la.

– Quero construir algo agora. Entende? Durante anos, eu acordei todos os dias pensando: este é o dia em que morro ou me mato tentando. Agora, eu acordo e penso: este é o dia em que começo a misturar o barro. Estou me esforçando até os ossos lá no pântano, suando, empilhando pedras e cavando a terra. Todas as manhãs, eu sou recebido por novas dores, acumuladas em cima de uma vida de ferimentos. Mas tudo vale a pena. Vou construir aquela casa com minhas próprias mãos, da fundação ao telhado. Vou fazer isso por nós e vou fazer certo, para que dure pra sempre. Não se pode levantar paredes sobre uma fundação instável. Não se pode colocar palha sobre vigas tão finas que cairão com a primeira tempestade de inverno. Você entende?

Ela assentiu.

– Sim, entendo.

Rhys segurou a mão dela.

– É o mesmo conosco. Quero construir algo com você. Algo que vai durar. Por mais que eu a deseje, não quero apressar e estragar tudo. Estamos destinados a ficar juntos.

– Rhys...

– Eu sei que você ainda não acredita nisso. – Ele apertou a mão dela. – Não tem problema. Vou continuar construindo pedra por pedra, tábua por tábua, beijo por beijo... até que você acredite. E, sim, acordarei com ereção e dolorido todas as manhãs. Mas vai valer a pena. – Rhys estendeu a mãe e inclinou o rosto dela para si. – Você vale a pena.

Os olhos de Meredith arregalaram-se.

– Você é inacreditável.

Rhys levantou-se e vestiu o colete.

– Eu sou indestrutível. E não vou a lugar nenhum, meu bem. Você está presa a mim agora.

Capítulo 8

— Aqui está. Ovos mexidos e torrada. – Meredith colocou o prato na frente de seu pai.

Ele franziu a testa para o prato.

– Pensei que tinha pedido fritos.

– Pediu? – Ela apoiou as mãos na cintura em cima de sua saia de sarja verde e olhou para o prato. – Tem certeza?

– Estou ficando velho, Merry. Mas não tão velho que não consiga me lembrar do que eu disse há cinco minutos.

Ela colocou o saleiro na frente dele.

– Apenas coma. Ovos são ovos.

As espessas sobrancelhas dele arquearam-se enquanto pegava o café.

– O que lhe aconteceu esta manhã? Você não está parecendo consigo mesma.

Não. Ela, não estava mesmo. Que manhã! Ainda bem que Rhys não tinha aparecido para o café da manhã. Ela não saberia o que dizer a ele. E, considerando sua distração, provavelmente teria servido mingau queimado com um pedaço de sabão.

– Perdão, pai. – Meredith voltou para o fogão e quebrou dois ovos em uma frigideira com manteiga. – Estou apenas um pouco cansada, só isso. Talvez não esteja dormindo o suficiente.

– Você não dorme o suficiente há anos, filha. Sempre trabalha demais. As coisas vão melhorar, agora que o Rhys voltou.

– Eu não estou noiva dele. – Quantas vezes ela precisaria repetir aquelas palavras para que alguém acreditasse nelas?

– Mesmo que você não esteja. Ele vai me dar um cargo e, pela primeira vez, poderei lhe sustentar. Do jeito que deveria ser. Você pode descansar.

Meredith balançou a cabeça. Como se fosse permitir que seu pai, aleijado e idoso, fizesse trabalho manual enquanto ela ficava ociosa.

– Eu não quero descansar. Quero manter minha estalagem.

Rhys a comovera de verdade mais cedo, com seu discurso sobre construir a casa e fazê-la para durar. A empolgação brilhando nos olhos dele tinha sido maravilhosa de se ver. Ela compreendeu o que ele quis dizer, porque sentia o mesmo pela Três Cães. Não, ela não havia construído do zero, porém trabalhou não apenas até os ossos, mas até a medula para fazer da estalagem o que era hoje. E se orgulhava disso.

Aquele lugar representava independência, segurança, amizade, satisfação pessoal... um lar. Tudo o que sempre quis na vida, exceto uma coisa.

Rhys St. Maur.

E agora, milagre dos milagres, parecia que Rhys também a queria. Mas apenas se ela concordasse em casar-se com ele. Apenas se desistisse da estalagem.

Ele simplesmente não entendia. Suas responsabilidades iam além de cuidar do pai. A Três Cães era o coração financeiro e social da vila. Todos em Buckleigh-in-the-Moor dependiam dali, e dependiam *dela* para gerenciá-la.

Meredith deslizou os ovos fritos para um prato, que colocou na frente do pai, e puxou os ovos mexidos para si mesma. Depois de servir-se de uma caneca de café, sentou-se à frente dele. Por alguns minutos, os dois comeram em silêncio.

Quando os ovos a fortaleceram o suficiente e sentiu-se pronta para abordar o assunto, ela disse:

– Pai, por favor, me escuta. Não se deixe levar por ideias mirabolantes. Não podemos ter certeza de que Rhys está aqui para ficar. Ele é um cavalheiro se divertindo movendo pedras pelo campo. Mas e quando a diversão acabar? Ele pode decidir que seu "destino" está em outro lugar e partir.

– Por que ele faria isso?

– Por que não faria? – Ela baixou a voz e tentou outra vez: – Você não percebeu, pai? Todos os que podem sair daqui saem.

A testa dele se franziu.

– Quando se tornou tão cética, Merry?

Dez anos atrás. Quando me casei com um homem vários anos mais velho do que você apenas para colocar um teto sobre nossas cabeças.

– Não estou sendo cética. Estou sendo realista. Alguém tem que ser.

Infelizmente, parecia que esse alguém sempre era ela. Certamente não seria Rhys, com sua estranha insistência no destino. O destino lavaria a roupa?

Ela afastou-se da mesa.

– A Sra. Ware cuidará de tudo mais que você precisar. É melhor eu recolher os lençóis para a Betsy.

Meredith subiu as escadas e juntou a roupa de cama de cada quarto, começando pelo seu próprio, apertado e simples, passando pelo quarto um pouco maior do pai, e depois por todos os quartos de hóspedes, ocupados ou não na última semana. Sabia que as pessoas ricas costumavam viajar com seus próprios lençóis, mas fazia questão de arrumar as camas com roupas de cama limpas, como uma questão de estética e orgulho.

Ela deixou o quarto de Rhys por último, dizendo a si mesma para invadir o quarto desocupado, arrancar os lençóis do colchão e fazer uma retirada rápida. Mas, claro, a ponta de um lençol enganchou na cabeceira da cama e precisou subir no colchão para puxá-lo... e raios, os lençóis estavam lamentavelmente limpos, quando, por direito, deveriam estar marcados pela paixão.

E ela estava tão cansada.

Por um momento, contemplou a ideia de atirar-se na cama, se aninhar no que restava do cheiro viril e picante dele, e tirar um longo e luxuoso descanso. Ela podia imaginá-lo deitado ao seu lado. Tinha muita prática em imaginar isso. Exceto que, agora, ela possuía o benefício de muito mais informações. Meredith sabia como o corpo dele encaixava-se contra o dela, sólido em todas as partes macias dela. E sabia como era a pele dele ao toque: resistente e queimada pelo sol na parte superior do antebraço, macia como na parte interna do pulso.

Ela conhecia o gosto do beijo dele.

Oh, Rhys.

Com um puxão firme, Meredith arrancou o lençol teimoso e despertou de sua fantasia. Ela entendia os sonhos, às vezes até se deleitava neles. Não era cética, como seu pai havia sugerido. Mas sabia onde traçar o limite entre os sonhos e a realidade.

O riso familiar da lavadeira ecoou do pátio. Meredith amarrou os lençóis sujos em uma trouxa e foi até a janela, chamando para atrair a atenção de Betsy. Ela jogou o monte de linho pela janela, e Betsy foi rápida ao pegá-lo em sua cesta em um movimento que lhe rendeu elogios por parte dos homens que estavam por perto.

– Excelente pontaria, Sra. Maddox! – Darryl acenou para ela dos estábulos. Os cães latiam e brincavam aos seus pés.

Meredith sorriu em resposta, mas não se demorou ali. Ela deixou a janela e correu escada abaixo. Havia visto Robbie Brown entrando no pátio com a carroça de turfa para as fogueiras. Precisaria preparar o pagamento dele em moedas e pão. Depois, falaria com a Sra. Ware sobre as refeições do dia, dependendo do tipo de carne que os rapazes Farrell trouxessem.

Ela tinha uma estalagem para administrar e uma vila para sustentar.

Quando entrou no salão, encontrou-o quase cheio, apesar da hora matinal. Alguns viajantes faziam uma refeição leve antes de continuar sua jornada. Homens da vila encontravam-se para um café, para fofocar e discutir negócios. Até Harry e Laurence estavam lá, tomando café da manhã.

Ela parou no meio do caminho. O que os irmãos Symmonds estavam fazendo ali? Eles nunca apareciam a essa hora do dia, a menos que tivessem passado a noite em claro vigiando para o Gideon. E, na noite anterior, ela nem tinha precisado expulsá-los na hora de fechar. Eles tinham ido embora pacificamente, no incomum horário das 22h30.

– Noite difícil, rapazes? – Com as mãos na cintura, ela aproximou-se da mesa deles.

Harry olhou por cima de um prato cheio de ovos, bacon, pãezinhos e geleia.

– Suponho que se pode dizer isso. – Ele trocou olhares com Larry, e os dois começaram a rir.

O riso deles ecoou em algumas outras mesas. Meredith girou devagar, avaliando os clientes. Agora que se dava conta, um bom número daqueles homens nunca aparecia sua porta antes do meio-dia.

– O quê? – Ela perguntou severamente. – O que foi?

O riso só aumentou.

– Noite difícil mesmo, Sra. Maddox – respondeu Larry, com a boca cheia de ovos. – Mas uma manhã difícil… ah, essa pertence ao seu amigo Ashworth.

Um temor espalhou-se por todo o corpo dela.

– O que vocês fizeram? – Sua voz tremeu um pouco, e ela cerrou o maxilar para compensar. – Harold e Laurence Symmonds, me digam agora. O que vocês fizeram com ele?

– Calma, Sra. Maddox – respondeu Skinner da mesa ao lado. Ele piscou para ela por cima do café. – Nós não machucamos o homem.

Harry murmurou:

– Não desta vez.

O salão voltou a cair em riso, mas Meredith não esperou para entender. Com uma fala apressada dirigida à Sra. Ware enquanto passava pela cozinha, ela saiu pela porta dos fundos da estalagem e seguiu direto pelo terreno rochoso: a melhor rota para as ruínas de Nethermoor. Se Rhys tivesse alugado os pôneis, ele teria que levá-los a pé por uma trilha sinuosa. Talvez ela pudesse chegar lá antes dele e interceptar qualquer surpresa desagradável que Harold, Laurence e os outros tivessem preparado para ele. Quanto tempo fazia desde que ele havia saído naquela manhã? Uma hora, talvez? Ela precisaria apressar-se.

Após vinte minutos de caminhada árdua e escalada em terreno irregular, Meredith alcançou Bell Tor e contornou as antigas pilhas de granito. Apesar do sol que aquecia, ela estremeceu ao aproximar-se das ruínas da Residência Nethermoor. Logo além do pico estava o platô onde Rhys estava construindo um chalé. Ofegante e segurando a lateral do corpo, ela subiu os últimos metros íngremes e rochosos...

E encontrou a desolação lhe esperando do outro lado.

Meia dúzia de pôneis malhados percorriam a depressão rasa, pastando alegremente em juncos e tojos. Seus fardos de palha estavam descarregados e empilhados, prontos para serem misturados com terra. E a fundação da casa de Rhys, as pedras que passara uma semana transportando da área ao redor e encaixando com todo o cuidado para formar uma base nivelada e inabalável, completamente destruída. Espalhada por todo o pântano.

O coração dela retorceu-se dentro do peito. Tão forte que ela se esqueceu completamente da cãibra na lateral.

Rhys estava lá, apenas de camisa e calças, limpando a área. Metodicamente pegando as pedras uma a uma, e então as separando em pilhas por tamanho. Preparando-se para construir tudo de novo.

Meredith o observou em silêncio por alguns minutos. Quando se aproximou, ela soube que ele sentiu sua presença. No entanto, não a cumprimentou. Ele recusou-se a encontrar o olhar dela.

– Oh, Rhys. Eu... – Sua voz falhou. Na verdade, o que poderia dizer? – Sinto muito que isso tenha acontecido. Sei que dedicou muito trabalho a isso...

Muito trabalho e todo o coração.

Ele deu de ombros com indiferença enquanto continuava trabalhando.

– De qualquer maneira, estava preocupado por ter feito algo muito pequeno. Agora posso ampliar a construção.

– Você não está com raiva?

– De que adiantaria ficar com raiva? – Com um grunhido baixo, ele arrancou um pequeno pedregulho do chão.

– Não sei se adiantaria, mas seria natural.

Rhys jogou a pedra de lado com facilidade, como se fosse um caroço de maçã. Ela aterrissou com um baque surdo.

– Eu desperdicei a maior parte da minha vida sentindo raiva. Mas nunca muda nada. Só acabo ferindo todos ao meu redor.

Meredith sentiu *por* ele. Observou enquanto Rhys continuava limpando e separando as pedras. Seus movimentos eram brutos e descontrolados. Não podia ser saudável para ele reprimir as emoções assim. Se a raiva que sentia causava danos a tudo ao seu redor, que dano estava causando a ele mesmo, quando a mantinha dentro de si?

– Rhys...

Com uma pedra equilibrada em cada mão, ele caminhou até ela para confrontá-la. Seus olhos queimavam nos dela.

– Conte-me uma coisa.

Ela acenou em concordância. Como se fosse possível recusar.

– Você sabia que estavam planejando isso? Foi por isso que veio ao meu quarto esta manhã, tentou me manter na cama?

– Não – respondeu ela, rapidamente. – Deus, não! – De todas as possibilidades horríveis... não é de se admirar que ele não conseguia olhá-la.

– Rhys, não foi assim. Eu não fazia ideia. Você precisa acreditar em mim.

Com um suspiro áspero, ele jogou as pedras de lado. Primeiro uma, depois a outra.

– Eu acredito em você. Só precisava perguntar.

Antes que Rhys pudesse afastar-se, ela agarrou o pulso dele.

– Pare um momento. Por favor?

Ele parou.

O vento soprou, enroscando a saia dela em suas pernas e a forçando a elevar a voz.

– Eu não sabia que fariam isso ontem à noite, mas suspeitava que tentariam algo em breve. Você precisa entender, eles estão preocupados. Eu também estou. Ouvi o que me disse hoje mais cedo, sobre a necessidade de construir algo aqui. E compreendo, mais do que você pode imaginar. Pra você, esse plano de reconstrução é uma espécie de redenção, mas para todos na vila... é uma ameaça.

– Uma ameaça? Como pode ser uma ameaça?

– Construímos um meio de vida aqui, mas por pouco. Principalmente por causa da estalagem e do pequeno negócio do Darryl de guiar os viajantes, e...

– E o esquema de contrabando de Gideon Myles.

A voz dela falhou. Ele sabia sobre o Gideon?

– Sim, eu sei. Myles e eu tivemos uma conversa não muito amigável pouco antes de ele deixar a cidade na semana passada. Quão envolvida você está nesse negócio?

– Eu não estou... – Ela engoliu em seco. De que adiantava negar? – Não muito.

Rhys lançou-lhe um olhar estranho enquanto se afastava, voltando para sua pilha de pedras.

– Era o que eu esperava. Mas esta manhã me fez duvidar.

Uma sensação de enjoo revolvia as entranhas dela. Meredith reconheceu como culpa. Mas por que deveria sentir-se culpada apenas por fazer tudo o que podia para garantir a sobrevivência da vila?

– Rhys, tente entender. Nosso sustento como vila... é um equilíbrio delicado, e você está ameaçando derrubá-lo.

– Derrubar? Eu quero reconstruí-lo, em algo mais sólido do que histórias de fantasmas e conhaque contrabandeado. Meus ancestrais sustentaram esta vila por gerações.

– Sim, mas *esta* geração não sabe. Já tem um bolão lá na taverna. Os homens estão apostando quanto tempo você vai demorar para ir embora.

– É mesmo? – A voz dele ficou sombria. – Em que data está o seu dinheiro?

– Eu não sou de apostar – respondeu ela, esperando que um pequeno sorriso aliviasse o clima. – Você esteve fora por tanto tempo. É difícil para as pessoas acreditarem que você está falando sério quando diz que veio para ficar.

– Bem, eu não sei o que mais posso fazer para convencer as *pessoas*. – O olhar significativo dele dizia que se referia à única pessoa parada à sua frente. – De que estou aqui pra ficar. Além de ficar. E continuar construindo essas pedras, não importa quantas vezes as derrubem.

– Você realmente quer dizer isso? Não importa o que façam, você vai permanecer aqui no pântano?

– Como uma maldita pedra. – Um sorriso irônico torceu seus lábios. Rhys passou a mão pelo cabelo e depois limpou a testa com a manga. – Vamos colocar desta forma. Não é como se eu tivesse algo melhor pra fazer.

Isso era para tranquilizá-la? Não conseguiu. Talvez tenha ajudado a convencê-la de que ele não iria embora tão cedo, mas de certo não a fez mais inclinada a casar-se com ele.

Case-se comigo, Meredith. Não é como se eu tivesse algo melhor pra fazer.

– Mesmo assim – prosseguiu ele. – Eu preferiria não ter que reconstruir esta fundação uma dúzia de vezes. Acho que vou começar a acampar aqui para protegê-la. De qualquer forma, você precisa dos seus quartos de hóspedes.

– Aqui fora? À noite?

– Sou um soldado. Já acampei em condições piores do que estas. – Ele olhou ao redor dos escombros. – Muito piores.

Seu instinto lhe dizia que não estava exagerando. Mas, mesmo que Rhys pudesse suportar, Meredith detestava a ideia de ele ficar ali fora no frio quando havia camas aquecidas e comida quente na estalagem. Sem mencionar que a região era perigosa à noite. Escura, úmida e ameaçadora. Ao proteger a casa, só estaria se colocando em perigo. Da próxima vez que os comparsas de Gideon aprontassem, a casa não seria o alvo. Ele seria.

– Tem que haver outra maneira – disse ela.

– Talvez. Se houver, tenho certeza de que pensará em uma. Você é mais esperta do que eu.

E com isso Rhys voltou ao trabalho, levantando pedra após pedra. Ele começou a arranjá-las em uma linha.

Com um suspiro de derrota, Meredith sentou-se em um dos maiores pedregulhos. Ela ainda não se sentia pronta para voltar. Estava fatigada e frustrada e fervendo de raiva em nome de Rhys. Era melhor aqueles rapazes Symmonds terem saído quando ela voltasse, ou quebraria garrafas na cabeça de ambos.

Por enquanto, ela apenas sentou-se e observou Rhys, e a ira controlada em seus movimentos enquanto ele levantava e jogava as pedras de um lugar para o outro. Por baixo de sua camisa, seus músculos contorciam-se e flexionavam. O rosto dele era uma máscara de determinação. Quando pedra batia contra pedra, Meredith sentia o eco reverberar em sua espinha, mas aquele home nem sequer se encolhia.

Como deveria ser ter esse tipo de poder? Se Meredith tivesse a força para construir paredes com as próprias mãos... Ela já teria construído a nova ala de hóspedes para a estalagem.

Uma ideia começou a formar-se na mente dela.

– Se você está construindo com taipa – disse ela, pensativa. – Há muito tempo de espera envolvido. Precisa construir em etapas, sabe. Para que as paredes não cedam ou rachem. Apenas alguns metros de altura por vez, e precisará deixar as paredes assentarem entre cada etapa. Uma semana, pelo menos.

– Tenho certeza de que encontrarei maneiras de me manter ocupado por aqui.

– Talvez. Mas o ideal seria ter duas construções sendo erguidas ao mesmo tempo. Enquanto uma descansa, você acrescenta uma camada de taipa à outra. E vice-versa.

Rhys apoiou uma das botas em uma pedra e olhou para ela.

– Você está sugerindo que eu deveria construir duas casas?

– Não. – Ela inclinou-se para a frente, de repente animada com a genialidade do plano. – Estou dizendo que deveríamos nos tornar parceiros.

Uma sobrancelha dele arqueou-se.

– Não é isso que eu venho sugerindo?

– Parceiros de negócios, não... – As mãos dela esvoaçaram. – Só me ouça.

Propositalmente calado, ele fez um gesto expansivo de convite.

– Você quer construir seu chalé, mas não tem trabalhadores. Eu quero ampliar minha estalagem, mas me falta dinheiro. Vamos trabalhar juntos e construir ambos ao mesmo tempo. – Ela levantou-se de seu assento de pedra e começou a andar de um lado para o outro. – Vou convencer os homens a trabalharem pra nós e fornecerei todas as refeições deles durante a construção. Você pagará os salários e o custo dos materiais. Assim que completarem uma etapa em uma construção, eles mudarão para a outra enquanto ela assenta e seca.

Ele coçou o pescoço e olhou em direção ao horizonte.

– Qual é a vantagem pra mim em financiar uma adição à estalagem?

– É um gesto de boa vontade. – Ela parou de andar e posicionou-se em frente a ele. – Você não vê? Os vilões estão com medo de que você vá perturbar a vida deles com esses planos de reconstruir a Residência Nethermoor e depois deixá-los em uma situação pior do que antes. Se virem as melhorias na estalagem acontecendo ao mesmo tempo... bem, eles não vão se preocupar tanto. Não importa o que aconteça com você ou com seu chalé, Buckleigh-in-the-Moor terá melhorado. E, se nós dois estivermos trabalhando juntos, vão parar de lutar contra você a cada passo.

– Eles? – Rhys inclinou a cabeça e a olhou de cima a baixo. – Eu deveria fazer isso porque "eles" não vão se preocupar tanto? Ou estamos falando de você e de suas próprias preocupações?

Meredith inalou devagar.

– Eu... Eu não sei. Os dois, eu acho. Isso importa?

– Talvez não. – Ele analisou a sujeira debaixo das unhas.

– Por favor, Rhys. – O vento soprou um fio de cabelo para a boca de Meredith e ela o afastou com a mão. – De qualquer forma, vai levar o mesmo tempo para construir um chalé. Mas, se permitir, acho que posso convencer os homens locais... – E Gideon também, se ela jogar direito. – A lhe dar uma chance.

– Você acha mesmo que vão trabalhar comigo?

– Se eu falar com eles sobre isso? Sim. Esta vila é mais do que aquela dúzia de brutamontes que se aglomeram na taverna todas as noites. Há vários caseiros na área que tiram seu sustento do pântano, cuidando da família, muitos dos quais estão aqui desde os tempos do seu pai. Eles aceitariam uma oferta de trabalho se for apresentada de maneira favorável.

Ele soltou um suspiro profundo.

– Muito bem, então. Você me convenceu. Somos parceiros.

– Parceiros de *negócios*.

Ele não respondeu, apenas deu-lhe um meio-sorriso compreensivo e estendeu sua mão grande e poderosa para o espaço entre ambos.

Meredith fez o mesmo, e os dois apertaram as mãos de maneira rápida, muito profissional. E então, por um momento prolongado, nenhum deles se soltou.

– Vamos caminhar – ela se ouviu dizer, em um tom nostálgico. Quando Rhys baixou o queixo surpreso, Meredith soltou sua mão e continuou: – Quero dizer... Eu vou ver sobre montar uma equipe de trabalho amanhã. Por hoje, por que não descansa? Volte para a vila comigo. Vamos pelo caminho comprido, ao longo do riacho. É um belo dia para uma caminhada, e nos dará a chance de conversar. – A taverneira logo acrescentou: – Sobre a construção.

– E os pôneis?

– Eu enviarei Darryl para buscá-los mais tarde. Eles ficarão bem.

Após um momento de hesitação, Rhys limpou as mãos nas calças e pegou seu casaco que estava por perto. Colocando-o sobre o braço, ele disse:

– Certo, então. Guie-me pelo caminho.

Ela estabeleceu um ritmo tranquilo ao longo do cume, e ele a seguiu.

– Cuidado com o caminho – disse-lhe ela, guiando-o ao redor do pântano.

Rhys havia ficado fora por tempo demais, e Meredith temia que ele pudesse ter se esquecido de onde pisar. Na superfície, parecia apenas um trecho de terra úmida, salpicado de touceiras de urze. No entanto, sob a coroa enganadora de terra, jazia uma nascente. A fonte do riacho que fluía por essas encostas e pelo coração de toda a Buckleigh-in-the-Moor. Turfa e lama cobriam a nascente com dois metros de profundidade, e esse pântano era o triste fim de muitas criaturas desavisadas que tiveram o azar de pisar em falso e ficar presas.

Enquanto desciam a encosta, as águas reuniam-se e fluíam em um gotejar constante, drenando as camadas de turfa ao redor. O chão agora estava firme e mais seguro, e os dois caminhavam lado a lado enquanto seguiam o riacho sinuoso e cada vez mais largo.

Pelo caminhar descomplicado de Rhys, Meredith podia sentir que grande parte da tensão e raiva no corpo dele havia se dissipado. Que bom. Ao redor do futuro chalé, ele estava tão tenso e sofrendo que ela temia por ele. Ou pelos pedregulhos.

– Faz anos desde que caminhei por aqui – disse ela. – Mas parece o mesmo de sempre. Mudou algo, na sua opinião?

– A paisagem? Não. – Ele lançou-lhe um olhar brincalhão. – Mas a minha acompanhante está infinitamente mais encantadora do que antes.

As bochechas dela incendiaram com um rubor tão intenso que nem a brisa fresca do riacho conseguiu amenizá-lo. Dizer que sua adolescência foi desajeitada era um eufemismo, mas ainda assim... feria seu orgulho saber que ele se lembrava.

– Eu sei, eu sei. Naquela época, eu era só sardas e ossos.

Ele riu.

– Você era, mas não foi isso que eu quis dizer. Mesmo com sardas e ossos, tenho certeza de que era mais encantadora do que meu cavalo.

– Ah! Companhia diferente. Sim, entendi. – Para disfarçar o constrangimento, ela forçou uma risada. – Mas era um belo cavalo. Meu pai ainda relembra aquele garanhão. A melhor criatura que já cuidou, ele diz.

Rhys ficou em silêncio.

Meredith respirou aliviada. Parecia que seu segredo estava a salvo, então. Ela o havia seguido ao longo daquele percurso muitas vezes quando era menina, sempre tomando muito cuidado para permanecer escondida. Não fora tão difícil, pois ela era uma coisinha esguia com cabelos selvagens, sempre vestida com tecidos desbotados. Provavelmente camuflava-se ao pântano como um tufo de tojo.

Mesmo enquanto seguiam pelo caminho, ela media a distância pelos antigos marcos que haviam sido seus esconderijos. O pedregulho que ficava como sentinela no topo de uma colina, a depressão em forma de tigela onde o rio fazia uma curva acentuada, a árvore de espinheiro retorcida cercada por urze em plena floração.

Cotovias espiralavam no céu acima deles. Quanto mais caminhavam, mais aproximavam-se de um destino familiar a ambos: a cachoeira que caía em um desfiladeiro íngreme, reunindo-se em um lago, que era como uma piscina natural e isolada abaixo. Aquele lago tinha sido o refúgio de Rhys na juventude, durante seus intervalos da escola. O refúgio de Meredith também, embora ele pouco soubesse. Ela o seguira muitas tardes de verão, assistindo em segredo enquanto ele se despia e mergulhava na água fresca e límpida. Naquela época, a atração havia sido uma simples curiosidade e uma paixão juvenil. Mas a menina havia se tornado uma mulher desde aqueles dias. Conforme aproximavam-se daquele local escondido, um desejo genuíno girava e fluía em seu sangue.

– Chega de falar sobre mim – disse Rhys. – Conte-me mais sobre você.

Isso também era um desfecho novo. É claro que um jovem viril às vésperas de seus 17 anos não teria interesse em uma menina magricela. Mas Rhys a notava agora. Enquanto caminhavam, ele fazia perguntas sobre o pai dela, a estalagem, sua vida nos últimos quatorze anos. Meredith não estava acostumada a falar sobre si mesma. Enquanto atendia no bar, sempre era a ouvinte. Ela teria pensado que tinha pouco a contar, mas os nervos soltaram sua língua, e de alguma forma encontrou bastante assunto para tagarelar. Rhys caminhava ao lado dela, silencioso e atento, cuidando dela de maneiras sutis. Guiando-a ao redor de uma pedra, a ajudando a cruzar quando a primeira margem ficava muito íngreme para percorrer.

– E Maddox? – questionou Rhys.

– O que tem ele?

O lorde chutou uma pedrinha fora do caminho de ambos.

– Como aconteceu?

– Como vim a me casar com ele, você quer saber?

Ele assentiu.

– Depois do... – Meredith pausou, depois decidiu que não adiantava falar por meias-palavras. – Após o incêndio, a convalescença do meu pai foi prolongada. Por vários anos, a propriedade dos Ashworth pagou a ele uma pensão. Cuidei dele, e vivemos bem o suficiente com o valor anual. Mas depois o dinheiro parou de chegar, ao mesmo tempo em que a renda do vigário secou. Eu tinha 18 anos e estava desesperada. Não sabia o que fazer, mas precisava encontrar alguma forma de trazer comida, ou morreríamos de fome.

Meredith não gostava de lembrar-se daqueles tempos desesperadores. Um nó formou-se em sua garganta, como mingau coagulado, que era o que eles comiam, às vezes duas vezes ao dia. Distraída, ela esqueceu-se de escolher seus passos com cuidado. Seu pé pousou de maneira desajeitada no caminho, e ela tropeçou.

A mão de Rhys disparou para segurar o cotovelo dela.

– Estou bem – disse a ele, estabilizando-se. – Obrigada.

Porém, ele não a soltou. Em vez disso, deslizou a mão para capturar a dela. Quando Meredith lhe lançou um olhar inquisitivo, ele apenas disse:

– Continue.

Então os dois continuaram andando de mãos dadas, atravessando um banco de samambaias. O pântano inteiro tornava-se verde ao redor do riacho, e as margens estavam saturadas de cores ricas, escorregadias com o musgo. O aroma fértil da terra úmida pairava pesado ali, forte demais até para o vento levar embora.

– Eu fui até Maddox – contou ela. – Para oferecer meus serviços como tratadora nos estábulos. Sabia como trabalhar em um estábulo, é claro. Você sabe que eu praticamente cresci nos estábulos de Nethermoor, e papai me ensinou tudo. E, pra provar para o Maddox que eu poderia fazer o trabalho de um homem, fui vestida com roupas masculinas… calças e botas.

Rhys deu uma risada.

– E como isso funcionou?

– Não como eu esperava – Ela sorriu para si mesma, lembrando-se de como Maddox havia examinado sua aparência com aqueles reumáticos olhos azuis. Como se estivesse mentalmente revivendo décadas de vida como um homem, tentando recordar-se da perspectiva de um homem viril em seu auge.

– Ele não me aceitou como tratadora – continuou ela. – Mas me ofereceu um trabalho como garçonete. Achou que meu rosto bonito ajudaria a vender cervejas.

Talvez Meredith devesse ter se ofendido, mas não. Pela primeira vez, experimentara o poder inerente à feminilidade. Ela recordou-se de que havia sido gratificante encontrar alguma utilidade para os seios pequenos e quadris que vinha desenvolvendo.

– E…?

– E eu disse a ele que preferiria não ser garçonete, mas que me casaria com ele, se quisesse.

Rhys tossiu.

– Você *o* pediu em casamento?

– Sim – respondeu ela, de forma prática. – Meu pai e eu precisávamos de mais segurança do que os salários de uma garçonete poderiam proporcionar. E nunca me arrependi. Maddox foi gentil comigo, e eu fui uma ajuda pra ele.

– E, quando ele morreu, deixou a estalagem pra você.

– Deixou. E, nos seis anos desde então, tornei a estalagem minha. No final, deu tudo certo pra todos.

Eles ouviram as quedas d'água antes que o cume viesse à vista. Meredith sentiu tanto quanto ouviu: o baixo e dramático ruído. Isso não era a melodia do riacho, mas sim sua percussão ameaçadora. O som da água forçada a uma crise, precipitando-se no desconhecido.

Rhys fez um ruído contemplativo.

– Suponho que isso seja o destino pra você.

– Destino? – Meredith riu. – Você soa como os velhos do pântano, tão supersticiosos. Como pode acreditar nessas bobagens?

– Como posso não acreditar? Você acha que tudo acontece por acaso? Sem nenhum propósito no mundo?

– Não. Acredito no trabalho duro e nas escolhas difíceis. Acredito que as pessoas colhem o que plantam.

Os dois pararam ao aproximarem-se das quedas d'água. O declive era íngreme e inesperado. De seu ponto de vista rio acima, parecia que o riacho apenas encontrava uma parede de vidro. Ainda de mãos dadas, eles avançaram para o afloramento rochoso que margeava a cachoeira.

– Parece muito com o que eu me lembro – disse ele, olhando para baixo, sobre a margem.

Avançando até que seus dedos do pé encontrassem a borda da pedra, Meredith seguiu o olhar dele. A água caía direto para baixo, batendo no lago circular cerca de três metros abaixo. Um exuberante oásis de vegetação cercava a água: árvores, arbustos e samambaias. Ramos frondosos pendiam sobre o local, sombreando tudo exceto o centro, onde uma coluna redonda dè luz solar perfurava a escuridão.

Mesmo em plena luz do dia e mesmo para uma mulher próxima dos 30 anos, com uma dúzia de tarefas banais esperando por ela em casa e pouquíssima energia para fantasias... parecia encantado. Aquela piscina natural era como uma joia cintilante e preciosa, bordada na costura das roupas íntimas da terra. Desde a sua infância, a visão nunca deixou de agitar a imaginação e as emoções de Meredith. Seu coração começou a bater um pouco mais rápido.

Rhys parecia afetado pela beleza também. Sua voz tornou-se rouca.

– Você diz que acredita que as pessoas colhem o que plantam?

Ela assentiu.

– Bem, olhe para este lugar – disse ele, gesticulando para o lago isolado. Rhys virou-se para ela, erguendo sua mão livre para acariciar a bochecha dela. – Olhe pra *você*.

Antes que Meredith pudesse protestar contra a completa impossibilidade do que ele disse, Rhys depositou um beijo leve nos lábios dela. E depois outro. Quando voltou a falar, sua voz vinha de algum lugar profundo. Bem escondido.

– Este momento só pode ser obra do destino. Porque juro a você, não há nada que eu tenha feito na minha vida para merecê-lo.

Ele a beijou de novo, e ela agarrou-se a ele, atordoada pela altura do precipício, pelo barulho das quedas d'água e pelo calor suave e delicioso de seus lábios nos dela. Como Rhys fazia isso com ela? Meredith havia sido louca por ele quando menina, mas atribuíra isso à paixão juvenil. Ela acompanhou os eventos da vida dele por uma década, mas tinha dito a si mesma que era por curiosidade ociosa. E agora... agora o desejava tanto que mal conseguia ficar em pé, mas com certeza isso era só luxúria. Não era?

– Não existe tal coisa como destino, Rhys.

– Existe, sim – disse ele. – Você é minha. E eu sou seu.

O mundo dela começou a girar. Meredith afastou-se do abraço dele.

– Você não pode honestamente afirmar que vive por tal crença. Apenas esperando para ver o que o destino lhe traz?

Ele deu de ombros, pegando uma pedrinha aos seus pés e lançando-a no lago.

– Foi isso o aprendi ao longo da minha vida. O destino é o destino. As coisas acontecerão como devem acontecer. É inútil resistir.

– *Inútil?*

Meredith piscou para ele. O argumento começou a irritar seu orgulho. Ela não apreciava a insinuação de que todo o seu trabalho e sacrifício nos últimos dez anos haviam sido inúteis. Que não importava se tinha se casado com um estalajadeiro ou passado seus dias procurando raízes e lesmas, que ainda estaria aqui, com Rhys, naquele mesmo momento. Meredith queria que ele reconhecesse o esforço que ela fez para manter aquela vila unida. Não apenas reconhecer, mas respeitar. E queria que ele visse que poderia fazer seu próprio destino em qualquer lugar. Com sua força, determinação, posição e riqueza, Rhys poderia ter muito mais do que a vida rural que imaginava naquele lugar.

De alguma forma, Meredith precisava chocá-lo para sair daquela crença cega e persistente no destino.

Ela lançou um breve olhar de soslaio para a beira do afloramento.

– Talvez seja meu destino cair neste lago.

– Não seja boba.

– O que há de bobo nisso? Você mesmo disse, se está destinado a acontecer, acontecerá. Eu cairei neste lago. E o que acontecerá depois?

Rhys recuou um passo, passando a mão pelo cabelo.

– Não é isso que eu...

– O que acontecerá depois, Rhys? – As sobrancelhas dela arquearam-se. Assim como sua voz aumentou. – Devo apenas ficar parada e esperar pelo meu destino? Você ficaria sentado esperando pra ver se estou destinada a me afogar? – Ela afastou-se dele, mais perto da borda. – Afinal, é inútil resistir.

Um reconhecimento brilhou nos olhos dele.

– Merry Lane, não ouse...

– O destino é o destino – provocou ela.

E então ela deu um grande passo para trás... no vazio.

Capítulo 9

Meredith não estava mais lá.
Nem os ossos de Rhys.

E o que, usando a razão, o lorde sabia que havia levado algumas frações de segundo, pareceu-lhe uma eternidade sangrenta. Uma eternidade durante a qual, de todas as coisas absurdas, ele se pegou ponderando sobre a Ciência.

Rhys nunca entenderia o princípio da gravidade. Como era possível que seu coração disparasse garganta acima, ao mesmo tempo em que a terra puxava o corpo de Meredith para baixo?

Céus, a terra estava demorando um tempo demasiado para exercer sua atração.

Splash.

Até que enfim. Oh, minha nossa. *Splash* soava bem. *Splash* era muito, muito melhor do que um baque. Ou um estalo.

O lorde foi impelido à ação. Irritantemente, seu primeiro movimento foi ajoelhar-se aliviado. Mas, meio segundo depois, ele arrastou-se até a beira do precipício e espiou lá embaixo, procurando um vislumbre dela na poça escura. Se Meredith tivesse sido arrastada para a esquerda, pega sob a queda d'água... ela seria agitada e rolaria pela força da cascata, sem escapatória.

Mas não. Ele a avistou à direita. O tecido leve de seu vestido ondulava sob a superfície clara, como o reflexo de uma nuvem. Tinha sido poupada das rochas e da queda d'água. Mas o lago era profundo ali.

Aquela mulher provocadora. Ela sabia nadar.

Não sabia?

Sem tirar os olhos de lá, Rhys jogou o casaco de lado e começou a arrancar as botas. De certo, a qualquer momento, ele a veria emergir na superfície. Ela sorriria para ele, zombeteira e triunfante, aqueles olhos prateados brilhando como uma pederneira.

A qualquer momento.

– Meredith! – gritou ele, puxando a bota direita. – Basta. Você já provou o seu ponto. Não tem graça.

Ele hesitou com a bota esquerda. A maldita rigidez no joelho sempre dificultava. Ainda assim, Meredith não emergiu. Talvez estivesse presa entre as algas. Ou talvez tivesse batido a cabeça na descida.

Rhys queria praguejar, mas não o fez. Não podia desperdiçar seu fôlego. Quando enfim conseguiu tirar ambas as botas, o esforço e o pânico expeliam-lhe o ar dos pulmões. Com um gole arfante para reabastecê-los, ele mergulhou atrás dela.

O frio o atingiu primeiro. Depois a umidade infiltrou-se. Ele lutou contra o impulso de debater-se na superfície, em vez disso, deixando que peso do corpo o puxasse mais para o fundo.

Para a escuridão.

O lorde abriu os olhos para na água que ardia, esforçando-se para distinguir pelas sombras turvas. Com um esforço hercúleo, ele forçou-se a ficar parado e a girar lentamente no lugar.

Rochas.

Mais rochas.

Feixe de luz solar, bolhas da cascata.

Uma escuridão vazia.

Meredith.

Em um único movimento, Rhys estava ao lado dela. Passando um braço em torno de sua cintura, ele os impulsionou para cima, até que o outro braço rompeu a superfície vítrea da água. Do primeiro som de *splash* até emergirem, todo o calvário deve ter durado cerca de trinta segundos. Sentia como se trinta anos tivessem sido somados à sua idade.

Chutando ferozmente, ele os empurrou para a borda do lago, onde era raso o suficiente para ficar em pé. Rhys colocou Meredith em uma pedra submersa logo abaixo da superfície da água, segurando a cabeça dela e os ombros em seus braços enquanto a água fazia o que queria com o vestido dela que flutuava.

Ela não se mexia. Seus olhos estavam fechados.

Resmungando, Rhys afastou o cabelo do rosto dela e inclinou a cabeça para verificar a respiração. Um sopro de calor atingiu sua bochecha.

– Meredith ... – Ele a sacudiu. – Meredith, acorde.

Algum vestígio de seu raciocínio em batalha afirmou-se. Houve um tempo em que fora calmo e contido em situações como essa. Ele a examinou em busca de sinais óbvios de ferimentos, procurando em vão por sinais de inchaço ou sangue.

Quando isso não revelou nada, Rhys recorreu mais uma vez a sacudi-la freneticamente.

– Por favor, Meredith. Não faça isso comigo.

Os olhos dela piscaram e entreabriram-se. Endireitando os braços, ela se colocou sentada na pedra. As pernas balançando livres na água.

Um sorriso fraco surgiu nos cantos de seus lábios.

– Se isso foi um teste de fé – disse ela, com calma –, acho que você falhou.

– Você... Você... – Rhys sacudiu um dedo para ela. – Maldição, você sabe que isso foi...

– Destino?

Agora, ele praguejou. Violenta e grosseiramente, socando a água enquanto fazia isso. Rhys conhecia a raiva. Conviveu com ela, em um grau ou outro, durante quase toda a vida. Mas nunca antes havia se sentido tão enfurecido e tão aliviado em igual medida. A combinação era tão vertiginosa, tão confusa... ele nem conseguia falar ou pensar.

Apenas agiu.

Quando ela riu de sua raiva, Rhys encaixou-se entre as flutuantes pernas dela, puxou aquela forma esguia contra seu corpo enfurecido e silenciou a boca de Meredith com a dele. Sem ternura. Sem cautela. Apenas uma necessidade e uma emoção crua.

Agora, Merry Lane, pensou enquanto abria bem o maxilar dela e tentava possuí-la com seus lábios, língua e dentes, *tente rir disso*.

Ela não riu. Não, Meredith gemeu de prazer e o agarrou ao seu corpo trêmulo. Devolveu tão bem quanto recebeu, capturando sua língua e puxando-o para aprofundar o beijo. Os dois batalharam com lábios e dentes, cada um tentando persuadir o outro. Eventualmente, a discussão desacelerou, aprofundou-se, se tornou um armistício e então... e então, uma deliciosa trégua. Eles moviam-se ritmados, a língua dele acariciando a dela, e a taverneira agarrou-se ao lorde, jogando os braços ao redor do pescoço dele e enroscando as pernas em torno dos quadris dele. O casal encaixava-se perfeitamente, como se tivessem sido feitos para isso. Nem mesmo ela poderia negar.

Ele a deixou respirar rapidamente, como um teste.

– *Rhys...* – sussurrou ela. – Sim!

E então ele a beijou outra vez, com triunfo fluindo por seu corpo e concentrando-se em sua virilidade. Rhys era péssimo com palavras, não sabia cantar. Até a maneira como mastigava sua comida afugentava as mulheres. Mas, quando a beijava, a moça tornava-se maleável em seus braços. Aquela boca enfim servia para *algo*.

As roupas estavam encharcadas, coladas à pele de ambos. Ele podia sentir cada contorno do corpo dela, cada costela, mamilo e ponta de dedo. E, pela maneira como Meredith pressionava sua pélvis contra a dele, Rhys supôs que ela também podia sentir aquela excitação rígida dele. Apesar do frio da água, o calor avivava-se entre os corpos deles. A saia de musselina fina e a anágua de Meredith flutuavam ao redor deles na superfície da água, deixando-a com sua intimidade exposta.

A perna dela enroscou-se na dele, e o lorde enfiou a mão sob a água para agarrar a coxa de Meredith. Encorajado pelo suave gemido dela, Rhys deslizou a palma para a parte inferior da perna dela e a segurou pelas nádegas. E uma vez que tinha ido tão longe... não conseguiu conter-se. Ele alcançou o meio das pernas para tocar no sexo dela.

O beijo do casal desacelerou. Ele tomou seu tempo, explorando a boca de Meredith gentilmente com a língua. Traçando de leve os contornos dela com as pontas dos dedos. Ela ajustou-se nos braços dele, dando a Rhys mais acesso, e ele deslizou um dedo para dentro do calor de Meredith.

Céus, mais mistérios da Ciência. Como aquela mulher poderia estar mais molhada do que a água? Mas estava. Úmida, quente, escorregadia e convidativa. Para ele.

Para *ele*.

Arfando, ela desvencilhou-se dos lábios dele.

– Você sente isso? – sussurrou ela, pressionando beijos no maxilar e na orelha dele. – Sente o quanto desejo você? Eu o quis por tanto tempo.

Se a prova não estivesse envolvendo os dedos dele, Rhys não acreditaria que ela o desejava. Mas o que Meredith queria dizer com "por tanto tempo"? Ele acabara de regressar à vila. Só há uma semana. Embora admitisse que tinha sido uma semana bastante longa.

Soltando o pescoço dele, ela deslizou uma das mãos entre ambos, afastando a cintura da calça do abdômen frio de Rhys. O tecido molhado não cedia muito, mas os dedos ágeis e esguios dela deslizaram pela abertura e seguiram devagarinho para baixo. Ele congelou, um dedo ainda enterrado dentro dela. A respiração dela chegava quente no ouvido dele. Enfim, as pontas dos dedos dela roçaram a cabeça da ereção pulsante dele.

– *Oh!*

Ela roçou os dedos ao redor daquela cabeça, e o prazer explodiu dentro dele. Rhys mordeu o ombro dela para conter-se.

– Eu quero você. – Ela lambeu a bochecha dele. – Eu quero você.

– Merry... – A palavra ecoou dentro dele. – Diga que vai se casar comigo.

Rhys sabia que ela estava relutante, mas tinha essa vantagem. Meredith o desejava. Contra todo o senso, razão e leis da natureza, ela o queria. Ele pretendia esperar pelo casamento, mas se contentaria com um noivado. Droga. Naquele momento, o lorde aceitaria qualquer sílaba proferida por ela que rimasse com "sim".

Ele retirou o dedo dela e depois o mergulhou mais fundo.

– Diga que sim. Diga isso agora.

Agora. Por favor, que seja agora. E então Rhys poderia possuí-la, ali mesmo. Deslizar direto para aquele calor úmido e convidativo. E, pela primeira vez em sua vida, talvez se sentisse certo.

– Diga que sim. – Ele acrescentou um segundo dedo, empurrando ainda mais fundo.

– Eu... – Ofegante, Meredith deixou a cabeça pousar no peito dele. – Eu não posso me casar com ninguém. Meu pai. A estalagem. A vila... Todos dependem de mim.

– Deixe que eles dependam de mim. – O lorde envolveu o braço livre em volta da cintura dela. – Cuidarei de tudo. Eu protegerei você, seu pai e a vila. Nunca permitiria que você se machucasse.

– Rhys...

Ele afastou-se um pouco, a forçando a erguer a cabeça. A dúvida era evidente nos olhos dela. Por que não conseguia acreditar nele? Talvez fosse demais esperar isso, depois de apenas uma semana... mas, que droga! Mesmo assim doía que ela não acreditasse.

E, então, um pensamento horrível o atingiu. Talvez Meredith não acreditasse nele porque sabia que era uma mentira. Rhys permitira que ela, o pai dela e toda a vila sofressem, tempos atrás. E ele havia permitido que sofressem por quatorze anos desde então.

Será que ela conhecia a verdade? Ele nunca havia falado sobre aquela noite com ninguém.

Com profundo pesar, Rhys retirou os dedos do corpo dela e a segurou pela cintura, colocando-a de volta na pedra. Meredith mordeu o lábio trêmulo, e ele esfregou as mãos para cima e para baixo para aquecer os braços dela. Ele tentou, com muita força, ignorar os mamilos da dama, enrijecidos e em destaque pela roupa molhada.

– Merry...

– Eu não estou olhando! – A voz veio de algum lugar acima.

Rhys sobressaltou-se.

– O quê? Quem é?

– Olá! – A voz chamou de novo. – Olá, aí embaixo! Estou aqui em cima. Mas não se preocupem, eu não vou espiar!

– É o Darryl... – murmurou Meredith entredentes batendo. – Reconheceria essa voz em qualquer lugar.

De fato, Rhys olhou para cima e avistou Darryl Tewkes aproximando-se da borda, com as duas mãos cobrindo os olhos.

– Eu não estou olhando! – repetiu ele. – Sei que podem estar indecentes, então não estou olhando. Juro que não.

O jovem deu um passo mais perto da borda.

– Olhe! – Meredith e Rhys gritaram juntos.

Darryl congelou.

– Pelo amor de Deus, Darryl – disse ela. – Abra os olhos. Estamos vestidos, apenas tivemos um... – Meredith deu a Rhys um sorriso irônico. – Um acidente.

Era uma maneira de explicar aquilo.

– Ah. Tudo bem, então – O jovem descobriu os olhos. Olhou para os pés, a poucos centímetros da borda, e recuou com um grito.

Rhys balançou a cabeça, rindo. O tolo ficaria nervoso o dia todo agora.

Segurando em uma pedra coberta de musgo para se apoiar, o lorde ergueu-se do lago. Graças à água fria, seu desejo havia diminuído rapidamente, considerando tudo. Na verdade, suspeitava que suas partes íntimas tivessem se retraído para dentro do peito.

Ele estendeu a mão para Meredith, que a aceitou. Tirá-la não foi fácil, com o peso de suas anáguas e do vestido encharcados dificultando as coisas, mas os dois conseguiram juntos, e logo ela estava pingando em terra firme. A musselina estampada do vestido dela estava quase translúcida, abraçando cada curva e saliência da dama.

Confrontado com aquela visão, o pobre Darryl Tewkes não sabia o que fazer consigo mesmo. Ele levou as mãos para os olhos outra vez, depois pensou melhor e as abaixou ao longo do corpo. Eventualmente, o rapaz contentou-se em olhar para o céu.

– Meu paletó ficou lá em cima no afloramento – Rhys alertou. – Jogue-o aqui pra mim, por favor?

– Ah, com certeza. – Darryl fez o que lhe foi pedido. Exceto que quase jogou o paletó direto no lago. Apenas um rápido e acrobático movimento de Rhys o salvou de um final aquático.

Ele suspirou com paciência limitada.

– Tewkes, suponho que todos nós estamos voltando pra estalagem. Por que não contorna a cachoeira e nos encontra aqui embaixo? E traga minhas botas.

– É claro, milorde.

O rapaz desapareceu outra vez, e Rhys aproveitou a oportunidade para envolver Meredith com segurança em seu paletó.

Quando Darryl surgiu entre as árvores, ela lhe perguntou:

– Então, o que é isso? Por que está nos seguindo? – A tez dela empalideceu por um instante. – Não é meu pai, é?

– Não – Darryl a tranquilizou. – Não, mas, milorde, andei por todo este pântano procurando pelos dois. Tem um homem lá na estalagem. Um sujeito bem elegante, acabou de chegar esta manhã de Londres. – Um olho com tique voltou-se para Rhys. – Ele está procurando pelo senhor, Lorde Ashworth.

Quando chegaram à estalagem Três Cães um quarto de hora de caminhada depois, Rhys estava certo de quem encontrariam. Portanto, não foi surpresa entrar na taverna e avistar Julian Bellamy ocupando a mesa do canto.

O que foi surpreendente, no entanto, foi a companhia de Bellamy. Ele estava com uma jovem. Uma moça muito bonita, que não deveria ter mais de 20 anos. Tinha cabelos loiros encaracolados e um rubor inocente que parecia deslocado em seu corpo exuberante. Ao olhar mais de perto, aquele rubor parecia ser maquiado.

Estranho. Rhys não teria imaginado Bellamy viajando com uma cortesã. Pelas evidências de semanas atrás, o homem estava apaixonado, embora não correspondido, por Lady Lily Chatwick, a irmã enlutada do fundador do Clube do Cavaleiros.

Quando Bellamy avistou Rhys, levantou-se da mesa e o encontrou no meio do salão, instruindo a amiga a permanecer sentada. Da mesa, a jovem lançou um olhar inquieto para Rhys.

Ele estava acostumado com aqueles olhares. E, com as calças ainda úmidas, botas enlameadas e pedaços de musgo grudados no paletó, Rhys supôs que ele devia parecer assustador. Ainda mais do que o habitual.

– Sei que lhe pedi pra enviar minhas coisas de Londres – disse ele, cumprimentando Bellamy com um aceno. – Mas não esperava uma entrega pessoal.

– Cheguei no momento certo, pelo visto. – Bellamy lançou um olhar desaprovador para a vestimenta encharcada do lorde. Como sempre, o próprio Bellamy estava vestido com elegância, em um veludo bem cortado. – Minha nossa, o que fizeram com você por aqui?

– Estive trabalhando. É o que nós, simples camponeses, fazemos. Nem todos nós podemos nos dar ao luxo de passear por Londres na última moda.

– Bem-vindo à Três Cães, milorde.

Meredith apareceu ao lado de Rhys, surpreendendo-o com sua rapidez. Ela havia entrado pela porta dos fundos para trocar discretamente de roupa e, de certo, o fizera com pressa. Havia trançado seu cabelo úmido em uma única trança pendurada nas costas e vestia outro de seus vestidos simples, cor de canela. Por baixo daquele vestido, a pele dela ainda devia estar fria ao toque. Seu gosto deveria ser de água de nascente, fresca e doce. Talvez ainda estivesse molhada por ele, mesmo agora.

Como se pudesse ouvir os pensamentos lascivos de Rhys, ela pigarreou em reprovação. Para Bellamy, disse:

– Posso trazer algum refresco pra você e pra sua amiga?

– Conhaque pra mim – disse Bellamy. Ele falou por cima do ombro: – O que você vai beber?

– Oh! – A moça de cabelos loiros animou-se, abandonando a inspeção de suas unhas. – Um coquetel de framboesa seria adorável.

Meredith engasgou com uma risada.

– Como regra geral, não servimos bebidas cor-de-rosa e borbulhantes aqui, mas acho que tenho uma garrafa de licor em algum lugar. Serve?

– Sim, por favor.

Meredith lançou um olhar divertido para Rhys enquanto dirigia-se ao bar.

– Por favor, sentem-se, os três.

Quando Rhys e Bellamy acomodaram-se na mesa, a taverneira voltou, trazendo uma bandeja com um copo de conhaque, um copo fino de licor e uma caneca de cerveja, que colocou diante de Rhys. O lorde adorou que ela soubesse o que ele beberia sem perguntar. Mas odiava que estivesse servindo, quando por direito Meredith deveria ser uma lady, com uma tropa de criados para *atendê-la*.

E, maldição, que tipo de cavalheiro ele era por permitir que ela o servisse? Tardiamente, ele se afastou da mesa e levantou-se. Era um gesto mínimo de respeito, mas era algo. Enquanto Meredith demorava na tarefa de distribuir as bebidas, Rhys podia dizer que ela estava curiosa sobre o assunto da conversa. Ele também estava, na verdade.

– Junte-se a nós. – Rhys ofereceu a cadeira ao lado dele. – Senhor Julian Bellamy, esta é a Sra. Meredith Maddox. Ela é a proprietária da Três Cães.

– Precisamos falar em particular – disse-lhe Bellamy. Ele lançou um olhar para Meredith. – Com todo o respeito.

– Ela também é a minha futura esposa. – Rhys puxou a cadeira. – E, se isso for sobre o assassinato de Leo Chatwick, ela já sabe tanto quanto eu.

Ele arriscou um olhar para Meredith. Os olhos dela tinham se tornado cinza-escuro como nuvens tempestuosas e estavam duas vezes mais agitados. Rhys deu de ombros, ciente de que não estava sendo justo. Agora a mulher tinha uma escolha: aceitar o rótulo de futura esposa ou abandonar toda a curiosidade sobre a conversa.

Ele ficou lá, com a cadeira vazia, esperando uma decisão.

– É a minha estalagem – disse ela, por fim, pegando a cadeira das mãos de Rhys. – Eu me sento onde eu quiser.

E ela sentou-se.

– Está bem – disse Bellamy. – Esta é Cora Dunn. Ela foi a pessoa que encontrou Leo depois do ataque e o levou pra minha casa.

Ah, então esta era a cortesã que tinha testemunhado o assassinato. E ela encontrara mais do que o corpo sem vida de Leo, se Rhys recordava--se bem da história. Quando souberam do assassinato pela primeira vez, presumiu-se que Leo estava sozinho quando foi atacado. No entanto, não havia como confirmar, já que a prostituta que recuperou o corpo dele tinha desaparecido.

Mas, há apenas duas semanas, os membros restantes do Clube dos Cavaleiros haviam se reunido em Gloucestershire quando uma revelação impressionante foi feita: a prostituta não só havia sido encontrada, mas relatara que Leo estava com outro homem quando foi atacado. E a aparência do acompanhante assemelhava-se muito à de Julian Bellamy.

– Então... – Rhys disse para a moça. – Com quem Leo estava naquela noite?

Ela girava a taça de licor pelo cabo longo e fino.

– Bem, eu não sei, não é? Um homem que se parecia muito com o Sr. Bellamy aqui.

– Mas não era eu – interrompeu Bellamy.

– Poderia ter sido – disse Cora, sorvendo seu licor. – Eu o vi em um beco escuro, sabe, e o rosto dele estava manchado de sangue. Não saberia reconhecer o cavalheiro agora, mesmo que estivéssemos cara a cara.

Bellamy praguejou baixinho.

– Já discutimos isso. Eu defino a moda para os jovens tolos da alta sociedade. Eles imitam meu cabelo, minha roupa e meus modos. Muitos jovens se parecem comigo. Este não era eu.

– Bem, claro que eu não acredito nisso. – A moça mordeu o lábio. – Mas os dois se parecem notavelmente. E as roupas dele eram lindas. – Apoiando o queixo na mão, ela continuou sonhadora: – Tinha um colete de veludo com costura dourada. Aquela costura brilhava, até no escuro. O que eu não daria para ter um bordado tão fino.

Um ataque de tosse tomou conta de Meredith. Ela pegou a cerveja de Rhys e deu um grande gole. Quando tentou deslizá-la de volta, ele lhe disse:

– Fique com ela. – Para Cora, ele disse: – Por que não começa de novo? Conte-nos tudo o que aconteceu naquela noite, desde o começo.

– Bem, eu estava em Covent Garden, no meu lugar habitual pra noite. Cada dama tem seu lugar, sabe. Uma carruagem de aluguel parou bem na minha frente, e esse cavalheiro esplêndido me chamou para dentro. Cabelos claros, olhos claros e traços finos. Vou lhe dizer... – disse ela, dirigindo o comentário a Meredith. – Não é sempre que conseguimos um tão bonito assim.

Meredith parecia desorientada com o "nós" naquela frase, mas apenas inclinou a cabeça e disse:

– Continue, então.

– Enfim, ele elogiou meu chapéu, do qual eu estava bastante orgulhosa. Tinha acabado de trocar as fitas no dia anterior. Quando eu disse: "Obrigada, milorde", ele me disse para chamá-lo de Leo. E então perguntou se eu gostaria de ver uma luta de boxe em Whitechapel. Ele tinha planos de ir com um amigo, me contou, mas o amigo desistiu.

Bellamy soltou um gemido baixo de culpa.

– Esse amigo seria eu.

– Normalmente, eu disse a ele, fico bem longe do East End. Isso é pra garotas de classe baixa, as que trabalham nos cais. Mas ele era tão bonito e perguntou com tanta gentileza. E eu nunca tinha visto uma luta de boxe, pelo menos não uma de verdade, então... – Ela arqueou as sobrancelhas. – Lá fomos nós. No caminho, ele foi muito gentil comigo. Deixou-me beber conhaque da sua garrafa. Nem sabia que era um lorde, mas eu podia dizer que era de boa estirpe. Não pelas roupas ou pelo sotaque, apenas pelos modos. – Os olhos de Cora abaixaram, e ela traçou um sulco na mesa. – Ele me tratou como uma pessoa. Como uma querida mesmo, não apenas uma prostituta. Às vezes ainda não acredito que ele está morto. Quase partiu meu coração, embora mal o conhecesse há algumas horas e nem tivéssemos...

Ela não terminou o pensamento. Ninguém na mesa precisava que Cora o fizesse.

Bellamy pigarreou.

– Sim, esse era Leo. Sempre atencioso com os outros, sem se importar com sua posição. O homem mais justo que eu já conheci.

– Então você foi para Whitechapel – incentivou-a Rhys.

– Oh, sim – continuou Cora. – E aquela luta de boxe foi um negócio suado e fedido. Todos os homens gritando e se empurrando. Não gostei nada, mas pelo menos acabou rápido. Depois, a multidão inteira estava se aglomerando. Leo estava embriagado de conhaque e eufórico com a luta. – Ela virou-se para Meredith e murmurou baixinho: – Você sabe como os homens são. Eles ficam empolgados com a violência. Deixa-os excitados.

Meredith deu à moça um sorriso paciente. Por trás dele, Rhys podia dizer que ela estava mastigando um punhado de observações não ditas. O lorde desejou ter a expectativa de ir para a cama com ela aquela noite apenas para ouvir todos os pensamentos que estava guardando para si mesma.

Claro, essa não era a única razão pela qual ele desejava que eles estivessem compartilhando uma cama naquela noite. Nem mesmo a principal razão.

– Leo me levou para um canto. E começou a falar muito docemente comigo. Que jovem adorável eu era e como um homem teria sorte em desfrutar dos meus favores. – Ela riu um pouco. – Eu disse a ele que não precisava de sorte comigo, apenas uma ou duas moedas. Leo riu e me beijou no rosto e prometeu me dar três. Bem, pensei que ele quisesse apenas se esconder em um canto escuro e levantar minha saia, como a maioria deles faz, mas não. Ele disse que queria me levar pra casa com ele e me perguntou se eu seria gentil com ele lá. Em uma cama de verdade, ele queria!

– Imagine só – murmurou Meredith.

– Leo mandou um menino chamar a carruagem. Enquanto estávamos esperando, um cavalheiro o chamou das sombras. Leo pareceu reconhecer quem era. Ele me disse para esperar bem debaixo do lampião e que estaria a apenas alguns passos de distância. Os dois foram para o canto pra conversar.

– Conversar sobre o quê? – indagou Bellamy.

– Não tinha como eu saber, não é? Não consegui compreender as palavras. Mas estavam discutindo com raiva, dava pra perceber. Depois ficou muito quieto, e comecei a me arrepiar. Pensei que eles tivessem me esquecido e que eu estava perdida e sozinha em Whitechapel. Tudo o que eu tinha era meia coroa costurada nas minhas roupas íntimas pra emergências.

– Ela tomou o resto de seu licor, como se buscasse coragem. – Ali parada, me pareceu uma eternidade, sem saber se deveria segui-los ou não. E, de repente, ouvi sons. Sons horríveis. Socos, golpes e gritos. Pior do que a luta de boxe. – Cora estremeceu um pouco. – Se fosse qualquer outra pessoa, eu teria corrido pra casa naquele instante. Mas tinha ficado tão afeiçoada a Leo e estava tão assustada... Entrei no beco e soltei um grito.

Todos ficaram em silêncio. Rhys supôs que, assim como ele, os outros estavam esperando para ver se ela demonstraria.

Felizmente para o copo de licor de Meredith, a moça não fez isso.

– Levou alguns segundos até eu conseguir distinguir alguma coisa, com a escuridão e as sombras. Mas havia dois homens brutos e grandalhões parados lá. E, aos pés deles, Leo e o amigo gemiam no chão. Gritei mais um pouco. Os dois homens saíram correndo na outra direção e desapareceram no fim do beco.

– Você os reconheceria se os visse outra vez?

Cora balançou a cabeça, e um cacho loiro pendeu contra sua bochecha.

– Eles correram tão rápido. Tudo o que sei é que eram grandes, brutos e assustadores, como... – O olhar dela desviou-se para Rhys, mas logo o afastou. Ela pigarreou: – Ah, e um era careca. Lembro-me da cabeça dele brilhando ao luar. E o outro... bem, eu o ouvi gritar para o primeiro enquanto fugiam. Parecia escocês. É tudo o que sei.

Ela continuou:

– Além disso, toda a minha preocupação era com Leo. Fui até ele. Leo estava desacordado. O amigo dele também parecia estar em péssimo estado, mas conseguia falar. Ele me disse para pegar uma carruagem e então me deu um endereço. – Ela olhou para Bellamy. – O *seu* endereço.

Rhys e Bellamy trocaram um olhar.

Ela fungou.

– Então corri de volta para a rua e, por sorte, o garoto de Leo tinha acabado de voltar com a carruagem. Fiz o motorista vir me ajudar. Disse a ele que havia dois cavalheiros precisando de um médico, e rápido. Mas, quando voltamos correndo pro beco, o homem de cabelos escuros tinha desaparecido. Só Leo estava lá.

Ela fungou outra vez, e uma lágrima escorreu pela bochecha dela, atravessando a fina camada de pó facial. Bellamy puxou um lenço de linho branco do bolso, e ela o aceitou sem dizer uma palavra.

– Nós o levamos para o veículo, e tentei mantê-lo aquecido. Leo estava tremendo e muito pálido. A respiração estava toda irregular. "Não morra", eu disse a ele, repetidas vezes. "Não morra, Leo, por favor, não morra ainda." – Cora soluçou no lenço. – Mas ele morreu. Bem ali nos meus braços. E o beijei, não pude evitar. Eu digo a você, isso partiu meu coração em dois. Apenas algumas horas, e já estava meio apaixonada pelo homem.

Ela chorou ruidosamente.

Rhys desviou os olhos. Talvez fosse toda a excitação e emoção remanescentes do encontro dele e Meredith no lago, mas sentiu-se estranhamente comovido pela história de Cora. Estava feliz que Leo teve um pouco de ternura ao partir, mesmo que de uma estranha. O charme e a boa aparência o ajudaram até o fim. A maioria dos homens que morria por violência não tinha tanta sorte. Quantas vezes seu próprio corpo ferido e quebrado havia sido arrastado do chão de uma taverna ou campo de batalha? E nem sequer uma vez acordou para encontrar um pequeno anjo loiro pairando sobre ele. Droga, Cora nem conseguia olhar para Rhys sem estremecer. A ideia dela chorando sobre sua forma machucada... isso o fez rir.

A risada ficou presa em sua garganta, e ele pigarreou para disfarçá-la.

O lorde arriscou um olhar para Meredith. Ela captou o olhar dele, e seu joelho roçou o dele por debaixo da mesa. E então permaneceu lá, pressionando-o contra sua perna.

Poderia ter sido um acidente. Mas ele não acreditava em acidentes.

– Ah, sim – disse Bellamy. A expressão desconfiada conflitava com os olhos avermelhados. – Você estava tão apaixonada por Leo. Mas não se esqueceu de vasculhar os bolsos dele, não é?

Cora enxugou o nariz.

– Bem, eu precisava de dinheiro pra carruagem. E ele me prometeu três xelins, e...

A cortesã deu de ombros, descartando grande parte de seu sentimentalismo.

– Sou apenas uma prostituta, não é? Vivo ou morto, ele poderia gastar algumas moedas.

– Exceto – disse Rhys, tirando algo do bolso interno de seu casaco. – Que uma dessas moedas não era um dinheiro de verdade.

Do bolso, o lorde retirou uma das fichas de bronze que representava a associação ao Clube dos Cavaleiros. Ele a colocou na mesa e a deslizou em direção a Cora com a ponta do dedo.

– Você a reconhece?

– É claro. – Cora a pegou, olhou para ela, riu um pouco. – Coisa mais estranha, não é? No começo, eu não sabia o que fazer com ela. Não achei que valesse nada. Só guardei na minha bolsa até que Jack me ofereceu um guinéu por ela em troca. Eu agarrei a chance, peguei a próxima carruagem para ver minha mãe em Dover. Foi lá que seu amigo voltou a me encontrar.

Jack d'Orsay não era bem um amigo, mas nem Rhys nem Bellamy contestaram o argumento.

– Depois daquela noite com Leo... – O olhar dela caiu sobre a ficha, e a voz suavizou-se. – Eu queria sair daquele mundo, sabe? Trabalhar como uma garota de Covent Garden... não era bem como planejei minha vida.

Todos os quatro olharam para a mesa em um silêncio constrangedor. Enfim, Rhys disse:

– É assim que são as coisas. O destino ri na cara de todos os nossos planos.

Bellamy bateu na mesa com a lateral do punho.

– Temos que encontrar aquele homem que levou Leo pro beco. É óbvio que ele foi atraído para uma emboscada.

– Você não pode saber. Parece que esse estranho e o seu amigo foram vítimas. – Isso foi dito por Meredith. – Ambos estavam feridos.

– Ele estava fingindo – disse Bellamy. – E é culpado em algum grau. Caso contrário, por que teria desaparecido?

– Eu não sei – respondeu Meredith, sem intimidar-se. – Mas concordo, vocês deveriam encontrá-lo e perguntar. Mas duvido que o encontrem aqui em Dartmoor.

– Eu também duvido. Não é por isso que estou aqui. – Ele virou-se para Rhys. – Estou voltando pra Londres para ver o que consigo descobrir. Preciso de um lugar pra Cora ficar. Um lugar seguro.

– Você quer dizer aqui? – questionou Rhys.

Bellamy assentiu.

– Espere um minuto – disse Meredith. – Eu administro um estabele-cimento respeitável. A Três Cães não é esse tipo de hospedaria.

– Eu pagarei todas as despesas dela – disse Bellamy. – Cora não precisará exercer sua profissão. Só precisa de um lugar para ficar. Se os assassinos de Leo souberem que ela foi testemunha, pode estar em perigo. – Ele virou-se para Rhys. – Pensei que essa estalagem seria ideal, a menos que tenha outro lugar em mente. Você tem uma residência pessoal?

– Ela ficará aqui. – Meredith levantou-se, de repente a anfitriã aco-lhedora. – Venha então, Cora. Você deve estar cansada. Vamos encontrar um quarto pra você e deixar os homens conversando.

Cora levantou-se da mesa, e Meredith a chamou com uma mão maternal.

– Senhor Bellamy, você também precisará de acomodações?

– Apenas para esta noite.

– Muito bem, então. A Três Cães tem o prazer de recebê-lo. – O tom na voz dela, no entanto, não era uma representação muito convincente de prazer. – Vou preparar um quarto pra você também.

– Ele pode ficar com o meu – ofereceu Rhys. Diante do olhar confuso dela, ele acrescentou em voz baixa: – Vou acampar no campo a partir de agora. Para desencorajar a repetição dos eventos desta manhã.

– Quais eventos? – sussurrou Meredith. – Os do seu canteiro de obras, ou os... – Os olhos dela subiram em direção aos aposentos.

– Ambos – respondeu ele simplesmente.

O franzir de testa dela aprofundou-se.

Depois que as senhoras os deixaram, Bellamy lançou um olhar estranho para Rhys.

– Vai se casar? Depois da morte de Leo... quando discutimos o futuro de Lily, você disse que não queria casar-se.

– Eu não queria. Não naquela época. – E também não tinha interesse em casar-se com a enlutada irmã gêmea de Leo Chatwick, Lily. Ela era uma dama refinada e elegante... e de linhagem real, se ele bem se lembrava. Rhys não era homem para ela.

Nem Julian Bellamy, fato que explicava o persistente mau humor dele. Se tinha um homem que falasse sobre sua infância com menos vontade do que Rhys, era Bellamy. Ninguém sabia de onde ele vinha, e Rhys não poderia se importar menos. Mas quando uma dama da altura de Lily Chatwick estava envolvida... até Rhys sabia que essas coisas importavam. E muito.

– Então está me dizendo que, em uma semana, a viúva dono daqui de alguma forma mudou sua opinião?

– Sim.

Bellamy passou a mão pelo cabelo desgrenhado.

– Não me entenda mal. Ela é uma mulher bem atraente, mas... um tanto rude, você não acha?

– O que o faz dizer isso? Só porque ela lhe desafiou? – Rhys deu uma risada. – Ela é uma mulher decidida. – E doce, delicada e secretamente vulnerável, como seda quente entre as coxas. Mas Rhys preferia manter esses traços de Meredith para si. – Ela trabalha duro e não tolera bobagens.

– Eu pude notar isso.

Rhys flexionou a mão até que suas juntas estalassem.

– Um homem como eu não tem utilidade para moças delicadas como porcelana.

– Isso lá é verdade.

– Como está Lily?

Bellamy suspirou profundamente.

– Delicada. Como porcelana. O herdeiro de Leo chegará do Egito em questão de meses, e ela vai ter que deixar a casa. Não sei o que Lily espera fazer depois, mas ela se recusa a discutir o assunto. Diz que vai lidar com tudo sozinha. – Ele terminou seu conhaque com um gole irritado. – Sozinha. Para onde caminha o mundo, com essas mulheres modernas? Um homem não pode dizer a elas o que fazer.

– Eu que o diga... – murmurou Rhys, ainda pensando na expressão de descontentamento de Meredith.

Se ela estava infeliz com a decisão dele de ficar no campo, a taverneira poderia facilmente mudar isso casando-se com ele. Após aquele incidente no lago, o lorde sabia que nunca passaria outra noite sob o mesmo teto sem levá-la para a cama.

– Lily está me pressionando para que eu pare de procurar os assassinos de Leo. Diz que é inútil. – Bellamy balançou a cabeça. – De jeito nenhum que vou parar. Não até encontrar os responsáveis e vê-los enforcados. Ou pior. – Ele olhou para Rhys. – É aí que você entra.

– Deixe-me adivinhar. Eu sou o *"pior"*.

Bellamy assentiu.

– Confesso, estas últimas semanas *foram* infrutíferas. Estive procurando por dois brutamontes sem nome e sem rosto... não é uma tarefa fácil. A história de Cora renovou minhas esperanças. É muito mais fácil encontrar um dândi do que dois capangas ordinários. São em menor número, pra começar, e bordados dourados destacam-se na multidão. Vou encontrá-lo, pode apostar. E, quando eu o fizer, entrarei em contato com você. Precisaremos arrancar a verdade dele. E você prometeu emprestar seus músculos, se lembra?

– Eu me lembro. – Rhys tocou seu dedo rígido contra o caneco. Quando fez aquela oferta, teria começado uma briga com qualquer coisa grande e irritada, só na esperança de perder, por alguma mudança. – Mas as coisas são diferentes agora. Tenho responsabilidades aqui. E acho que pus um fim às brigas.

Bellamy inclinou-se sobre a mesa e o encarou com um olhar intenso.

– Bem, você sairá da aposentadoria para isso. Você é um membro do Clube, e Leo foi nosso fundador. Você lhe deve isso, para vingar a morte dele.

A incerteza torceu o canto da boca de Rhys. O que exatamente ele devia a Leo Chatwick? Aquele Clube não tinha feito nada por ele. Mas foi o assassinato de Leo que enfim convenceu Rhys da futilidade de perseguir a morte. Se Leo não tivesse sido morto, o lorde talvez não tivesse retornado a Buckleigh-in-the-Moor. Essa sua única chance de redenção poderia ter demorado anos para chegar.

Talvez ele devesse mesmo muito a Leo.

– Encontre o homem primeiro – disse Rhys. – Depois nós conversamos.

Capítulo 10

Durante sua breve estadia na Três Cães, o Sr. Julian Bellamy fez apenas uma coisa para conquistar a simpatia de Meredith.

Ele partiu antes do amanhecer.

Em contraste, a taverneira esperava que Cora dormisse até o meio-dia... não era isso que as mulheres da vida costumavam fazer? Então a aparição da moça durante a preparação matinal dos pães lhe foi uma verdadeira surpresa.

– Bom dia, Sra. Maddox.

Meredith levantou uma tábua forrada com rolos de fermento e espirrou com uma nuvem de farinha.

– O Sr. Bellamy já partiu para Londres.

– Sim, senhora. Eu imaginei isso.

Naquela manhã, Cora aparentava o frescor da inocência. Sem pintura ou pó para ofuscar sua pele clara, e o cabelo loiro arrumado em um nó simples. Seu vestido diurno de musselina azul era decotado e precisava de uma echarpe para cobri-lo, mas de resto era simples e sem nenhum detalhe chamativo.

E, apesar de tudo isso, ela era uma moça muito bonita. Talvez ainda mais bonita do que tinha sido ontem. O que fez Meredith pensar que a jovem seria um problema.

Ela não gostava de ter Cora na estalagem, mas gostava menos ainda das alternativas. De jeito nenhum, aquela cortesã ficaria em qualquer residência particular – seja uma casa londrina ou em um chalé no pântano – que pertencesse a Rhys. Meredith poderia ter recusado a proposta de casamento dele uma ou duas vezes, mas não estava desistindo de todo o interesse que sentia por ele. Não depois de ontem no lago, quando ela esteve a centímetros de fazer com que anos de fantasias se tornassem realidade.

Meredith abriu bruscamente a porta do forno, e uma onda de calor a inundou. Suor brotou instantaneamente em sua testa e pescoço. As defesas dela foram desarmadas por um momento. Memórias invadiram sua mente.

Os braços fortes de Rhys a ancorando no lago. A língua dos dois entrelaçando-se com um desprendimento selvagem. A cabeça quente e excitada de sua ereção deslizando sob o toque dela, extremamente cremoso.

Os dedos dele tão grossos a penetrando...

A taverneira enfiou o pão no forno e fechou a porta com força. *Foco, Meredith.* Seus devaneios tórridos já haviam queimado a primeira fornada de pães.

– O café da manhã acabou – disse ela a Cora, limpando as mãos no avental. – E a refeição do meio-dia ainda vai demorar um pouco. Mas haverá pão fresco em alguns minutos. Você prefere café ou chá?

– Não tem chocolate quente?

Um rosto bonito *e* um gosto por doces? Problema.

– Temo que não.

– Então chá, por favor.

Quando Meredith moveu-se para colocar a chaleira no fogo, a jovem interveio.

– Ah, deixe que eu faço isso, senhora. Quando morava em Londres, eu sempre fazia chá para as garotas lá da casa. Tenho um jeito para isso.

Meredith entregou a chaleira. Enquanto observava a moça enchê-la de água e colocá-la no fogão, ela pigarreou e usou sua voz mais severa.

– Escute, Cora. Nós duas sabemos que esta conversa está por vir, então é melhor acabar logo com isso.

As sobrancelhas da jovem arquearam-se em surpresa, como se não tivesse ideia do que Meredith estava prestes a dizer.

– Sim, senhora?

– Esta é a minha estalagem, e é um estabelecimento respeitável. Os homens locais que vêm aqui à noite vão se interessar bastante por você. Mas, mesmo que seja uma amiga do Lorde Ashworth, já lhe aviso agora que não vou tolerar nenhuma inconveniência.

– Oh, sim, senhora. Eu não quero causar nenhum problema. Sei que o Sr. Bellamy disse que pagaria minha conta, mas prefiro trabalhar para pagar pela minha estadia.

Meredith estreitou os olhos.

– Eu pensei que havia acabado de lhe dizer...

– Ah, não esse *tipo* de trabalho. – A chaleira começou a chiar. Cora pegou um pano de prato e o enrolou em torno da mão antes de retirar a chaleira do fogão. – Esta vida nunca foi o que eu quis. Mal sei como aconteceu. Eu vivia em Dover, onde fui criada. Minha mãe trabalhava como costureira lá, e um dia ela me enviou ao mercado. Eu estava me demorando no caminho de volta pra casa com minhas amigas, e um cavalheiro elegante passou de carruagem. Ele era um pedaço de mau caminho, muito bonito. Ele abriu a porta e me chamou de "uma gracinha" e me perguntou se eu gostaria de ir com ele para Londres. Respondi que eu adoraria, é claro. Sempre quis conhecer Londres, que garota não gostaria? – Ela franziu a testa. – Onde está o chá?

Meredith apontou para o pote de ervas.

Mordendo os lábios, Cora mediu as folhas de chá na chaleira com uma concentração infantil. Ela era uma combinação peculiar de menina e mulher. Meredith não conseguia decidir o que a jovem estava fingindo: a inocência ou o conhecimento sobre o mundo.

– Então você foi com ele para Londres... – Ela a incentivou, perguntando-se vagamente por que estava se interessando de verdade.

– Sim, fui com ele para Londres. E, quando cheguei lá, eu era uma prostituta. Em Covent Garden, o cavalheiro elegante me empurrou pra fora e me jogou um xelim. – Cora deu de ombros, de maneira pragmática, enquanto cobria as folhas de chá com água fervente e as deixava em infusão.

– Quantos anos você tinha?

– Treze.

Meredith arfou.

– Oh, não.

– Oh, sim. Sozinha no mundo aos 13 anos, sem outra forma de ganhar o pão e sem dinheiro para voltar pra casa... Eu pensava que minha mãe nem sequer iria querer me ver outra vez. – Um pequeno sorriso curvou os lábios dela enquanto a moça olhava para o chá. – Mas ela queria. Quando fui vê-la no mês passado, mamãe me disse que rezou por mim todos os dias.

– É claro que rezou. – Meredith atiçou o fogo. A fumaça coçou seus olhos, dando-lhe uma desculpa conveniente para piscar e afastar uma lágrima. A história da jovem era comovente, sem sombra de dúvidas. O suficiente para soprar anos de poeira acumulada sobre seus instintos maternais. Ela podia ser infértil, mas a Três Cães funcionava como um ímã para jovens indesejados precisando de um colo. Primeiro Gideon, depois Darryl. Agora, essa moça também.

Meredith pegou a toalha da mão de Cora e preparou-se para tirar os pães do forno.

– E quantos anos você tem agora?

– Dezoito, senhora. E eu não quero voltar praquela vida, não quero. Por favor, deixe-me trabalhar para você, Sra. Maddox. Até eu sair daqui, talvez consiga perspectivas de um emprego melhor. Talvez o Sr. Bellamy ou o Lorde Ashworth julguem adequado me fornecer uma referência de caráter, e eu poderia encontrar um trabalho em serviço doméstico. Poderia mandar dinheiro pra minha mãe de vez em quando, e ela não precisaria se preocupar de onde ele veio.

– Bem, vejo que você pensou em tudo.

– Passei metade da noite acordada, senhora. Acho que é por isso que dormi demais.

Meredith ofereceu-lhe um pão recém-assado, e Cora aceitou ansiosamente, gritando quando ele queimou as pontas de seus dedos. A taverneira sorriu com o ato de malabarismo resultante e com a risada borbulhante e infantil de Cora.

– Tem geleia? – Ela perguntou esperançosa, com as bochechas tomando um tom de rosa.

– Sim. Tem, sim. E mel também. – E, da próxima vez que visse Gideon, Meredith pediria a ele para trazer um pouco de chocolate.

Enquanto pegava os potes de geleia, Meredith lembrou-se de si mesma na idade de Cora. Ela já cuidava de seu pai inválido e era a única fonte de renda da família. Tudo isso, além de estar desesperada e faminta. Felizmente, graças a seu pai e à sua querida mãe já falecida, ela tinha algumas habilidades e educação. Às vezes, Meredith suspeitava de que Maddox havia se casado com ela por pena. Ou talvez apenas porque ela sabia ler, escrever e fazer contas melhor do que quase todos na vila. Certamente melhor do que o próprio Maddox.

Meredith havia sido sortuda. Em comparação a ela, Cora encontrou-se sozinha, sem dinheiro, sem educação e transportada para uma cidade desconhecida aos 13 anos de idade... após ter sido rudemente iniciada na vida adulta por algum "cavalheiro" que estava de passagem em sua carruagem luxuosa. Era notável que a menina tivesse sobrevivido, e sua história explicava por que ela agia como uma garota que estava entre 13 e 30 anos.

Fazia um trágico sentido que uma criança despojada de sua inocência pudesse cultivar outra ingenuidade mais teimosa para substituí-la. Meredith pensou em Rhys e sua crença insistente no destino. Que mentiras um garoto maltratado contaria a si mesmo, em vez de acreditar que de alguma forma merecia aquele tratamento vil?

Cora serviu duas xícaras de chá, e Meredith deu um gole cauteloso.

– Nada mau – disse ela, saboreando o calor rico que se espalhava por sua garganta. – Vou ensiná-la a preparar um café em seguida. Tem um avental pendurado em um prego, logo depois da caixa de cebolas.

A garota bateu palmas.

– Você vai me deixar trabalhar pra você?

Meredith assentiu enquanto tomava outro gole de chá. Ela queria dar uma chance para a jovem, e não havia dúvidas de que poderia usar a ajuda extra. Uma vez que a nova construção começasse, ela teria uma equipe de homens famintos para alimentar. E esses homens famintos estariam ganhando salários, uma parte dos quais devolveriam ao final do dia na taverna.

– Você será minha nova garçonete – contou-lhe ela. – Seu dia começa no café da manhã, e depois você ajudará a Sra. Ware com a cozinha até a refeição do meio-dia. Suas tardes serão livres das 2 às 5 horas, e depois é voltar para atender até fecharmos a taverna. O que acha?

– Ah, isso parece maravilhoso.

– Maravilhoso? – riu Meredith. – Vamos considerar esta primeira semana um teste. Trabalhar em uma estalagem é um serviço bem árduo. Você pode não se adaptar.

– Ah, eu vou. – O rosto de Cora iluminou-se com um sorriso enquanto ela passava o avental pelos braços. – Sou mais forte do que pareço.

– Não duvido disso. Nós mulheres costumamos ser. – Ela deslizou uma tigela de massa crescida na direção da jovem e demonstrou como amassar os pães. – Mas atenção, aqui não é Londres. Alguns homens por aqui são bastante rudes. Se eles lhe causarem algum problema, você deve me contar.

– Sim, senhora.

– E não saia andando pelo campo sozinha. O pântano pode ser perigoso se você não conhece o caminho. Se precisar ir a algum lugar, o rapaz do estábulo a levará.

– Neste momento, ele não vai. – Uma voz grave a interrompeu. – Darryl está ocupado cuidando da minha égua.

Meredith virou-se para ver Gideon parado na porta entre a cozinha e a taverna. Deixando os pães com Cora, ela apressou-se em encontrá-lo. Céus, ela esperava que ele não tivesse...

– Não. Não tem carregamento hoje – disse ele, respondendo à pergunta não verbalizada dela. – Vim a cavalo, só pra avaliar a situação. Trouxe seus jornais, no entanto. – Ele os ergueu. – Tem uma excelente garrafa de vinho do Porto na minha bolsa de montaria e... – O olhar dele desviou-se por cima do ombro de Meredith.

– E minha nossa, quem é aquela?

Meredith olhou por cima do ombro para Cora. A jovem estava coberta de farinha até os pulsos, puxando diligentemente a massa fermentada e moldando-a em nós. Os montes de massa crescida tinham uma semelhança marcante com seus seios pálidos, transbordando do corpete em duas porções generosas enquanto ela inclinava-se sobre a mesa.

– Aquela é a Cora – disse ela, voltando-se para Gideon.

Com a barba por fazer, sua voz saiu da garganta e trabalhou:

– Ela parece uma prostituta.

Meredith o puxou para fora da cozinha, longe do alcance auditivo da moça.

– Bem, ela era. Até pouco tempo atrás. Agora Cora é minha nova garçonete.

Gideon franziu a testa.

– Você está acolhendo prostitutas? Pensei que aqui não fosse esse tipo de estalagem. Você sempre fala em tornar a Três Cães um estabelecimento respeitável.

– É respeitável. Como eu já disse, e ela não está mais nesse ramo.

– Ah, entendi. Então este é seu novo projeto de caridade, reabilitar mulheres perdidas?

– Não. Ela é uma amiga do Lorde Ashworth e precisa de um lugar pra ficar.

Ele contraiu o maxilar.

– Ashworth ainda está aqui?

– Aqui na estalagem? Não. Aqui nas redondezas? Sim.

Gideon praguejou.

– Então ele está trazendo sua prostituta pessoal para a estalagem. E o que vem a seguir? Não permita que ele se acomode por aqui, Meredith.

– Cora não é a prostituta *dele*. – Meredith suspirou. Não era assim que ela esperava anunciar a parceria de construção. – Sente-se no salão – pediu ela. – Vou trazer algo para você comer, e nós vamos conversar.

De volta à cozinha, a taverneira elogiou o progresso de Cora enquanto servia uma xícara de chá e empilhava um prato com rolos quentes e uma coxa de frango fria da noite anterior. Meredith colocou a xícara e o prato diante de Gideon no salão. Como acontecia com a maioria dos homens, seu humor costumava melhorar após uma refeição.

– Agora escute – disse ela enquanto ele devorava a comida. – Não quero ouvir ninguém falando assim de Cora. Ela teve azar quando era mais nova, e as circunstâncias a forçaram a uma ocupação nada honrosa.

O que a torna não tão diferente de alguns contrabandistas que conheço. De qualquer forma, a garota não vai atender a nenhum cliente aqui.

– Tem certeza? – Ele engoliu seu terceiro pão com um gole de chá. Esticando o pescoço, Gideon contornou Meredith com o olhar para espiar pela porta da cozinha. – Velhos hábitos e tudo o mais. Com uma aparência como a dela, não vão faltar ofertas pra mocinha. E se ela ficar entediada? E se a meretriz se encantar por algum viajante que lhe fizer elogios e o levar para a cama dela?

– Então Cora não seria muito diferente de mim, não é mesmo? – Bloqueando a visão dele, Meredith disse com frieza: – Para um homem sem aspirações ao clero, você está terrivelmente julgador hoje.

– Eu só não gosto disso. Ela é um problema...

– A maioria das minhas pessoas favoritas o são.

Quando ele não respondeu, ela o observou de perto. Gideon já havia devorado quatro pães e o frango e ainda tinha aquele brilho faminto no olhar. Então, essa era a explicação para seu mau humor. Ele desejava Cora. Desejava a jovem e estava irritado consigo mesmo por isso.

Para ser honesta, Meredith também estava um pouco irritada com ele. Ela estava acostumada a Gideon lhe lançando olhares por cima da xícara de chá. Mas Cora era mais jovem, mais bonita e com toda a certeza mais voluptuosa. A taverneira supôs que um homem não podia olhar para a moça sem ficar com água na boca, assim como não poderia ficar indiferente diante de um suculento e bem temperado assado de carne.

Mesmo assim, isso feriu um pouco o orgulho dela.

– Os homens vão brigar por ela todas as noites – disse ele, com um semblante teimoso. – Se os dois irmãos Symmonds sobreviverem à semana, ficarei chocado.

– Eles estarão cansados demais para brigar.

– Como assim?

– Eles estarão trabalhando.

Gideon fez um som de desdém.

– Duvido. Enquanto Ashworth estiver na região, eu não posso retomar com os carregamentos. Os homens estão de licença.

– Eles vão trabalhar para mim. E para o Lorde Ashworth.

– Meredith... – rosnou ele. – Diga que você está brincando. E rápido.

– É a verdade – Meredith contou-lhe sobre o esquema de construção, suportando seu olhar frio, que só se tornou mais gélido a cada detalhe do plano. Quando terminou, ela podia jurar que havia uma geada nos cílios dele.

– Você precisa entender – implorou ela. – Economizei dinheiro durante anos, em tempos bons e ruins, e levaria mais uma década para eu juntar os fundos que o Lorde Ashworth pode tirar do bolso do casaco. Eu tenho que aproveitar essa chance, você não vê? Esta é a minha única oportunidade de melhorar a estalagem.

– Ele está reconstruindo a Residência Nethermoor, pelo amor de Deus. O que vai acontecer com as minhas mercadorias lá em cima?

– Ele não está reconstruindo a propriedade em si. Está construindo um chalé nas proximidades. Durante a construção, nós poderemos lhe oferecer um trabalho honesto, transportando suprimentos legítimos. Quanto ao resto... bem, o lorde só pode estar em um lugar de cada vez. Quando estiverem ocupados com a construção da estalagem, você poderá entrar e sair do pântano como quiser.

– Com quem? Você roubou minha mão de obra.

– Sei que vai ser complicado, mas vai conseguir. Gideon, você não tem escolha. O Lorde Ashworth não vai partir assim tão fácil. Ele está determinado a ver chalé construído. – Ela enrolou uma tira do avental no dedo. – E ele o está construindo para o meu pai. Eu não posso recusar.

Meredith não contaria para ele que Rhys também estava construindo o chalé para ela, como sua noiva, em teoria. Não fazia sentido mencionar. Em relação a isso, a resposta dela tinha sido "não".

– E quando esses pequenos projetos de construção terminarem? O que vai acontecer depois?

– O lorde irá embora. – A verdade disso pesava no estômago dela. – Eu tenho certeza disso.

– Bom. Porque é uma certeza mesmo. O homem esteve ausente por quatorze anos. Um capricho o trouxe de volta, e a próxima brisa volúvel o afastará outra vez. Só espero que sua construção esteja pronta antes disso acontecer.

– Vai estar – retrucou ela, na defensiva. – Com a quantidade de dinheiro que o lorde está gastando, não sei se eu chamaria isso de capricho.

– Ele é um aristocrata. Seus caprichos podem ser caros, mas são caprichos do mesmo jeito.

Resignada, Meredith pegou o prato dele, empilhando os talheres e a xícara em cima. Ele não estava dizendo nada que ela mesma não tivesse dito a si mesma desde a noite em que Rhys entrou na estalagem. Mas Gideon disse isso de forma tão convincente que só agora ela se permitiu perceber o quanto desejava que ambos estivessem errados.

Gideon apoiou-se no balcão. Ele falou com uma intensidade silenciosa.

– Existem dois tipos de pessoas, Meredith. Aquelas que são feitas pra ficar em um só lugar e aquelas que não são. Nós somos do primeiro tipo, você e eu. Deus sabe, a gente poderia ter deixado esta vila para trás e seguido para coisas maiores, melhores. Mas não fizemos isso, nenhum de nós. Porque nos importamos com este lugar esquecido por Deus, mesmo que ele nunca tenha se importado conosco. Vamos nos agarrar ao peito que nos amamentou, tentando tirar leite de um mamilo de granito, e não adianta nos dizer que é inútil, porque já sabemos. Mas continuamos aqui.

Ela engoliu em seco.

– Quanto ao Ashworth... – Ele fez um som áspero em sua garganta. – Ele é do outro tipo, Merry. Do tipo que parte. Você faria bem em lembrar-se disso. – Gideon olhou por cima do ombro para a taverna, observando das vigas do telhado à lareira. – Você dedicou anos a este lugar. Trabalho, suor, sangue e lágrimas. O que faria para protegê-lo?

– Qualquer coisa. – Ela nem pensou na palavra, apenas a disse: – Qualquer coisa ao meu alcance.

– Oh, sim – disse ele com um tom sinistro. – Eu sei que você faria. E você sabe que eu sinto o mesmo sobre o meu negócio. Para proteger meu meio de vida, eu faria qualquer coisa ao meu alcance. A única diferença entre nós é que eu ando armado.

A porta rangeu ao abrir.

– Bem, se não é o famoso Gideon Myles. E sua pistola tão comentada.

Rhys estava na entrada da taverna. Ele ocupava tanto espaço na porta que apenas alguns poucos míseros raios solares enquadravam sua silhueta imponente. Passos lentos e pesados o levaram para dentro do salão, e o coração de Meredith pulava a cada um.

– Sabe, Myles – disse ele, apoiando um cotovelo no balcão. – Na minha experiência, homens que estão sempre se gabando do tamanho de suas armas de fogo estão compensando outras... – Ele lançou um olhar depreciativo a Gideon. – ...*deficiências*. – Ele virou-se para Meredith. – Bom dia, Sra. Maddox.

– Sim – respondeu ela estupidamente.

Sim. Agora, a manhã tornara-se muito boa.

Rhys estava magnífico. Recém-banhado, barbeado e vestido como um cavalheiro dos pés à cabeça: sobretudo, gravata, colete, calças e botas. Como tinha conseguido isso, acampando no pântano? Ela teve visões – visões deliciosas – dele se banhando no riacho, fazendo a barba no reflexo espelhado do lago. Mas por quê? Por qual propósito?

Embora a mente dela estivesse confusa com o mistério, Meredith não tinha dúvidas. Sabia, em seu íntimo, que Rhys tinha se esforçado por ela. E isso fazia dele a visão mais sedutora e poderosa que ela já havia contemplado. Ele exalava o aroma de sabão, sálvia selvagem e pele masculina limpa. Ela encarou o emaranhado branco de linho no pescoço dele. Os dedos dela coçavam para desatar aquele nó, abrir caminho por dentro da camisa dele e reivindicar tudo o que havia ali. Era como um grande presente embrulhado com todo o primor e que ela ansiava por desembalar.

Ela riu em silêncio daquela ironia. Todo o cuidado que o lorde teve com sua vestimenta resultando naquele final em que ela o desejava de imediato, completamente nu.

Os grossos dedos dele a penetrando...

– Você está pronta para a igreja? – indagou ele.

Aquela pergunta a desconcertou.

– I-i-igreja? Você disse igreja? – E não. Ela estava prontíssima para algo, mas definitivamente não era para a igreja.

– É *o* primeiro domingo do mês, não é?

Meredith assentiu, incrédula. *Aquele* era o motivo pela qual ele estava tão arrumado? Para a igreja?

Como que para confirmar o sino da igreja começou a soar.

– Se você estiver pronta – disse ele. – Pensei que poderia me acompanhar.

Meredith suspirou com um sibilo audível. Um sorriso preguiçoso e torto surgiu no rosto de Rhys.

Ah, ele era um diabo astuto. Vestindo-se para seduzi-la e depois a tentando com a única atividade casta que os tornaria um casal oficial aos olhos da vila. Caminhar juntos na ida e na volta da igreja era algo que namorados faziam. Naquela vila, era quase o mesmo que anunciar um noivado.

– Você não precisa de mim pra caminhar com você – protestou ela. – Dá para ver a igreja da porta da frente. São apenas alguns passos, ali do outro lado da rua. Você não vai se perder.

Gideon interveio:

– Você ouviu a dama. Ela não vai a lugar nenhum com você. Por que não vai embora da cidade?

Perfeito. Era daquilo mesmo que ela precisava, uma competição entre Rhys e Gideon para ver quem era o mais teimoso.

– Acho que não vou esta manhã. Eu... – Meredith colocou a mão na têmpora. – Estou com um pouco de dor de cabeça.

Rhys não respondeu, apenas circulou devagar o balcão até o lado dela. Meredith apoiou as mãos na madeira polida enquanto o lorde parava atrás dela, um pouco mais perto do que seria amigável. Um longo momento de silêncio se passou, e o ritmo da pulsação dela dobrou. O que ele pretendia fazer?

Ela nem sequer tinha certeza se sentiu no início. A sensação era mais silenciosa do que um sussurro e mais sutil que uma insinuação. Apenas o vulto de um carinho traçando mais baixo em sua costela. O sentimento intensificou-se ao raspar sobre a vulnerável fenda entre a cintura e o quadril dela. Depois serpenteou sobre a pequena curva de suas costas, insidioso e tentador.

Com uma clareza repentina, Meredith se deu conta do que estava acontecendo. Aquela perversa tempestade de sensações era fruto de um ato simples, enganosamente inocente. Rhys tinha o cordão de seu avental entre os dedos e estava o puxando. Bem devagar, com toda a certeza... com um propósito inabalável que ela podia sentir desde os arcos dos pés até as raízes formigantes de seu cabelo... ele estava desfazendo o nó.

Houve um momento de tensão. O comprimento do tecido de musselina esticou-se. Tremeu, resistiu. Por fim, o nó cedeu.

E Meredith se desfez por completo.

Mãos confiantes subiram pelos ombros dela. Enganchando um dedo sob cada alça, o lorde puxou o avental desamarrado para baixo dos braços dela. Meredith começou a tremer quando ele alcançou os cotovelos. Para disfarçar, a taverneira assumiu a tarefa dele, deslizando o avental sobre os pulsos.

A língua dela estava espessa enquanto engolia em seco. A consciência formigando por cada centímetro de sua pele.

– Meredith. – A voz profunda e insistente dele raspou sobre a nuca da taverneira. – Caminhe comigo.

– Senhora Maddox? – Da cozinha, a voz brilhante de Cora atravessou todo o desejo. – Aquilo foi o sino da igreja?

Meredith agarrou o avental arrancado contra seu peito, como se precisasse cobrir-se por uma questão de modéstia. Rhys tinha removido apenas este pedaço de musselina coberto de farinha, mas ela sentiu-se desnudada até a pele.

Cora saiu da cozinha e parou de modo abrupto quando se deparou com Rhys. A moça engoliu em seco.

– Bom dia, milorde – disse ela encarando os chinelos, ao que parece a jovem era incapaz de olhá-lo no rosto. – Eu... Eu não queria interromper.

Bendito seja, Rhys tentou não parecer ofendido. Mas Meredith, que não tinha problema algum em olhá-lo nos olhos por horas a fio, julgou ter visto um rápido esgar de dor.

– Bom dia, Srta. Dunn – respondeu ele, gentilmente. – Aquilo foi, de fato, o sino da igreja. Eu estava me preparando para caminhar até lá. Se a Sra. Maddox me acompanhar.

Meredith torcia o avental em suas mãos.

– Mas a panificação...

– Está toda pronta, senhora. – Cora sorriu.

– É mesmo? Que conveniente. – Rhys arqueou uma sobrancelha. – A habilidosa srta. Dunn terminou a panificação. Você está livre.

Ele ofereceu o braço a Meredith, que o encarou.

Um silêncio tenso preencheu o salão, expandindo-se como uma bolha até englobar todos eles: Meredith, Rhys, Gideon e Cora. E ninguém parecia disposto a rompê-lo.

– Sou nova na vila – Cora disse por fim, mesmo que com a voz hesitante. – Ficaria agradecida se o senhor me mostrasse o caminho para a igreja, milorde. Isso é... se julgar que eles permitiriam uma moça como eu lá dentro.

Meredith queria esconder o rosto de vergonha. Uma prostituta transformada em garçonete estava corrigindo seus modos.

– Bem – disse Rhys, limpando a garganta. Ele ofereceu a Cora o mesmo braço que Meredith havia recusado. – Faremos assim, Srta. Dunn. Eu vou cruzar o limiar primeiro. Se o chão não se abrir e me sugar direto para o inferno, deve ser seguro para você também.

Com um sorriso corajoso, Cora enlaçou o braço dele com toda a cautela.

– Obrigada, milorde. Isso é muito gentil da sua parte, tenho certeza.

Os dois começaram a caminhar em direção à porta.

– Todos nós caminharemos juntos – Meredith exclamou de repente. Contornando rapidamente o balcão, ela cutucou Gideon de seu banco e enfiou o braço dele no dela. – Nós quatro vamos.

Quando o contrabandista tentou retirar o braço, Meredith cravou as unhas na manga dele. Ela sabia que Gideon não tinha ido à igreja desde que o antigo vigário partiu, mas ele iria se ajoelhar em oração hoje. Mesmo que ela tivesse que derrubá-lo.

Puxando Gideon para a frente, Meredith fechou a taverna e correu para acompanhar Rhys e Cora enquanto os dois entravam no pátio. Que grupo eles formavam: um lorde, uma meretriz, um contrabandista e uma viúva caminhando juntos para a igreja. Era como o prelúdio de uma piada bizarra ou de uma blasfêmia que só soaria mais engraçada com doses sucessivas de sidra.

Enquanto isso, Meredith mal conseguia conter um risinho embriagado enquanto adentravam a igreja. Surpreendentemente, a terra não se abriu para engolir todos de uma só vez. Como era costume em Buckleigh-in-the-Moor desde os tempos mais antigos, os homens ocupavam um lado da igreja, e as mulheres sentavam-se no lado oposto. Ela fez questão de separar Cora do braço de Rhys e guiou a moça para um estreito banco de madeira. Do outro lado do corredor, seu pai e Darryl sentavam-se em uma das primeiras fileiras. O pai dela a viu e lhe deu um aceno de aprovação. Quando Rhys sentou-se no final do mesmo banco, Meredith, por um momento, preocupou-se de que o tamanho colossal dele pudesse agir como gatilho para uma catapulta, lançando o pai e Darryl pelos ares.

Isso não aconteceu, mas houve preocupante momento de rangido. Gideon não se juntou ao grupo. Mas acomodou-se na fileira atrás, cruzando os braços sobre o peito. Sua expressão carrancuda combinava a postura desrespeitosa.

Isso causou uma sensação estranha dentro dela, apenas observando todos eles sentados tão perto um dos outros. Apesar das diferenças e da ambivalência entre eles, Meredith se importava com aqueles quatro homens, de maneiras diferentes. Ela gostava de tê-los todos à vista ao mesmo tempo.

Darryl chamou sua atenção com um aceno frenético. Seus olhos, do tamanho de moedas, apontavam para Cora.

– Quem é essa? – sussurrou ele.

– É a Cora – respondeu ela. – A nova garçonete.

O rapaz a encarou, o maxilar contraído por sentimentos que não tinham espaço em uma casa de Deus.

Os olhos de Darryl não eram os únicos cravados em Cora. Por toda a igreja, os olhos de cada homem continham um fascínio extasiado. E o olhar de cada mulher queimava de inveja. Era muito provável que a frequência à igreja *e* à taverna fossem aumentar durante a estadia de Cora, Meredith podia apostar.

Quando o clérigo subiu ao púlpito, ela notou que Rhys e ele trocaram pequenos acenos de saudação, como se já tivessem sido apresentados. Talvez seu pretendente tivesse feito questão de cumprimentar o clérigo mais cedo, afinal faria sentido que ele fizesse isso caso estivesse tão determinado a começar a cumprir o papel de lorde da região.

Talvez Rhys realmente pretendesse ficar.

As palavras de Gideon ecoaram nos ouvidos dela. *Ele é do outro tipo, Merry. Do tipo que parte.*

Apesar de toda a excitação e confusão matinal, quando o culto começou, Meredith lembrou-se do porquê raramente o frequentava: pelo mesmo motivo que lia seus jornais em pé. Por mais que trabalhasse duro dia após dia, se ficasse parada por mais de três minutos seguidos, o corpo dela interpretava aquilo como um convite para cochilar. Durante a primeira leitura, em algum lugar entre "gerou" e "falou", era como se seu queixo tivesse adquirido uma espessa camada de chumbo. Os músculos do pescoço dela simplesmente se recusavam a sustentá-lo.

– Meredith Maddox.

Ela despertou com um sobressalto. Era o seu nome que acabara de ouvir? Certamente este clérigo não havia desenvolvido o hábito de repreender congregantes sonolentos do púlpito.

– E Rhys St. Maur – continuou o religioso. – Ambos de Buckleigh-in-the-Moor. Se algum de vocês souber de alguma causa ou impedimento justo pelo qual essas duas pessoas não devam ser unidas em matrimônio sagrado, deve declará-lo. Esta é a primeira vez que se pergunta.

Capítulo 11

A assembleia inteira caiu em um silêncio sepulcral. Ninguém mais estava dormindo. E Meredith nunca esteve tão acordada.

Proclamas. Rhys havia dito ao clérigo para ler as proclamas, anunciando a intenção dos dois contraírem matrimônio diante de toda a vila. Na frente do pai dela. Na frente de Gideon Myles. E de todas as presunções...

Com um ruidoso resmungo, o clérigo virou a página de sua liturgia e começou a entoar o salmo com uma voz baixa e sonora. Ninguém se levantou. Ninguém cantou. Quando o religioso fez uma pausa, ninguém se juntou à resposta.

E já que estava claro que todos ansiavam por ela fazer um escândalo, Meredith decidiu atender às expectativas. A taverncira levantou-se de seu banco e confrontou Rhys do outro lado do corredor.

– Você o mandou ler as proclamas? O que raios o levou a fazer isso?

O lorde pretendia apenas ignorá-la? A persistência de um pretendente era uma coisa. Mas o total desrespeito pela aceitação voluntária de uma dama era outra.

– As proclamas têm que ser lidas três vezes – disse Rhys, como se fosse óbvio. – Ele só vem aqui uma vez por mês. Se quisermos nos casar com alguma velocidade razoável, pensei...

– Do que você está falando? Nós não estamos noivos!

– Talvez não – disse ele com toda a calma. – Mas nós nos casaremos. Chame isso de fé.

– Você... – As mãos dela cerraram-se em punhos na lateral do corpo. – Você é impossível!

Rhys apontou para seu livro de orações e leu com uma calma devocional:

– Com Deus, nada será impossível.

Meredith virou-se para o corredor. Ela não podia permanecer ali nem mais um momento sem profanar aquele lugar. A taverneira saiu tempestuosamente da capela, e toda a congregação a seguiu em um trovão de passos. Não era surpreendente. O culto na igreja acontecia uma vez por mês, mas melodramas como esses eram o auge da feira anual.

– Meredith! – Rhys a chamou enquanto ela descia os degraus da igreja a toda velocidade e virava na estrada. Infelizmente, os passos dele valiam por três dos dela. O lorde a tomou pelo braço e a fez se virar para encará-lo. – Você não pode fugir disso.

– Do que ele está falando? – Gideon apareceu ao lado dela, ofegante. – Você concordou em se casar com este homem?

– Não – ela insistiu, arrancando sua mão do aperto de Rhys.

– Você quer que eu o mate por você?

– Não! – Assim que controlou a própria voz, ela repetiu: – Não, não é necessário violência. E não, eu não concordei em me casar com ele.

– Ah, mas ela vai – disse Rhys com uma expressão beata. – Assim foi escrito. – Ele olhou para o livro de orações aberto que ainda segurava em sua mão e virou uma página.

– Cite mais uma passagem desse livro – alertou Meredith, apontando um dedo para ele –, e me convidará à sua profanação.

A boca dele se fechou. Assim como o livro. Nesse momento, toda a vila – dos fiéis ao restante – havia se reunido na estrada para assistir à confusão.

– Ah! – exclamou Cora, observando a alguns passos de distância. – Isso é tão romântico!

– Isso não é nada – Darryl sussurrou para ela. – Espere só até eu levar você para um passeio pelos pântanos. Temos os marcos de funerais antigos e ruínas assombradas... É uma jornada mística através do tempo.

A jovem murmurou suavemente.

– Só imagino...

– Nada disso é romântico! – Meredith gritou, passando a mão pelo cabelo. – É estúpido e... e dominador. Sem mencionar, insultante.

– Insultante? – Rhys ecoou. – Como assim?

– Ser pedida em casamento como uma espécie de eventualidade do destino, sem se importar sobre o quê eu penso dessa ideia? Apenas porque o homem em questão não tem nada melhor para fazer com seu tempo? – Ela virou-se para Cora. – Talvez isso atenda à sua definição de romance, mas não se encaixa com a minha.

Rhys inclinou a cabeça.

– Então esse é o problema... – disse ele, maravilhado. – Você está esperando por romance.

– Não foi isso que eu disse.

– Foi o que quis dizer. Você quer romance. Quer ser cortejada. – Ele olhou para o horizonte, assobiou baixinho e murmurou um juramento que certamente não seria encontrado nas páginas de seu livro de orações. – Eu não sou bom nisso.

Gideon arqueou uma sobrancelha.

– Uma pena para você.

Totalmente exasperada, Meredith olhou de um homem para o outro.

– Escutem, os dois. Eu não pretendo me casar com ninguém. Aquela estalagem do outro lado da estrada é o coração desta vila. E meu coração está naquela estalagem.

– Eu sei disso – disse Rhys. –É por isso que me comprometi a financiar melhorias na Três Cães. Uma nova ala de quartos para os hóspedes, nada menos. E, com o tempo, um estábulo para cavalos de aluguel.

Um murmúrio de interesse percorreu a multidão.

Rhys continuou em voz alta, para todos ouvirem:

– Haverá muito trabalho a ser feito, salários a serem recebidos. Com a ajuda da Sra. Maddox, planejo garantir o bem-estar da estalagem e da vila.

– Com licença – disse Gideon, furioso. – Mas eu venho fazendo essas duas coisas há algum tempo. Cuidando da estalagem e da vila. Com a ajuda da Sra. Maddox. – Ele estufou o peito. – Ninguém quer você aqui.

– Eles podem não me querer, mas me têm aqui. O que significa que esta vila não precisa mais de *você*.

A multidão silenciou.

Uma fúria vermelha subiu pelo pescoço de Gideon, espalhando-se por seu rosto, até a linha do cabelo.

– Não ouse...

Rhys continuou:

– Você pode partir, Sr. Myles.

Mas ele não podia, Meredith quis protestar. Não importava se o lugar precisava dele ou não; Gideon precisava daquele lugar. O contrabando não era nem metade disso. Mesmo tendo crescido e se tornado um homem, aquele menino abandonado ainda vivia dentro dele, ansiando por família, amizade e aceitação. Gideon não acreditava que encontraria essas coisas em outro lugar. Se Rhys o encurralasse... não havia como prever o que ele faria.

A mão de contrabandista foi cobrir o revólver enfiado no cós de suas calças. Seu dedo indicador batia em um ritmo ameaçador.

– Gideon, não. Você é melhor do que isso.

– Sou? – Ele lançou um olhar rápido para Meredith. – Vamos deixar que ela decida então? Ela sabe melhor o quê ou de quem esta vila precisa. Quem será, Meredith? Lorde Ashworth? Ou eu? Parece que este lugar não é grande o suficiente para nós dois.

Maravilha. Como ele podia colocá-la em tal posição? Os olhos da vila estavam nela agora. Esse não era o momento de parecer hesitante ou insegura. Meredith respirou fundo e juntou as mãos para mantê-las firmes.

– Esta vila precisa de uma estalagem – disse ela, falando para a multidão. – Um estabelecimento respeitável, adequado para hóspedes de boa índole. Homens podem ir e vir. Mas esta estrada na qual estamos parados sempre vai estar aqui. É o nosso único sustento e trará um fluxo constante de viajantes com dinheiro para gastar. Só precisamos estar prontos para atendê-los.

Muitos dos aldeões reunidos começaram a acenar com a cabeça.

Ela inclinou a cabeça na direção de Rhys.

– Precisamos que o Lorde Ashworth financie as melhorias. – Ela gesticulou em direção a Gideon. – E precisamos que o Sr. Myles transporte os suprimentos e as provisões. E precisamos que todo homem disposto e capaz se junte ao trabalho.

Baixando a voz, Meredith virou-se para Rhys e Gideon.

– Senhores, se esta vila não é grande o suficiente para os dois... Eu sugiro que comecem a trabalhar para ampliá-la.

Ela virou-se e caminhou rapidamente em direção à estalagem.

– Quanto tempo? – Gideon a alcançou e a agarrou pelo cotovelo. – Quanto tempo levará esse esquema de construção?

Ela olhou para o céu em busca de uma resposta.

– Eu não sei... dois meses?

– Dois meses.

– Mais ou menos.

– Muito bem, então – disse ele entredente. – Porque sei que isso é importante pra você, eu lhe darei dois meses. Garanta que Ashworth se vá no final deles. Ou por tudo o que é mais sagrado, Meredith... – Os olhos dele tornaram-se cinzentos como metal. – Eu o matarei.

O contrabandista girou nos calcanhares e partiu para os estábulos, deixando-a apenas com a gélida certeza de que ele estava falando sério. Na porta do celeiro de cavalos, ele parou por um momento antes de desaparecer lá dentro.

– Dois meses.

Rhys veio ficar ao lado dela, colocando uma mão na base de suas costas.

– Bem, que bom saber que está tudo resolvido. Ótimo. Gideon estará aqui para o casamento.

– O quê? – Meredith começou a se perguntar se o lorde não havia levado uma granada na cabeça durante seu tempo em combate.

– Dois meses. Foi o que Myles disse, não foi? Nós nos casaremos em dois meses. No próximo mês será a segunda leitura das proclamas, e um mês depois, a terceira. Podemos nos casar nesse mesmo domingo.

Ela o encarou.

– Pela décima vez, eu não concordei em me casar com você. E não ouviu Gideon agora há pouco? Ele vai matá-lo.

Ele fez um som de desdém.

– Ele pode *tentar*.

– Você é impossível.

– Você já me disse isso.

– E... e irritante!

– Não se esqueça de indestrutível. E aqui vai mais uma coisa. Sou seu futuro marido. – Ele lançou um olhar ao redor do pátio lotado. – Toda a Buckleigh-in-the-Moor sabe disso agora, então é melhor se acostumar com a ideia. Enquanto isso, farei o possível com o romance.

Ele ergueu a mão dela e a levou aos seus lábios, pressionando um beijo quente nos nós dos dedos. E, apesar de todos os seus esforços para manter uma expressão de desaprovação no rosto, abaixo do pescoço Meredith se desfez em névoa.

– Eu não quero ser cortejada – disse ela fracamente. E quase sem convicção, mesmo aos seus próprios ouvidos. – Vá embora, seu cretino.

– Oh, eu vou. – Ele recuou, sorrindo de orelha a orelha. – Eu vou. Mas voltarei. Com flores.

Capítulo 12

Após três semanas acampado no pântano, Rhys aprendeu a apreciar a solidão noturna.

No exército, sempre havia homens por perto. Mesmo dormindo em tendas, ele sempre podia sentir os corpos apertados ao redor, ouvir os ruídos de homens roncando, tossindo ou se masturbando até dormir. Na verdade, isso nunca o incomodou. A alternativa era ficar sozinho com suas memórias, e essas eram muito menos agradáveis do que qualquer som rude criado por homens ou pela guerra.

Mas agora ele mantinha vigília com algo além das memórias do passado: planos para o futuro. E, assim, Rhys não se importava nem um pouco de ficar sozinho.

Ainda havia sons suficientes para preencher a noite. O sussurro suave do vento, os crocitares de corvos e corujas, o sibilo estrangulado do fogo de turfa. Uma vez adormecido, ele provavelmente acrescentava seus próprios gritos induzidos por pesadelos àquele coro, mas aqui estava outro benefício do isolamento: não havia ninguém por perto para ouvir.

Os operários e ele já haviam completado duas fileiras na construção do chalé. As paredes estavam com dois pés de espessura e cinco pés de altura, até agora. Formavam uma caixa sólida sem entrada ou janela. Os buracos para portas e vidraças seriam cortados uma vez que a casa estivesse completa. Depois que colocassem a próxima fileira, Rhys não conseguiria mais saltar para dentro e fora da estrutura. Teria que conseguir uma escada, ele supôs, ou fazer sua cama no chão perto dali.

Mas, por enquanto, ele dormia dentro do futuro lar. Naquela noite, Rhys estava deitado de costas em seu leito de cobertores, olhando para as quatro paredes de terra que se erguiam ao seu redor e o céu cinza e vazio acima. Era uma daquelas noites estranhas e enevoadas, onde um nevoeiro fino aprisionava o luar perto da terra, mas nenhuma estrela brilhava.

Para os outros, o lorde supôs que o chalé inacabado poderia parecer uma espécie de mausoléu, mas Rhys nunca se sentiu mais vivo. Ele mal conseguia dormir à noite pelos planos que se acumulavam em sua mente. Planos para os móveis da casa e para os novos estábulos, e algumas reflexões desconexas sobre se o Duque de Morland venderia uma égua adequada para cruzar com Osiris. E todo tipo de planos para Meredith.

Quais partes do corpo daquela mulher ele gostaria de acariciar e quais beijar. Quais partes poderiam responder mais fervorosamente a uma lambida...

Assim que essa imagem agradável o estava levando ao sono, Rhys foi despertado abruptamente por um som alto. Um som novo.

Lá estava ele outra vez. Um ruído como pedras batendo uma na outra, ou o arrastar de uma corrente. Muito desajeitado para ser obra de qualquer criatura noturna.

Rhys levantou-se de seu leito e caminhou até o canto onde havia deixado uma caixa velha. Colocando uma bota na caixa, ele agarrou o topo da parede com as mãos e saltou para sentar-se no muro de terra compactada. Vasculhou a escuridão. Nada chamou sua atenção, mas o som chegou aos seus ouvidos de novo. Desta vez, mais como uma batida distante. E era aquilo um uivo inumano, ou um truque do vento?

Enfim, ele virou-se em direção à encosta e olhou para cima, para o topo onde as ruínas da Residência Nethermoor ainda podiam ser vislumbradas, dominando a escuridão. Uma estranha faixa de luz branca surgiu à vista, balançando por um breve momento no topo da colina antes de desaparecer mais uma vez.

Com um grunhido áspero, Rhys impulsionou-se para fora do muro. Suas botas bateram no chão, e ele pegou a trilha um momento depois. Provavelmente, não encontraria nada além do vento e do nevoeiro, ou talvez alguns morcegos fazendo travessuras. Mas ele sabia que não conseguiria dormir até ter investigado.

Suas longas passadas devoraram a encosta rochosa, e logo ele alcançou o topo da elevação. Sua visão das ruínas estava desobstruída agora, mas, pelo menos, não obstruída por rochas. Um nevoeiro espumoso ainda girava em torno do lugar, tecendo-se através dos arcos e espiralando pela única chaminé que restava.

– Alô! – chamou ele ao chegar à beira do salão incendiado. – Tem alguém aí?

Sem resposta. Não que Rhys estivesse esperando por uma.

E lá estava ela outra vez: a luz. Dançando e saltitando no nevoeiro, como um duende travesso. Essa visão teria sido o suficiente para fazer a maioria dos habitantes do pântano fugir para suas cabanas de telhado de palha. O folclore local falava sobre muitos desavisados sendo levados para o perigo por duendes.

Mas Rhys não acreditava em duendes ou fantasmas. Se algo estava pregando peças nele, era apenas o nevoeiro. Ou talvez sua memória. Muitas más lembranças viviam ali.

Abaixando-se, ele passou seu corpo pelos restos de uma janela e entrou na ruína. Apesar do brilho da luz da lua, Rhys desejou ter trazido uma tocha. Estava mais escuro ali, dentro daquelas velhas paredes. Como se as pedras sugassem toda a luz do luar e a devorassem.

Intrigado por outro lampejo de luz, Rhys entrou em um corredor quase intacto. Em vão, vasculhou sua mente em busca de qualquer lembrança daquele lugar: era longo e estreito, sem portas abrindo-se a partir dele, exceto as duas em cada extremidade. Era provável que conectasse a ala principal aos aposentos dos criados. Rhys nunca tinha se aventurado por lá, nunca fora amigável com a criadagem. Com exceção de George Lane, ele falava o mínimo possível com os empregados, a não ser por alguma palavra brusca quando absolutamente necessário. Se eles não o conhecessem, ou não gostassem dele, sua lógica infantil dizia-lhe: não fariam perguntas inconvenientes ou tentariam interferir.

De repente, o vento aumentou, soprando pelo túnel estreito com um grito quase humano. Rhys acelerou o passo, estimulado pelo mordisco gelado do vento em seu pescoço.

Ele tropeçou levemente em uma pedra e praguejou. Por que estava deixando esse lugar assustá-lo? Afinal, não era o *seu* próprio espírito que diziam assombrar o lugar? Ele não deveria encontrar nada aqui para assustá-lo, não mais.

Mas, contra toda a razão, sua cabeça começou a girar. Rhys colocou a mão na parede para estabilizar-se, fechando os olhos para a escuridão.

Quanto mais o vento soprava e ecoava pelo corredor, mais seus cabelos arrepiavam-se no couro cabeludo. Ele ouvia os ecos dos gritos de seu pai, o lamento lancinante da mãe, e seus próprios gritos assustados. E aqueles cavalos... Deus, os cavalos gritando. Náusea revolvia o estômago dele.

Basta disso. Basta. As misteriosas luzes de duendes que se danem.

Rhys girou em seu calcanhar com botas e começou a voltar pelo corredor de onde veio. Em algum momento, seu caminhar determinado tornou-se uma corrida. Ele tropeçou na mesma maldita pedra em que havia tropeçado antes, desta vez, caindo no chão. Seu joelho deslizou no cascalho, e a areia entrou sob suas unhas.

Levante-se, disse a voz dentro dele. *Fique em pé, moleque*. Como sempre, Rhys obedeceu, levantando-se com rapidez e correndo para a entrada do corredor. Apenas quando alcançou o ar livre, ele permitiu-se desacelerar. Ficou curvado, mãos apoiadas nos joelhos, respirando grandes lufadas do nevoeiro pantanoso. Por que havia retornado para aquele lugar amaldiçoado?

Um forte barulho de batida atrás dele fez com que pulasse.

– Quem é? – exigiu ele, girando. – Quem está aí?

Sem resposta. Sem luzes. E sem mais vento, ao que parecia.

Apenas um golpe repentino e afiado na parte detrás de sua cabeça.

De repente, a noite ficou estrelada.

E o velho bastardo o continuou perseguindo, mesmo enquanto Rhys desabava no chão rochoso. *Levante-se. Fique em pé e aguente o tranco, seu filho da puta chorão*.

Enquanto mergulhava na inconsciência, a voz misericordiosamente desapareceu. E até as estrelas atrás de suas pálpebras apagaram-se.

A Três Cães estava desfrutando de outra noite lucrativa. Meredith sorriu satisfeita ao ver o salão lotado. Os homens haviam terminado a segunda fileira na nova ala da estalagem, Rhys havia pagado os salários semanais, e no dia seguinte seria domingo, um dia de descanso. Todos estavam de bom humor. E, com Cora atrás do balcão, as bebidas fluíam livremente.

Quanto à própria Cora, a jovem estava rindo de algo que um dos homens tinha dito. Ela estava de costas para Meredith, e o salão estava barulhento demais para ouvir, mas aqueles cachos loiros pendurados de seu penteado balançavam alegremente.

Tudo bem, tudo bem. Meredith estava muito satisfeita com o trabalho da moça. Cora era um pouco infantil e sonhadora. Mas revelou ter uma cabeça surpreendentemente boa para cálculos e um modo alegre e amigável de lidar com os viajantes.

E, claro, a jovem tinha jeito com os homens.

Cora possuía um suave encanto feminino que agia como um ímã para todos os homens nas redondezas. Até Meredith encontrava-se cativada, tentando compreender o que havia de tão especial na jovem. Não era apenas seu rosto bonito. Não, era aquele ar de maravilhamento que ela carregava. A moça recebia cada palavra dita por um homem como a mais fascinante informação transmitida à humanidade desde os Dez Mandamentos, acolhendo as novidades com olhos grandes e redondos e com aquelas finas sobrancelhas cor de bronze acima deles, e – o mais importante – aquele sussurro feminino e interessado.

Era um talento, isso. Um que Meredith nunca havia dominado. E Cora parecia feliz em descobrir que aquele talento tinha aplicações mais honestas do que a prostituição.

Alguns acordes finos de música flutuaram sobre o barulho. Enquanto caminhava em direção ao balcão, Meredith avistou Darryl em um canto, tocando seu violino com mais entusiasmo do que habilidade.

Música, amizade, alegria, bebida, flerte: nos últimos tempos, a Três Cães estava sendo uma festança noturna. O espírito comunitário agradava muito Meredith, assim como o fluxo de moedas. A única coisa que faltava naquele cenário era Rhys.

Fiel às suas palavras depois da igreja há três semanas, o lorde de fato a estava cortejando. À sua própria maneira, áspera e bruta. Embora à noite ele acampasse no local do chalé, Rhys descia para a estalagem para jantar todas as noites, sempre trazendo para ela algum pequeno tesouro do pântano. Flores silvestres eram difíceis de encontrar em setembro, mas, de alguma forma, ele havia conseguido algumas. Em outros dias, trouxe uma pena de corvo lisa ou uma pedra polida do riacho. Certa vez, durante a escavação para a taipa, ele encontrou uma estranha fivela de bronze, que parecia ter séculos de uso. Da época dos romanos, supuseram eles curvados sobre o objeto na luz, examinando-o de todos os lados. Se não mais antigo.

E então, uma noite, o lorde chegou tarde, claramente exausto de um longo dia de trabalho. Ele a tomou pelos ombros e pressionou um beijo quente e firme na testa dela.

– Desculpe – disse ele. – É tudo o que tenho hoje.

Aquele beijo tinha sido o presente favorito de Meredith.

E, oh, como isso a fez ansiar por mais. Mas, apesar do trabalho árduo e dos gestos doces de Rhys estarem desgastando sua própria relutância, ela ainda não havia feito um arranhão na dele. Não importava o quanto o tentasse, direta ou indiretamente, depois do jantar o lorde sempre partia e se retirava para a parte alta do pântano. Isso a decepcionava, e não apenas porque Meredith preferiria tê-lo em sua cama. Rhys estava perdendo toda essa camaradagem noturna. Ele nunca se tornaria parte da vila e seria aceito pelos locais se não se misturasse com eles fora do trabalho. Dê a eles a chance de avaliá-lo, e não apenas seu dinheiro.

Ele estava dando a ela essa chance? Mesmo em suas conversas privadas, Meredith percebeu, Rhys sempre a encorajava a falar mais. Estava apenas começando a ficar claro para ela que, apesar de tudo o que sabia sobre ele, Rhys era um homem difícil de conhecer, na verdade. O que ele havia dito?

Como uma maldita pedra.

Ela ainda não havia encontrado as fissuras dele.

– Como você está se saindo? – perguntou a Cora quando chegou ao balcão. – Por que não vai tomar uma xícara de chá na cozinha? Eu farei o atendimento por um tempo.

– Você tem certeza? – Cora soprou um fio de cabelo do rosto. – Devo fazer o suficiente para a senhora também?

Meredith balançou a cabeça.

– Não, mas meu pai talvez gostasse de um chá levado até o quarto dele. E talvez uma fatia de torrada com manteiga.

– Ficarei feliz em fazer isso, Sra. Maddox.

Alguém abriu a porta e uma rajada fresca de vento varreu o local. Meredith pensou, não pela primeira vez naquela noite, em Rhys dormindo sozinho no pântano desolado. Ele estaria com frio? Com fome? Estaria seguro? Ela não conseguia evitar a preocupação.

– Oh, céus – murmurou Cora. – É *ele.*

Um aplauso surgiu entre a clientela. Meredith avistou Gideon na entrada enquanto a multidão se abria ao redor dele. Fiel à sua palavra, o contrabandista não havia interferido nos planos de construção. Ele até havia ajudado de vez em quando, transportando cargas de madeira e palha, junto com quantidades maiores de cerveja e alimentos para manter os trabalhadores alimentados. Mas Meredith suspeitava que sua presença crescente na vizinhança era por motivos egoístas. Gideon queria manter um olho vigilante em seus contrabandos e em seu inimigo.

No entanto, naquela noite, ele parecia estar ali para se divertir. Com um sorriso despreocupado, Gideon circulava pela multidão com seu charme habitual.

– Você não gosta do Sr. Myles? – perguntou Meredith a Cora.

– Não importa o que eu penso dele. Posso dizer que ele não gosta de mim. – Ela enxugou as mãos no avental. – Fica se pavoneando e me dando ordens.

– Você, garota – chamou Gideon do outro lado do salão. – Seja rápida e me sirva um conhaque.

– Viu? – sussurrou Cora. – E o jeito que ele olha pra mim...

– Todos eles olham pra você.

– Não como ele olha. Acho que ele sabe o que eu era. Sabe, antes...

Meredith mordeu o lábio, desejando nunca ter falado a Gideon sobre o passado de Cora.

– Confie em mim – disse ela, acalmando-a. – Não é que Gideon não goste de você. Ele gosta demais, só isso. Você deixou o pobre homem de cabeça pra baixo, e ele está se esforçando para fingir que ainda está no controle.

Gideon aproximou-se do balcão, olhando para Cora com um olhar cheio de luxúria.

– O que o traz aqui esta noite? – questionou Meredith.

– Por um motivo ou outro, me sinto como se estivesse celebrando. – Os olhos dele não saíam da garçonete. – Pensei que tivesse pedido um conhaque.

– Eu vou servir pra você – interveio Meredith. – Cora estava indo para a pausa dela.

– Ah, é? – Seu maxilar movia-se para trás e para a frente, como se estivesse mastigando uma decisão. – Nesse caso... – Ele virou-se, foi até a maior mesa no centro do salão e a virou com um estrondo espetacular.

Meredith ofegou, e Cora deu um gritinho. Os homens que estavam agrupados em bancos ao redor dela saltaram. Claro, sendo Gideon, eles não retrucaram. Mas ninguém no bar, incluindo Meredith, sabia o que raios ele pretendia fazer.

Gideon empurrou a mesa agora vertical para a extremidade do salão, chutando os bancos desocupados para os lados enquanto caminhava. Então, ele voltou para o balcão. Suas botas ecoavam no chão de pedra a cada passo arrogante. Meredith conhecia o homem desde a infância, mas nunca tinha visto tamanha determinação nos olhos dele, nem tão crua e aberta cobiça.

– Se a Srta. Dunn não está cuidando do bar... – Em uma explosão de força ágil, ele saltou o balcão e deslizou para o lado delas, pousando entre Meredith e Cora. – Então ela está livre pra dançar. – Ele a envolveu em seus braços.

– *Oh, oh.* – As bochechas de Cora brilhavam coradas.

Bem, Meredith pensou consigo mesma. Não era romance que a jovem queria?

– Tewkes! – Gideon chamou, seus olhos nunca deixando o rosto de Cora.

No canto, Darryl sobressaltou-se.

– Sim, Sr. Myles?

– Esse violino que você está segurando. Toque-o.

E o rapaz tocou, mergulhando em uma dança selvagem de melodia duvidosa.

– Agora, então. Vamos ver se consegue acompanhar o ritmo. – Com um largo sorriso de encorajamento, Gideon dançou com Cora para fora do balcão e para o espaço que ele havia liberado no centro do salão.

Os homens agrupados ao redor rugiram em aprovação, escondendo a inveja com diferentes graus de sucesso. Meredith sabia que provavelmente estavam se perguntando por que não tinham pensado nisso antes. Porque eles não eram Gideon, é claro. E mesmo que tivessem pensado nisso, nenhum deles era tão engenhoso, astuto ou arrogante o bastante para tentar.

Gideon e Cora não tinham feito mais do que algumas voltas pelo salão, no entanto, a inteligência coletiva dos homens chegou a uma nova conclusão: Cora poderia estar acompanhada, mas havia outra mulher no ambiente. Vários pares de olhos alegres devido à cerveja se voltaram para Meredith de uma só vez.

– Oh, não – riu ela enquanto Skinner aproximava-se dela, com suas enormes mãos estendidas. – Não, eu não danço.

Mas o ato extravagante de Gideon havia encorajado todos eles. Apesar de seus protestos, Meredith se viu arrastada para fora do balcão e girada de parceiro para parceiro enquanto o frenético violino de Darryl continuava. Quanto mais rápido a giravam, mais alegremente ela ria. No centro, Cora parecia igualmente corada e sem fôlego. Aqueles que não estavam dançando batiam palmas e batiam os pés. Meredith começou a temer que o alvoroço derrubasse o teto.

Mas, então, o violino de Darryl cessou em uma morte súbita e melancólica, e uma nova rajada de vento noturno congelou todos no lugar.

Rhys estava na porta da taverna. Meredith perguntou-se brevemente se aquele homem era capaz de fazer qualquer coisa que não fosse uma entrada dramática. Seria pelo seu tamanho imenso, ou pela intensidade que exalava? De certo não era imaginação dela. Todos no salão estavam hipnotizados.

Meredith alegrou-se. A chegada dele não poderia ter sido melhor. Rhys poderia se juntar à festa, socializar com os moradores da vila e talvez até mesmo acalmar as coisas com Gideon. Graças a Cora, o contrabandista estava de bom humor naquela noite.

– Boa noite, milorde. – Embora todos os outros no salão permanecessem congelados, Meredith estendeu a mão e fez um gesto convidativo com o dedo. – Vem dançar comigo?

– Outra hora, talvez.

Vindo da noite, o lorde cambaleou para dentro com uma expressão estranha no rosto. Sua tez estava anormalmente pálida. Ele parecia tal qual o fantasma vivo das histórias de Darryl.

Com uma mão pressionada na parte detrás da cabeça, ele parou cambaleante. Seus olhos vidrados deslocaram-se de Meredith para Cora.

– Alguma de vocês é boa com agulha?

– Por quê? – quis saber Meredith.

– Tenho algo que precisa ser costurado. – Ele tirou a mão da cabeça. Nela, ele segurava um pedaço de tecido rasgado, encharcado de sangue.

Ao ver aquilo, Cora gritou. Gideon passou um braço protetor ao redor da cintura dela.

Rhys apenas encarou o trapo ensanguentado por um momento, piscando.

Meredith avançou em direção a ele. Ela reconheceu aquela expressão. Qualquer dono de taverna a reconheceria. Ele estava prestes a tombar, e a queda seria forte.

E, antes que pudesse alcançá-lo, Rhys caiu. Seus olhos reviraram para trás, e ele desabou no chão, pousando com um baque que fez os castiçais tremerem.

Capítulo 13

Quando Rhys recobrou a consciência pela segunda vez naquela noite, ele se viu jogado sobre uma cadeira, que estava virada de costas. Suas pernas abraçavam o assento, e seu peito nu descansava contra o encosto.

Mais um momento, e o lorde reconheceu o ambiente como sendo a cozinha da Três Cães. Ele olhou para baixo e avistou dois dos cachorros homônimos enroscados a seus pés.

Ele piscou, e os mascotes tornaram-se quatro.

– Ah!

As orelhas dos cachorros mexeram-se com seu grito de dor. Todas as oito.

Alguém estava enfiando uma agulha no couro cabeludo dele. E seus olhos disseram-lhe que não podia ser Meredith, pois naquele momento havia duas dela acrescentando turfa à fogueira.

O calor das chamas nadava diante dos olhos dele e lhe aquecia os ossos, mas a fumaça o fez engasgar. Rhys engoliu em seco. A última coisa que ele queria era vomitar na frente dela.

– Oh, Rhys. Graças a Deus você acordou – disse ela, notando seu próximo gesto de dor. Meredith pegou um copo da mesa e o agitou sob seu nariz. – Gim local? Cura todos os males.

Ao sentir o cheiro, o estômago de Rhys contraiu-se. Ele recusou com um cuidadoso balançar de cabeça.

– Apenas um pouco de água, se puder.

Ela lhe ofereceu um copo de lata amassado, e o lorde conseguiu pegá-lo com uma das mãos trêmulas e levá-lo aos lábios.

– Desculpe-me por ter interrompido a festa.

Meredith puxou um banco e sentou-se ao lado dele.

– Você nos assustou. O que foi que aconteceu?

– Pensei ter visto uma luz nas ruínas. Fui investigar.

– Sozinho? Desarmado?

Ele assentiu e tomou outro gole.

– E... o que você encontrou?

Era algum truque do abalado cérebro dele, ou notara um tom estranho na voz dela? Como se Meredith já tivesse em mente a resposta para aquela pergunta.

Uma picada em seu couro cabeludo expulsou o pensamento da cabeça dele.

– Só mais uma, milorde. – A voz de Cora, suave em concentração: – Fique bem parado, por favor.

Rhys apertou os dentes contra a dor. Ele já tinha cruzado tanto com a dor em sua vida que era como encontrar com um velho conhecido na estrada. A dor chegava, Rhys a reconhecia com um movimento brusco da cabeça, e então eles se separavam.

– Não encontrei nada além de sombras, mas levei uma pedrada na cabeça pelo incômodo.

– Você viu quem fez isso?

Ele riu um pouco. Apenas um pouco, porque rir doía como o diabo.

– Um homem pode ver o vento? Posso segurar o nevoeiro? Uma rajada de vento deve ter deslocado uma pedra. Aquelas velhas paredes estão se desfazendo mais a cada tempestade.

– Você tem certeza de que não havia mais ninguém lá? Alguém com a intenção de lhe fazer mal?

– E quem seria esse alguém?

– Eu não sei – respondeu ela, evitando o olhar dele. Os lábios dela contorceram-se. – Um fantasma, talvez? As pessoas da região têm suas suspeitas, você sabe.

– Sim, e Gideon Myles tem um desejo ardente de me ver morto. Eu sei que é isso que você está pensando.

Meredith circulou por trás dele.

– Você leva jeito com costuras – disse ela a Cora.

Com um toque de orgulho na voz, Cora respondeu:

– Minha mãe era costureira.

– O sangramento parou. Muito bem! Cora, pode fechar a taverna agora.

– Sim, Sra. Maddox.

Uma vez que Cora saiu, Rhys ouviu o barulho da água. Então, ele sentiu um pano frio pressionado em sua cabeça dolorida. Os dedos de Meredith brincavam com os cabelos na testa dele, criando ondas de um prazer doce para contrabalançar com a dor.

– Por que você mantém o cabelo tão curto? – perguntou ela. – Você costumava usá-lo comprido.

– Comecei a cortar bem curto no exército. Por causa dos piolhos. E agora já estou acostumado.

– Ah. – Os dedos dela pararam. – Bem, isso facilitou o trabalho de Cora esta noite. Nenhuma costura poderia salvar sua camisa, no entanto. Foi direto para o fogo. – Ela removeu o pano úmido e aplicou um novo. – Quando isso aconteceu? Gideon entrou esta noite um pouco antes de você e estava de ótimo humor. Isso até você tropeçar pela porta. Ele parece ter desaparecido agora.

– Não sei quanto tempo fiquei inconsciente. Podem ter sido segundos, podem ter sido horas. Mas duvido que Myles tenha algo a ver com isso. Se fosse responsável por isso... – Rhys levantou a mão e explorou a ferida com todo o cuidado. – Algo me diz que ele teria se esforçado mais para terminar o serviço. E eu não vi ninguém. Foi apenas um acidente.

– Eu pensei que você não acreditasse em acidentes.

Antes que pudesse argumentar, uma dor ardente percorreu o couro cabeludo dele, que gritou de dor.

– Que raios foi isso?

– Gim local. Eu disse, cura todos os males.

– Credo. Você pelo menos poderia ter me avisado.

Meredith emitiu um som na garganta.

– Oh, eu vou lhe dar um aviso, Rhys St. Maur. Vento, nevoeiro, fantasma ou homem... não importa. Você não deveria estar dormindo sozinho lá no pântano. Não é seguro.

Rhys descansou o queixo no encosto da cadeira enquanto a dor recuava e o salão ganhava um foco mais nítido. Ele gostava que ela cuidasse dele, amava a preocupação na voz dela.

– Eu diria que você não precisa se preocupar comigo. Mas gosto bastante de saber que se preocupa.

– É claro que me preocupo. – Ela limpou o pescoço e os ombros dele, depois foi até a pia para lavar as mãos. – Do mesmo jeito que me preocuparia com Darryl ou Cora ou o meu pai, ou...

– Mesmo? Do mesmo jeito que se preocuparia com eles? – Rhys virou-se para encará-la e notou que as mãos de Meredith estavam tremendo enquanto ela lavava.

– Ou você se preocupa comigo de um jeito diferente?

O sabonete escorregou da mão dela e caiu na pia com um respingo.

– Rhys...

Depois de um mês decifrando Meredith Maddox, o lorde sabia que era melhor não insistir no assunto naquele momento. Ele levantou-se da cadeira, pegou uma toalha do gancho e secou as mãos dela.

– Você está tremendo – comentou ele. – Venha sentar-se perto do fogo. Deixe-me cuidar de você um pouco.

– Você não está em condições de ficar em pé.

– Não estou em condições pra muita coisa. – Ele deu a ela o seu melhor sorriso despretensioso. – Isso nunca me impediu.

Depois de vê-la sentada perto do fogo, Rhys pegou a chaleira ainda fumegante.

– Vejo que Cora fez chá. – Ele serviu-lhe uma xícara.

Meredith pegou a xícara da mão dele e a levou aos lábios.

– Eu preferiria o gim.

– Sei que preferiria. Mas eu preferiria que você não bebesse tanto dele.

Os olhos dela brilharam para ele por cima da borda da xícara.

– O quê? – indagou Rhys. – Você está preocupada comigo. Não posso me preocupar com você também?

Meredith sorveu um gole de chá.

– Você deveria ficar aqui esta noite. Comigo.

Céus. Ele não achava que qualquer parte de seu corpo pudesse pulsar mais fortemente do que seu couro cabeludo ferido. Mas estava enganado.

Com um suspiro rouco, Rhys puxou um banco e sentou-se em frente a ela.

– O que somos um para o outro?

Meredith piscou para ele.

– Você quer discutir em que pé está nosso relacionamento?

Rhys assentiu.

– Que espécie de homem entra em uma conversa dessas de bom grado?

– Um homem que está cansado de dormir sozinho no pântano.

E não porque estava preocupado com pedras caindo ou fantasmas ou Gideon Myles, mas porque a desejava. Rhys a desejava mais do que já ansiou por qualquer coisa na vida e não sabia quanto tempo mais poderia ficar longe.

– Somos amigos, Rhys. E acho que deixei claro que poderíamos ser... amigos mais íntimos, sempre que você desejar.

– Amigos íntimos – repetiu ele, pensativo, estendendo a mão para pegar um fio solto do cabelo dela. – Quão íntimos?

Meredith deixou de lado o chá e inclinou-se para a frente em sua cadeira. O coração batendo acelerado, apenas pela proximidade.

– Muito íntimos – sussurrou ela, inclinando-se. Seus lábios roçaram os dele. – Corpo a corpo. – Outro beijo. – Pele a pele.

Rhys não conseguiu conter-se. Deslizou as mãos para a cintura dela e a puxou para o seu colo. Meredith acomodou-se sobre seus quadris, envolvendo os braços ao redor do pescoço dele. Suas bocas encontraram-se, abertas e dispostas, prontas para fundirem-se em uma só.

E, mesmo com os olhos fechados, por um momento Rhys sentiu como se sua visão dupla tivesse retornado, pois as mãos dela estavam por *todas as partes*. Tinham que ser mais de duas. O lorde sentiu-a agarrando seus ombros, acariciando seu rosto e segurando seu pescoço. Não querendo ficar para trás, ele envolveu os braços ao redor dela e a puxou para junto de seu peito nu, ancorando-a ali com seus antebraços enquanto suas mãos deslizavam para o cabelo dela.

Ah, o cabelo dela! Tão abundante, tão macio. Ele enfiou as mãos naquela espessa cabeleira escura, passando os fios por entre os dedos, e depois agarrando grandes mechas perto do couro cabeludo e torcendo, apenas um pouco, para retribuir o truque com o gim.

Meredith gemeu em volta de sua língua. Apoiando as mãos em seus ombros, ela balançou os quadris.

E agora foi a vez dele de gemer.

A mulher fez um círculo lento com a pélvis, esfregando-se contra sua excitação. Por mais que odiasse soltar o cabelo dela, Rhys deslizou as mãos para os quadris de Meredith e a segurou firme, arrastando-a sobre seu membro endurecido. Ele precisava disso, precisava de mais... Ele simplesmente precisava. Sentir-se bem, uma mudança. Fazer com que Meredith também se sentisse bem.

Ele estava com uma ferida recente na cabeça, e ela havia trabalhado duro do amanhecer até o anoitecer e mais além, mas tudo o que Rhys conseguia pensar era em ficar sob a saia dela e trabalhar ali a noite inteira.

Meredith contorcia-se contra ele enquanto se beijavam, seus movimentos cada vez mais frenéticos. Ele guiava os quadris dela com as mãos, pressionando-a mais perto, aumentando o atrito, estabelecendo um ritmo firme e ágil.

Amigos íntimos, ela dissera? Bem, Rhys estava ficando bastante íntimo. E, a julgar pelos sons suaves que Meredith emitia na parte detrás de sua garganta, ela também. Agora era apenas uma corrida para o fim, e, céus, ele queria que ela vencesse. Desejava dar-lhe um prazer com ainda mais desespero do que ansiava por seu próprio regozijo. E ele desejava por aquilo mais do que desejava o ar.

Com um suspiro repentino, ela afastou-se.

– Não podemos, não aqui – ofegou ela. – Vamos subir.

Ele sentou-se aturdido, com a boca aberta, os pulmões travados e o baixo ventre dolorosamente privado de contato.

– Vamos. – Ela o puxou.

Depois de um momento, Rhys praguejou com um suspiro. Dez segundos atrás, se ela tivesse empurrado suas anáguas para o lado e levantado suas saias, ele teria se enterrado nela sem hesitação. Mas, alguns segundos de separação e o renovado latejar em sua cabeça, combinado com a perspectiva daquela longa escadaria... Havia mais obstáculos para sua luxúria desenfreada do que sua inteligência lenta poderia alcançar.

– Não é o suficiente.

– Eu sei – disse ela. – Eu sei. Muitas roupas entre nós. Vamos subir. – Meredith beijou o pescoço dele.

As mãos de Rhys foram para os ombros dela.

– Não – repetiu ele, empurrando-a para trás. – Ainda não será o suficiente. Corpo a corpo, pele a pele. Não é o suficiente. Eu não quero... amizade sem roupas. Eu preciso de um casamento.

Ela traçou a linha do maxilar de Rhys.

– Por que você sempre precisa pensar no futuro? Pense apenas em hoje à noite.

Que maldição, vejam só a ironia. Por vários anos Rhys nunca havia considerado o futuro. Nem uma vez. Na verdade, ele gastou muito esforço e derramou muito sangue – dele e dos outros – tentando garantir que não *houvesse* futuro, pelo menos não para si. E agora... agora tinha planos e desejos, e metade de um chalé construído naquela encosta. Um futuro. Ele não podia desistir disso, desmoronar tudo por uma única noite de prazer sem promessa de algo mais.

– *Estou* pensando em hoje à noite. – A voz dele era um sussurro rouco. – Eu estou pensando em detalhes descarados e em levá-la lá para cima, despir você e fazer coisas indizíveis contigo a noite inteira. Tocar você em todos os lugares. Prová-la em todos os lugares. E eu sei, tão certo quanto sei meu próprio nome, que ainda não será o suficiente. Vou querer você outra vez amanhã, e depois, e de novo e de novo e de novo. É por isso que preciso desses votos. Preciso ouvir você dizer que é minha para sempre antes de tomá-la de qualquer forma. Porque sei que nunca, jamais terei o suficiente.

Meredith o encarou. Uma série de emoções percorreram aqueles olhos prateados. Surpresa, desejo, vulnerabilidade e decepção... algo que ele imaginava ser um afeto genuíno.

– Como pode dizer tais coisas para uma mulher e não a levar imediatamente para a cama? – questionou ela. – É cruel, eu lhe digo. Cruel.

– É um mundo cruel, cruel – brincou ele. Em um tom sério, acrescentou: – Não se trata apenas de levá-la pra cama, espero que saiba. Quero cuidar de você. Não suporto vê-la trabalhando tão duro. – Ele lançou um olhar ao redor da humilde cozinha. – Uma vez que nos casarmos, vou resgatá-la de tudo isso.

– Mas eu não *quero* ser resgatada de tudo isso. Esta é a minha vida. Eu gosto de trabalhar aqui, assim como você gostou de construir aquele chalé. – Sua mão foi para a cabeça ferida dele. – Se alguém precisa ser resgatado, é você. Está em perigo aqui, Rhys, por quanto mais tempo ficar.

– Eu continuo dizendo a você...

– Você continua dizendo que é indestrutível. E eu estou *lhe* dizendo, acabei de resgatar seu corpo inconsciente do chão. – Suas mãos entrelaçaram-se atrás de seu pescoço. – Não volte para o pântano sozinho. Fique comigo esta noite.

– Não posso. – Ele levantou-se, colocando-a em pé enquanto fazia isso. – Eu deveria ir.

Ele não conseguia imaginar ficar sob aquele teto sem levá-la para a cama. E esta noite não seria a primeira vez deles. Ainda bem. Com a cabeça latejando, Rhys não estaria em sua melhor forma para fazer amor.

– Está tudo certo lá fora – ele a tranquilizou. – Só mais duas semanas, mais duas fileiras de pedras e as paredes estarão prontas. O revestimento e as vigas... mais uma semana, talvez. Depois, só precisará de um pouco de palha e algumas camadas de cal. Bem, e vidraças, portas e persianas. E móveis. Farei algumas viagens a Plymouth nas próximas semanas, para fazer encomendas.

Meredith acalmou-se, fazendo uma volta lenta pelo cômodo.

– Há coisas que vou precisar para os novos quartos de hóspedes também. – Ela alisou o cabelo com as mãos. – Quando você for, posso enviar uma lista com você?

– Suponho que sim.

Ela começou a enumerar itens com os dedos.

– O velho Sr. Farrell fará os móveis pra mim, mas vou precisar de colchões. E de lavatórios, de penicos, de tecidos para a roupa de cama e de cortinas...

– Espere, espere. Não sei nada sobre tecidos.

– Eu não sei nada sobre Plymouth. Nunca estive mais longe do que Tavistock. E... – Ela mordeu o lábio. – E realmente não sei o que um hóspede de prestígio espera, de qualquer forma. Quero dizer, tento perguntar indiretamente, quando viajantes passam por aqui. Mas você é um lorde. Viajou por toda a Inglaterra e pelo continente. Você saberá muito melhor do que eu como selecionar produtos de qualidade.

A ideia o atingiu, tão rápida e tão brilhante, que sua cabeça doeu com ela. Um sorriso formou-se em sua boca enquanto ele massageava a têmpora latejante.

– Você terá que vir comigo – convidou ele.

– Para Plymouth?

– Não, não para Plymouth. Se você quer quartos adequados para hóspedes de prestígio, deve ir para onde vão, comprar onde essas pessoas compram. Você virá comigo para Bath.

Oh, era tão lindo… aquele brilho de excitação em seus olhos, antes que sua natureza prática o apagasse.

– Você está louco? Eu não posso ir pra Bath. Deve ser uma jornada de dois dias em qualquer direção.

– Vou alugar uma carruagem para nos levar direto. Se partirmos antes do amanhecer, podemos conseguir em um dia.

– E quanto à estalagem? Quem vai cuidar dela?

Rhys olhou em direção ao balcão.

– Quem está cuidando dela agora? Você mesma disse que Cora está indo bem. Ela, Darryl e seu pai vão se virar sem você por alguns dias.

Ela cruzou os braços.

– Não podemos viajar juntos sozinhos. Não é apropriado.

– Quem nesta vila vai se importar? Mas caso esteja receosa de como isso parecerá para estranhos, nos apresentaremos como marido e esposa. Apenas para manter as aparências.

– Apenas para manter as aparências? – Ela arqueou uma sobrancelha.

– Serei um cavalheiro perfeito. Você queria romance.

Ah, sim. Era assim que Rhys conseguiria tudo o que queria. O corpo de Meredith e seu compromisso. Dando a ela um gostinho de sua futura vida como Lady Ashworth.

– Um cavalheiro perfeito? De verdade? – Ela apoiou-se no balcão. – Você acha mesmo que vai conseguir passar o dia todo comigo em uma carruagem privada e depois noite após noite no mesmo quarto, com uma única cama, e ainda assim resistir à tentação?

O lorde fingiu pensar sobre isso.

– Não.

Ela balançou a cabeça e riu.

– Você virá comigo, então? – ele perguntou.

– Sim. Sim, eu vou com você. Bobagem a minha. Eu gostaria de ver Bath uma vez na minha vida.

– É só o começo – ele disse a ela. – Há tantos lugares que podemos visitar juntos. Podemos percorrer o país, Merry. O continente também, caso deseje. Há um mundo inteiro lá fora para ser descoberto.

– Engraçado. Há um mundo inteiro lá fora. E o único lugar que estou interessada em descobrir ao seu lado é na parte debaixo de um lençol de cama.

– Eles têm lençóis em Bath pelo que eu sei.

Ela sorriu.

– Uma noite, Rhys. Seu gesto de cavalheiro perfeito não vai durar. Você estará compartilhando minha cama antes do fim da noite.

– Estou contando com isso. Porque sei que suas aspirações de proprietária de uma estalagem não vão sobreviver um dia além das fronteiras desta vila. Antes do fim da noite, estaremos oficialmente noivos.

Pronto. As linhas de batalha estavam traçadas. Eles apenas ficaram ali por um momento, olhando um para o outro e deixando toda aquela excitação sensual que estava acumulada formigar sobre, ao redor e entre eles, como fluido elétrico em uma nuvem tempestuosa.

– Isto é divertido – comentou ele.

– O quê?

– Isto. – Ele gesticulou para o espaço entre os dois. – Apenas isto.

Era divertido. Era quase insuportável a tensão entre eles, e possivelmente causando danos irreparáveis aos seus órgãos reprodutivos. Mas também era maravilhoso, e algo que Rhys nunca havia exprcrimentado antes. Meredith o queria, ele a desejava, e o ar ao redor deles fumegava com isso. Aquela era a força que o fazia se sentir vivo e impulsionado, tão direcionado a um objetivo.

Porque ela *era* o futuro dele. E, em algum lugar, no fundo, apesar de todos os seus protestos, Meredith também sabia disso.

Com um sorriso seco e uma saudação irônica, ele virou-se para ir embora.

– Rhys?

Ele parou. Uma esperança absurda floresceu dentro do peito dele, que talvez ela enfim reconhecesse aquilo, se entregasse. A viagem a Bath poderia ser uma lua de mel.

– Leve os cães com você? – sugeriu ela. – Vou dormir melhor se souber que não está sozinho.

O lorde assentiu e assobiou para os cães. Não era bem o que ele esperava, mas aceitaria. Por enquanto.

Capítulo 14

— Ah, senhora. Fica tão bem em você. Mal se diria que é um vestido de uma meretriz.
— Tem certeza?

Meredith estava inquieta na escuridão pré-amanhecer, girando e virando-se diante do espelho. Aquele era o maior espelho da estalagem, que adornava o quarto de hóspedes mais requintado, e, mesmo assim, ela não conseguia ter uma visão suficientemente tranquilizadora.

Espelhos de tamanho apropriado, ela acrescentou mentalmente à sua lista de compras.

Já fazia duas semanas desde que Rhys fizera o convite para a viagem à Bath. Por que ela esperou até o último momento possível para arrumar as malas?

– A cor é linda – elogiou ela, passando as mãos sobre a seda vermelho-rubi. Será que mulheres respeitáveis usavam tais cores? –Tem certeza absoluta de que não parecerei uma mulher da vida? Isso não seria nada bom. – Ela lançou um olhar culpado para Cora. – Quero dizer... Eu lhe peço desculpas, querida.

Cora sorriu.
– Não se preocupe, Sra. Maddox. Entendo perfeitamente.

Ela entendeu? Bem, nesse caso, Meredith desejava que a moça a esclarecesse. Pois Meredith mal *se* entendia. Ali estava ela, partindo na manhã seguinte para viajar sozinha com um cavalheiro por vários dias, com o propósito declarado de fazer amor com ele várias vezes e sem intenção alguma de permitir que tais atividades culminassem em casamento.

E ela estava preocupada que um vestido vermelho a fizesse parecer uma cortesã?

Meredith puxou o decote para cima.

– Preciso de um xale para o colo.

– Acho que não, senhora. O corte não é tão baixo assim, e seus... – A voz da jovem falhou e ela pigarreou.

– E eu não tenho tanto assim para mostrar. – Meredith sorriu, acariciando seu modesto busto. – Claro, você está certa. E fez um excelente trabalho com o ajuste.

– Não havia muito para alterar, exceto a bainha. Você e a antiga dona tinham medidas bem similares.

– Então este não era um seu vestido?

– Oh, não. Nunca tive nada tão fino.

– Então de onde veio?

– Quando o Sr. Bellamy me hospedou no Blue Turtle em Hounslow, havia um lorde e sua amante hospedados lá também. Bem, os dois tiveram uma briga barulhenta bem no meio do pátio, nas primeiras horas da manhã. Ele a expulsou para o frio, depois jogou os vestidos dela pela janela.

Cora balançou a cabeça.

– Aquela cena me fez perceber que eu nunca mais queria ser meretriz de homem nenhum. A mulher que era dona desses vestidos tinha o que todas nós queríamos: um protetor rico pra comprar coisas boas e tratá-la bem. E ainda assim, quando ele não queria mais usá-la, a descartou como lixo. Eu não queria que isso acontecesse comigo.

Um pequeno sorriso curvou os lábios de Cora.

– Evidentemente, a dama elegante tinha orgulho demais para recolher suas roupas da lama. Ela apenas as deixou no chão, chamou sua carruagem, e foi isso. Então eu as recolhi, tirei a terra o melhor que pude. Planejei reformá-las para mim um dia, mas ficam melhor em você.

Cora dobrou com todo o cuidado um vestido de musselina verde-folha com bordas de renda cru e o colocou na mala de Meredith.

– Tem também isto, para o dia. E uma capa de viagem.

Comovida, Meredith envolveu a jovem em um abraço caloroso.

– Obrigada. Você terá os vestidos de volta, eu prometo.

– Bem, eu deixei o excesso dentro das costuras, só por precaução – admitiu Cora, alcançando para desfazer a fileira de pequenos fechos nas costas do vestido.

Enquanto Cora a ajudava a trocar o vestido de seda vermelho pelo seu traje de viagem simples e útil, Meredith instruiu a moça sobre todos os detalhes para cuidar da estalagem. Onde encontrar as reservas extras de vinho da Madeira se hóspedes ricos aparecessem, como começar a diluir as bebidas uma boa hora antes de fechar, e onde encontrar a mãe do Skinner se ele tivesse uma de suas noites ruins.

– Não fique tão ansiosa, senhora – disse Cora, guardando o vestido de seda. – Com o Sr. Lane, Darryl e a Sra. Ware ajudando, vamos nos sair bem.

Meredith gostaria de poder dizer para ela recorrer a Gideon Myles em caso de emergência, mas não podia mais confiar nele. Os dois mal haviam trocado duas palavras nas semanas desde o "acidente" de Rhys nas ruínas. Por mais que Meredith odiasse acreditar que Gideon era responsável, era a única explicação que se encaixava.

Como Rhys disse, seu agressor poderia ter terminado o serviço, então claramente o incidente tinha sido um aviso. Não apenas para Rhys, mas um aviso para *ela* também. Restavam apenas algumas semanas dos dois meses de prazo que Gideon havia concedido. Em uma outra noite, Meredith havia expressado em voz alta a Rhys sua preocupação de que Gideon cumprisse a ameaça de matá-lo, se ele não deixasse a vila em breve.

Rhys apenas rira, para o desespero dela. Ele recusava-se a ver Gideon como uma ameaça. Embora Meredith não tivesse dúvidas de que o lorde sairia vitorioso em uma luta justa entre os dois homens, mas não era uma escaramuça militar nem uma luta de boxe. Gideon tinha tempo para esperar, conhecimento do terreno e homens leais para ajudá-lo. A emboscada nas ruínas provou muito bem que Rhys não era tão indestrutível quanto afirmava. Como sabia por experiência própria, ela não suportaria ficar impotente enquanto ele flertava com a morte.

Houve uma batida na porta bem quando Meredith terminava de amarrar a capa de viagem na frente. Antes que pudesse dizer "entre", seu pai entrou.

– Papai. – Ela beijou a bochecha dele. – Você acordou cedo.

– É claro que sim. Você achou que eu não iria me despedir?

Ele deu um tapinha no braço da filha.

– E eu queria conversar com você, só um minuto, antes de partir.

Meredith mordeu o lábio, fazendo um grande esforço para não mostrar sua apreensão. Ela esperava que o pai não pretendesse discutir as implicações "morais ou de outra natureza" sobre sua viagem sozinha com Rhys. Os dois nunca haviam falado sobre Maddox, pelo menos não em um contexto matrimonial, e embora Meredith supusesse que seu pai devesse saber que ela teve alguns amantes desde a morte de seu marido, felizmente nunca discutiram sobre isso também.

– Eu levarei sua valise lá pra baixo, Sra. Maddox. – E, com isso, Cora os deixou a sós.

– Vamos nos sentar – disse ela, guiando-o para a cama.

Ele sentou-se ao lado dela na beirada do colchão, usando seus braços para acomodar o peso. A pior de suas pernas aleijadas estendia-se em um ângulo estranho. Desde o incêndio, quando sua perna foi esmagada pelo peso de uma viga em chamas, o homem nunca recuperou a capacidade de dobrá-la adequadamente no joelho. O coração retorceu-se no peito. Depois de tantos anos, suspeitava que o pai havia aprendido a ignorar suas lesões melhor do que ela.

O rosto do velho estava muito sério.

–Meredith...

– Eu ficarei – disse ela, segurando a mão. – Se o senhor não quiser que eu vá, é só dizer a palavra, e eu...

– Não, não. – Ele deu uma risada rouca. – Vá, minha filha. Divirta-se. Eu gostaria de ter podido fazer isso por você, pela sua mãe. Você merece umas férias muito mais grandiosas do que estas. O que eu queria dizer era apenas... – Ele apertou a mão dela. –Rhys é um bom homem, Merry. Ele passou por momentos difíceis, mas seu coração está no lugar certo. Dê uma chance a ele.

– Oh, papai – sussurrou ela. Um sorriso agridoce puxava os cantos de sua boca. –Acredite em mim, eu gostaria de nada mais do que isso. É o Rhys que não acredita em chances.

Meredith apertou a mão dele e sussurrou:

– Posso pedir um favor?

– Qualquer coisa.

– Se você se encontrar com Gideon enquanto eu estiver fora, faça esse pequeno discurso pra ele.

– Você está pronta para partir? – Rhys apareceu na porta, vestido para a viagem.

O velho levantou-se e o cumprimentou calorosamente. Enquanto isso, Meredith aproveitou a distração para enxugar suas lágrimas com discrição. Se Rhys deixasse Buckleigh-in-the-Moor, o pai dela ficaria muito decepcionado.

Entre Rhys, Gideon, seu pai, a estalagem e a vila... Meredith sentia suas lealdades esticadas em muitas direções. À noite, deitava-se exausta e inquieta em sua cama, matutando em busca de uma solução. Uma maneira de manter todos felizes e seguros. Nenhuma resposta havia surgido ainda.

As despedidas foram trocadas no primeiro crepúsculo da alvorada. Rhys a ajudou a entrar na carruagem, acomodando-a no assento voltado para a frente. Ele falou algumas palavras com o cocheiro, ergueu seu peso no banco oposto, deu uma batida forte no teto da carruagem... e então estavam a caminho. Os cães latiam atrás deles, perseguindo-os até saírem da vila. Pobres animais, provavelmente sentiriam mais falta de Rhys do que dela. Haviam se apegado bastante ao lorde nas últimas semanas.

O estômago de Meredith dançava a cada balanço da carruagem, e a excitação fervilhava em suas veias. Ela esticou os dedos dentro de suas luvas de viagem, e as costuras roçavam em suas mãos ásperas pelo trabalho.

Aqui vamos nós, ela disse a si mesma, enquanto o último telhado de palha da vila passava. Isso está mesmo acontecendo. Meredith estava de fato partindo de Buckleigh-in-the-Moor, e não para metade de um dia de trocas em Tavistock, mas para uma estadia indulgente em Bath. Melhor de tudo, estava indo para lá com Rhys. Ela decidiu deixar todas as suas preocupações na vila, onde pertenciam, e apenas aproveitar esses dias preciosos. Um sorriso eufórico esticou seu rosto, e ela descolou seu olhar da pequena janela para compartilhá-lo com ele.

Rhys estava dormindo. Braços cruzados, queixo encostado no peito. Botas descansando possessivamente em seu assento, mas afastadas de suas saias. A carruagem fez uma curva, e um ronco baixo e suave emanava de seu peito.

Ela pressionou o pulso na boca para evitar rir.

Bem, Rhys era um soldado. Meredith supunha que ele poderia cochilar em qualquer lugar. E, como ela sabia que o sono dele costumava ser perturbado por sonhos desagradáveis, ela não queria privá-lo de seu merecido descanso. Não por enquanto, pelo menos. Se dependesse dela, o lorde teria pouco sono em Bath.

Mas, de sua parte, Meredith mal conseguia permitir-se piscar. Enquanto a alvorada aquecia o campo, a taverneira mantinha o rosto pressionado contra o vidro da janela, ansiosa para consumir avidamente cada detalhe. Ela nunca havia passado por aquela rota antes, e talvez passasse uma vida inteira sem voltar a percorrê-la.

Após algum tempo, a carruagem parou abruptamente. Rhys acordou sobressaltado. Suas botas atingiram o assoalho da carruagem com um baque surdo.

— Está tudo bem — ela o tranquilizou rapidamente. — Acredito que estamos parando para trocar os cavalos.

Rhys olhou pela janela.

— Estamos nos aproximando de Exeter. Isso é bom. Devemos descer e esticar um pouco?

Eles caminharam um pouco, afastando-se da hospedaria, passeando pela orla de um bosque que margeava a estrada. Meredith surpreendia-se com a curta distância que haviam viajado e, no entanto, quantas plantas cresciam ali que ela não conhecia pelo nome.

– Nunca falamos sobre você – disse ela, tomando o braço dele. E suas oportunidades de fazê-lo poderiam estar diminuindo a cada dia.

– Não há muito o que discutir.

– Mas é claro que há. Você viajou por todos os cantos. Qual é o lugar mais bonito que você já esteve?

– Qualquer lugar onde você está.

Ela corou como uma garotinha, sem poder evitar.

– Isso de um homem que alega não ter talento para o romance. Não, fale sério. Eu realmente quero saber. As montanhas francesas? Uma catedral belga? O mar aberto?

– Tulipas. – Ele levantou o queixo e encarou firmemente as árvores que se adensavam. A pausa prolongou-se tanto que Meredith se perguntou se ele pretendia dizer mais alguma coisa. Talvez Rhys apenas tivesse um carinho particular por tulipas.

– Um campo inteiro delas – disse ele por fim. – Na Holanda. Tulipas vermelhas, em ondas intermináveis. E um céu azul e límpido acima.

– Parece encantador.

– Era. – Um tom monótono caiu sobre a palavra *era*. Olhando por cima do ombro, ele disse: – Acredito que eles já atrelaram os novos cavalos.

E isso foi o fim daquilo. Enquanto a carruagem recomeçava a viagem pela segunda vez, o lorde cruzou os braços sobre o peito e colocou as botas ao lado dela, como se fosse dormir novamente. Mas, desta vez, ela não hesitou em interromper.

– Tulipas – disse Meredith. – Então elas são a visão mais bonita. E sobre a mais feia?

Ele balançou a cabeça.

– Mesmo que eu pudesse decidir entre as muitas concorrentes a esse título… eu nunca responderia isso a você.

– Nunca? Por quê?

– Porque você nunca deveria testemunhar o inferno da guerra. Nem mesmo deveria ouvir falar dela indiretamente. Essa é a razão pela qual estávamos lutando, para poupar pessoas inocentes como você de tamanha feiura. Eu estaria condenado se a familiarizasse pessoalmente com isso. – Ele virou a cabeça para a janela. Fim da discussão.

Meredith suspirou, desejando que ele não se fechasse para ela. Se Rhys soubesse o quanto da dor dele ela já havia testemunhado.

– Obrigada – disse ela.

– Por quê?

– Pelo seu serviço. Por lutar. Imagino que não ouça isso o suficiente.
– Pelo menos, ele provavelmente não tinha ouvido isso de ninguém na vila, incluindo ela. – Seu regimento foi o mais condecorado da Inglaterra, pelo que eu soube.

– Quem lhe disse isso?

– Eu li no jornal uma vez. – Ou duas. Ou várias dezenas de vezes.

– Tive a honra de servir com muitos homens bons e valentes.

– E você foi um desses homens bons e valentes. *Você* os liderou.

Rhys deu de ombros.

– Eu estou aqui. Muitos deles não estão.

Meredith não ousaria admitir, mas sabia de cada última faixa, medalha e citação que ele havia recebido. Eram quase tantas quanto suas cicatrizes. A ideia de que Rhys as havia sofrido com a vaga sugestão de que estaria poupando-a e outros de um pouco de feiura...

– Eu o admiro – disse ela.

O pobre homem. O lorde parecia completamente em pânico. Como se ela tivesse lhe atirado uma doninha rosnando, em vez de um elogio sincero. Na verdade, era provável que Rhys tivesse lidado com a doninha com mais facilidade.

– De verdade, Rhys. Eu o admiro. E desejo que você dê mais crédito a si mesmo por tudo que já conquistou, em vez de atribuir tudo ao destino o tempo todo. – Ela lhe deu um sorriso malicioso: – E, pensando nisso, acho que vou homenageá-lo pendurando uma placa na taverna, gravada com seu nome e patente. Nosso herói de guerra local.

Rhys apenas riu e esfregou os olhos.

– Existem todos os tipos de coragem no mundo, e a maioria delas acontece longe dos campos de batalha. – Seu olhar encontrou o dela, caloroso e sincero. – Aquela estalagem inteira é um monumento à sua bravura, Meredith Lane Maddox. E eu vou comprar para você todas as faixas em Bath.

Oh. Um nó formou-se na garganta dela. E seu coração... seu coração simplesmente derreteu. Significava tanto que Rhys reconhecesse o trabalho árduo e o amor que ela havia dedicado àquele lugar.

– O que foi? – Ele inclinou-se para a frente até seus joelhos tocarem nos dela. – O que está lhe incomodando?

– Estou apenas um pouco fatigada – mentiu ela.

O lorde cruzou a carruagem para sentar-se ao lado dela, colocando um braço ao redor do ombro e atraindo sua cabeça para o peito dele. Ela respirou fundo, apreciando o reconfortante aroma masculino dele.

– Pronto – disse ele. –Agora você está confortável?

Ela assentiu.

– Então durma. Você tem o dia todo para descansar.

Os dois caíram em um silêncio fácil e agradável, que de alguma forma falava mais eloquentemente do que qualquer uma de suas conversas. Por impulso, Meredith estendeu a mão para segurar a mão livre dele na dela. Seus dedos entrelaçaram-se. O polegar dele acomodou-se sobre o pulso dela, e o pulso dela pulsava contra ele. A taverneira não pôde evitar de inclinar-se contra ele e aconchegar-se em seu calor, sob o pretexto de estar dormindo. Mas não estava fazendo nada disso. Ela estava acordada, sem querer perder um único momento. Paisagens em tons completamente novos de verde passavam lá fora, e ela talvez nunca tivesse outra chance de vê-las, mas não conseguia se dar ao trabalho de levantar a bochecha da lapela dele. Em vez disso, Meredith fechou os olhos, memorizando cada sensação que Rhys provocava nela. Cada anseio, cada emoção e cada dor. Isso, também, era a experiência de uma vida.

Capítulo 15

Com as estradas secas a seu favor, os dois chegaram a Bath justo quando o sol de fim de verão beijava o horizonte. Rhys estava muito satisfeito com o clima bom e com sua encantadora companhia.

Meredith permanecia colada à janela enquanto eles transitavam pela cidade, com os olhos arregalados e os lábios entreabertos. Como se olhar para a paisagem ao redor não fosse o suficiente, ela também precisava bebê-la e respirá-la.

Ele a observava com tanta atenção quanto ela observava a paisagem, sorrindo para si mesmo o tempo todo. Quando chegaram ao hotel, o lorde foi forçado a abandonar a agradável ocupação de notar cada suspiro admirado e cada piscar relutante de Meredith. Após conseguir a melhor suíte, como previamente arranjado, Rhys direcionou os criados para descarregar as malas. E reservou para si mesmo o prazer de ajudar a sua dama a descer da carruagem.

– Meu Deus – suspirou ela, olhando para cima na direção da fachada do hotel em estilo romano, com colunas de pedra de Bath e balaustradas esculpidas.

– É ainda melhor por dentro.

Ela não disse uma palavra enquanto um dos criados os conduzia pelo saguão de entrada, subindo uma escada acarpetada e indo até o final do corredor. Rhys permitiu que ela passasse pela porta primeiro e então a seguiu para dentro da suíte. Os criados logo os seguiram, e Rhys trocou algumas palavras com eles enquanto deixavam as bagagens.

Depois que saíram, ele virou-se para Meredith. Lá estava ela, no centro da sala de estar, uma mancha de lã cinza e cabelo escuro contra as paredes e o carpete cor de creme. Ela apenas permanecia ali, imóvel, mãos unidas e olhos arregalados. Silenciosa.

Rhys franziu a testa. O espanto dela tinha sido uma graça de se observar antes, mas aquele silêncio contínuo começava a preocupá-lo.

– Merry? Você está bem?

Meredith balançou a cabeça.

– Eu posso chorar.

Ele hesitou.

– Isso é bom ou ruim?

– É terrível. – Ela engoliu em seco e então pressionou ambas as mãos nas bochechas enquanto inclinava o pescoço para observar o teto entalhado.

Rhys deu um passo em direção a ela.

– Há algo errado com os quartos?

– Oh, não – respondeu ela. – Nada. Esse é o problema.

Agora o lorde estava completamente confuso.

Ela enfim teve piedade dele e explicou:

– Rhys, esta suíte é… estonteante. Elegante. Palaciana. É o suficiente para me lançar em desespero total. Se estas são as acomodações às quais as pessoas de patente estão acostumadas, como posso esperar agradá-las na Três Cães? Porque um dos novos quartos da estalagem caberia naquele armário!

– Isso não é verdade.

– Esse não é o ponto. – Com um soluço, ela virou-se para ele. – Apenas olhe para este lugar. Como a estalagem pode esperar competir com estabelecimentos como este?

Então a qualidade superior do lugar a havia deixado chateada, não algum defeito. Sorrindo aliviado, Rhys foi até Meredith e passou um braço ao redor de seus ombros.

– Não se preocupe. Você não está competindo com estabelecimentos como este. Aqui é um dos hotéis mais grandiosos de toda a Inglaterra. Um *resort* para os lordes e ladies mais ricos do país. A Três Cães é uma estalagem. Até a nobreza tem expectativas modestas quando se trata de estalagens na beira de uma estrada.

– Ah… – disse ela. – Entendo. Então eu ainda tenho alguma esperança de atender a essas "expectativas modestas"?

Tsc, tsc, Rhys balançou a cabeça suavemente e apertou o ombro dela.

– Você já está superando-as. – Quando os músculos do ombro dela permaneceram tensos sob seus dedos, o lorde acrescentou: – Pedi um banho quente e uma refeição quente para o quarto. Sei que julga esta suíte devastadora em seu refinamento, mas tente não se jogar da sacada.

Meredith riu e animou-se instantaneamente.

– Desculpe-me. Sei que estou sendo boba. – Virando-se em seu abraço, ela beijou a bochecha dele. – Obrigada. É magnífico.

– Bem, isso já é melhor. – Ele a soltou, dando-lhe um tapinha carinhoso nas nádegas, e ela imediatamente saiu do lado dele para começar uma inspeção mais detalhada em um nicho decorativo.

– Devo chamar uma criada para ajudá-la a desfazer as malas? – ele perguntou, dirigindo-se até as bagagens que estavam ao lado de um grande guarda-roupa. – Ou você confia em mim para ser sua camareira?

– Como quiser – murmurou ela, distraída e esticando o pescoço para espiar em uma prateleira alta e testando sua limpeza com a ponta do dedo.

Rhys duvidava que Meredith tivesse ouvido uma palavra do que ele disse, mas assumiu a responsabilidade de desfazer as malas. O exército lhe deu anos de experiência em arrumar e desarrumar rapidamente. Depois de tirar seu sobretudo, ele começou a trabalhar. Sacudiu e dobrou outra vez as roupas íntimas deles, depois pendurou seus casacos ao lado dos vestidos dela. Claro, ele tinha planejado armários separados para o chalé, mas precisava admitir: gostava de ver suas roupas misturadas no mesmo guarda-roupa, as meias dela aninhadas ao lado de suas gravatas. Parecia certo e, se um homem bruto como ele pudesse afirmar tal coisa, também parecia doce.

Isso também o excitava com ferocidade.

Enquanto Rhys trabalhava, Meredith circulava vagarosa pela sala de estar. Ela parava para olhar cada pequeno objeto, inspecionava cada pedaço de mobília e detalhe decorativo. Ele podia senti-la fazendo anotações mentais, armazenando ideias e inspirações para levar para a Três Cães.

– Eu nunca poderia pendurar cortinas de veludo na estalagem – lamentou ela, tocando a borda de uma cortina azul-escuro. – A poeira seria horrível. – A cabeça dela inclinou. – Mas eu gosto da maneira como penduraram essas cortinas perto do teto e as deixaram cair quase até o chão. Faz a janela parecer maior do que é. Terei que lembrar disso.

Mordendo os lábios com concentração, ela afastou-se até o quarto de dormir.

Rhys suspirou. Quando Meredith se daria conta de que um retorno à gerência da estalagem não estava no futuro dela? Com um puxão impaciente, o lorde arrancou uma camisola clara e transparente da mala dela. Ele desejava que sua dama parasse de prestar tanta atenção nos móveis e guardasse um pensamento para ele.

– Oh!

A exclamação de surpresa de Meredith o transportou para o quarto. Do arco que separava a sala de estar do quarto de dormir, ele a avistou ao lado da cama.

A *enorme* cama. As colunas de mogno entalhadas estavam cobertas com ricos drapeados, e a própria cama era uma nuvem fofa de travesseiros e colchas brancas como neve.

– Oh, céus – admirou-se ela. – Que cama! Nunca vi nada igual. – Colocando ambas as mãos planas no colchão, Meredith inclinou-se para a frente, testando sua maciez e elasticidade. Enquanto fazia seus braços subirem e descerem, o busto e traseiro dela oscilavam atrevidamente, como se em convite.

As mãos de Rhys deslizaram pela musselina fina, amarrotando-a irremediavelmente. Ele pigarreou:

– Sim.

Ela virou-se e olhou para Rhys. Suas sobrancelhas escuras arquearam-se, como se esperassem que ele continuasse.

O lorde não tinha mais nada a dizer. A única palavra em sua mente era *sim. Sim, sim e sim.*

Bem, e talvez a palavra *agora.*

Meredith sabia disso. Aquelas sobrancelhas finas arquearam-se em divertimento.

– Sim – disse ela, levantando a saia pesada de viagem e apoiando os quadris no colchão. – Realmente é uma cama notável.

Transferindo seu peso para o quadril apoiado na borda da cama, ela reclinou-se devagarinho, esticando o braço enquanto o fazia. Era um movimento lento e sinuoso, como o de um gato espreguiçando-se em um raio de sol. Apoiando-se em um cotovelo, Meredith fez de seu corpo uma longa e escura silhueta de feminilidade desenrolada sobre as almofadas brancas e franjadas.

Até que enfim. Agora Rhys tinha toda a atenção dela, sem distrações.

O coração dele batia contra as costelas, ameaçando partir os velhos ossos mal curados. Outras partes dele também endureceram.

Ela lhe deu um sorriso sedutor e malicioso.

– Você não vai se juntar a mim?

A boca de Rhys ficou seca. Apesar de todas as intenções de esperar, provocar e atiçá-la com tentações requintadas e implacáveis, e enfim seduzi-la para um compromisso formal... os dois estavam aqui há cinco minutos e ele era o único com um *sim* nos lábios. *Sim, sim e sim.* Ele não poderia ter dito outra coisa.

– É inútil resistir – disse ela com uma voz sensual, abrindo o primeiro botão de seu casaco. – Nós dois sabemos que você vai ceder. – Meredith encaixou o dedo sob o segundo botão e deu um puxão brincalhão. – Sou uma mulher, Rhys. – Quando se trata de estar entre quatro paredes, minha vontade é mais forte do que a sua.

Ele riu um pouco. Mas as palavras o fizeram parar.

Por instinto, Rhys deveria ter descartado a ideia de imediato. Ninguém tinha uma vontade mais forte do que a dele. Era por isso que tinha sobrevivido a tantas lutas. Não passara onze anos na infantaria, sempre avançando na linha de frente, esperando encontrar um oponente mais forte? O homem que o derrubaria e enfim acabaria com tudo, de uma vez por todas.

Isso nunca tinha acontecido.

Até agora. E não era um homem ameaçando derrotá-lo com um sabre ou um mosquete, mas uma mulher. Uma dama com curvas de cetim e uma espinha de puro aço. *Ceda*, ela o tentava. *Minha vontade é mais forte do que a sua.*

Naquele ponto, Rhys suspeitava que Meredith tinha razão. Sua resolução estava amolecendo, enquanto seu ventre enrijecia como pedra. Não era isso mesmo o que ele havia passado a vida perseguindo? Uma doce e abençoada derrota?

E encontrá-la em um campo de batalha tão exuberante e sedoso…

O destino sussurrava em seu ouvido. Ela era linda, e estava ali para que ele a tomasse, quer fosse hoje ou no próximo ano, estava fadado a acontecer.

Ele a teria. Hoje. Sim.

Sim, sim e sim. E agora.

Com um suspiro profundo e ressonante, Rhys deu um passo em direção a ela.

A expressão dela mudou rapidamente, de sedução para surpresa. Apesar de suas provocações, Meredith não esperava que ele cedesse.

Ele parou. Não esperava que fosse se surpreender.

Uma ternura aqueceu os olhos dela. Em um gesto generoso e fluido, Meredith estendeu a mão e fez um sinal.

– Oh, Rhys – sussurrou ela. As palavras eram tão suaves que poderiam ter sido um carinho. – Venha aqui.

Uma batida forte na porta o interrompeu a meio passo.

Droga. O destino estava manejando jogos cruéis com ele naquela noite.

– Deve ser o nosso jantar – disse ele, que murmurou para si mesmo:
– Droga.

– Nosso jantar. E o nosso banho? – Ela se levantou para sentar-se.

Nosso banho. Bem, essa era uma ideia mais agradável.

Rhys torceu a musselina em suas mãos, imaginando o que seria pior: atender a porta com um monte de musselina franzida na frente de seu ventre? Ou cumprimentar os criados com uma ereção evidente?

Sorrindo diante do dilema, Meredith o salvou atendendo a porta ela mesma. Rhys aproveitou para analisar as cortinas enquanto uma procissão de criadas carregando jarros fumegantes passava pela suíte, cada uma adicionando sua carga à banheira que rapidamente se enchia. Ele fingiu admirar a vista do parque enquanto um criado empurrava uma pequena mesa para a sala de estar, removendo uma a uma as coberturas de prata para revelar um banquete.

– Obrigada, isso é tudo. – A voz de Meredith. E então o suave fechar da porta.

Soltando o ar, Rhys virou-se para ela. Sorrindo sem jeito, ele segurou a camisola amassada e torcida para ela inspecionar antes de jogá-la de canto.

– Você não vai precisar disso mesmo.

Ela prendeu a respiração.

– Não vou?

–Não.

– Bom. – Ela respirou fundo. – Então, como vamos proceder? Comemos primeiro? Tomamos banho? – Os olhos brilhantes dela encontraram os dele. – Ou nenhum dos dois?

– Jantar primeiro – respondeu ele, puxando duas cadeiras para a mesa. – Depois o banho. Uma vez que eu colocar você na cama, vou mantê-la por lá.

– Oh, eu gosto de como isso soa. – As bochechas dela ficaram coradas enquanto acomodava-se em sua cadeira e erguia uma taça de vinho.

– Vamos brindar?

Ele ergueu seu próprio cálice.

– À encantadora Sra. St. Maur, Lady Ashworth. E a uma lua de mel muito prazerosa.

Ela riu.

– Seja sério, Rhys.

– Estou sendo muito sério. – Ele esperou que a risada defensiva dela cessasse. –Quanto à sociedade, você está aqui neste quarto como minha esposa. E, quanto a mim, esta noite é o início de um para sempre.

Ela fez um som estranho na garganta enquanto estudava o vinho. Enfim, ela o pousou na mesa. O copo encontrou a superfície da mesa com um leve baque.

– Meredith, o que está acontecendo?

Ela pegou a faca e o garfo e começou a comer.

– Estou falando sério – insistiu ele. – Conte pra mim.

– Eu não sei, é só que... eu *não* sou sua esposa.

– Você será. – Ele cutucou um pedaço de carne, e seu garfo chiou no prato. – Olha, Meredith. A vida lhe fez cautelosa, eu sei. E sei que fiquei fora por quatorze anos e só voltei há algumas semanas. Alguma relutância é compreensível, e eu estive preparado para esperar. Mas, agora, com toda a certeza, você precisa saber que eu não sou apenas um viajante aventureiro passando pela estalagem.

– Eu sei disso. – Ela perseguiu uma ervilha em seu prato.

– Sabe mesmo? Mandei ler os proclamas duas vezes na frente de toda a vila. Ameaças, vândalos, pedradas na cabeça... eu aguentei tudo isso nas últimas semanas, e nada disso abalou meus planos de reconstruir Nethermoor, nem minha crença de que estamos destinados a nos casar. Mas você ainda não confia em mim sobre isso.

– Em quê? No casamento? – Ela arqueou as sobrancelhas e a voz: – Você também não confia em mim sobre isso. Se confiasse, me daria uma escolha real. Não me lembro de ter sido *perguntada* se eu gostaria de me casar com você, apenas me disse que é inevitável. Em vez de uma proposta, recebo... comandos autocráticos e pronunciamentos proféticos. Onde está a confiança nisso?

Rhys balançou a cabeça.

– Coma – disse ele a ela. – A água do banho está esfriando.

– Você está certo. Não vamos discutir. – Ela lhe deu um sorriso humilde. – Vamos rir disso de manhã.

Rhys franziu a testa. Era isso o que Meredith pensava? Que tudo mudaria pela manhã? Talvez essa fosse a fonte de sua relutância. Ela pensava que sua determinação em se casar com ela desapareceria uma vez que ele tivesse expurgado a luxúria de seu sistema.

Bem. Ele precisava provar a Meredith que esses medos eram infundados. E a maneira de fazer isso era fazer amor com ela naquela noite, fazer muito, muito bem, e mostrar-lhe que nenhuma de suas intenções havia mudado na manhã seguinte.

Nada mal, isso.

O lorde comeu rapidamente, como sempre. Quando levantou os olhos do prato, encontrou Meredith observando-o, circulando a borda de seu copo de vinho com a ponta do dedo.

– Você terminou? – ele perguntou, limpando a boca com um guardanapo de linho.

– Oh, sim. – Ela levantou-se da cadeira.

– Agora, podemos fazer o banho tão rápido quanto a refeição?

– Se tomarmos banho juntos, podemos.

Rhys gostou bastante da sugestão. Partes dele gostaram muito mesmo daquilo.

Ele a conduziu até a área de banho, onde Meredith passou um bom tempo admirando os azulejos cerâmicos esmaltados e a pia pintada enquanto removia seus grampos de cabelo na penteadeira.

Enquanto a dama estava distraída, Rhys aproveitou a oportunidade para se despir com rapidez e descrição. Não importava quantas vezes ela lhe assegurasse que não estava repugnada por suas cicatrizes, que achava o corpo dele – contra toda a razão – atraente, Rhys ainda se sentia apreensivo em revelar todo o seu ser. Meredith o tinha visto sem camisa, mas a nudez total era uma coisa completamente diferente. Entre as lâmpadas, os espelhos e os azulejos brancos brilhantes, havia muita luz refletindo, ansiosa para iluminar cada falha e imperfeição dele.

E o corpo dele tinha muitas falhas e imperfeições.

Uma vez nu, Rhys atravessou o quarto em silêncio e foi ficar atrás dela na penteadeira. Havia um espelho lá, e Meredith não se assustou. Ela deve ter visto sua aproximação. Colocando as mãos nos ombros dela, ele a girou para longe do espelho, não querendo ver seu próprio rosto refletido nele. Meredith inclinou-se contra ele, acomodando seu peso contra o peito nu dele.

Rhys prendeu a respiração. Ele passou os braços ao redor dela e, com dedos rígidos e desajeitados, puxou os fechos de seu casaco de viagem.

Suspirando, ela inclinou-se para a frente e baixou os braços para que ele pudesse tirar o casaco. Rhys o jogou de canto e começou a desabotoar a camisete de gola alta. A respiração de Meredith acelerava-se. Os dedos dele trabalhavam mais para baixo, e ainda mais baixo, e os seios dela subiam e desciam. Como se estivessem tão ansiosos para serem exibidos quanto ele estava para vê-los.

Quando soltou o último botãozinho, Rhys abriu as metades de sua camisete para os lados, expondo o pescoço e os seios sedosos dela, os pequenos seios cobertos pela mais frágil camada de musselina e sustentados por espartilhos bem amarrados. O vale escuro entre eles guardava segredos e sugestões.

– Adorável – sussurrou ele, movendo as mãos para a pequena curva de suas costas para que pudesse soltar o nó das amarrações do espartilho dela.

Rhys queria fazer isso há muito tempo. Tantas noites havia passado acordado sonhando com aquilo: primeiro no chão rochoso, depois no pedestal de pedra, enfim no chão de madeira. Todas as noites, ele tentava ignorar a superfície desconfortável sob seus ossos cansados preenchendo sua mente com pensamentos sobre ela. As curvas suaves do corpo de Meredith, a maciez de sua pele.

E aquela mulher estava ali, diante dele, meio despida e totalmente disposta, e Rhys não conseguia desfazer o maldito nó. Não era a aperto das fitas ou as limitações de suas mãos mutiladas. Estava demasiado nervoso. Incapaz de fazer seus dedos funcionarem, mas impaciente para prová-la, ele inclinou a cabeça e beijou a lateral do pescoço dela.

Meredith suspirou, deixando a cabeça inclinar-se.

Aproveitando o que ela lhe oferecia, Rhys beijou o caminho pelo declive alongado do pescoço dela. Lambendo e mordiscando a pele delicada, sugando a pequena pérola do lóbulo de sua orelha sem adornos.

– Oh, Rhys – suspirou ela, inclinando a cabeça para trás.

O jeito como Meredith gemia para ele... isso fazia seu sangue pegar fogo.

– Oh, céus – disse ela, inclinando um pouco mais o pescoço. – Apenas repare no trabalho de entalhe daquele teto.

O lorde congelou. Era aquilo. Meredith tinha acabado de encontrar a cura para o nervosismo dele.

– Para o inferno com o maldito teto – rosnou ele, puxando com ferocidade as pontas das amarrações.

Meredith deu um forte suspiro enquanto ele momentaneamente as apertava. O nó cedeu para Rhys desta vez, e o espartilho caiu do corpo dela.

– Para o diabo com azulejos e cortinas – disse ele, girando-a para encará-lo. Rhys puxou o decote de sua camisa, rasgando-o um pouco no esforço para expor os seios dela.

Meredith engoliu em seco, depois arfou. Os olhos dela arregalaram-se ao ver sua camisa arruinada e seu busto exposto. E então a visão dele, nu e excitado.

– Feche os olhos – disse Rhys a ela, deslizando a mão por dentro da camisa para acariciar-lhe o seio. Ele o apalpou. – Feche os olhos. Pare de observar tudo. Apenas sinta.

Ela cedeu.

Ele abriu desajeitadamente os fechos da saia dela e a puxou para baixo, sobre os quadris. Depois, a despiu de suas anáguas. Ligas e meias também... com cautela e prazer, enrolando as flanelas para baixo nas pernas esbeltas e bem-feitas dela.

Então Meredith ficou diante dele apenas de camisa, com os olhos ainda fechados. Ele a deixou por um momento. Traçando um círculo lento ao redor da saleta, Rhys apagou quase todas as velas.

Assim, muito melhor.

– Rhys? – As longas pestanas escuras dela tremularam contra as boche-chas. –Posso abrir meus olhos agora? Prometo não falar de azulejos ou tetos.

– Ainda não. – Com um puxão rápido, ele alargou o rasgo na camisa dela até que pudesse puxá-la por sobre os ombros e arrastá-la para baixo, até o chão.

– Agora são duas vestes que você arruinou – brincou ela, encolhendo-se para esconder sua nudez.

– Eu vou comprar-lhe uma dúzia de vestes amanhã, mas por esta noite… – Ele afastou os braços dela do corpo com gentileza. – É a minha vez de admirar a coisa mais bela e requintada nesta suíte.

E assim o fez. Rhys afastou uma mecha de cabelo escuro do seio dela, empurrando-a para trás do ombro para não obstruir sua visão. E então ele deu um passo para trás e observou o corpo dela com calma e por um longo tempo, dos dedos dos pés curvados com elegância à risca reta de seus cabelos escuros e brilhantes. Labaredas de luz de vela lambiam a pele pálida dela. Os esguios braços dela pendiam retos na lateral do corpo, emoldurando as curvas sensuais dos seios e dos quadris. Enquanto era observada, os botões rosados dos mamilos de Meredith enrijeceram-se. Entre suas coxas, um triângulo de cachos escuros e sombras guardava o sexo dela.

Rhys nunca tinha visto uma mulher tão bela em sua vida. E isso não era exagero. Simplesmente não tinha visto muitas mulheres nuas, e a maioria daquelas que viu, ele buscou não examinar muito de perto. Mesmo assim, o lorde apostaria que mulheres com a beleza de Meredith eram uma raridade.

Que inferno, mesmo que existissem milhares delas… Meredith era a única para ele.

Enquanto Rhys a encarava, seu falo já rígido endureceu-se ainda mais. Até que literalmente ficou dolorido olhar para ela. Por sorte, a vida o havia dotado com uma formidável tolerância à dor.

– Rhys, por favor – disse ela, contorcendo-se impaciente. – A água já deve ter ficado gelada.

Ele só podia esperar. Um banho gelado era o que precisava agora, se fosse para evitar derramar sua semente pelo chão.

– Muito bem. – Gentilmente, ele a pegou pela mão. – Venha, então.

– Vou abrir meus olhos.

– É claro.

Rhys ajudou Meredith a entrar na profunda banheira de cobre, tes-tando a água primeiro com a mão. Tinha esfriado um pouco, mas a tem-peratura tépida parecia boa, considerando o calor da noite.

O lorde ficou atrás dela enquanto a dama acomodava-se na banheira.

– Você não vai entrar comigo? – indagou ela, afundando até o pescoço na água morna.

– Você primeiro – disse ele, agachando-se ao lado da banheira e lhe entregando uma esponja. – Não é grande o suficiente para dois.

O canto da boca de Meredith curvou-se.

– É sim, se sentarmos bem juntos. Achei que essa era a ideia. Íamos fazer isso rápido.

Rhys temia que tudo acabasse antes de começar.

Meredith colocou a mão na bochecha dele e pressionou um doce beijo em seus lábios.

– Por favor. Quero tomar banho com você.

Um pequeno gemido escapou dele. Como poderia recusar? Levantando-se, Rhys balançou uma perna poderosa sobre a borda curva acobreada da banheira e a mergulhou na água que esfriava. Uma onda surgiu do ponto onde ele entrou, espirrando água no chão.

– Não se preocupe – disse ele.

Então Rhys conseguiu balançar a outra perna para dentro, com o efeito de que ficou de pernas abertas sobre as dela, e sua ereção evidente ficou bem acima do rosto dela. Isso não parecia incomodá-la, mas, por via das dúvidas, o lorde não demorou a abaixar-se na água, enviando outra onda, ainda maior, de água para fora.

– Rhys, você se esquece de que sou viúva? Não é como se eu nunca tivesse visto um homem nu antes. – Ela pegou o sabão e a esponja, esfregando-os juntos para formar uma espuma espessa e perfumada. – Mas estaria mentindo se não dissesse que você é, de longe, o homem mais agradável que eu já vi.

Meredith passou a esponja pela inclinação da canela dele. Rhys encolheu-se, surpreso.

– Desculpe-me. Você é sensível a cócegas?

– Não – respondeu ele, secamente, como se ela o tivesse acusado de algo vil e fraco.

Ela ensaboou a perna dele outra vez, e mais uma vez seu joelho se contraiu.

Meredith riu.

– Acho que você *é* sensível a cócegas.

– Talvez eu seja – admitiu ele.

– *Talvez?* – Reclinando-se no apoio de pescoço, ela levantou a esponja até seu próprio braço e a ensaboou do ombro ao pulso. – Você não sabe?

– Eu suponho…– A voz dele diminuiu enquanto Meredith inclinava a cabeça e ensaboava o pescoço. Ele olhou, hipnotizado, enquanto uma gota de espuma escorria entre os seios dela. Sob a superfície da água, sua ereção pulsava. –Eu suponho, pois nunca tive a oportunidade de descobrir.

A mão dela congelou, prendendo a esponja contra o peito.

– Você nunca teve a oportunidade de descobrir? Isso é difícil de acreditar.

Rhys deu de ombros.

– Nunca tomei banho com uma mulher antes.

– Sim, mas por certo você não precisa tomar banho com uma mulher para… – Ela sentou-se abruptamente, causando um pequeno respingo. – Você contou que faz muito tempo desde que…

– Sim… – Rhys estendeu a palavra.

– Anos, você disse.

Ele assentiu.

–Quantos?

Rhys teve que pensar sobre a questão.

– Onze? Isso soa correto.

Ela o encarou.

– Onze anos! Você não faz amor com uma mulher há onze anos.

– Não sei se já "fiz amor" com uma mulher, pra ser sincero. Mas estive com um bom número quando era jovem. Prostitutas, na maioria das vezes.

– Na maioria das vezes… – ecoou ela, começando a ensaboar o outro braço. Meredith parecia muito distraída agora para fazer uma verdadeira performance, mas isso não impediu Rhys de apreciar o espetáculo.

– Sim, na maioria das vezes. – Ele esperava que sua honestidade não a ofendesse, mas não via outra saída. Aquela era a mulher com quem pretendia se casar. Se Meredith lhe fizesse uma pergunta, Rhys diria a verdade.

Sobre a maioria das coisas.

Ele pigarreou e continuou:

– Minha primeira foi uma moça local, em Eton. Ela estava curiosa, e eu… tinha 16 anos. Mas a experiência foi tão horrível pra nós dois que só fiquei com prostitutas depois disso. Nada mais de virgens.

– Mas como "nada mais de virgens" tornou-se "nada mais de outras mulheres"?

Inclinando a cabeça, Rhys pegou água com as mãos em concha e a espirrou sobre o rosto e o pescoço. Quando emergiu, sacudiu-se e disse:

– Eu entrei no exército.

– De alguma forma, eu tinha a impressão de que até mesmo os soldados conseguem encontrar tempo pra mulheres. Sabe, pelo menos uma ou duas horas aqui e ali, ao longo de uma década.

– A maioria encontra.

– Mas você não.

– Não. – De repente, ele percebeu que poderia estar se fazendo parecer um tanto patético. Ou pior, menos viril. Rhys apressou-se em acrescentar: – Não é que eu tenha deixado de desejar mulheres. Não me entenda mal. Mas passei a maior parte daqueles anos lutando ou me recuperando de ferimentos, então minhas opções eram limitadas pelas circunstâncias. E mais do que isso... acho que decidi que preferia não me deitar com mulheres que não me desejam de verdade.

Meredith o encarou.

– Que mulher em sã consciência não iria desejar você?

Rhys balançou a cabeça, incerto de como explicar. Claro, ele teve propostas. Feitas pelas mulheres erradas, por todas as razões erradas. Viúvas de soldados procurando uma tenda quente e um protetor forte. Damas casadas da alta sociedade que queriam ser possuídas por um *brutamontes* grande e assustador, mas que eram esnobes o suficiente para dispensar os criados. Prostitutas que não podiam se dar ao luxo de serem exigentes.

Ele pensou em Leo Chatwick, que conseguia pegar uma cortesã em Covent Garden e fazê-la se apaixonar por ele antes que a hora acabasse. Talvez, se tivesse esse tipo de talento, Rhys poderia ter suportado pagar por prazer sexual. Mas as meretrizes raramente vinham a ele de bom grado e, mesmo quando vinham, não se demoravam.

– Depois de tanto tempo sem me deitar com mulheres, pareceu valer a pena esperar para dormir com a mulher certa. – Caso precisasse esclarecer, Rhys acrescentou: – Essa é você.

– Sério? – O rosto dela suavizou-se, iluminado pela luz das velas. – Rhys, isso é incrivelmente doce.

Doce? Bem, ele supôs que aceitaria doce. Era melhor do que patético.

Meredith levantou uma de suas pernas da água e a apoiou no joelho dobrado dele. Apesar da temperatura fria do banho, Rhys poderia jurar que as gotas de água entre eles ferviam.

Quando Meredith inclinou-se para ensaboar o tornozelo, Rhys tirou a esponja da mão dela.

– Permita-me.

– Eu estava esperando que você pedisse.

Tomando um tempo para apreciar, Rhys passou a espuma por todo centímetro da panturrilha e da coxa macia e flexível dela. Quando terminou a primeira perna, Meredith a abaixou de volta sob a água e levantou a outra perna para os cuidados dele. Enquanto ele a acariciava, ela soltou um murmúrio.

Encorajado, o lorde deslizou a esponja pela coxa interna dela. Meredith agarrou o pulso dele e puxou sua mão para cima. Sobre a lisa curva de sua barriga, até os seios dela.

– Lave-os também – pediu ela.

Rhys obedeceu, silenciado pelo desejo enquanto girava a espuma branca sobre cada seio sedoso e rosado. Ele provocou os mamilos dela para picos com a esponja áspera, depois passou sabão na curva vulnerável e escondida sob cada seio.

Então, jogando a esponja de lado, o lorde segurou os seios de sua dama com as mãos nuas. Seus dedos escorregaram sobre a pele ensaboada dela, e Rhys apertou os polegares sobre os mamilos enrijecidos para ancorá-los. Ela gemeu de aprovação enquanto ele acariciava e apalpava, mas quando deslizou os dedos em direção ao sexo dela, Meredith deteve sua mão.

Que droga! Ele tinha feito algo errado. Fora ganancioso demais. Ela não queria que ele...

– É a sua vez – disse ela, os lábios curvando em um sorriso sedutor. Meredith alcançou a esponja e o sabão.

A vez dele? Ela estava falando sério? Rhys estava prestes a se entregar na água do banho, apenas *lavando-a*. Ele não achava que poderia tolerar estar do lado receptor de tais carícias.

Mas, aparentemente, Meredith não pretendia pedir a permissão dele. Nuvens de espuma branca e perfumada brotavam enquanto ela espremia a esponja. Merry começou pelos braços, lavando cada um deles do pulso ao ombro. A fragrância de jasmim acalmava os nervos dele. Sensações ondulavam e deslizavam sobre sua pele. Minha nossa, era tão... tão bom. Não havia outra palavra para aquilo. Apenas puro, simples, direto e incrivelmente *bom*. Aquela mulher o deixou tão relaxado que o homem pensou que dissolveria na água do banho.

Até que, esticando-se, Meredith o ensaboou embaixo do braço. Rhys encolheu-se e ficou ereto em um sobressalto.

– Eu sabia. Você *é* sensível a cócegas.

– Suponho que sim.

Ela parecia satisfeita consigo mesma, continuando o trabalho, ensaboando o peito, o pescoço, os ombros e as pernas dele. E Rhys adorava cada momento, mesmo quando Meredith provocava a sola de seu pé e ele contorcia-se em choque e risadas, e os dois perderam metade da água do banho no chão.

– Venha aqui. – Agarrando a cintura dela com as duas mãos, ele a puxou para si.

As pernas dela dobraram-se e formaram uma barreira entre o peito dele e o dela. Rhys envolveu as próprias pernas grandes ao redor dela, colocando os calcanhares na base da coluna de sua dama. E então a beijou, longa, arduamente e profundamente. Provando cada um de seus lábios em turnos e explorando a boca de Meredith com sua língua. A taverneira tinha gosto de vinho e especiarias, e um leve toque de sabão. Ambos intoxicantes e inocentes. Ele ficou tonto com o conhecimento de que, naquela noite, não precisava segurar nada.

Agarrando os ombros dele, Meredith ergueu-se e se reposicionou até que ficou ajoelhada entre as pernas dele. Rhys a beijou mais uma vez, e *oh, céus*! Agora os seios firmes e ensaboados dela pressionavam contra o peito dele, deslizando e esfregando contra sua pele cicatrizada.

Ela enfiou uma mão no espaço entre ambos, e Rhys sentiu os dedos esguios dela envolverem sua ereção. Prazer o percorreu enquanto Meredith gentilmente o acariciava. Para cima, depois para baixo.

– Pare – pediu ele, com rouquidão, arrancando os lábios dos dela. – Pare. Faz onze anos. Se você continuar assim, não vou durar onze segundos.

– Eu sei – disse ela, pressionando beijos pequenos em sua boca e maxilar. – Eu sei. Está tudo bem. Deixe-me fazer isso por você primeiro, e depois podemos aproveitar nosso tempo. – Ela sentou-se sobre os calcanhares, ainda o acariciando. – Deixe-me tocar você, Rhys. Eu quero tanto tocá-lo. Você é tão bom.

Rhys gemeu enquanto os dedos de Meredith exploravam seu comprimento total, traçando cada veia e saliência, deslizando sobre a cabeça inchada e sensível. O homem cavou fundo dentro de si mesmo, quase até as unhas dos pés, buscando a força de vontade para pegar a mão dela e fazê-la parar. Era uma busca infrutífera.

– Merry... – Droga, ele pensara que tinha terminado com esses encontros sexuais unilaterais, onde todo o prazer era dele. – Eu quero dar lhe prazer a você.

– Oh, você vai. – Os olhos dela dançavam com reflexos prateados. Seu punho se apertou ao redor dele, e ela começou a bombear mais rápido. – Acredite em mim. Isso é para o meu prazer tanto quanto é para o seu.

Rhys duvidava disso. Enquanto a mão dela massageava docemente, ele nem conseguia expressar em palavras as sensações que percorriam o corpo dele. Não, sem palavras. Apenas suspiros roucos e gemidos desordenados. Meredith o trabalhava em um ritmo constante, e ele deleitava-se na novidade disso. Todas as maneiras como era diferente de quando ele mesmo se dava prazer. A mão dela era menor e muito mais macia que a de Rhys. O aperto dela não era tão firme, e o ritmo era mais lento do que ele teria imposto. Ainda assim, lutava contra o instinto de mover os quadris ou de pedir que ela acelerasse. Em vez disso, o lorde fechou os olhos e forçou-se a ser paciente, a submeter-se ao ritmo dela e ao êxtase que aumentava de forma constante e lenta.

Outra pequena rendição, tão torturante e, ao mesmo tempo, tão doce.

– Minha nossa. – Rhys agarrou as laterais da banheira, e cada músculo de seu corpo ficou rígido com o esforço de conter-se. – Você precisa parar – disse ele por entre os dentes cerrados. – Você precisa parar agora, ou eu não posso...

– *Shh.* Apenas deixe acontecer.

Ele não tinha mais escolha. O livre-arbítrio havia deixado de existir. A crise que se acumulava em seu ventre era tão inescapável quanto o próprio destino, e duas vezes mais poderosa.

Com um último rosnado feroz, Rhys deixou o clímax o tomar. Seus quadris ergueram-se da base acobreada da banheira, e ele projetou-se no punho apertado dela, esguichando jato após jato na água tépida.

Quando as ondas de prazer diminuíram, ele encarou o teto desfocado tentando recuperar o fôlego. O tempo todo, Meredith continuou acariciando e massageando-o, deslizando seus dedos talentosos sobre o corpo exaurido dele. Rhys não conseguia acreditar no pequeno milagre: que ela não apenas queria tocá-lo, mas também continuaria fazendo isso de bom grado, após o ato estar concluído.

E ele sentia o mesmo por ela. Não estava tomado por uma aversão a si mesmo e nem por um repentino e irresistível impulso de vestir suas roupas, jogar uma moeda na mesa, montar em seu cavalo e cavalgar tão rápido e para tão longe que enfim pudesse deixar tudo para trás. Não, Rhys queria ficar ali mesmo, e nem mesmo cavalos de carga poderiam arrastá-lo dali. Ele tocaria, acariciaria, beijaria, afagaria, lamberia e daria prazer a Meredith a noite toda. Assim que recuperasse um pouco de força em seus membros.

– Você estava certa – disse ele momentos depois, ainda olhando para o teto. –Aquele é realmente um trabalho de entalhe notável.

Meredith riu e inclinou-se para a frente para beijar a bochecha dele. Rhys levantou-se com um propósito súbito.

– Vamos sair deste banho.

Ao lado da banheira, havia duas jarras de água limpa para enxágue. Ele levantou-se e ergueu uma sobre a cabeça, lavando-se com rapidez, e depois sacudindo-se como um cachorro molhado.

– Rhys! – gritou ela, segurando as mãos como um escudo.

– O quê? Você já está molhada. – Ele saiu da banheira e a dirigiu para ficar no centro. Segurando a segunda jarra com uma mão, ele disse a ela: – Agora vire de costas pra mim, levante o cabelo e fique parada.

Ela fez como ele pediu, e o lorde a enxaguou devagarinho, permitindo que apenas um filete de água escapasse da jarra enquanto ele a movia sobre os ombros e pescoço dela. Quando a água cascateou pela elegante curva de suas costas, Meredith estremeceu e riu. Rhys derramou água sobre as esferas tensas e pálidas das nádegas dela, observando o arrepiar de sua pele.

– Vire-se.

Sorrindo, ela virou-se para encará-lo. Rhys espirrou água sobre os ossos da clavícula dela. Então, com grande concentração, aplicou um filete pequeno em cada um dos seios dela, alternadamente. Mirando o jato com todo o cuidado, ele derramou água diretamente sobre o mamilo dela. Entre o frio do banho e esta nova estimulação, o botão redondo contraiu-se mais do que nunca. O que era, claro, o resultado que ele esperava.

Ainda segurando a jarra meio vazia ao seu lado, Rhys inclinou a cabeça e sugou aquele lindo mamilo rosa em sua boca. Meredith sobressaltou-se, surpresa, mas o lorde deslizou seu braço livre ao redor da cintura dela para estabilizá-la.

Ora só, ele tinha ansiado por fazer aquilo desde sempre. E graças aos esforços altruístas de Meredith no banho, agora ele poderia aproveitar todo o tempo que quisesse. Alternando entre os seios dela, Rhys sugava e lambia aqueles deliciosos botões, pressionando o rosto perto para aspirar o cheiro fresco e limpo da pele dela.

Enrolando os dedos ao redor dos ombros dele, Meredith soltou um gemido baixo e ofegante. E, embora tivesse acabado de experimentar um clímax devastador há apenas cinco minutos, Rhys sentiu suas entranhas começarem a agitar-se outra vez.

Relutantemente, ele afastou-se dos seios dela. Os mamilos de Meredith estavam mais escuros e mais duros do que nunca. Pareciam um par de botões de rosa firmemente enrolados, cintilando com o orvalho. Rhys moveu a jarra sobre a barriga dela e despejou um fio de água direto sobre seu umbigo. A água logo transbordou da pequena depressão, canalizando para baixo em direção à pélvis dela e entre suas pernas.

Meredith soltou um gemido e se enrijeceu. As unhas dela cravaram-se nos ombros dele.

Estava mais do que claro que ela tinha apreciado aquilo.

Cauteloso, Rhys pressionou a borda curva da jarra no alto do monte de Vênus dela, logo acima do triângulo de cachos escuros que escondiam seu sexo. Aos poucos, ele inclinou a jarra para a frente, até que um filete de água se formou, percorrendo toda a intimidade dela.

Desta vez, Meredith gritou.

Rhys inclinou a jarra um pouco mais, aumentando o fluxo de água. Os quadris dela inclinaram-se e Meredith abriu as pernas, até que o pequeno fluxo correu entre as dobras de seu sexo. Seus roucos sons de prazer ecoaram pelos azulejos.

– Está bom? – quis saber ele. Rhys já sabia a resposta, mas queria ouvi-la dizer. Vez após outra, não apenas uma vez.

– É tão… – Meredith ofegou enquanto ele inclinava a jarra ainda mais. – Não consigo nem descrever.

O peito dele encheu-se de um orgulho primitivo e viril.

– Acabou a água – avisou ele, agachando-se para colocar a jarra de lado.

– Oh. – O lamento de decepção de Meredith foi breve. – Talvez seja melhor assim. Estou com frio. Acho que tem toalhas na…

– Ainda não.

O lorde ajoelhou diante de Meredith, pressionando os lábios no âmago dela.

Capítulo 16

Meredith soltou um gemido.

E quase desabou no chão. Foi uma sorte que ela já tivesse cravado suas unhas nos ombros dele como garras. Ainda assim, Rhys precisou segurar a cintura dela com ambas as mãos para impedi-la de perder o equilíbrio por completo.

Uma vez que a estabilizou, o lorde reaplicou-se à sua tarefa, acariciando a carne mais íntima dela com a língua. Delicadamente... tão delicadamente que suas atenções se assemelhavam à água que havia ali. Quente, sutil e incansável em sua ternura.

As mãos dele deixaram a cintura dela, deslizando até o seu sexo. Usando os polegares, Rhys separou e abriu com todo o cuidado as dobras femininas de sua adorada.

– Rhys. – A voz falhou. – Eu nunca...

– Silêncio. Eu também não. – As palavras dele enviaram sopros de um delicioso calor correndo sobre a pele dela. – Então nenhum de nós saberá se estou fazendo errado.

Ele passou a língua sobre o botão inchado de nervos no ápice do sexo dela, e Meredith quase perdeu o equilíbrio outra vez.

– Oh – disse ela entre suspiros. – Eu tenho certeza de que você está fazendo certo.

Sem mais brincadeiras agora. Rhys ficou em silêncio, concentrado, explorando-a por completo com os lábios e a língua. Meredith gemeu e suspirou. Ela nunca havia sentido um prazer tão agudo e intenso que ameaçava derreter seus ossos. E era tão, tão certo que fosse ele a lhe dar aquela sensação. Rhys sempre fora o único homem a despertar sensações ardentes nela, mesmo quando ela mal passava de uma garotinha.

Com toda a paciência e carinho, o lorde a levou cada vez mais perto do clímax. Os músculos de suas coxas começaram a tremer, e a banheira de cobre parecia ondular sob seus pés.

Meredith limpou a garganta:

– Eu...

A língua dele passou por ela e, por um momento, Meredith perdeu a capacidade de falar.

– Rhys, não sei por quanto tempo mais posso ficar em pé.

Mas ele não respondeu, apenas encaixou um braço sob a coxa dela, até que a perna de Meredith repousasse em seu ombro. Então, ele a prendeu com firmeza pela cintura e entre seus braços, sustentando o peso dela.

Naquela pose, com uma perna plantada nos centímetros de água que restava no banho e a outra jogada sobre o ombro do amante... Meredith sentia-se um pouco como uma cegonha. E também se sentia muito exposta. Aquela postura revelava seus lugares mais íntimos, abrindo-os amplamente para ele. Rhys recuou por um momento, e ela podia sentir que ele a olhava. A antecipação girava em seu sangue, concentrando-se entre suas pernas em um pulso rápido e necessitado.

Após o que deve ter sido apenas um momento, mas que lhe parecia uma eternidade, a boca dele cobriu o sexo dela, e o lorde circulou-a com a língua, e tudo explodiu em um prazer puro e brilhante.

Rhys a segurou firme enquanto Meredith atingia o clímax, nunca permitindo que ela enfraquecesse ou caísse, e durante todo o tempo ele manteve as lentas e suaves passadas de língua, trazendo-lhe onda após onda de êxtase.

Mais tarde, ela mal recordava-se de como chegaram à cama. Rhys deve tê-la carregado, considerando que seus membros haviam parado de funcionar. Ela se lembrava de se aninhar em uma toalha felpuda enquanto atingia o colchão, e a maneira como o calor do corpo dele a envolveu logo depois. Eles deveriam ter adormecido assim por um tempo. Era uma alegria genuína, enfim, apenas deitar-se ao lado dele, aninhada em seu peito largo e presa pelo peso de um antebraço musculoso.

Tanto prazer, e ainda mal haviam começado.

Não estava claro se ele a acordou, ou se foi ela quem o acordou, mas Meredith veio à consciência através de uma espessa névoa algodoada. Seus membros estavam tão entrelaçados com os de Rhys que ela teve dificuldade em distinguir quais partes do emaranhado pertenciam a ela e quais a ele. E supôs que isso não importava.

Quando seus olhos se abriram, os lábios dele cobriram os dela. Ah, que maravilha, ser acordada com um beijo. Meredith fechou os olhos outra vez, querendo prolongar a neblina sonolenta. Ele começou devagarinho, distribuindo beijos leves sobre sua boca, bochechas, têmpora e testa. A suavidade do beijo dele estava em um delicioso contraste com a dureza de seu órgão masculino, que pressionava insistentemente contra a coxa dela.

Remexendo-se em seu abraço, Meredith recuperou o uso de seus braços. Ela o beijou de volta. Primeiro com leveza, depois profundamente. E, enquanto se beijavam, ela passou os dedos por todo centímetro dele que podia alcançar. Por seu cabelo curto, sobre a nuca, descendo pelos planos esculpidos de seus ombros e costas. Um gemido baixo ressoou pelo peito dele quando ela passou a unha sobre o mamilo. Encorajada, ela repetiu o movimento.

Como poderia um homem viver até os 31 anos sem saber que era sensível a cócegas? Pensar que nenhuma ama, nenhum amigo, nenhuma amante e nem mesmo seus pais o haviam tocado maneira brincalhona. Saber que ele viveu com violência física constante e nem um pingo de afeto físico... O coração dela partiu-se por Rhys mais uma vez, assim como havia acontecido quando ela era menina.

Mas ela era uma mulher agora, e determinada a compensar o tempo perdido. Antes de saírem desta cama, ela o tocaria em *cada* lugar. Com ternura e com desejo. Não apenas com os dedos, mas também com os lábios e a língua. Rhys era um território inexplorado e praticamente virgem, ela pensou consigo mesma. Mas não depois daquela noite. Meredith pretendia explorar cada centímetro do corpo dele, notando cada ponto que provocasse um riso, um suspiro, ou um gemido.

E de alguma forma, pela graça de Deus, ela faria com que ele entendesse que *merecia* isso. Rhys merecia ser beijado, acariciado, saciado e abraçado.

Ele merecia ser amado.

Bem acordados agora, os dois estavam deitados lado a lado, um de frente para o outro. Meredith apoiou a cabeça em um cotovelo e estendeu a outra mão entre eles. Não demorou muito para encontrar o que procurava. Era um alvo grande, afinal. Não a proverbial agulha no palheiro. Ela ficara encantada ao descobrir que suas lembranças do corpo dele não haviam sido alguma combinação da distorção do tempo e sua inexperiência juvenil. Ao longo dos anos, Meredith havia comparado todos os homens em sua vida com suas lembranças de Rhys. Aqui estava mais uma maneira pela qual esses outros homens haviam se mostrado insuficientes.

Ela o acariciava lentamente, observando seus olhos tremularem de prazer sob as pálpebras fechadas.

– Minha nossa, isso é bom – disse ele.

– Você parece tão surpreso... – provocou ela. Suavizando o tom, perguntou: – Foi realmente tão ruim antes?

– A primeira vez? Céus, sim. – Ele abriu os olhos. Afastando uma mecha de cabelo atrás da orelha dela, disse: – Pior pra ela do que para mim. A pobre moça gritou como se estivesse sendo assassinada. Nem terminamos. Tudo sobre aquilo foi apenas... errado. –

– Você tem certeza de que ela não estava se divertindo? – Meredith sorriu. – Talvez fosse do tipo que grita. Algumas mulheres são.

Ele franziu a testa.

– *Você* é do tipo que grita?

– Não – respondeu ela, rapidamente, resolvendo não emitir sequer um pio dentro de si. – Não.

– Então como sabe que algumas mulheres são assim?

– Eu tenho uma estalagem, Rhys. As paredes não são muito grossas.

Meredith deslizou a mão mais para baixo, alcançando o pesado falo para acariciar e deliciando-se com o gemido baixo de prazer de Rhys. Ele agarrou o quadril dela e a puxou contra ele, esfregando seu grosso membro contra a barriga dela. Meredith jogou uma perna sobre os quadris estreitos dele, abrindo-se para Rhys. Um claro convite.

Ainda assim, ele hesitou.

– Estou pronta – assegurou-lhe ela. – E não sou virgem nem gritarei. Tudo vai ficar bem.

– Precisa ser mais do que bem. – A mão de Rhys percorreu o quadril dela, e ele desceu para acariciar sua fenda, sondando com os dedos para testar sua prontidão e gemendo de satisfação ao encontrá-la mais do que pronta.

Ele deslizou o polegar para sua pérola e massageou gentilmente.

– Isso tem que ser tão inacreditavelmente bom que você queira fazer de novo, e de novo, todos os dias pelo resto de nossas vidas.

– Todos os dias? – provocou ela. – Que vigor!

– Será para compensar muito tempo perdido. – Parando, Rhys deu a séria impressão de estar considerando. – Todos os dias pela próxima década, pelo menos. Depois disso, vai depender do estado das minhas articulações.

Meredith jogou a cabeça para trás e riu.

Quando ele começou a beijar o vão de seu pescoço, Meredith decidiu que era a hora. Ela agarrou a ereção dele com firmeza e a guiou para a ânsia úmida e necessitada entre as pernas dela.

Ela esticou-se; ele empurrou.

E então Rhys estava dentro dela, apenas a cabecinha. Eles respiraram juntos, tremulamente.

Agora mais alguns centímetros.

Ela mordeu o lábio para não gemer. Verdade seja dita, Rhys *era* enorme, e Meredith estava muito fora de prática, nunca tinha dado à luz. Provavelmente estava tão apertada quanto uma viúva poderia estar. Doía, mas de forma deliciosa.

Os amantes encararam-se enquanto ele a alimentava com mais uma estocada de seu comprimento, depois duas.

– Você está bem? – perguntou ele.

Ela assentiu, sem fôlego.

– Pode me dar só um momento? Assim mesmo.

– Vou tentar. – Ele cerrou os dentes por alguns batimentos. – Minha nossa, eu não consigo esperar, eu... eu preciso de mais.

– Eu...

Um suspiro interrompeu o resto de sua resposta, enquanto ele agarrava o quadril dela e empurrava.

Meredith enterrou o rosto no ombro dele. *Eu não vou gritar. Eu não vou gritar.*

– Você está bem?

– *Uhum.*

– Tem certeza?

– Oh, sim – sussurrou ela através dos dentes cerrados.

Após um momento de descanso, Meredith puxou uma respiração profunda e depois a soltou lentamente. Ele movia-se contra ela, na mais gentil das investidas. A umidade natural deles espalhava-se, facilitando o caminho. Quando ele investiu outra vez, Meredith pôde dizer que ele deslizou mais fundo do que pretendia. Um gemido ressoou de seu peito, relaxando os músculos tensos.

E então, de repente, não era mais doloroso. Era muito, muito bom.

Ela rebolou contra ele, lutando para levá-lo mais fundo, desesperada por mais. Mais calor e mais fricção. O deslizar firme dele contra sua carne tensa e sensível.

Meredith ergueu a cabeça e abriu os olhos para que pudesse observar a expressão dele enquanto estabeleciam um ritmo. Lento. Estável. Devastador. A cada investida, Rhys afundava um pouco mais, esticava seu corpo um pouco mais, a impulsionava um passo mais perto do êxtase.

O rosto dele era uma máscara de concentração: olhos atentos, testa franzida e lábio inferior preso entre os dentes. Rhys parecia estar avaliando as reações dela com tanto cuidado quanto Meredith observava as dele.

– Está bom? – perguntou ela, ofegante.

– Oh, sim. Sinto você tão... – Ele apertou os dentes enquanto os músculos íntimos dela contraíam-se em resposta. – ...muito melhor do que com minha mão.

– Suas mãos me fazem bem.

Colocando uma mão sobre a dele, Meredith arrastou o toque de Rhys do quadril dela para o seio. Ele segurou a pequena esfera na palma da mão, apalpando gentilmente. O prazer espalhou-se pelo corpo dela enquanto ele friccionava o polegar sobre o mamilo endurecido dela. Um suspiro luxurioso escapou de sua garganta.

– Você gosta disso. – Ele acariciou o mamilo dela outra vez.

– Oh, sim. – Meredith apertou a perna sobre os quadris dele e flexionou a coxa, aprofundando-o ainda mais dentro dela.

Relaxando o pescoço, ela apoiou a cabeça no braço e olhou nos olhos lindos daquele homem enquanto trabalhavam juntos os quadris para a frente e para trás. Para dentro e para fora.

– Isso é maravilhoso, Rhys. Estou tão feliz que estamos fazendo isso.

– Eu também. Acredite em mim. Mais uma semana me segurando e acho que teria implodido. – Uma sobrancelha arqueou-se. – É estranho que estejamos conversando tanto?

– Estranho? Talvez não seja usual, mas não parece estranho, não para mim. Parece...

– Certo. – A respiração dele falhou enquanto balançava os quadris e afundava mais do que nunca. – Apenas parece certo. – Outro impulso. – Não é?

Oh, céus. Era. É claro que era.

Os olhos dele a encaravam, exigentes e intensos. Mesmo com a excitação de Rhys pressionada contra o útero dela, Meredith sentiu-se mais profundamente penetrada pelo olhar dele. Havia desejo ali, e necessidade... e apenas o mais leve brilho de medo. Ele deu outra poderosa investida com os quadris.

– Admita. Isso está certo, você e eu. Destinados a ser.

Uma voz dentro dela gritava por cautela, instigando-a a erguer uma muralha de defesa: *Não*, dizia-lhe a voz. *Você revelará demais, arriscará partir seu coração ou pior.*

Ah, pro diabo!, respondeu-lhe ela.

Rhys estava dentro dela, ao lado dela, e a envolvia com seu abraço, e ele precisava tanto. O homem havia sofrido uma vida privada de afeto, e agarrava-se a toda essa bobagem de destino, pois, alma incerta e ferida que era, ele não conseguia permitir-se pedir. Era por isso que Rhys nunca lhe havia dado uma escolha. Ele tinha muito medo de que Meredith dissesse não.

Ela não o forçaria a pedir. Não quando ansiava por dar-lhe tudo. Afeto, prazer e um toque gentil de amante.

– Sim – suspirou ela, envolvendo o braço em torno dos ombros dele. Esticando o pescoço, ela roçou um beijo em seus lábios. – Sim, Rhys. Sinto que isso é certo. – Ela beijou aqueles lábios fortes e sensuais de novo, e de novo, passando os dedos por seu cabelo macio enquanto o fazia. – Completa... perfeitamente... e absolutamente certo. Nós pertencemos um ao outro.

Ele a beijou, tomando a boca de Meredith com uma paixão febril e impulsionada. Com um gemido baixo, Rhys a virou de costas e afundou profundamente.

Muito profundamente. Tanto, que ela agarrou os ombros dele em choque. Em sua posição de ladinho, ele não havia a penetrado por completo. Não, definitivamente havia mais de Rhys para ter. E, agora, ele dava tudo a ela, empurrando forte, trabalhando mais profundamente, até que seus quadris se encontrassem contra os dela e o ar deixasse seus pulmões.

– Você está bem? – perguntou ele, apoiando-se nos cotovelos.

Ela conseguiu assentir com a cabeça.

– Bom. – *Estocada*. – Porque eu não consigo parar. – *Estocada*. – Céus, me ajude, eu não consigo parar.

Ele a penetrou outra vez, e seu quadril esfregou-se contra o dela. E Meredith atingiu o clímax, assim, de repente. A sensação do corpo forte dele, a necessidade áspera em sua voz, toda a emoção em seu coração. Estava dominada, em todos os sentidos. O prazer a envolveu em uma onda quente e implacável, e ela agarrou-se a ele, aproveitando ao máximo.

– Céus. – O rosnado apertado da voz dele disse a ela que Rhys também estava perto. – *Minha nossa!* – Ele caiu sobre ela, abaixando seu peso sobre o dela. – Segure firme – sussurrou ele em seu ouvido. – Segure-me com força.

Ela fez como ele pediu, como Meredith queria fazer aquilo. Trancou os braços ao redor do pescoço dele e enroscou as pernas sobre os troncos que as coxas de Rhys. Ela contraiu seus músculos íntimos, segurando-o firme ali também.

E então, quando Meredith o agarrou de todas as maneiras imagináveis, ele deslanchou. A força e o ritmo de suas investidas aumentaram. A boca dele caiu sobre a dela, e Rhys a explorou com uma língua selvagem enquanto a tomava mais rápido, mais forte e mais profundamente. Como se houvesse algo que ele precisava com desespero, algo que residia no cerne dela... e, para alcançá-lo, ele a despedaçaria.

Tirando a sua boca da dela, Rhys ergueu-se um pouco. O suficiente para que ela pudesse ver seu rosto. Seus olhos estavam desfocados, e os lábios contorciam-se de prazer. E, quando o inevitável se aproximou, uma enxurrada incoerente de palavras escapou do peito dele.

– Isso é tão... Droga, é... Merry... *Céus.*

A alegria inflou no peito dela, e Meredith quase riu com aquilo. Porque sabia que os próximos trinta segundos seriam os melhores da década de Rhys St. Maur, e ela estava tão feliz por estar lá, acompanhando tudo.

Ele rosnou quando atingiu o clímax, desabando sobre ela e enterrando o rosto em seu pescoço. Meredith afrouxou o aperto nos ombros dele e lhe acariciou as costas, deslizando os dedos pela coluna. Os dedos dela escorregaram sobre o brilho da transpiração enquanto ele tremia no rescaldo de seu clímax.

Eventualmente, ela sentiu a respiração dele desacelerar até um ritmo natural, soprando suave sobre o ouvido dela. A excitação dele amoleceu dentro de Meredith. E, no entanto, os tremores nos músculos dele não diminuíam.

– Oh, Rhys. – Assim que a percepção surgia, ela o abraçava forte. – Oh, Rhys.

Ele estava tremendo. Aquele guerreiro grande, forte e indestrutível estava tremendo nos braços dela. Se houvesse alguma esperança de proteger seu coração, Meredith baixou a guarda naquele instante. Ela estava perdida para ele. Sempre esteve.

– Obrigado – murmurou ele, liberando um suspiro profundo de satisfação.

Ela acariciou a cabeça dele, beijou-lhe a orelha.

– Como foi?

– Perfeito – garantiu Meredith. – Em todos os sentidos. – Rhys rolou para o lado, e ela brincou com a ponta do dedo ao longo da extremidade barbeada do queixo dele. Arqueando uma sobrancelha com malícia, ela perguntou: – Então... todos os dias? Sério?

– Duas vezes. No primeiro ano, pelo menos duas vezes por dia.

Ela mordeu o lábio e o encarou pensativa.

– O que foi? – questionou ele, estendendo a mão para bagunçar o cabelo dela.

– Estou apenas me perguntando se isso inclui hoje. E se sim... – Ela ergueu-se sobre o cotovelo e olhou para o relógio. – Quanto tempo resta antes da meia-noite?

A cama tremeu com a risada dele. O braço de Rhys avançou, pressionando-a contra o colchão. Com um flexionar de bíceps, ele a puxou para perto, aconchegando-a junto a ele.

– Tempo suficiente, Merry. Não se preocupe. – A grande mão do lorde acariciou o cabelo dela. – Temos todo o tempo do mundo.

Pela primeira vez, ela desejou que a fé cega viesse tão facilmente para ela.

Com um súbito surto de energia, Meredith montou sobre ele, esticando o corpo sobre o dele. Com os braços empilhados em seu peito, os dedos dos pés dela o alcançavam mais ou menos na canela. Os pelos nas pernas dele faziam cócegas nos arcos dos pés dela.

– Acabei de me dar conta de uma coisa.

– O que foi?

– Passei um tempo inadequado experimentando a área entre aqui… – Ela passou um dedo sobre o pomo-de-adão dele. – … e aqui. – Meredith traçou uma linha até o ponto macio logo abaixo da orelha de Rhys. – A menos que tenha alguma reclamação, planejo remediar isso imediatamente.

Ele sorriu.

– Nenhuma reclamação.

– Muito bem. – Ela inclinou a cabeça para a garganta dele e tocou a língua na parte debaixo do queixo dele. O início do que seria, se dependesse dela, uma noite insone explorando cada centímetro do corpo dele.

Os dois talvez não tivessem todo o tempo do mundo, mas definitivamente tinham aquela noite. E ela aproveitaria ao máximo cada segundo.

Capítulo 17

A consciência penetrou em algum momento bem depois do amanhecer. Quando Meredith acordou com a brilhante luz do sol vazando por entre seus cílios, ela beijou o antebraço que estava envolto protetoramente ao redor de seu peito. Valeu a pena perder aquele tempo, apenas para acordar nos braços de Rhys. Ela nem mesmo conseguia lembrar-se da última vez que dormira até depois do sol nascente. Isso era, de fato, um luxo. Um ao qual poderia facilmente acostumar-se.

Rhys remexeu-se, aninhando o rosto no cabelo dela. Eles estavam deitados de lado, encaixados como colheres em uma gaveta. Pelo menos uma parte do lorde estava desperta e pronta para saudar o dia. A dura saliência de sua excitação cutucava o quadril de Meredith.

Ela remexeu um pouco o bumbum, provocando-o. Pela maneira como a respiração de Rhys se prendeu na garganta, Meredith suspeitou que ele estivesse acordado. Pelo que sabia, o lorde poderia ter estado acordado assim por horas, duro e pacientemente sofrendo por ela.

E, naquele caso, Rhys poderia esperar mais alguns minutos. Mantendo os olhos bem fechados para fingir que ainda dormia, ela esticou-se casualmente e aninhou-se mais profundamente nos contornos duros do corpo dele. Rhys deixou um beijo na nuca de Meredith, como se testasse sua vigília. Permanecer imóvel era uma luta, mas ela conseguiu. A mão dele ganhou vida onde estava casualmente drapejada sobre o seio dela. O lorde desenhou um círculo preguiçoso ao redor do mamilo dela e então o beliscou. Ela não pôde evitar um gemido.

Ele sabia que Meredith estava acordada. Ela sabia que Rhys também estava. Mas continuaram o pequeno jogo que estavam jogando. De alguma forma, haviam concordado tacitamente com as regras. Olhos fechados.

Sem palavras. Apenas toque e um progresso constante e inexorável em direção à união. Era um jogo que ambos venceriam.

Ela abriu as pernas alguns graus, e a ereção dele deslizou entre suas coxas. Os dois ficaram assim por um momento, saboreando aquela pequena antecipação. Meredith estava molhada para ele, e Rhys estava com uma ereção impressionante. Uma pequena inclinação da pélvis dela foi tudo o que foi necessário. Ele deslizou para dentro de sua fenda escorregadia em uma única investida suave.

Embora sua respiração estivesse rápida, Meredith forçou-se a ficar relaxada. O mais passiva possível. Esperava que a tensão crescente daquele jogo o levasse além do ponto de ternura. Durante toda a noite, os dois haviam guiado um ao outro por uma exploração de diferentes posições, feito visitas minuciosas à anatomia um do outro. Rhys a amara com um propósito doce e sincero que tocou seu coração. Mas, naquela manhã, Meredith queria que ele fosse o invasor. Precisava sentir toda a força e o poder naquele corpo grande e duro. Ela queria ser dominada.

Quando a espera se tornou insuportável, Meredith quebrou as regras e sussurrou:

– Rhys, me tome.

Os dentes dele rasparam o ombro dela. Com um rosnado baixo, Rhys a virou de barriga para baixo, afastando suas pernas com as coxas dele. Ele deu a ela exatamente o que Merry queria, penetrando-a com força. Tão forte que ela agarrou o travesseiro para abafar um grito. A cama rangia e balançava a cada movimento.

Sim… Sim! Era aquilo mesmo que ela desejava. Sentir-se impotente sob ele, à sua mercê. Meredith havia passado tanto tempo de sua vida sendo forte. Reunindo toda a sua fortaleza disponível para administrar a estalagem, cuidar do pai e zelar pelo vilarejo. Tinha construído escudos formidáveis para proteger-se e proteger os que estavam ao seu redor. Era um alívio e uma alegria ser dominada, renunciar a todo o poder e sentir suas barreiras sendo despojadas por alguém que ela conhecia e confiava.

Alguém que ela amava.

Rhys ergueu-se por entre as pernas dela, usando suas enormes mãos para agarrá-la pelos quadris e erguendo-a de quatro. Seus dedos enroscaram-se em torno das curvas das nádegas dela, guiando os movimentos, abrindo-a para suas investidas mais profundas. Pelo som leve de suas coxas encontrando-se e pela qualidade áspera de sua respiração, Meredith suspeitou que Rhys observava seus corpos unidos. Ela também desejava poder assistir.

Ele apertou os quadris dela ainda mais, entrando em um ritmo mais rápido.

– Venha pra mim. Faça isso agora.

Soltando o quadril, Meredith deslizou a mão pelo ventre, entre as pernas. Ela pressionou a palma da mão contra seu monte e curvou os dedos para trás, de modo que acariciassem o eixo dele a cada movimento. A pressão de sua palma bem onde precisava, a prova de sua necessidade, duro e quente contra a ponta dos dedos dela. Meredith mergulhou de cabeça em um clímax que abalava a alma, gemendo contra o travesseiro.

Rhys a seguiu instantes depois, e juntos os dois desabaram no colchão. Ele deitou-se meio em cima dela, mas de lado. A respiração dele era um sussurro em seu ouvido. Ela amava o calor e o peso de Rhys, prendendo seu corpo exausto e mole na cama. Meredith poderia acostumar-se com isso. Ela realmente poderia.

Pela primeira vez, desde que aquele homem havia mencionado casamento durante ovos cozidos e café, Meredith permitiu-se acreditar, só por um momento, que poderia ser realmente seguro acostumar-se com aquela ideia.

– Sabe… – disse ele após um ou dois minutos, rolando para ficar de costas. – Eu acho que mudei de ideia.

– Você mudou de ideia? – Ela apoiou o queixo em um braço, tentando parecer despreocupada. Enquanto isso, seu coração batia forte contra o colchão.

– Precisamos encontrar um bispo – disse ele. – Obter uma licença especial. Não tem como esperarmos mais uma quinzena para aquele clérigo voltar.

Meredith desabou na cama aliviada.

– Estou falando sério – avisou ele. – Vamos pegar a carruagem e partir para Londres hoje mesmo.

– Rhys, nós não podemos fazer isso. Meu pai está me esperando no horário combinado. E temos todas aquelas coisas para comprar pra estalagem.

– E para a nossa casa.

– Bem, sim. Isso também.

O lorde franziu a testa.

– Eu não entendo. Por que não podemos…

Meredith o beijou, sem outra razão senão interromper aquela pergunta.

Tão estranho. Dez minutos atrás, tudo o que a taverneira desejava era que Rhys tomasse o controle, que a deixasse sem escolha e que a dominasse por completo. E, durante todo o ato de amor, ela não se sentiu nada além de estimada e segura. Mas uma fuga…?

– Prometeram-me um passeio por Bath – disse ela com leveza. – Houve conversas sobre faixas e romance.

– É verdade. – Rhys deu-lhe um sorriso, e ela sentiu o calor dele.

Meredith o amava. Após a noite passada, não havia mais como negar, nem sequer para si mesma. E nada a deixaria mais feliz do que se casar com ele. Havia obstáculos, sim. O futuro da estalagem, as ameaças de Gideon... mas, a distância, aqueles obstáculos pareciam menores. Superáveis. Juntos, certamente ela e Rhys tinham força e inteligência para resolver tudo.

Restava apenas uma questão a resolver. O casamento com ela faria Rhys feliz? Não apenas satisfeito na cama ou em paz com suas obrigações, mas feliz de verdade? Ele merecia um contentamento real. Com toda aquela lealdade cega ao conceito de destino, Meredith não tinha certeza se ele sabia o que queria. Dada a escolha, Rhys preferiria mesmo um chalé campestre na Devonshire rural à opulenta vida que poderia levar em outro lugar? Ele realmente a preferiria às elegantes damas que poderia ter?

As palavras dele ecoavam na mente dela: *Não é como se eu tivesse algo melhor pra fazer.*

Mas o lorde tinha. Com sua posição e riqueza, Rhys tinha muitas opções, e essas férias provavelmente o lembrariam delas. Antes de poder se casar com ele, Meredith precisava de tempo para observar, para avaliar os pensamentos e os sentimentos dele em um cenário fora da vila.

– Eu só quero passar um tempo com você – disse ela, franca. – O que a nobreza faz em Bath, afinal?

Rhys franziu os lábios.

– Para ser sincero, já não tenho tanta certeza. Só passei um verão aqui quando era menino, quando minha mãe veio tomar as águas. É por isso que as pessoas vêm para Bath, sabe. Para tomar as águas minerais. Se não me engano, o costume é começar o dia com um bom purgativo, depois viajar de liteira até as Termas Romanas para assinar o livro de visitas em um salão conhecido como Pump Room e beber um ou dois copos daquele líquido enferrujado e malcheiroso.

Meu bom Deus. Era *por isso* que as pessoas ricas viajam à Bath? As pessoas de estirpe gastavam seu dinheiro nas coisas mais estranhas. Mas Meredith não queria ofender Rhys discordando da ideia.

– Você quer beber as águas? – perguntou ela.

Ele riu.

– O que você acha? Não, vamos nos limitar às lojas durante o dia. Talvez um passeio pelo Circus e Royal Crescent. E mais tarde, esta noite... você gostaria de ir ao teatro?

— Sim, por favor. — Dentro de si, Meredith comemorou. Afinal, ela teria um uso para aquele vestido vermelho. — Isso soa como um dia perfeito e encantador. Sem a necessidade de purgativos ou liteiras.

Rhys nunca fora de visitar lojas. Mas, até então, ele nunca havia tido uma dama ao seu lado para mimar. Isso, o lorde aprendeu, tornava toda a experiência mais tolerável.

Eles não saíram da suíte até bem depois do meio-dia, mas cuidaram primeiro das coisas práticas. Rhys havia perguntado no hotel sobre a origem da bacia pintada em sua suíte que tanto encantara Meredith, e os dois fizeram daquele armazém do importador sua primeira parada da tarde. Lá, encomendaram conjuntos completos de bacias, jarros, penicos e espelhos.

— Quatro conjuntos — Meredith disse ao vendedor.

— Cinco — corrigiu Rhys.

— Mas por quê? — A taverneira franziu a testa para ele. — Ah, entendi. Para termos um reserva caso algo quebre?

— Faça seis conjuntos — Rhys orientou ao vendedor. — Quatro para os quartos de hóspedes... — explicou a ela. — E um para reserva e outro pra nossa casa.

— Oh. — A pequena ruga na testa dela apenas aprofundou-se. — Mas o conjunto pro chalé não precisa ser tão fino.

— Sim, precisa. — E, proibindo qualquer discussão adicional com um olhar, o lorde deu ao vendedor o endereço do hotel deles. Isso foi depois de acrescentar ao pedido um conjunto completo de porcelana e prataria para a novo salão de jantar da Três Cães.

— Vou reembolsá-lo de alguma forma — murmurou ela.

— Absolutamente não. Isso fazia parte do acordo. Eu concordei em pagar todas as despesas de construção em troca da mão de obra.

— Sim, mas a maioria não classificaria as bacias e a prataria como despesas de construção.

— Claro que são. Como um quarto de hóspedes pode ser considerado completo sem um lavatório? Qual a utilidade de um salão de jantar sem a prataria?

— Está bem — concordou ela ao sair do importador. — Mas insisto em pagar pelos tecidos com o meu próprio dinheiro.

Rhys balançou a cabeça enquanto a guiava para fora da loja. Por que Meredith discutia sobre essas pequenas despesas? Uma vez casados, todo o dinheiro deles seria conjunto.

Os dois passearam por um tempo, parando no Sally Lunn's* para tomar um refresco e provar os famosos pães. Rhys declarou-os saborosos o suficiente, mas muito inferiores aos pãezinhos de Meredith. O elogio rendeu-lhe um aceno de cabeça dela e um rubor muito bonito. No geral, o lorde estava modestamente satisfeito com seu progresso no campo do romance.

Depois, seguiram para a loja de tecidos. Lá, Meredith assumiu o comando. Uma montanha de tecidos acumulou-se no balcão enquanto ela pedia metros de tecido de linho simples, mas de alta qualidade para os lençóis, e depois fustão estampado para as cortinas. E ela insistiu em pagar por eles com seu próprio dinheiro, para frustração de Rhys.

– E para o chalé? – indagou ele.

– Oh, tem linho suficiente aqui.

– E as cortinas? – Ele acenou para um rolo de renda marfim. – Não é parecido com a renda que você gostou tanto lá no hotel?

Ela fez um som de desaprovação.

– Não seria nada prático para cortinas no campo. Elas ficariam muito sujas e rasgariam facilmente.

Rhys bateu o dedo no balcão.

– Quantos metros você precisaria para fazer um conjunto? São oito janelas no total.

Meredith deu de ombros e lhe deu um número. Ele triplicou isso em sua mente e pediu ao vendedor que cortasse aquela quantidade e começasse uma nova conta.

– Suficiente para três conjuntos – disse ele a ela. – Quando ficarem sujas, trocaremos por novas. E, quando acabarmos com as novas, será hora de outra viagem a Bath. – Para escapar da expressão desaprovadora dela, Rhys deslocou-se pelo balcão até um mostruário de vidro repleto de uma deslumbrante variedade de penas, fitas, leques e brilhantes. Quase aleatoriamente, selecionou uma variedade de coisas sedosas e cintilantes, em tantas cores quantas havia. O vendedor as embrulhou e somou enquanto Meredith acertava a conta dos tecidos.

Quando enfim ela terminou de acertar as contas e aproximou-se para ficar ao lado dele, o olhar de Meredith vagou pela deslumbrante variedade.

---

* O Sally Lunn's é o restaurante mais antigo de Bath, na Inglaterra. Inaugurado em 1860, a casa e museu histórico funciona diariamente e até hoje serve: café da manhã, almoço, chá da tarde e jantar. Lá servem o tradicional *Sally Lunn bun*, um tipo de pãozinho doce. (N. T.)

– Você está comprando lembranças para a Cora? – questionou ela. – A garota ficará tão feliz. Aquela pena lavanda vai ficar muito bem no cabelo dela.

Para *Cora?* Com esforço, Rhys engoliu um rosnado de frustração. Por que aquela mulher não permitia que ele lhe desse um pouco do gosto do luxo?

– Não são para...

A voz de Rhys perdeu-se quando notou que Meredith também havia ficado quieta. Ela olhava, com os lábios ligeiramente abertos, para um conjunto de toucador prateado no mostruário. O conjunto incluía uma escova de cabelo de cerdas de javali e um espelho de mão com gravuras, arranjados ordenadamente em uma bandeja com borda dourada.

Sem palavras, ele instruiu a atendente atrás do balcão a retirar o conjunto do mostruário.

– É lindo – Meredith suspirou, pegando o espelho de mão e virando-o para cima.

Rhys posicionou-se atrás do ombro dela. Capturando o olhar de sua dama no reflexo, ele disse:

– Poderia ser de ouro maciço e incrustado de pérolas, e ainda assim não seria tão belo quanto a mulher refletida nele. Mas, graças a Deus, algo chamou a sua atenção. – Para a moça, ele disse: – Vamos levar o conjunto.

– Rhys, não. É muito caro.

Ele arqueou uma sobrancelha.

– Não para mim.

– É lindo, mas não é o tipo de coisa que eu usaria. Só acumularia poeira.

– Então teremos uma empregada para tirar a poeira.

– Você não pode...

– Sim. Eu posso. – Apesar de todos os seus esforços para permanecer inexpressivo, o sangue dele começou a ferver. Sua gravata parecia colada na sua garganta. Abaixando a voz, ele murmurou: – É uma escova de cabelo, uma bandeja e um maldito espelho. E eu estou comprando pra você, não importa o quanto proteste. Então pare de discutir.

Meredith desviou o olhar, apertando os lábios em uma linha fina.

– Se você insiste.

Eles ficaram em um silêncio constrangedor enquanto o vendedor terminava de embrulhar as compras e Rhys acertava a conta. Depois de cuidar para que a maioria dos pacotes fosse entregue no hotel, ele virou-se para Meredith e lhe entregou o pacote contendo o conjunto de toucador. Ela agradeceu-lhe de maneira reservada e virou-se para a porta.

E tudo estava arruinado, ora bolas. Adeus às suas fantasias de passar aquela escova de prata pelos cabelos dela, arranjando-os ao redor de seus ombros e seios nus. Agora, toda vez que Meredith olhasse no espelho de mão, veria um momento constrangedor em que ele havia perdido a paciência e estourado com ela na loja de tecidos. Mais uma coisa linda e brilhante que fora capaz de manchar.

O lorde compensaria aquilo de alguma forma. Na verdade, ele começaria agora mesmo, com um pedido de desculpas.

Alcançando-a, ele a parou na rua.

— Merry, desculpe-me. Não deveria ter insistido para você aceitar um presente que não queria. Podemos devolver essa coisa agora mesmo, se quiser.

As mãos dela apertaram o pacote.

— Rhys, não é isso. Você não entende.

— Eu quero entender. Explique pra mim. — Ele gesticulou com as mãos, sem saber ao certo como formular a pergunta. — Você não tem problema em comprar coisas finas para seus hóspedes. Por que não posso lhe dar coisas finas também?

Ela suspirou.

— É difícil aceitá-las.

— Difícil? Você realiza seis tarefas difíceis antes do café da manhã.

— Bem, e você? Não o vejo comprando luxos para si mesmo.

O maxilar dele contraiu-se.

— Mas isso é diferente.

— Não, eu não acho que seja. Você também merece coisas boas, sabe. — O olhar dela fixou-se em uma vitrine atrás dele, e Rhys pôde ver o olhar dela aguçando-se em algo em particular. — Vou entrar e comprar isso pra você agora mesmo. E, se não quiser ser chamado de hipócrita insuportável, vai ficar aqui esperando enquanto faço isso, e, quando eu sair, você não dirá uma palavra além de "obrigado".

Rhys ficou lá, atônito, enquanto ela o deixava e entrava na loja. Tardiamente, ele olhou para a vitrine da loja, a tempo de ver um par de mãos removendo um conjunto de barbear masculino da exposição. Era um conjunto de qualidade. O cabo da navalha e o botão da escova de barbear eram ambos feitos de chifre, com detalhes dourados. Rhys não podia deixá-la comprar aquilo para ele. Meredith estaria gastando até o forro da bolsa.

Mas se tentasse impedi-la… ela ficaria furiosa. A pobreza *era* uma condição mais fácil de remediar do que o descontentamento de uma mulher.

Um minuto se passou, e Meredith saiu e entregou-lhe o pacote embrulhado nas mãos dele. Rhys ficou piscando para o presente. Levantando o queixo, ela o encarou com um desafio em seus olhos.

– E...?

O lorde forçou as palavras para fora.

– Obrigado.

– Viu? Não é tão fácil de dizer como parece.

– Estou fora de prática, suponho.

– Com gratidão?

Rhys limpou a emoção de sua garganta.

– Com presentes.

– Hum. – Meredith lançou-lhe um olhar significativo. Tomando o braço dele, ela disse: – Se ajuda, foi principalmente por mim. Descobri nesta manhã o quanto amo vê-lo fazer a barba.

Rhys deu uma gargalhada, lembrando-se de como ela o havia atacado na cama depois que ele terminou. Minha nossa, a coxa interna dela era como seda contra sua bochecha recém-barbeada. Suas calças apertaram só de recordar-se. Era isso! Que se danem as compras. Ele não podia esperar para estar dentro dela outra vez.

Sem hesitar, Rhys a guiou para uma guinada rápida e rumou de volta ao hotel.

– Já tivemos o suficiente das lojas por hoje.

– Uhum.

Várias horas agradáveis depois, Meredith limpou a garganta ao emergir do vestiário. Uma das moças do hotel a ajudou a entrajar o vestido de seda vermelho e a arrumar o cabelo em um elegante coque. Agora, a taverneira estava ansiosa para ver a reação do lorde.

Rhys estava em frente ao guarda-roupa, olhando para o pequeno espelho pendurado na porta enquanto amarrava a gravata. Quando ele não notou que ela pigarreava, Meredith tossiu. Alto, desta vez.

Em resposta, ele praguejou. Desfez a gravata meio amarrada e começou tudo de novo.

Não era para ser uma entrada dramática pela porta. As solas de seus chinelos novos deslizaram sobre o tapete enquanto ela cobria o espaço entre os dois. Rhys lançou um breve olhar para ela, depois voltou sua atenção para a gravata.

– Bem...? – provocou ela.

– Sim? – Rhys franziu a testa para o nó de linho refletido. – O que foi?

– Como estou?

– Linda.

– Rhys! Você mal olhou pra mim.

– Não preciso – disse ele, franzindo a testa em concentração enquanto desfazia o nó pela terceira vez. – Você sempre está linda.

– Mas... – *Mas esta será minha noite de debute na alta sociedade, e estou receosa demais de que todas as pessoas no Theatre Royal vão virar-se na hora certa, olhar para mim e logo notar que eu sou uma mulher do campo trajando o vestido descartado de uma cortesã.*

Com um rosnado de desgosto, Rhys desfez a gravata mais uma vez.

– Dedos malditos. Foram quebrados vezes demais.

– Calma. – Meredith colocou a mão no braço dele, virando-o para longe do espelho e em sua direção. – Permita-me? Se um nó simples servir, eu posso fazer. Amarrei a gravata do meu pai por anos.

Rhys fechou os olhos e suspirou com força enquanto ela enrolava e amarrava a gravata, enfiando as pontas.

– Pronto.

– Obrigado. – Seus olhos abriram-se, e o envergonhado olhar dele encontrou-se com o dela. – Você está mesmo linda, a propósito.

– Tão linda quanto tulipas? – Ela alisou as mãos sobre os ombros e lapelas dele. Mesmo que tivesse que alimentá-lo com elogios, Meredith os aceitaria. Estava desesperada por reafirmação.

– Mil vezes mais. – Ele beijou a testa dela e então ofereceu o braço. – Vamos?

Ao saírem para a rua, Meredith sentiu-se empalidecer. Ela desejou ter pensado em fortalecer-se com um pouco de coragem líquida.

– Ashworth? – A voz baixa veio de trás deles. – Ashworth, é você?

Capítulo 18

Meredith congelou. Eis que chegava seu primeiro teste social. Aquela voz suave e culta certamente não pertencia a um criado ou comerciante. Ela seria apresentada. Teria que *conversar*. E, antes de tudo isso, precisaria, de alguma forma, virar-se com aquele volumoso vestido vermelho e conseguir não se enredar em algo que lembrasse linguiças frescas.

Seguindo o exemplo de Rhys, ela deu uma meia-volta para encarar o recém-chegado. O homem alto e magro curvou-se em cumprimento. Rhys retribuiu a reverência, mais fluentemente do que Meredith teria esperado.

– Corning – disse ele. – Que prazer inesperado.

Era curioso que Meredith nunca tivesse visto Rhys curvar-se antes. Durante todo o dia em Bath, ela notou uma graça aristocrática nos movimentos dele que raramente mostrava-se em Buckleigh-in-the-Moor. Bem, e para quem se curvaria lá? Ele era o lorde. Todos em Buckleigh-in-the-Moor deveriam curvar-se a *ele*.

Foi naquele momento, vários segundos atrasados de como se pede a etiqueta, que Meredith lembrou-se de fazer uma reverência. Droga, droga e droga.

– De fato inesperado – disse Corning. – Não sabia que você estava em Bath.

– Eu também não – respondeu Rhys. – Até a noite passada.

Todos ficaram ali, em um momento constrangedor, olhando um para o outro. Meredith observou o luxo discreto das vestimentas do homem. Naquela manhã, o casal havia passado por uma loja de tecidos; então ela sabia quanto custava aquele tecido fino. Sabia que aquela alfaiataria de qualidade era ainda mais cara.

Por sua vez, o olhar curioso e um tanto horrorizado do recém-chegado passou rapidamente pelo vestido de seda vermelho de Meredith.

Oh, céus. Ela *sabia* que devia parecer uma cortesã.

Contrabalanceando seu peso, Rhys passou um toque protetor sobre as costas dela.

– Senhora Maddox, de Devonshire, permita-me apresentar-lhe Lorde Henry Twill, o Visconde Corning. Eu servi com o irmão mais novo dele em Portugal.

Oh, céus. Ele devia ser filho de um duque. O homem inclinou a cabeça, e Meredith fez outra reverência, desta vez mais profunda. Pensamentos de pânico turbilhavam em sua mente. Palavras grudavam na língua dela. Como deveria dirigir-se de forma apropriada ao filho de um duque, afinal? Como "Vossa Graça" ou "milorde"?

Por fim, Meredith não conseguiu dizer nada. Como compensação, forçou um sorriso fraco.

– Senhora Maddox, não é?

Ela assentiu em silêncio. Era uma tola. Parecia que tudo o que pudesse dizer a incriminaria como uma fraude, mas, no final, seu silêncio fez a confissão por si só.

– Encantado. – O tom dele comunicava tudo, menos isso.

Qualquer leve grau de interesse que o homem havia demonstrado por ela esfriou instantaneamente. Ele apontou o olhar, e era como se Meredith tivesse deixado de existir. Por um acordo mútuo e não verbal, os dois despediram-se de Lorde Corning logo em seguida.

Que desastre. Meredith se perguntava se algum dia poderia mover-se entre tais pessoas sem se sentir uma impostora. Se ela se casasse com Rhys e viesse a ser Lady Ashworth, ela supôs que teria que aprender a fazer isso. Mas não se sentia à altura do desafio naquela noite.

– Sabe… – arriscou ela. – Não tenho certeza de que estou mesmo com vontade de ir ao teatro. Você ficará decepcionado se não formos?

Rhys a olhou, como se tentasse avaliar a sinceridade dela.

– De modo nenhum – disse ele. – Você quer voltar para o hotel?

– Por que não caminhamos um pouco? Há tanto de Bath que ainda não vimos.

– Muito bem. Vamos em direção ao rio?

Meredith assentiu, colocando o braço no dele, juntos o casal caminhou pela avenida. Lentamente, em deferência às saias de Meredith.

– Desculpe-me por há pouco, com o Lorde Corning.

– Oh, não se preocupe. – Ela mordeu o lábio, constrangida pelo fato de Rhys também ter notado o tratamento do cavalheiro para com ela. – Não foi sua culpa.

Ele ficou em silêncio por um momento, como se estivesse debatendo se deveria tomar o comentário dela como perdão ou um convite para uma discussão mais aprofundada.

– É difícil, às vezes, para homens como ele me cumprimentarem. Eu entendo; não pode ser evitado. Quando Corning e eu nos cruzamos, é natural que se lembre do irmão que ele perdeu. Posso ver isso nos olhos dele quando me olha. Ele se pergunta por que um homem como eu sobreviveu e o irmão dele não. – Rhys suspirou pesadamente. – É uma pergunta que não posso responder. Não há resposta satisfatória.

– Espere um momento. – Meredith desacelerou, puxando o braço dele. Eventualmente, os dois pararam. – Você está dizendo que acredita que o constrangimento de Lorde Corning naquele encontro era em relação a *você*?

– Mas é claro. O que mais seria?

– Oh, seu homem tolo! – Meredith riu. – Ele pensou que havia interrompido você com sua dama da noite.

Rhys a encarou como se ela tivesse enlouquecido.

– Não, ele não fez isso.

– Rhys, eu vi como ele olhou pra mim. O homem me descartou como se eu fosse uma criada.

O lorde apenas balançou a cabeça e continuou caminhando. Após alguns minutos, ele disse:

– Você o viu como desaprovador de você. Eu pensei que ele estava desaprovando a mim. Engraçado, não é?

Não era apenas engraçado, mas reconfortante. Por que Meredith não havia percebido aquilo? Rhys também se sentia um impostor ali. Ela deveria ter reconhecido isso mais cedo, pela maneira como lutava com sua gravata. Ele estava nervoso, assim como ela.

Inclinando a cabeça para o céu crepuscular, ela refletiu:

– Sabe o que eu acho? Tenho a sensação de que aquele olhar carrancudo no rosto de Lorde Corning não tinha nada a ver com nenhum de nós. Talvez ele tivesse acabado de provar algo desagradável. Ou, mais provável, seu purgativo estava fazendo efeito em um momento muito inoportuno.

Os dois riram juntos e continuaram passeando pela rua repleta de lojas.

– Para onde devemos ir? – ele perguntou. – Você quer ver o Orange Grove?

– Ah, vamos. Eu adoro laranjas.

– Não há nenhuma lá. O parque é nomeado em homenagem a William de Orange, não a fruta. Não há laranjas. Nem muito de um bosque, para ser honesto.

– Ah. Claro. – Ela ficou em silêncio, sentindo-se estúpida.

– Mas... – continuou ele. – Com certeza há laranjas em algum lugar. E, se você as adora, você as terá. Vamos caminhar até os Jardins de Sydney.

– E lá tem jardins de verdade? Ou vou revelar minha ignorância novamente?

– Jardins de verdade, sim. – Ele inclinou a cabeça e abaixou a voz: – Jardins de *prazer*.

A pulsação dela respondeu rapidamente àquela promessa e acelerou ainda mais enquanto caminhavam pela Ponte Pulteney, lotada de vendedores e lojas.

Como previsto, logo encontraram uma garota vendendo laranjas. Rhys comprou três, colocando uma em cada bolso e jogando a terceira para ela. Meredith segurava a fruta exótica entre as mãos enquanto caminhavam, ocasionalmente levantando a laranja até o nariz e respirando profundamente.

Ela carregou aquela laranja em suas mãos enluvadas enquanto atravessavam a ponte e paravam para admirar as grandes casas em Laura Place. Pouco depois, alcançaram os próprios Jardins. Lá havia ainda mais grandiosidade para ser vista. As ruínas antigas de um castelo, que Rhys informou-lhe não serem realmente antigas, mas uma construção moderna. Um campo de bocha e um labirinto, e, claro, todas as pessoas da elite caminhando para lá e para cá. Penas balançavam na brisa perfumada enquanto um grupo de matronas aproximava-se. Mais de uma lançou um olhar curioso para Meredith e Rhys, e um murmúrio de fofoca elevou-se enquanto passavam.

Eis que aquele momento desconfortável chegava outra vez, em que eles ficavam em silêncio. Meredith supôs que tanto ela quanto Rhys estivessem suspeitando que a desaprovação das senhoras era reservada individualmente para cada um deles.

– Estou ouvindo música – disse ela. Porque, embora não estivessem falando, uma mudança de assunto parecia bem-vinda.

– Há concertos, na maioria das noites. – Ele pausou um pouco antes de perguntar: – Você gostaria de assistir?

– Não – respondeu ela, rapidamente. – Não, vamos apenas passear um pouco.

Os dois caminharam sem rumo até encontrarem uma ponte tranquila e pitoresca com vista para um canal. Lá pararam, ouvindo os sons distantes da orquestra flutuando entre as árvores. Sozinha com Rhys, ela sentiu-se mais segura.

Rhys olhou para a laranja que ela ainda carregava.

– Não quer comê-la? – Quando Meredith hesitou, ele fez um sinal para ela. – Dê-me aqui. Eu descasco pra você.

Ela entregou a laranja a ele, e Rhys mordeu a casca para fazer uma abertura. Meredith observou enquanto ele retirava a fruta segmentada de dentro com todo o cuidado, removendo cada pedaço de casca e membrana, jogando os pedaços no canal. Observá-lo a fez lembrar-se do primeiro café da manhã que compartilharam e da maneira como ele equilibrava um ovo em seus dedos grandes e fortes. Sua boca salivou de antecipação. Ela tirou suas luvas. O aroma da laranja ficava cada vez mais forte, e talvez fosse apenas imaginação dela, mas as distantes notas da música pareciam ficar mais melódicas e mais doces. Os jardins de prazer começavam a fazer jus ao nome.

Dividindo a fruta com os dedos, Rhys ofereceu-lhe metade. Ela aceitou, separando uma parte e colocando-a na boca. O sabor cítrico e suculento da laranja inundou a língua dela, e Meredith emitiu um gemido involuntário.

Lado a lado, com os cotovelos apoiados no corrimão, os dois permaneceram ali. Duas pessoas que nunca pertenceriam à multidão, felizes por pertencerem uma à outra. Comendo uma laranja em silêncio e felizes, até que a fruta acabasse.

Meredith lambeu os lábios. Eles estavam com gosto de laranja, doce e ácido com apenas um toque de casca amarga. Ela perguntou-se se os lábios dele teriam o mesmo sabor. Mas, mesmo trajando um vestido de cortesã, ela não era ousada o suficiente para beijá-lo em um parque público.

– Outra? – perguntou ele, tirando uma segunda laranja do bolso.

Ela assentiu e estendeu a mão.

– Deixe-me, desta vez.

Ao levá-la à boca, Meredith reconsiderou. Pareceria pouco feminino, talvez, morder a casca como ele havia feito. Em vez disso, ela enfiou a unha para separar a casca. Mas pressionou com muita força. O suco explodiu, espirrando em sua mão. Ela soltou a laranja, e lá se foi a fruta. Para baixo, no canal, encontrando seu fim poético com um espetacular espirro.

– Oh! – Com as mãos pegajosas e congeladas na frente dela, Meredith inclinou-se contra o corrimão. – Sinto muito. Que desperdício.

– De modo nenhum. – Rhys pegou a mão suja dela e a levou até os lábios.

Para um observador casual, deve ter parecido a coisa mais inocente imaginável: um cavalheiro beijando castamente a mão de sua dama. O observador casual teria sido enganado. E de modo pecaminoso.

Pressionando os lábios entreabertos nos nós dos dedos dela, Rhys lambeu cada um. Depois, sua língua traçou as sensíveis costuras entre os dedos de Meredith. Cada passada furtiva enviava um raio de eletricidade atirando em suas coxas, enrolando-se no espaço entre elas. Depois de terminar os nós dos dedos, o lorde virou a mão dela com a palma para cima e inclinou a cabeça.

– Rhys... – sussurrou ela. – Há pessoas por perto.

Ele ignorou, levando a mão dela ao rosto e enroscando os dedos dela sobre sua bochecha, de modo que parecesse para quem passasse que Meredith estava acariciando o rosto dele. Enquanto isso, sua língua fazia coisas pecaminosas, traçando as linhas da palma dela e amando o pulsar delicado no pulso dela. Os mamilos de Meredith endureceram, e sua genitália ficou muito macia.

E, justo quando pensou que não poderia ficar mais excitada por um beijo na mão, Rhys provou que ela estava errada.

Ele chupou o polegar dela com sua boca.

Meredith quase gritou; foi por pouco. Mas seus olhos a prendiam, proibindo-a de fazer um som enquanto ele girava a língua em círculos insidiosos, depois puxava com uma sucção deliciosa e derretia os ossos. Seus cílios tremularam e a respiração dela acelerou. Uma fraqueza súbita nos joelhos a fez agarrar o corrimão com a outra mão e inclinar seu peso em direção a ele.

Enfim, ele devolveu a mão dela. Ele disse simplesmente:

– Pronto. Nada foi desperdiçado. Vamos voltar? – E ofereceu-lhe o braço.

Ainda atordoada pelo beijo dele, Meredith o aceitou com gratidão.

– Não tenho certeza de que me lembro de como andar agora. – Lambendo os lábios, ela acrescentou: – Ainda há outra laranja, não há?

– Oh, sim. Estou guardando-a. – Ele inclinou-se para sussurrar no ouvido dela. – Vou acabar com você mais tarde.

Bem, agora Meredith perdeu completamente a coordenação. Por sorte, Rhys era alto, forte e estável, e a manteve bem perto.

– Estamos *em* Bath – disse ele enquanto atravessavam de volta o Rio Avon. – Parece que pelo menos deveríamos passar pelas termas romanas e seu Pump Room. Ficam no nosso caminho de volta para o hotel.

Meredith não conseguia imaginar por que ele desejaria prolongar o caminho de volta, mas ela disse:

– Se você quiser.

Eles caminharam alguns quarteirões ao longo da margem do rio. O leve odor de enxofre chegou às narinas dela enquanto aproximavam-se de um grandioso edifício de pedra com janelas de vidro e muitos degraus.

– O Pump Room – anunciou ele. – Você não pode ver aqui da rua, mas as termas estão logo ali, ao lado do grande salão.

– Que imponente. Mas imagino que esteja fechado agora à noite.

– E está. – Rhys lançou-lhe um olhar conspiratório. – Para a maioria das pessoas.

Capítulo 19

O guarda noturno era um homem do exército. Rhys logo reparou nisso pela maneira como ele patrulhava, marchando para frente e para trás com toda a rapidez, virando-se a toda velocidade ao final de cada passagem. Ele apresentou-se como Tenente-coronel St. Maur, recentemente Lorde Ashworth, e a devida deferência foi prestada. Após alguns minutos de reminiscências e perguntas educadas sobre a família do ex-soldado, Rhys apenas teve que dar a dica.

– Minha senhora aqui... – Ele inclinou a cabeça na direção de Meredith. – ... está ansiosa para dar uma olhada nos banhos, mas estamos programados para deixar a cidade logo cedo amanhã. Será que você poderia nos ajudar a...

Um piscar de olhos, um sorriso e um tilintar de chaves... e ele e Meredith estavam lá dentro.

Sozinhos.

– É bastante misterioso à noite, não é? – A voz dela ecoou pela colunata de pedra enquanto caminhavam pela borda da piscina retangular. A colunata era coberta, mas a própria água estava livre para o céu noturno. Acima deles, a lua e as estrelas trabalhavam em conjunto para iluminar o espaço, desimpedidas pelas nuvens e difusas pelo vapor da fonte termal.

Embora fosse impossível ver do outro lado da piscina até a outra extremidade da colunata, Rhys podia ver Meredith claramente, e isso era tudo o que lhe importava. O vapor encaracolava as mechas de cabelo nas têmporas dela e alisava os vincos de seu vestido. Também embaçava sua tez pálida, e as fortes curvas de seu rosto tinham o brilho do alabastro, esculpido e polido até reluzir.

Ela caminhava ao redor do perímetro do banho mineral, deixando as pontas dos dedos, sem luvas, roçarem cada coluna ao passar.

– Então este é o coração de Bath.

– Sua *razão de ser* – confirmou ele.

– Pessoas abastadas viajam de toda a Inglaterra para vir aqui, gastam somas incalculáveis em quartos alugados e divertimentos, tudo para estar perto desta bacia de água malcheirosa. Incrível.

– Não é só pelas águas.

– É claro que não. É pela alta-costura. Pela sociedade. A promessa de saúde e o encanto de uma lenda pagã. Eu li que os romanos tinham um templo para Minerva aqui.

– Que tal um banho? – perguntou ele.

Ela franziu o nariz.

– Aqui?

Rhys assentiu, passando um dedo pela curva do ombro dela.

– Não tem ninguém olhando. – Um banho ao luar, privado, em uma fonte antiga? Se isso não era romântico, Rhys não sabia o que era.

– Obrigada, mas não – disse ela, firmemente. – Não trouxemos toalhas conosco, e o cheiro é horrível. Não quero voltar pra Devonshire cheirando a ovos podres. Além disso, os enfermos ficam lá o dia todo, não é? É... é como um caldo de doença.

Bem, então. Com ela colocando daquela maneira... não era nada romântico, afinal.

Ele pigarreou:

– Vamos embora?

Ao saírem dos banhos, ela disse:

– Por favor, não fique ofendido. Muito obrigada por me mostrar este lugar. Fico feliz em ter visto. E adoro tomar banho com você, como bem sabe. Eu só prefiro a banheira do nosso hotel. Ou o lago em nosso lar.

Ela parou de repente na rua, ofegante.

– Mas é isso. O lago é como uma piscina natural. Claro, essa é a resposta.

Rhys não fazia ideia do que envolvia seu pequeno estalo de inspiração, mas, enquanto ela ficava quieta para pensar, ele aproveitou a oportunidade para admirá-la. A maneira adorável como sua testa se franzia em concentração. O pequeno movimento rápido de seus dedos enquanto faziam cálculos apressados. A empolgação ofegante em seu modo de ser. Ele conhecia os sinais. Seja lá o que fosse que Meredith estivesse planejando, devia ter algo a ver com a estalagem.

Uma realização instalou-se em seu íntimo. Era sempre a estalagem. Ela vivia por aquele lugar. Trazia problemas e trabalho árduo, sim. Mas também lhe trazia alegria. Todo esse tempo, Rhys presumira que, uma vez superada a cautela inicial dela, Meredith aceitaria de bom grado as vantagens de casar-se com ele. Mas agora se perguntava... se ele lhe oferecesse uma verdadeira escolha entre os dois, ele teria alguma chance?

Meredith cruzou a rua até ele e, quando voltou a falar, seu rosto inteiro brilhava por dentro. Como uma pequena lua redonda flutuando na escuridão.

– É o lago, você não vê? Temos uma fonte própria em Buckleigh-in-the-Moor. Uma com água que flui fresca e doce, não malcheirosa e revoltante. E temos um lugar natural para banho, muito mais pitoresco do que um banho romano. Céus, temos nossas próprias ruínas. Não precisamos construí-las, como fizeram para os Jardins.

Ela passou o braço pelo dele e o puxou, continuando com seu fluxo constante de planos.

– Naturalmente, a vila nunca poderia ter o apelo da moda ou cultural de Bath, mas talvez possamos estilizá-la como uma espécie de estância. Só precisamos divulgar as águas e seus benefícios para a saúde. E inventar algum tipo de lenda pagã para Darryl contar.

– Não existe uma já? Pensei que cada canto e recanto do pântano tivesse uma história relacionada a ele.

– Verdade – assentiu ela. – Mas a maioria delas é assustadora. Todas sobre bruxas e maldições e...

– Fantasmas vivos? – Todo brincalhão, ele beliscou a cintura dela e sussurrou: – *Buuu!*

Ela sorriu.

– Não, estou falando sério. O que devemos fazer é começar com um conto clássico, mas adaptá-lo ao nosso propósito. Você teve toda aquela educação em Eton. Quais são as lendas sobre piscinas naturais e lagos? Românticas, não do tipo macabro.

Rhys pensou por um momento.

– Você quer algo arturiano e medieval? Sempre tem a Dama do Lago.

– Isso não serve. Por que as pessoas iriam querer banhar-se em um lago com uma mulher enrugada e encharcada espreitando no fundo? Ela poderia agarrar os tornozelos deles.

– Eco e Narciso? – sugeriu ele.

– Como é essa história?

– Não sou um contador de histórias como Darryl. Eu acho que nem me lembro direito.

Ela apertou o braço dele.

– Faça o seu melhor.

– Bem, pelo que eu me lembro, Narciso era um sujeito bonito. Belo, diziam, e muito vaidoso. Ele passava todo o seu tempo olhando para o próprio reflexo em um lago. E Eco, que era uma ninfa, estava apaixonada por ele, ao que suponho. Mas ela estava ligada a uma maldição ou algo assim, e não tinha palavras próprias. Ela só podia repetir o que os outros diziam a ela. Então ele sentava-se ao lado do lago, e Eco apenas ficava atrás dele, adorando-o em silêncio. Até que um dia, Narciso disse ao próprio reflexo "eu amo você", e Eco enfim pôde dizer "eu amo você" para ele.

– E o que aconteceu?

– O tolo vaidoso nunca a notou. Ela consumiu-se até restar apenas um eco de sua voz. E Narciso olhou para o próprio reflexo até enlouquecer de frustração e esfaquear-se. – Rhys deu uma risada.

Meredith não. Ela não disse nada por um bom tempo.

Eles dobraram a esquina, e o caminho ficou mais sombrio. A noite já ia alta, e eles estavam sozinhos. Ela agarrou o braço dele na escuridão.

– Merry? Você está bem?

– Eu costumava observar você.

Os dois pararam de andar.

– Eu costumava observar você – repetiu ela, virando-se para ele aos poucos. Primeiro a cabeça, depois o corpo. Enfim, ela ergueu o queixo e o olhou no rosto.

– No lago. Quando eu era menina. Eu costumava segui-lo em segredo e me esconder atrás das rochas.

– O quê? – Rhys sentiu como se tivesse perdido o fôlego. Ele estava atordoado. – Por que você faria isso?

– Estava errado, eu sei. – As palavras dela saíam apressadas. – Não deveria ter feito isso. Mas eu era jovem e... e curiosa.

Curiosa? Uma raiva cresceu dentro dele. A mesma de sempre, aquela de quando se levantava de um golpe.

Segurando-a pelo cotovelo, Rhys a puxou para um recanto escuro onde uma pequena escadaria encontrava a rua.

– O que exatamente você viu?

– Você. – Meredith engoliu em seco. Seu lábio tremia. – Você inteiro.

O coração dele parou por um momento, até que seu juramento feroz o trouxe de volta a vida.

Aquele lago fora seu refúgio após cada surra. Seu único lugar seguro. Lá ele examinava os danos em seu corpo, acalmava as feridas com a água fria da nascente, tentava se limpar do sangue e da vergonha. E pensar que alguém o estava espionando das rochas esse tempo todo? Isso revirava seu estômago. Rhys estivera nu, de todas as formas. Vulnerável. Todas aquelas contusões roxas e feridas cruas e irritadas... ela as tinha visto. Meredith vira todas.

Levou anos para cobrir todas as feridas que seu pai havia lhe causado. Ele se curou de algumas e escondeu o resto sob outras cicatrizes, mais recentes. Ou, pelo menos, pensou que tinha escondido. Mas não. Meredith tinha visto todas. Cada uma. Mesmo as que Rhys mesmo não poderia ter visto.

Além daquela humilhação, ele era um adolescente com impulsos masculinos naturais, desesperado por um momento fugaz de prazer...

Maldição. Então foi assim que Meredith descobriu que ele favorecia a mão esquerda. Rhys respirou fundo e engasgou com o ar.

– Não posso acreditar nisso.

– Rhys, por favor.

Ele virou-se, enojado. Enjoado dela, em certa medida. Mas mais de si mesmo. Rhys realmente sonhara que Meredith se casaria com ele? De livre e espontânea vontade? Mesmo mulheres que não tinham testemunhado tal vergonha eram repelidas pelo toque dele.

Rhys puxou o lenço do pescoço, soltando-o da garganta. O ar parecia muito espesso para respirar. Ela sabia. Meredith sabia de tudo.

– Por favor. – A taverneira agarrou a manga dele e colocou a outra mão em sua bochecha, puxando-o para olhá-la. Rhys virou a cabeça, mas ainda não conseguia suportar encontrar os olhos dela. – Me desculpe – pediu ela, a voz embargada. – Foi terrivelmente errado da minha parte, e agora eu sei disso. Mas eu o seguia por todo o lugar. Não conseguia evitar. Você era forte e selvagem e sempre em movimento, e tudo que eu desejava ser, e... eu estava fascinada por você. Apaixonada, pra dizer a verdade.

Uma risada de escárnio presa na garganta dele.

– Apaixonada.

– Sim – respondeu ela, a voz se fortalecendo: – Sim. Eu o adorava. Era louca por você. Deus me ajude, eu ainda sou.

Meredith deslizou ambas as mãos para o rosto dele e puxou sua cabeça para baixo, dando um beijo no maxilar, depois no canto de sua boca. Depois nas bochechas dele. E então em cada um de seus olhos fechados, um de cada vez. As próprias mãos dele permaneceram cerradas em punho ao lado do corpo. Parte de Rhys ansiava pela proximidade, mas ele não confiava em si mesmo para tocá-la.

– Por favor – sussurrou ela, pressionando a bochecha contra a dele. – Por favor, não tenha vergonha. E não fique bravo comigo, eu não suportaria. Sinto muito. Eu era uma menina tola, com os sonhos bobos de uma garotinha. Eu só queria estar perto de você, de qualquer forma que eu pudesse.

Meredith beijou os lábios dele. O desejo reverberou por sua espinha.

– Rhys – sussurrou ela, deslizando os braços ao redor do pescoço dele. – Eu não pude evitar. Era tal como na história. Você era tão lindo.

Ela encostou a testa no queixo dele. Rhys sentia a respiração dela sobre seu pescoço. Rápida e quente, como se Meredith estivesse com medo, ou excitada, ou ambos. Da parte dele, definitivamente ambos. Seu peito subia e descia a cada respiração ofegante.

Rhys não tinha mais segredos. Nenhuma defesa. Não lhe restava nada, exceto aquela dor vasta, escura, vazia e infinita que residia nele desde que podia se lembrar. Uma escadaria sem fim, levando para baixo, para o fundo frio e sombrio de sua alma. Agora, enfim, ele havia chegado ao fundo. E lá estava ela, parada. Ela sempre esteve lá.

Ele a amaldiçoou. Ele a abençoou. Ele precisava dela. Já.

– Eu quero você. – As palavras rasparam da garganta dele. – Aqui.

– Sim.

O suave sibilar daquela palavra deslizou sobre sua pele. Ele cerrava os punhos na lateral do corpo, lutando com suas emoções.

– Não posso ser gentil.

– Eu não me importo. – Meredith ergueu o rosto para ele. – Apenas seja rápido.

E, assim que fizeram o acordo para se unirem, eles se separaram. Cada um deu um passo para trás e começou a lutar contra suas próprias roupas. Porque essa era a maneira mais rápida.

Rhys lançou um olhar por cima do ombro enquanto arrebentava o fecho de sua calça e soltava as presilhas de sua roupa íntima. Não havia ninguém na rua. Mesmo que houvesse uma multidão de espectadores, o lorde não tinha certeza se poderia parar. A necessidade de estar dentro dela era tão intensa e primal quanto qualquer outra que já tivesse conhecido.

Quando se virou de volta, Meredith tinha suas saias e anáguas levantadas acima dos joelhos, apenas o suficiente para que ele pudesse vislumbrar as fitas de suas ligas e a pele branca como leite acima. A coxa interna dela tremia. Perversamente, Rhys queria mordê-la ali.

Mas não havia tempo para isso.

– Apresse-se – sussurrou ela, encostando-se na parede e convidando-o com o movimento dos quadris.

Rhys libertou sua ereção e conheceu um momento do ar frio noturno antes de encontrar o calor dela o esperando. Levantando-a pelos quadris, o lorde a penetrou em sua apertada bainha. Mais uma e outra vez, mergulhando um pouco mais a cada investida, sentindo o corpo dela dar-lhe mais, e mais, mas ainda não o suficiente. Ele trabalhou com mais intensidade, perfurando-a com estocadas insistentes, determinado a penetrá-la tão profundamente quanto pudesse. Ainda assim não se comparava a como Meredith o havia invadido.

– Mais – rosnou ele. – Aceite tudo.

Com as palavras dele, Meredith se desfez. Os dentes dela rasparam o tendão do pescoço dele enquanto ela abafava um grito de êxtase. Seus músculos íntimos apertaram-se, tornando o caminho ainda mais difícil, mas elevando o prazer a um grau inimaginável. E Rhys continuou empurrando, ultrapassando a resistência requintada, até que afundou até a raiz.

Ah, céus. Tão bom. Tão bom.

– Pare… – sussurrou ela, freneticamente. – Tem alguém…

Ele congelou. Passos leves ecoavam pela rua de paralelepípedos, cada vez mais altos. Cada vez mais perto.

Rhys a pressionou no canto mais distante, protegendo o corpo dela com o dele. Com suas roupas escuras, os dois iriam se fundir nas sombras e permaneceriam despercebidos. Assim o lorde esperava. A respiração combinada deles era um rugido abafado em seus ouvidos, e seu coração batia alto contra o dela. Ele só podia ficar imóvel e rezar para que sua paixão não fosse audível da rua.

Enquanto isso, os últimos tremores de seu êxtase acariciavam seu despertar, levando-o a um pico insuportável de tensão. Nada ajudava na causa do silêncio.

Quando os passos enfim se afastaram, as pernas de Rhys tremiam de necessidade. Ele retirou-se e penetrou novamente.

Doce misericórdia. Isso era o êxtase.

A interrupção forçada havia intensificado cada sensação. Não apenas intensificado, tinha multiplicado. Nesse espírito, Rhys dobrou o ritmo, movendo-se nela com abandono. A base de sua espinha formigava em antecipação. Tão perto. Tão perto.

Um grito rouco escapou do peito dele enquanto o prazer explodia dentro do lorde, turvando sua visão e expulsando tudo o mais.

Ele desabou contra o peito dela, prendendo-a contra a parede. A pura alegria fervilhava e zumbia em partes improváveis de seu corpo. O dedo rígido. O joelho esquerdo dele machucado. O peito cicatrizado e ferido que cobria seu coração batendo descontroladamente. Por esse momento abençoado, o prazer era tudo o que Rhys conhecia.

– Merry, eu... – As palavras falharam. Ele apenas ficou lá, ofegante no cabelo dela, apenas esperando que ela lhe dissesse o que viria a seguir. Porque, minha nossa, ele não sabia mais.

– Pergunte-me – sussurrou ela no ouvido dele. Rhys podia sentir um sorriso na voz dela. – Saiba que eu não acredito em destino, ou sina, ou qualquer outra coisa além do que está entre nós, aqui e agora. Então, agora peça-me em casamento.

Oh, céus. Enquanto Rhys inspirava profundamente, o perfume de jasmim dela permeava todo o seu ser. Ele podia saborear o néctar doce de Meredith em sua língua. Tudo isso poderia ser dele, tão facilmente.

E ele estava prestes a fazer a coisa mais tola de sua vida.

– Eu vou. – Ele limpou a garganta e afastou-se para olhá-la nos olhos. – Mas preciso lhe dizer algo primeiro.

Capítulo 20

— Você precisa me dizer algo? – Meredith sentiu seu sorriso transformar-se em um sorriso bobo, esticando as bochechas.
– Sim.
Por favor, pensou ela. Por favor, deixe que seja *eu amo você*. E então, assim como Eco, ela poderia dizer-lhe essas palavras de volta. Não apenas uma vez, mas cem vezes. *Eu amo você, eu amo. Sempre amei você. Eu vou amá-lo tanto e abraçar você tão forte, eu vou fazer tudo ficar melhor. Cada instância de dor será esquecida, e a partir deste momento, você só conhecerá a felicidade.*

Mas, conforme o silêncio se prolongava, Meredith sentiu seu sorriso desaparecer.
– Há mais de três palavras envolvidas?
O lorde suspirou.
– Definitivamente.
Os olhos dele estavam tão sérios e perturbados. Rhys parecia ter perdido completamente a dica esperançosa dela. O que, nesse caso, deveria ser o melhor.
– Ah. – Ela tornou-se subitamente consciente da pedra pressionando-a contra a lâmina do ombro. – Então… posso abaixar minhas saias?
– Sim, claro. Desculpe-me.
Rhys retirou-se do corpo dela e se recompôs, abotoando as calças às pressas. A gravata era uma causa perdida. Ele o amassou e enfiou no bolso, onde compartilhava o espaço com aquela última laranja. Meredith sentiu, com uma triste e súbita certeza, que eles nunca a comeriam.
Ela sacudiu saias e as alisou.

– Vamos caminhar – disse ele. – É mais fácil conversar assim.

Rhys a pegou pela mão e a levou para fora das sombras. A rua estando deserta, os dois desfilaram pelo centro a um ritmo majestoso. Um desfile de dois. O coração dela servia como o tambor retumbante.

– Depois do que você me contou, antes... – Ele esfregou o pescoço com a mão livre. – Imagino que saiba que meu pai e eu... Bom, não nos dávamos bem.

O eufemismo era tão grande, tão absurdo. Ela teve que conter um riso incrédulo.

– Sim. Eu sei que ele batia em você. Com regularidade. Severamente. – Da parte dela, Meredith não ia suavizar as palavras. Se Rhys queria falar sobre isso, eles iam *falar* sobre isso. Ele estava mantendo o silêncio por tempo demais. – Até aquele último verão – acrescentou ela, suavemente. – O que fez ele parar?

– Eu cresci demais. Voltei de Eton uns dez centímetros mais alto e doze quilos mais pesado do que quando parti.

– Eu me lembro.

Rhys a olhou de soslaio, como se questionasse por que ela deveria ter notado tal coisa. Ela deu de ombros. Como poderia não notar?

– Voltei pra Nethermoor naquele verão... – contou ele. – ... e pela primeira vez eu estava mais alto do que meu pai. Era mais jovem que ele, e mais saudável também. Nós dois sabíamos que eu poderia vencê-lo em uma luta justa. Então, na vez seguinte que ele tentou me mandar para o porão... Eu apenas fiquei em pé e disse: "Não. Nunca mais". E foi o fim disso tudo.

Ela agarrou o braço dele.

– Isso foi muito corajoso da sua parte.

– Foi estupidez, isso o que foi. Ele estava enfurecido, e a fúria não tinha saída. Uma noite, algumas semanas depois, voltei de um passeio e o encontrei nos estábulos. Meu pai estava em frenesi, chicoteando uma égua sabe-se lá por qual motivo. Os cavalariços estavam impotentes para detê-lo. O seu pai não estava por perto.

O corpo inteiro dela se tencionou. E Rhys notou.

– Imagino que saiba para onde essa história está indo.

Meredith assentiu. Uma náusea espessa acumulou-se no fundo do estômago dela.

– Eu lutei contra meu pai – continuou ele. – E na briga derrubei o lampião no palheiro. Foi assim que o incêndio começou.

Oh, não. Não, não, não. Era o pior medo dela tornando-se realidade.

Meredith parou abruptamente e virou-se para ele, com os olhos arregalados e ardendo com a fadiga das lágrimas. Ela desejou poder fechá-los e apenas dormir. Fingir que aquela conversa não estava acontecendo.

– Mas... – A palavra fugiu de seus lábios trêmulos.

– Sim. – Ele suspirou pesadamente. – Você sabe como foi daí em diante. Os cavalos... a maioria morreu. Mortes horríveis, agonizantes. Seu pai ficou aleijado tentando salvá-los. A propriedade inteira foi perdida, mergulhando a vila em depressão econômica. E não passou um dia nos últimos quatorze anos que eu não tenha pensado naquela noite. Sonhado com ela. E desejado ter morrido em vez disso.

– Oh, não. – A mão dela foi à boca. – Você não pode se culpar assim.

Que bobagem dizer isso. Obviamente, ele podia. E tinha feito isso, por todos esses anos. A compreensão apertou o coração dela com força. Meredith não conseguia respirar.

Rhys balançou a cabeça.

– Eu não deveria ter lutado com ele. Meu pai queria bater naquele cavalo. Deveria ter deixado ele me bater. Eu já tinha aguentado inúmeras surras dele ao longo dos anos. Se tivesse aguentado só mais uma, nada disso teria acontecido.

– Como pode dizer uma coisa dessas? Esse incêndio, foi... foi um acidente. Não foi sua culpa, Rhys.

– Eu não acredito em acidentes. E pouco importa se assumo a culpa ou não. A responsabilidade é minha, o dever de consertar as coisas. Eu sou Lorde Ashworth agora, por mais que tenha rezado para nunca herdar esse título.

– Eu... – Uma onda de tontura a desequilibrou. – Acho que preciso me sentar.

Rhys a levou até uma pequena fileira de degraus que levavam a um estreito patamar e a incentivou a sentar-se no degrau mais alto.

Então ele ajoelhou-se diante dela.

– Não suportaria esconder isso de você – disse ele. – Você merece saber a verdade. E eu preciso que saiba. Se você se casar comigo...

A voz dele se perdeu. Meredith foi atingida pela significância do que Rhys acabara de dizer. Pela primeira vez, ele usou a palavra *se*.

– Se você se casar comigo – repetiu ele, lentamente –, vai acordar todas as manhãs ao lado do homem responsável pelas lesões do seu pai, pelo sofrimento da vila e pelos seus próprios anos de trabalho e sacrifício. Preciso saber se você pode conviver com isso. – Ele ergueu a mão aberta.

– Não me responda agora. Pense bem antes de decidir. Você estava certa. Eu lhe devo isso, oferecer a você uma escolha real.

Suas mãos grandes envolveram as dela, que estavam dobradas no colo.

– Eu juro, se me der uma chance, consertarei tudo. – Sinceridade soou na voz dele. – Eu juro a você diante de Deus, cuidarei do seu pai pelo resto dos dias dele. Garantirei que os moradores da vila nunca passem fome. E dedicarei toda a força do meu corpo e toda a determinação da minha alma ao propósito de fazê-la feliz. Tudo o que lhe peço é uma chance.

Meredith engoliu em seco, tremendo de emoção.

– Eu preciso disso, Meredith. Preciso consertar as coisas, ou não sei como continuarei. – Seus olhos fecharam-se apertados. – Por favor, case-se comigo.

Uma lágrima escorreu pelo rosto dela. Senhor, aquilo era terrível. E não da maneira que Rhys acreditava. Mesmo que ele tivesse derrubado aquele lampião, Meredith nunca o consideraria culpado pelo incêndio, nem por qualquer uma de suas consequências. Mas poderia realmente consentir em se casar com Rhys sabendo que ele via o casamento deles como uma espécie de penitência por pecados que nem sequer eram seus?

Talvez Meredith pudesse, e essa era a pior parte de tudo. Mesmo agora, a palavra "sim" pairava em sua língua. Ela o queria tanto. Talvez realmente tivesse a capacidade de deixá-lo viver sob esse fardo perpétuo de culpa e mantê-lo para si, sempre. Talvez pudesse até se enganar acreditando que, se apenas o amasse o suficiente, tudo seria para o melhor, no final. Meredith tinha a capacidade de uma vida inteira de engano? Ela estava um pouco receosa de olhar para dentro de si mesma e descobrir.

– Você vai pensar nisso? – perguntou ele.

Ela conseguiu assentir.

– Podemos ir pra casa? Amanhã? – Meredith apertou os dedos ao redor dos dele. Em casa, tudo seria claro. Lá, ela saberia o que fazer. – Rhys, você pode me levar pra casa?

– Se é isso que você deseja... – Com uma expressão sombria, ele se levantou. – Sim, é claro.

Ela falou durante toda a viagem de volta.

Rhys nunca imaginou que Meredith pudesse ter tantas palavras para falar e tão pouco a dizer. Enquanto a carruagem avançava por Somersetshire e Devonshire, a carga de porcelana e prataria tilintava em caixotes acima deles, enquanto Meredith mantinha seu próprio e constante tagarelar. Supôs que ela estava com medo de que, se parasse de falar por um tempo significativo, ele viria com outra revelação chocante. Rhys não sabia como tranquilizá-la de que não havia mais nenhuma.

Então ele apenas sentou-se e escutou, pois o som da voz dela nunca foi difícil para os ouvidos dele. De vez em quando, Meredith ficava pensativa por um momento, mas logo irrompia com um novo tópico. Todos eles, no entanto, tinham algo a ver com a estalagem.

– Decidi no que trabalhar para mais uma melhoria, uma vez que a nova ala esteja concluída. – Sem esperar seu incentivo, ela continuou: – Preciso ajudar o Sr. Handsford a embelezar a casa dele e colocar uma nova camada de cal na igreja.

Rhys ponderou silenciosamente o significado daqueles dois gestos, sabendo que não precisaria pedir uma explicação. Logo, uma estaria por vir.

– Isso é uma coisa que aprendi com o hotel em Bath – disse ela. – Lembra-se de que tínhamos aquela linda vista do rio? Não é apenas a aparência externa da estalagem que é importante, é a perspectiva que um hóspede verá de seu quarto. A igreja e a casa do Sr. Handsford ficam diretamente do outro lado da rua. Eles podem ser vistos de cada nova janela dos quartos, então precisamos ter certeza de que estão com a melhor aparência. A vila inteira precisa estar com a melhor aparência. Limpa, brilhante e alegre. Talvez pintemos todas as persianas e caixilhos de vermelho.

Rhys não respondeu. Apenas deu um grunhido baixo de concordância e virou o rosto para a janela.

– Ah, mas os visitantes são a coisa mais importante. Se ao menos pudéssemos ter a certeza de alguns hóspedes de estirpe, para espalhar a palavra sobre o balneário.

– Suponho que um duque e sua duquesa serviriam?

– Um *duque*? Você conhece algum?

– Conheço vários. Mas o Duque de Morland me deve um favor. Acho que você gostaria muito da esposa dele. – Rhys esperava convidar o casal para Devonshire em breve. Mas imaginara Meredith recebendo-os como Lady Ashworth e não como dona da Três Cães.

– Oh! – Ela bateu palmas. – Isso seria perfeito. Terei que arrumar o novo quarto de canto com perfeição. A suíte ducal.

O lorde suspirou. A resposta de Meredith seria não, então. Era a única explicação para sua energia nervosa e o foco persistente na estalagem. Ela já estava se preparando para uma vida sem ele.

Maldição. Ele sabia que não deveria ter contado a verdade.

Mas Meredith ainda não o havia recusado oficialmente. Ele ainda tinha algum tempo para mudar o pensamento dela. Ou talvez o chalé pudesse. Ela não tinha ido vê-lo há algum tempo. Com as janelas e portas cortadas e o telhado recém-reformado, parecia aconchegante e convidativo, e rústico. E, se era a paisagem que Merry passou a valorizar, ela deveria ver a vista da janela do sótão. Talvez se apaixonasse pela vista.

Certo.

Novamente eles fizeram uma boa viagem, e um crepúsculo enfumaçado estava apenas se instalando quando chegaram à fronteira da região pantanosa.

– Está muito longe? – perguntou ela, espiando para fora no crepúsculo.

– Dezesseis ou dezoito quilômetros, eu diria. Mais algumas horinhas.

– Não gosto da aparência deste tempo. Um nevoeiro logo estará sobre nós.

Ela pegou um cobertor do compartimento debaixo do banco da carruagem e encolheu-se no canto, envolvendo o cobertor sobre suas pernas. Para Rhys, sentado do lado oposto, Meredith parecia muito pequena. E muito distante.

De fato, um nevoeiro brotou do ar úmido do pântano, envolvendo a carruagem e tornando o progresso muito mais lento. Os lampiões iluminavam uma pequena seção da estrada à frente, mas o suficiente para que a carruagem pudesse continuar, embora em um ritmo mais lento. A última hora da jornada deles estendeu-se por três, e já era noite fechada quando chegaram a Buckleigh-in-the-Moor.

– Eles não estarão esperando por nós esta noite – comentou ele.

Rhys não sabia dizer se ela estava ansiosa ou não para surpreendê-los.

No final, no entanto, foram ele e Meredith que se surpreenderam. Assim que a carruagem parou no pátio da Três Cães, um homem correu para fora dos estábulos para cumprimentá-los. O nevoeiro estava tão espesso que Rhys mal conseguia identificá-lo como George Lane até que desceram da carruagem e o velho estava a dois metros na frente deles.

– Merry, Rhys. – Ele tossiu, quase sem fôlego. – Graças a Deus vocês estão aqui.

– Pai! – Meredith segurou o braço do homem. – Pelo amor de Deus, o que houve? O que aconteceu? O senhor está bem?

– Estou bem, é... – Ele interrompeu a fala com outra tosse. – É a Cora. Ela está desaparecida. Só percebemos isso há meia hora, mas ninguém viu a moça desde a refeição do meio-dia. A Sra. Ware diz que talvez se lembre dela expressando a intenção de ir até o chalé. Os homens deveriam trabalhar até tarde lá hoje, terminando os pisos. Talvez tenha pensado em levar comida extra para eles? Eu não sei. Mas os homens voltaram há não muito tempo. Nenhum deles a viu. E com este nevoeiro...

– Oh, Deus – Meredith engasgou.

Ela não precisava explicar os perigos para Rhys. Cora poderia estar perdida em qualquer lugar no pântano. Poderia ter se perdido no brejo ou tropeçado em um declive. E se a jovem passasse a noite ao relento sem proteção contra os elementos...

Rhys colocou um braço em torno dos ombros de Meredith.

– Nós vamos encontrá-la. Eu vou encontrá-la. – Ele tentou soar tranquilizador, mas a verdade era que, se a moça estivesse desaparecida há várias horas neste tempo, não era um bom sinal. – Vocês têm homens procurando por ela? – perguntou ele a George Lane.

– Darryl está organizando-os na taverna.

Darryl Tewkes estava organizando? Rhys grunhiu. Que Deus os ajudasse.

Com o rosto grave e determinado, Rhys seguiu direto para a estalagem. Meredith o seguiu um passo atrás, gelada até os ossos pelo medo. Mesmo que Cora fosse uma completa estranha, ela teria se preocupado com a segurança dela naquela situação. Mas, em apenas algumas poucas semanas, havia se afeiçoado surpreendentemente à moça. Se não a encontrassem...

Aquele era o preço por ter saído de férias. A vila não podia funcionar sem ela. Meredith deveria ter previsto que algo horrível aconteceria. Ela nunca deveria ter ido embora.

Rhys abriu a porta do salão com um estrondo, anunciando sua presença. Darryl, de pé em cima do balcão, interrompeu o que estava dizendo no meio da frase.

E então um pequeno milagre aconteceu. Pela primeira vez desde a chegada de Rhys a Buckleigh-in-the-Moor, os homens reunidos na Três Cães o receberam de forma unânime e calorosa. Palavras dispersas de agradecimento subiram da multidão, junto com um bravo aplauso. O alívio suavizou cada rosto na sala. Até os cães saíram correndo da cozinha, suas garras estalando e deslizando sobre as lajes de pedra enquanto se atropelavam na corrida para mordiscar as botas dele.

Em seguida todos os presentes ficaram em silêncio, esperando a direção de seu senhor.

Em algum momento nos últimos dois meses, Rhys havia conquistado não apenas o respeito de cada alma da vila, mas também a confiança deles. Em qualquer outra circunstância, o coração de Meredith teria se aquecido ao ver aquilo.

– Lampiões – orientou ele a Meredith. – Vamos precisar de lampiões. Quantos puder encontrar. E tochas, se acabarem os lampiões.

Ela assentiu. Depois de enviar Darryl para coletar os lampiões da escadaria acima e do celeiro, ela começou a tarefa de enchê-los e acendê-los. Da despensa, Meredith podia ouvir tudo o que se passava na taverna, onde, com uma brusca autoridade militar, Rhys mobilizava os homens para a ação. Ele fazia perguntas e esperava por respostas, dividia os homens em duplas e designava a cada equipe uma área para procurar. Quando os homens passavam, um a um, para pegar seus lampiões, ela e Darryl já os tinham preparados.

– Tewkes, você vem conosco. Estamos indo pela estrada. – Skinner acenou com a cabeça, e Darryl pegou um lampião e o seguiu.

Rhys foi o último a passar.

– Vou subir para o alto do brejo. Se Cora chegou ao chalé, provavelmente teve o bom senso de ficar por lá.

– Você vai sozinho? – perguntou Meredith.

Os outros já tinham partido em grupos. Naturalmente, Rhys teria guardado para si a seção mais árdua e perigosa da área.

Ele assentiu.

– Fique aqui, caso ela volte.

– Nada disso – disse Meredith, acendendo outro lampião. – Eu vou junto. Conheço o terreno melhor do que você. E não vai entrar naquele nevoeiro sozinho. – Antes que ele pudesse fazer uma objeção, ela acrescentou: – Meu pai está aqui se ela voltar. Só me deixe pegar minhas botas e capa.

O maxilar dele contraiu-se de incerteza. Meredith sustentou o olhar penetrante dele, sem vacilar.

Finalmente, ele deu um aceno de cabeça conciso.

– Se apresse.

Ela subiu e desceu as escadas dos fundos em um minuto. Alguns momentos depois e ela havia calçado suas botas mais grossas e trocado a capa de viagem de cortesã pela sua própria capa de lã marrom e robusta.

– Estou pronta.

Os dois seguiram pela porta da taverna e avançaram para o breu.

Era uma visão sinistra: homens partindo para a busca. O agrupamento de lampiões se dispersando; as esferas de luz âmbar engolidas pela escuridão nebulosa, uma a uma. Os gritos "Olá!" e "Ei, aí!" e "Cora, querida!" também se tornavam mais fracos e menos frequentes conforme aqueles que a procuravam se espalhavam em todas as direções possíveis.

Meredith e Rhys começaram sua lenta subida para o brejo. Com a visibilidade tão reduzida, o antigo caminho dos monges era a única rota segura, embora mais longa. Quanto mais subiam, mais espesso se tornava o nevoeiro, até Meredith sentia como se estivesse nadando em leite.

Os lampiões serviam apenas para iluminar o próprio nevoeiro, dando-lhe dedos fantasmagóricos e uma textura reconfortante, como algodão. Ambos não conseguiam ver mais do que alguns passos à frente.

– Cora! Cora, você pode nos ouvir?

Eles se revezavam gritando na escuridão. Entre o esforço da subida, o estresse de gritar e o fumo oleoso da lâmpada queimando nas narinas, a garganta de Meredith estava áspera quando chegaram ao topo de Bell Tor. Eles tinham uma escolha ali: desviar em direção ao chalé ou seguir direto para as ruínas da Residência Nethermoor.

– O chalé primeiro – disse Rhys, respondendo à pergunta não verbalizada.

Eles se encaminharam para o terreno plano, aumentando o passo conforme o faziam. O chão nivelado permitia um progresso mais rápido, assim como o fato de que, ao construir o chalé, Rhys havia limpado a área de pedras.

Ainda assim, quase tropeçaram diretamente no chalé enquanto ele emergia do nevoeiro. Meredith colocou uma mão na parede terrosa recém-aparada e a seguiu, até que seus dedos encontraram uma nova textura: madeira lixada.

– A porta já foi instalada e perfurada – ela lhe disse. Meredith não tinha visto o chalé por algumas semanas. Estivera muito ocupada supervisionando o progresso lá na estalagem.

– Que bom – respondeu ele. – Bom saber que os homens não estavam apenas fazendo corpo mole enquanto estávamos em Bath.

A porta, no entanto, não estava trancada e abriu-se silenciosamente para dentro. A clareza da escuridão dentro do chalé era quase surpreendente, já que o nevoeiro não havia penetrado as paredes. Meredith levantou seu lampião e estremeceu quando um feixe de luz refletiu de volta para ela, refletindo nos novos vidros das janelas.

– Cora! – Eles gritaram em uníssono, elevando suas vozes até as vigas. – Cora, você está aqui?

Sem resposta.

Meredith praguejou baixinho. Até aquele momento, ela tinha conseguido manter o pânico a distância. Agora, sentia que ele ria nas vidraças.

– Vamos verificar o chalé inteiro de qualquer forma – disse ele. – Ela pode estar dormindo em algum lugar. Você olha aqui embaixo. Eu vou subir.

Ela assentiu. Segurando seu lampião alto, Meredith começou um circuito lento pelo piso inferior. O chalé tinha uma disposição simples, mas agradável. Em uma extremidade havia uma cozinha grande. Compartilhava uma lareira de dois lados com a sala de estar, que ocupava o centro do chalé. Havia cômodos menores nos fundos: despensa e armário. Ela não encontrou Cora em nenhum deles. Então, na extremidade oposta do piso térreo, havia uma suíte com sua própria lareira separada, completa com um pequeno vestiário. Era tudo muito bem pensado em sua simplicidade.

As escadas ainda não haviam sido concluídas, mas havia uma que dava para o segundo andar. Subindo com uma mão e segurando seu lampião com a outra, Meredith subiu os degraus até que sua cabeça e ombros surgissem no sótão.

– Alguma novidade aqui em cima? – perguntou ela, empurrando sua lâmpada para os assoalhos recém-colocados para que pudesse usar ambas as mãos para se puxar para cima.

– Nada. E lá embaixo?

Meredith não conseguiu responder. E ela gostaria de poder dizer que o motivo de seu silêncio era a preocupação com a pobre Cora. Mas não era. Ela acabara de dar uma boa olhada no segundo andar do chalé e o que viu simplesmente lhe tirou o fôlego.

– Rhys, isso é... – Ela engoliu em seco. – Isso está lindo.

– Você não deveria ter visto ainda. – Ele aproximou-se e ofereceu-lhe a mão enquanto ela subia os últimos degraus da escada.

Todo o sótão era aberto de uma ponta a outra, formando um grande cômodo. Apenas a chaminé que subia da cozinha dividia o espaço. Como embaixo, havia duas lareiras: uma voltada para um canto sob as vigas, a outra posicionada para aquecer o restante do cômodo. O teto inclinado subia alto no centro, mas se afinava até encontrar o topo das janelas em cada extremidade. As vigas e o telhado de palha ficavam expostos, conferindo um ar acolhedor ao ambiente. O cheiro de raspas de madeira recém-cortadas preenchia o ar.

Enquanto Rhys fazia um passeio lento pelo espaço, ele disse:

– Esperava que você aprovasse nossos quartos, ou quarto, devo dizer, sendo aqui em cima. O lugar é para ser do seu pai eventualmente... então, com as pernas dele, pensei ser melhor manter um quarto lá embaixo. Já que seríamos só nós aqui em cima, e temporariamente, deixei sem divisórias e o teto inacabado. Nos dá bastante espaço por agora, e uma vez que nos mudemos, o espaço pode ser usado para armazenamento ou para os empregados. Achei que ficaria aconchegante.

– Muito aconchegante – concordou ela.

– Pensei em fazer uma cama neste canto – explicou ele, caminhando até o espaço menor criado pela divisão da lareira. – Bem quentinho, sabe, com o fogo tão perto. E então... – Passos enérgicos o levaram ao extremo oposto. – Prateleiras e armários neste lado. No meio, uma área de estar. Uma escrivaninha para todos os seus papéis e coisas, bem embaixo desta janela.

– O que são esses? – perguntou ela, pegando um pedaço de madeira malformado de um monte perto da janela.

– Esses são... – Ele correu para pegá-lo da mão dela, interpondo-se entre Meredith e o resto do monte. – Não estão prontos.

Ela esticou o pescoço, tentando olhar ao redor dele.

– Eles quase parecem...

– Não parecem.

Meredith cruzou os braços e inclinou a cabeça.

– Muito bem. Não me diga. Vamos ficar aqui a noite toda, negando a existência de pedacinhos de madeira.

Rhys revirou os olhos e suspirou:

– Está bem.

O lorde pegou o pedaço de madeira de trás das costas e o jogou para ela. Meredith o pegou com facilidade e o segurou para examiná-lo, virando-o em suas mãos.

– Olha, é esculpido. Parecem folhas – Olhando para cima, ela arqueou uma sobrancelha para ele. – É pra ser um abacaxi?

– Não – respondeu ele, impacientemente, passando a mão pelos cabelos antes de arrancá-lo da mão dela. – Não é um abacaxi. É pra ser um lírio. Eu acho. – Rhys chutou gentilmente o monte de puxadores de madeira, separando-os. – Tem um correspondente aqui em algum lugar. Como eu disse, não estão prontos. As rosas estão saindo um pouco melhores. Dá uma olhada. – Ele pegou outro do monte e o estendeu para ela.

– Ah, entendo. – O objeto em sua mão assemelhava-se mais a um repolho de madeira do que qualquer outra coisa, mas ela não diria isso por nada no mundo. – Para que são?

– São remates, para as hastes das cortinas. Há quatro janelas aqui em cima, você vê. Estive trabalhando em um conjunto diferente para cada uma. – Ele apontou para cada janela por vez. – Rosas. Lírios. Margaridas. – O toque pousou na vidraça ao lado deles. – Tulipas.

Ele pegou a rosa de madeira da mão dela e deu um sorriso resignado.

– Eu sei que são patéticas. Mas o trabalho me deu algo para passar o tempo caso eu acordasse à noite.

– Por que flores?

Rhys deu de ombros.

– Eu prometi flores a você, não prometi?

Meredith nem conseguiu responder, um aperto agudo dentro de seu peito.

– Minhas primeiras tentativas foram muito piores do que essas, se consegue imaginar. Ficou mais fácil quando mudei para a minha mão esquerda. Você me deu essa ideia.

Meredith virou-se para a janela, incapaz de encarar o olhar dele.

– Tulipas para esta, você disse? Então deve ser a melhor.

– E é. – Ele colocou as mãos nos ombros dela e a aproximou do vidro. – Quando o dia está claro, lá do alto, você pode enxergar por quilômetros. E, se olhar atentamente para a encosta e procurar bem, você pode apenas distinguir uma fina faixa de azul, um tom mais escuro que o céu. É o oceano, Merry. Bem na costa de Devonshire. – Os polegares dele acariciaram os ombros dela. – Mas é claro que não dá pra ver isso agora.

Não. Não, ela não podia. Tudo o que Meredith podia ver era a escuridão lá fora refletindo a imagem deles, como um espelho. Mas, mesmo naquele reflexo imperfeito e escuro, ela conseguia ver a excitação na expressão de Rhys, o brilho nos olhos dele. Toda a emoção que havia reprimido, ele despejara naquele chalé. Não apenas emoção, mas trabalho árduo e boa-fé.

Os dois também haviam construído algo, juntos. Exatamente como Rhys havia dito desde o início. Ao longo de todas aquelas conversas, beijos e tempo passado na companhia um do outro, eles haviam montado algo maravilhoso: algo com cortinas de renda e armários nos cantos e uma vista para o oceano. Não apenas um chalé, mas um lar amoroso.

Como Rhys reagiria ao saber que tudo foi construído sobre uma base de equívocos e culpas desnecessárias? Meredith não queria descobrir, mas precisava.

Ela tinha que contar tudo a ele. Naquela mesma noite.

O aperto dele nos ombros dela se intensificou.

– Você merece muito mais, mas isso é apenas o começo. Eu vou reconstruir toda a propriedade com o tempo, e você vai viver com verdadeiro luxo. Os melhores móveis, uma frota inteira de criados. Eu prometo, você nunca mais vai precisar mexer um dedo.

– Você não precisa me prometer nada.

– Mas eu quero. Devo isso a você e ao seu pai. Você sofreu durante anos por minha causa e agora é…

– Não. – Ela virou-se para enfrentá-lo: – Por favor, não fale comigo sobre destino ou incêndios ou obrigação.

Com uma expressão um tanto preocupada, Rhys acariciou o cabelo dela sob a testa.

— Merry, eu não sei mais o que posso dizer. Tentei o meu melhor com o romance, mas...

Ela respirou fundo. *Romance.*

— Ah, não. Oh, Deus.

— O que foi?

— Cora. Nós estamos aqui pra encontrar a Cora.

Rhys praguejou com veemência. Como poderia ter se esquecido de sua missão, mesmo que por um segundo? A culpa que ele sentia estava espelhada no rosto de Meredith.

Afastando-se dele, ela foi pegar seu lampião.

— Já perdemos tempo demais aqui. Precisamos ir procurar nas ruínas.

Juntos, os dois escalaram a encosta. Uma vez que chegaram às ruínas da Residência Nethermoor, separaram-se na entrada frontal remanescente e circularam em direções opostas. Rhys seguiu pelo perímetro externo, e Meredith acompanhou a parede interna. Eles tropeçaram e gritaram ao redor das ruínas, chamando o nome de Cora até ficarem roucos. Nada.

O lorde reuniu-se a Meredith no arco em ruínas. O brilho de seu lampião oscilava no nevoeiro. O vento estava aumentando.

— Algum sinal dela? — perguntou ele.

— Não.

Um trovão retumbou ao longe. Perfeito. Era justamente o que precisavam, uma tempestade.

— Suponho que devemos voltar para a vila, então. Talvez ela tenha aparecido em outro lugar.

O brilho oscilante parou.

— Ainda não verificamos todas as partes da ruína.

— O que você quer dizer? — indagou ele.

Embora soubesse muito bem o que ela queria dizer. Rhys havia realmente se esquecido daquele lugar? Ou apenas queria esquecê-lo tão intensamente que conseguiu apagá-lo da sua mente? Mas Meredith estava certa... se Cora tivesse vagado até lá, o porão teria sido um refúgio lógico do nevoeiro e do frio. Eles precisariam procurar.

— Eu vou sozinha — disse ela.

— Não — retrucou ele. — Não, você não pode ir sozinha. Não é seguro.

Aquele lugar não era seguro, para ninguém. Nunca havia sido. Mas Rhys estaria condenado se deixasse Meredith pensar que ele, que enfrentou a Guarda Imperial de Napoleão e valentões desajeitados da mesma forma, temia um maldito porão, que estava cheio apenas de teias de aranha e sombras.

A luz dela balançou enquanto ela a transferia de uma mão para a outra, e por um momento, os traços do rosto de Meredith foram acariciados por uma luz suave e fumegante. Ela estendeu a mão livre através do nevoeiro para pegar a dele.

– Vamos juntos. E faremos isso rapidamente.

Ele permitiu que ela o guiasse até a entrada do porão. Merry parecia conhecer o caminho melhor do que o lorde. Estava bem escondido agora, obscurecido por pilhas desordenadas de alvenaria. De mãos dadas, os dois abriram caminho sobre os blocos espalhados e encontraram a escadaria. As rochas balançaram e fizeram um som seco enquanto arrastavam-se sobre elas.

O porão deve ter sido construído a partir de uma caverna natural que seus ancestrais tinham ampliado e aprofundado com o tempo. Ou talvez tivessem extraído a pedra para a casa, construindo em cima do buraco vazio? De qualquer forma, era um lugar ideal para armazenar comida e bebidas: protegido dos elementos, fresco e escuro. Silencioso. Também era um lugar ideal para manter segredos.

Conforme desciam para o porão escuro, os sons do vento lá fora eram abafados. Enquanto isso, cada passo e suspiro deles ecoava pelas paredes. Aquele lugar capturava cada som, aprisionando-o para ressoar e amplificar. Cada pisada, cada palavra falada... cada estalo ou golpe... parecia ter a força de dezenas.

– Cora? – Meredith chamou na escuridão. O nome ressoou pela sala, perdendo um pouco de sua aresta consonantal com cada eco, até que tudo o que restou foi uma esfera redonda e oca de "oh" saltitando pela escuridão.

Meredith chamou novamente.

– Cora, você está aqui?

Sem resposta.

Rhys teria adicionado sua voz à dela, mas sua garganta estava seca. Sua mandíbula parecia travada.

– Ela não está aqui – disse ela, por fim. – Vamos embora.

– Espere. – A palavra saiu arranhando de dentro dele. Rhys tossiu e tentou controlar as emoções que subiam por sua garganta. – Não sabemos se Cora não está aqui. Só sabemos que não respondeu ao chamado.

Ela pode estar machucada, ou dormindo. Temos que verificar todo o porão, cada canto.

Meredith permaneceu em silêncio por um momento. Então, disse:

– Tudo bem.

Passando a luz ao redor, Rhys notou muitas caixas e barris preenchendo a sala. Estranho. Ele teria esperado encontrá-la completamente vazia, ainda mais depois de todo aquele tempo. Saqueada pelos locais há muitos anos. Talvez os rumores de fantasmas os tivessem mantido afastados.

Ele soube que tinham descido até o fundo da escada quando seu último passo atingiu o chão com um baque que estremeceu seu quadril. Ele tropeçou em algo que parecia um fio.

– Cora? – Meredith chamou. Sua voz era um farol brilhante, claro na escuridão. – Cora, você está aqui?

Nenhuma resposta da jovem.

Havia, no entanto, uma resposta de Deus... na forma de um gemido baixo e ameaçador no topo da escada.

– Oh, Deus!

Capítulo 21

O estrondo de um trovão irrompeu.
Uma pancada de pedra.

E, então, um coro de centenas de pequenas colisões, cada uma batendo cegamente contra a outra.

A diferença era palpável, instantânea. Não tinha nada a ver com a iluminação, a escuridão total era isso mesmo, assim com o ar. A brisa fresca e úmida foi logo sugada do espaço, substituída por rajadas de areia e umidade densa e antiga. O ar estava sufocado por terra e segredos, como se tivessem sido selados em uma tumba.

– Diga-me – disse Meredith – que aquele som não foi o que eu estou pensando.

– Foi – confirmou ele. – Estamos presos.

Os dedos dela apertaram os dele.

– Vamos ficar bem – tranquilizou-a ele.

No mesmo momento, Meredith também disse:

– Vamos ficar bem, sabe.

E, após falarem um por cima do outro, riram um pouco juntos. Era adequado que cada um pensasse em confortar o outro. Os dois estavam tão acostumados a serem os mais fortes em qualquer par.

Assim que os últimos ecos de suas risadas se infiltraram nas fissuras das pedras, Rhys pegou o lampião das mãos dela e o segurou erguida entre eles. Coragem à parte, Meredith estava tremendo um pouco.

– Não se preocupe. Você está comigo. E eu sou indestrutível, lembra? – Foi exatamente aquele lugar que o fez assim. Não havia como Rhys morrer ali. Limpando a garganta, ele continuou: – Precisamos procurar algo seco e de madeira. Algo que queime.

– Você quer dizer para acender uma fogueira? Não está tão frio assim.

– Não, mas este lampião não vai durar a noite toda. E uma vez que tenhamos um pouco mais de luz, vou subir e avaliar os danos.

Pela qualidade do ar, Rhys suspeitava que o desabamento havia sido completo, mas ele mesmo verificaria para ter certeza. Mantendo a mão dela na dele, o lorde explorou a área imediata em busca de madeira. Por sorte, ele tropeçou quase que de imediato em uma caixa. Rhys abaixou-se e começou a forçar as tábuas com as próprias mãos. Era difícil. Para uma caixa armazenada por mais de uma década em um salão subterrâneo e úmido, a madeira estava surpreendentemente forte e seca.

Uma vez que tirou a tampa da caixa, Rhys passou o lampião por cima para ver o que havia dentro. Afastando uma espessa camada dc palha, de novo, notavelmente fresca e seca, ele descobriu várias fileiras de garrafas. Estranho que seu pai tivesse deixado tanto de qualquer bebida assim, intocada.

Enrolando os dedos ao redor de um gargalo, o lorde levantou a garrafa para a luz. Conhaque francês. E, pelo rico tom âmbar que girava vermelho à luz tremeluzente, era conhaque de ótima qualidade.

Bem, isso dava conta de tudo. Aquilo não pertencia ao seu pai. O velho sempre valorizava quantidade em vez de qualidade.

– Pelo menos não morreremos de sede – disse Meredith, pegando a garrafa de sua mão. – Aposto que tem alguns alimentos armazenados aqui também. Acho que ele mencionou uma caixa de azeitonas, algumas semanas atrás. Ou foram tâmaras? E eu sei que ele estava muito orgulhoso de ter conseguido alguns talheres de prata recentemente. Poderíamos fazer uma refeição e tanto aqui embaixo.

– Myles… – sussurrou Rhys. – Isso tudo pertence a Gideon Myles. Ele tem armazenado suas mercadorias contrabandeadas aqui?

Meredith assentiu.

– Entre os associados, ele se especializou nos itens difíceis de arranjar. Quando não conseguem encontrar um comprador imediatamente, ou nenhum que pague o que as mercadorias valem… Gideon traz as mercadorias pra cá e as armazena até que possa encontrar um mercado para elas em uma das cidades. Algumas coisas ficam apenas uma semana. Outras, meses.

– Um fio de tropeço. O bastardo preparou este lugar com armadilhas.

– O quê?

– Não foi um raio que causou aquele desabamento. Eu pensei que tinha tropeçado em um cordão, um pouco antes. Deve ter acionado uma explosão de pólvora em algum lugar.

– Sim, bem. Isso faz sentido. Gideon é muito protetor com suas mercadorias.

Rhys segurou o lampião erguido e piscou até que a fumaça irritasse seus olhos, esforçando-se para distinguir mais do salão cavernoso. Estava repleto até as bordas com caixas, barris... até mesmo móveis e tapetes enrolados.

– Então... – disse ele. – Esta é a verdadeira razão pela qual ninguém quer que eu reconstrua a Residência Nethermoor. Todos estão vivendo bem deste comércio.

– Não vivendo bem. Sobrevivendo, apenas. Gideon teve que correr muitos riscos. Harold, Laurence, Skinner... todos trabalham pra ele como vigias e o ajudam no transporte e descarga de sua mercadoria.

– E você aluga os pôneis para ele.

– Sim.

– E aceita algumas das mercadorias em troca?

Meredith fez uma pausa.

– Sim, algumas. Suprimentos para a estalagem.

Ele praguejou baixinho. O que mais poderia dizer? Todo o vilarejo de Buckleigh-in-the-Moor, incluindo sua noiva, era cúmplice de um vasto cartel de contrabando. Ele sabia que Myles estava lidando com mercadorias não tributadas, mas nunca imaginou uma operação daquela magnitude. De verdade, Rhys não teria acreditado que o patife fosse capaz disso.

– Não é algo do qual me orgulhe, Rhys. Eu sei que é ilegal e sei que é perigoso. É por isso que estive tão determinada a desenvolver a estalagem e atrair viajantes para o distrito. Se vou convencer Gideon a se desvencilhar disso... deste comércio, a vila precisa de outra fonte de renda para substituí-lo.

O maxilar de Rhys contraiu-se.

– E o patrocínio de um novo Lorde Ashworth não serviria a esse propósito?

– Não sei. – Ela deu um suspiro ruidoso. – Não indefinidamente. Você mesmo disse que nem pretende produzir um herdeiro. Você sabe que sou estéril. A menos que pretenda se casar com outra dama, mas não sei como a convenceria a vir morar neste lugar. – A voz dela quebrou-se. – Eu nem sei como você consegue viver neste lugar. Eu sei pelo que passou aqui, Rhys. Cresci vendo isso. Eu vi cada hematoma, cada ferida...

Ele empurrou o lampião para a mão dela e inclinou-se para arrancar uma tábua da caixa. – Preciso fazer uma fogueira.

Ele não podia falar sobre isso agora. Preferiria nunca falar sobre isso.

– Rhys...

Crack. Ele apoiou uma tábua entre sua mão e o chão, então a partiu em dois com sua bota. Após jogar os pedaços em um monte, arrancou outra prancha e se preparou para repetir o processo.

– Olhe para a fumaça – disse ele a ela, determinado a mudar de assunto.

Os olhos de Meredith foram para o redemoinho de fuligem preta se afastando do lampião, subindo pelo ar.

– Está subindo – disse ele. – Isso significa que há ventilação em algum lugar. Uma rachadura. Talvez na entrada que desabou, ou acima de nós em algum lugar. Quando o dia chegar, serei capaz de procurar uma saída daqui. Só temos que esperar pelo amanhecer.

– E orar pela pobre Cora – fungou ela. – O que eu posso fazer?

– Junte um pouco de palha para acender – orientou ele. – E suponho que não tenha um saca-rolhas para abrir esse conhaque?

– Não, eu não tenho um saca-rolhas. Mas tenho o meu jeitinho.

– Estou certo de que tem. – Se Rhys ia passar a noite naquele buraco, pelo menos faria isso aquecido até o tutano e bêbado até perder os sentidos.

Os dois limparam uma pequena depressão no chão para usar como fogueira. Rhys organizou as tábuas quebradas, apoiando umas nas outras, e Meredith preencheu os espaços com palha. Então ela quebrou a tampa de uma garrafa de conhaque com uma pedra e jogou uma generosa quantidade de bebida sobre o acendimento. Uma faísca do lampião, e...

Whoosh.

Eles tinham uma fogueira.

Por um momento, as chamas ergueram-se tão altas e tão brilhantes que Rhys ficou paralisado, assaltado pelas memórias da última vez que Nethermoor havia visto chamas rugindo. Seu coração disparou, e suor brotou em sua testa.

Mas o conhaque logo extinguiu-se, e o fogo se acalmou até um tamanho pequeno, respeitável e não ameaçador. Alguém poderia chamá-lo de *aconchegante.* Até mesmo romântico.

Para aumentar o efeito, Meredith desenrolou um tapete persa de aparência incrivelmente cara e o arrumou ao lado do fogo.

– Olha só – disse ela, abrindo um baú recém-revelado. – Peles. – Uma pilha de zibelina e arminho logo enfeitou o design geométrico do tapete.

Meu Deus. Uma pequena fortuna estava armazenada naquele porão.

Enquanto Meredith procurava por copos, Rhys ergueu o lampião moribundo para inspecionar a entrada. Como suspeitava, pedras haviam se deslocado e caído, cobrindo completamente a abertura. Elas poderiam ser movidas, se conseguisse encaixar uma tábua ou barra no lugar certo.

Mas até que tivesse alguma luz do dia passando, teria pouca forma de saber se seus esforços estavam melhorando ou piorando a situação.

Quando Rhys voltou escorregando para o chão do porão, encontrou Meredith tirando a palha de embalagem de um jogo de chá de prata. Levantando sua saia, ela alcançou por baixo para pegar uma dobra de anágua para limpar as xícaras.

– Aqui está – disse ela, despejando conhaque em uma xícara de chá e oferecendo-a para ele. – Sem esperança?

– Não. Mas não vale a pena tentar cavar nossa saída hoje à noite.

– Então venha ficar confortável e guarde suas forças pra amanhã.

Os dois aconchegaram-se nas peles lado a lado, mas não se abraçaram. Uma longa noite vazia estendia-se à frente deles. Não parecia possível a Rhys que passariam por ela sem ter uma certa conversa, então decidiu confrontá-la diretamente.

– Então qual vai ser? A sua resposta. – No silêncio que se seguiu, Rhys tomou um gole ansioso e grande demais de seu conhaque, que queimou todo o caminho até descer.

Meredith também bebeu. Enfim, ela sussurrou:

– Ainda não tenho certeza.

Sacudindo a cabeça, ele praguejou baixinho. Desta vez, jogou para dentro um gole ainda maior de conhaque. Porque sabia que queimaria, e ele desejou isso.

– Você está bravo?

– Por que eu estaria bravo?

– Você tem todos os motivos do mundo para estar bravo, Rhys. Eu não sei como pode sequer sentar-se neste lugar e permanecer tão calmo.

O próprio Rhys não tinha tanta certeza. O conhaque tinha algo a ver com isso. Ele tomou outro gole e então deixou sua cabeça rolar para trás contra a superfície úmida da parede.

– Você quer falar sobre isso? – perguntou ela.

– Falar sobre o quê? Casamento, ou a falta dele? Acho que já discutimos isso.

– Não o casamento. Sobre… o passado. Sobre este lugar.

Ele permaneceu em silêncio, esperando que ela fosse inteligente o suficiente para entender que não, Rhys não queria falar sobre isso.

– Eu sei que ele batia em você aqui.

Rhys tencionou a mandíbula, para evitar rosnar para ela se calar. Meredith não o havia aceitado. Ela não tinha o direito de continuar cutucando suas feridas, traçando suas cicatrizes…

– Todos os que serviam em Nethermoor sabiam.

– Este buraco é à prova de som – disse ele, bruscamente. – Ninguém sabia o que acontecia aqui embaixo.

– Bem, suponho que ninguém sabia, não exatamente. Mas era impossível não notar as evidências depois. E o que acha que seu pai fazia quando você ia pra escola? Você supõe que ele abandonava a violência durante seu período letivo?

Um carvão quente alojou-se em seu peito. Ele mal conseguia formar as palavras.

– Ele bateu em você?

– Não. Não, não em mim.

Uma gota de suor rolou da testa dele até sua orelha. Ainda bem. Se descobrisse que seu pai havia machucado Meredith, Rhys teria perdido o controle.

– Meu pai era muito cuidadoso – comentou ela. – Ele nunca me deixava correr pela Residência, nunca teria me permitido trabalhar para o seu pai. Mas havia outros que não tinham um pai para protegê-los.

– E então havia eu, cujo pai era o problema. Sem escapatória.

– Conte-me o que aconteceu. Apenas desabafe e vai se sentir melhor.

Rhys duvidava disso. Mas os dois ficariam ali por toda a noite, e ele podia sentir que ela não ia deixar o assunto em paz. Ótimo, então. Ele desabafaria e depois beberia até o esquecimento. E, quando acordasse pela manhã e saísse daquele buraco, deixaria o lugar para trás. Para sempre.

Ele limpou a garganta e preparou um tom sem emoção.

– No mês após a morte da minha mãe, meu pai me trouxe para este buraco. Ele me disse para ficar no centro vazio. E recuou para as sombras. E então um punho saiu da escuridão. Ele me mandou ao chão. Fiquei atordoado. Demorei um minuto para perceber que meu pai havia me batido. Pensei que tinha sido um acidente. Ele me disse para me levantar, e então eu me levantei. E então ele me bateu outra vez, mais forte.

Rhys prosseguiu:

– "Levante-se!", dizia ele. "Fique em pé, seu miserável". E então eu lutava para ficar em pé. Apenas para ser atingido de novo. E mais uma vez, até que não pudesse mais ficar em pé. Nós jogávamos aquele pequeno jogo divertido de pai-filho algumas vezes por semana, pelo resto da minha infância. Eu ficando mais ou menos ali – Rhys apontou para o centro escuro do porão. – E ele me batia até eu não poder mais ficar em pé. Demorava mais a cada vez.

– Pelo amor de Deus, por que você não ficava no chão?

– Eu não sei – respondeu ele.

E realmente não sabia. Teria sido a coisa inteligente a fazer, ele supôs. Fingir derrota. Mas Rhys tinha 9 anos, e o velho era seu único parente vivo. Simplesmente não lhe ocorreu desobedecer. Seu pai dizia "fique em pé", ele ficava. Ele ficava e recebia outro golpe. Parecia fazer o velho feliz. O que mais um filho deseja fazer senão fazer seu pai feliz?

E, após tantos anos, era como se aquela voz tivesse se tornado parte dele. Em cada briga, em cada batalha. Sempre que levava um golpe ou uma bala de mosquete e caía no chão, Rhys ouvia aquele comando áspero e brutal ecoando em sua cabeça. *Levante-se. Levante-se, seu imundo. Fique em pé. Aguente outro.*

Então Rhys sempre se levantava. Não importava o quanto desejasse passar para o próximo mundo e deixar este aqui para trás, aquela voz nunca o deixaria ficar no chão.

– Eu não sei por que ele fez isso. E meu pai está morto agora, então nunca saberei. Talvez ele estivesse batendo na minha mãe e precisasse de um substituto. Talvez tirasse algum prazer perverso disso. Às vezes eu penso... que só queria me fazer forte. Mais forte do que ele se sentia, na própria vida. Indestrutível.

– É muito difícil para mim não tocar em você agora.

– Não – estalou o lorde em um reflexo. – Quero dizer... eu preferiria que você não o fizesse.

– Eu entendo. – Ela fez uma pausa. – Você tem todo o direito de estar com raiva. Eu tive raiva desse bastardo por quase duas décadas. Quando a notícia da morte dele nos alcançou, eu quis pegar o próximo barco para a Irlanda só para cuspir no túmulo dele.

– Eu não estou com raiva. – Mas, mesmo enquanto dizia isso, sua fala tornou-se cortante. – O que você quer desta conversa? Está tentando me convencer de que meu pai era um bastardo doente? Porque eu já sei disso, Merry. Ou esta conversinha é supostamente pra me fazer sentir melhor? Deveria aquecer meu coração saber que você, seu pai e todos os últimos lacaios e criadas sabiam que eu estava sendo espancado quase até a morte, e mesmo assim ficaram parados e não fizeram nada?

– Não – disse ela, aproximando-se. – Não, é claro que não. É exatamente por isso que você deveria estar com raiva. Não apenas dele, mas deste lugar inteiro. Todos nós falhamos com você, Rhys. Você não deve nada a esta vila. – A perna dela roçou na coxa dele, e ele estremeceu. – Você está segurando tanta emoção por dentro. Eu posso sentir isso emanando de você em ondas. Apenas deixe isso sair.

O que Rhys deixou sair foi um longo e estabilizador suspiro.

– Meu pai está morto – disse ele depois de um tempo. – Se eu ficar com raiva, vou acabar descontando em outro lugar. Machucando alguém ou algo que não merece. E não vai mudar nada. – Ele limpou a garganta. – No fim, estou vivo, apesar de cada tentativa dele de me matar e de cada tentativa minha de morrer. As coisas acontecem como devem acontecer.

Meredith rosnou.

– Estou tão cansada de ouvi-lo falar assim. Você não foi entregue a este lugar e época pela mão do destino, Rhys. Você sobreviveu, apesar de tudo, pela sua própria força, inteligência e coragem. Sei disso, porque também sou uma sobrevivente. E é tão frustrante ouvir você falar sobre destino e "estar fadado a ser" quando eu estive segurando esta vila junto ao meu trabalho duro e sacrifício por anos. Eu fiquei quando outros partiram. E continuei trabalhando quando outros desistiram. Pelo amor de Deus, eu me casei com um homem mais velho do que meu próprio pai. Não me diga que foi tudo em vão e que minha vida teria sido exatamente a mesma não importa o quê. Você me insulta quando fala dessa forma. E se insulta. Você permaneceu vivo, e não porque o destino o preservou, mas porque é um homem forte, corajoso, rápido no raciocínio, resiliente e de bom coração. E me machuca profundamente toda vez que ouço você negar isso.

Rhys não sabia o que dizer sobre isso. Ele se levantou para esticar-se e adicionar mais lenha ao fogo.

– Mais conhaque? – perguntou ela, uma vez que ele tinha se sentado de novo.

Ele aceitou sem palavras.

– Eu acho que inventei a história. Para o Darryl contar, sobre o lago. Quer ouvir?

O lorde não queria, especialmente. Mas era evidente que Meredith tomou seu silêncio como um sim.

– É um pouco como aquela que você me contou em Bath. O Darryl terá sua própria maneira de contá-la, mas acho que deveria ser mais ou menos assim. – Ela limpou a garganta: – Uma vez, nos tempos antigos, quando os pântanos eram cobertos por florestas e essas florestas eram densas de magia, havia uma pequena vila onde agora encontra-se Buckleigh-in-the-Moor. A vila era assolada todas as noites por um lobo sedento de sangue. Enquanto dormiam, o lobo arrastava os fracos, os idosos e seus filhos e os devorava. O povo era impotente para se defender. Então, um dia, um paladino chegou. Um homem forte e bom, encarregado de proteger os moradores da vida do mal. Todas as noites, o paladino travava uma batalha épica com o lobo, sofrendo mordidas e cortes em sua luta para proteger a cidade. Pela manhã, uma vez que o lobo havia retornado à sua toca, ele ia a um lago sagrado para limpar suas feridas e ser curado.

"E havia uma jovem garota. Ela era muito curiosa e solitária. E o seguia em segredo todas as manhãs, observando enquanto ele se banhava no lago, lavando o sangue e permitindo que seu corpo ferido se curasse. Para ela, o paladino era o homem mais belo que já havia visto, e o mais corajoso. Ela apaixonou-se por ele, embora o campeão nunca a notasse. E, quanto mais seu amor crescia, mais lhe doía cada manhã ver as marcas que o lobo fizera. A cada dia, as feridas dele eram mais profundas e danosas, conforme o lobo ficava mais selvagem com a fome.

"Uma noite, a garota ficou acordada em segredo e saiu sorrateiramente de sua cabana para assistir à batalha entre o homem e a fera. O paladino lutou com grande habilidade e muito coração, mas, naquela noite, os dentes do lobo estavam afiados com desespero. Enquanto observava horrorizada, o lobo derrubou o paladino no chão e ficou em pé sobre seu corpo insensível, preparando-se para agarrá-lo pela garganta com suas mandíbulas selvagens e salpicadas de saliva. A garota pegou uma flecha e a encaixou em seu arco. Justo quando o lobo se preparava para atacar, ela disparou uma flecha flamejante direto no coração da besta, matando-a instantaneamente.

Meredith parou.

– *Hum*. Suponho que precisaremos de uma explicação de como essa garota se tornou uma arqueira tão habilidosa. E por que nunca matou o lobo por conta própria antes, se fosse o caso. Mais conhaque?

– Não.

Um último gole no seu próprio copo esvaziou a garrafa, e Meredith deixou-a rolar para as sombras.

– De qualquer forma, a garota levou o paladino ferido até o lago sagrado e o banhou com água fresca até que todas as suas feridas fossem curadas. E, justo quando ele começou a abrir os olhos, ela esgueirou-se para se esconder, com medo de envergonhá-lo em sua nudez. Os vilões, tendo encontrado o lobo morto, vieram correndo e regozijando-se. – Tudo está bem! – gritaram eles. – O lobo foi vencido, e a vila está salva. – Eles comemoraram e homenagearam o paladino confuso, e ele despediu-se deles. Seu trabalho ali estava concluído. Ele partiu para lutar outras batalhas ainda mais corajosas em defesa de outros inocentes. A garota nunca mais o viu. Mas esperou ali no lago, quietamente esperando que ele um dia retornasse, sempre fiel ao seu amor.

Meredith esvaziou seu conhaque.

– Ela deveria se transformar em uma rocha, ou em uma flor, ou árvore, ou algo mais que possamos apontar agora. É assim que essas histórias funcionam, não é?

– Eu não sei por que você está me perguntando.

– Não sabe? Eu pensei que tinha deixado isso bastante óbvio.

Rhys massageou as têmporas. Ele já tinha uma dor de cabeça terrível por causa do conhaque e estava cansado de histórias e jogos.

– Suponho que não sou tão inteligente quanto você acredita. Pode parar de falar em enigmas, por favor?

– Eu o seguia, Rhys. Quando eu era uma menina, eu seguia você por todos os lugares, sempre que conseguia dar uma escapada. E não era só até o lago. Sempre que você ia para os estábulos, eu me escondia e o observava. Se você saía com seu cavalo, eu seguia a pé pelo maior tempo que conseguia. Quando não dava mais para acompanhar, eu voltava para os estábulos e esperava até você retornar do seu passeio, apenas para ter mais um vislumbre seu enquanto entregava as rédeas para um cavalariço. – Ela deu uma risadinha. – Meu Deus, quantas horas passei naquele palheiro, espiando de cima. Estava sempre com palha presa no cabelo.

– E então...?

– E então eu estava lá aquela noite. A noite do incêndio. Estava esperando você voltar pra casa. Eu o vi lutando com ele. Você não derrubou aquele lampião, Rhys. Fui eu que o joguei. Lancei-o contra ele, mas errei o maldito. Ele havia jogado o chicote no chão e pegado o forcado, e... – A voz se partiu: – Nunca esquecerei o olhar no rosto daquele homem... Era pura maldade. Ele o teria matado.

Rhys conteve uma onda de bile.

– Você deveria ter deixado.

– Como você pode dizer isso?

– Melhor eu do que... – Droga, ele deveria ter morrido naquela noite. De alguma forma, sabia em sua alma que *deveria* ter morrido naquela noite. E, por causa dela, passou quatorze anos cambaleando pelo mundo nem vivo nem morto, procurando em vão por uma entrada para o inferno. Tudo por nada. Nada.

Uma raiva irracional brotou dentro dele. Rhys cerrou a mão em um punho.

– Pelo amor de Deus, Meredith. Você é filha de um mestre de estábulos. Você jogou um lampião aceso em um celeiro? Você deveria saber melhor.

Ela enterrou o rosto nas mãos.

– Eu sabia, eu sei. Mas nem estava pensando. Eu só precisava pará-lo, e era o objeto mais próximo à mão.

– Todos aqueles cavalos... Jesus. Eles tiveram mortes horríveis. Você os ouviu gritando? Ouviu?

– Não. – A voz dela tornou-se muito pequena.

– Sorte a sua. Eu ainda os ouço. – Mesmo agora. Ainda agora, naquele inferno escuro e úmido, Rhys podia ouvir os gritos ecoando pelo seu cérebro. Ele colocou as mãos nos ouvidos, mas não ajudou, porque as memórias residiam entre eles.

– Eu corri para dar o alarme – disse ela. – E então meu pai me forçou a ir pra casa.

– Seu pai...

– Meu pai foi mutilado. Eu sei disso. Sei muito bem. Sou eu quem tem enfaixado, banhado, vestido e cuidado dele todos esses dias desde então. E pode ser horrível da minha parte dizer, mas faria tudo de novo. Aquele homem teria matado você. Não importa quais as consequências, eu não posso me arrepender por tê-lo impedido.

Rhys abaixou a cabeça até os joelhos, sentindo-se mal.

– Você não quer saber por quê? – Ela colocou a mão no ombro dele. Ele afastou o toque dela.

– Não. Não, eu não quero ouvir mais nada. Minha cabeça está me matando. Apenas me deixe em paz.

Rhys tinha uma terrível e crescente suspeita de saber o que Meredith diria a seguir. E ele não queria ouvir. Não queria que esse presente precioso se misturasse com toda aquela raiva e dor.

– Porque eu o amava.

Droga, lá estava.

A voz dela tremia:

– Eu o amo desde que me lembro, desde que era uma menina. Eu o amei todos aqueles anos que você esteve longe. Eu li cada página de cada jornal que pude encontrar, vasculhando as letras por notícias suas. Sonhava com você à noite. E fui para a cama com outros homens desejando que fossem você. E provavelmente vou amá-lo até o dia da minha morte, porque, se pudesse parar de amar você, já teria encontrado uma maneira de fazer isso. – Meredith inalou profundamente, então soltou o ar de uma vez: – Pronto. Eu amo você.

Capítulo 22

Meredith esperava na escuridão trêmula, com medo de dizer mais alguma coisa. Medo de se mover, piscar ou respirar. Lá estava, a verdade que vinha escondendo dentro de si por décadas. Escondendo tão profundamente que até conseguiu negá-la para si mesma. Não mais.

Quanto mais tempo Rhys passava sem reagir, mais ansiosa ela se tornava. O medo roía seu interior, trabalhando seu caminho desde o fundo de sua barriga até seus membros. Erodindo seu queixo, dedos e joelhos por dentro, de modo que tremiam.

– Eu o amo, Rhys – disse ela, de novo. Por que não dizer uma vez mais, afinal? Meredith colocou seus dedos trêmulos contra o pulso dele. – Rhys? Por favor. Diga algo.

E, após um longo e excruciante momento, o lorde falou exatamente uma palavra:

– Merda.

Ela assentiu. Não era o que esperava, mas, de alguma forma, inegavelmente adequado.

– Merda – Rhys voltou a dizer, mais alto desta vez. A maldição ecoou pela escuridão. – Por que você não me contou?

– Eu sinto muito. Até ontem, eu não fazia ideia de que você estava se culpando por todo esse tempo. Imaginei que pensasse que o incêndio foi um acidente. Porque foi. Foi um acidente estúpido e trágico.

Ele ergueu a cabeça.

– Como pôde esconder isso de mim? Você tem alguma ideia da diferença que teria feito se eu soubesse disso esse tempo todo?

– Que eu joguei o lampião? Ou que eu amo você?

– Ambos. Você pode imaginar... – Ele fez um ruído estrangulado na garganta. – Pelo amor de Deus, minha vida inteira desperdiçada...

– Desculpe-me. Muito mesmo. Eu queria poder ter contado isso antes, mas...

– Mas o que, Meredith? Você *poderia* ter me contado antes. Poderia ter me dito há semanas. Pelo menos a última parte.

O coração dela apertou. Arrastando-se até os joelhos, Meredith virou-se para ele e envolveu seus braços ao redor dos ombros dele. Ela simplesmente tinha que abraçá-lo.

– Estou lhe dizendo agora, Rhys. Eu amo você.

Os músculos dele ficaram rígidos.

– Eu avisei, não me toque. Não neste lugar.

– Tudo bem. Eu entendo. – Relutantemente, Meredith deixou seus braços deslizarem dos ombros dele e se acomodou de volta no chão.

– Você não entende? Não deve nada a esta vila. Você não *me* deve nada. Mas deve a si mesmo, depois de todo esse tempo e toda essa dor, encontrar sua própria felicidade. Se pudesse encontrar verdadeira satisfação aqui, eu não desejaria nada mais do que compartilhá-la com você. Mas se não... – Apesar de seus lábios tremerem, ela forçou sua voz a ser forte: – Então você deveria ir.

Rhys ficou em silêncio. Sua respiração estava tão acelerada que ela podia sentir a umidade da adega aumentando a cada segundo. Tirando o pó de suas calças, ele levantou-se e jogou uma tábua no fogo antes de limpar outra garrafa de conhaque.

– Você não quer falar sobre isso?

Crash. O gargalo da garrafa quebrou contra uma pedra.

– Falar sobre o quê? – ele perguntou tensamente, despejando conhaque em sua xícara.

– Você. Nós. O passado. O futuro. – *Ele poderia perdoá-la, ou não?*

Rhys não respondeu, apenas bebeu.

Meredith forçou-se a ser paciente. Depois de tudo o que ela lhe contara naquela noite... sobre o incêndio, sobre seus sentimentos... havia alterado tudo o que Rhys sabia sobre si mesmo, sobre seu passado. E tudo o que Rhys sabia sobre ela. Ele devia estar sobrecarregado, apenas lutando para tudo fazer sentido. E, para piorar, estavam presos naquele lugar onde ele sofrera tanto. Talvez a conversa fosse além dele. Pelo amor de Deus, Meredith estava surpresa que ficar em pé não fosse além dele no momento.

Certamente não era fácil para ela. Usando uma caixa próxima para apoio, Meredith levantou-se em pernas bambas.

– Eu sei que você deve estar chateado – disse ela, cuidadosamente.

– Eu não estou chateado.

– Claro que você está. – Como Rhys poderia continuar negando o óbvio? – Você está furioso. É natural. Não tem problema me mostrar isso.

– Por que eu estaria com raiva? – Ele cortou o ar com a mão, e conhaque espirrou de sua xícara. Algumas gotas caíram no braço de Meredith. Outras respingaram e faiscaram no fogo. Suas emoções, em contraste, permaneceram em uma fúria contida. – O incêndio não foi minha culpa. Você diz que me ama, sempre amou. Os últimos quatorze anos de tormento foram todos apenas um grande engano. Eu deveria estar feliz, não deveria? Extasiado. Pare de me dizer que estou com raiva.

– Muito bem. Você não está com raiva.

Um silêncio tenso se seguiu.

– O que você está esperando? – indagou ele, por fim. Sua voz estava plana: – Diga-me que reação está esperando ver. Eu deveria ter um acesso de raiva e quebrar caixas contra a parede? Deitar minha cabeça no seu colo e chorar enquanto você canta palavras doces e acaricia meu cabelo? Ou... ou sei lá. Está esperando que eu levante suas saias e a possua como um animal a noite toda. Porque, como mágica, algumas horas de cópula apagarão décadas de inferno vivido. – Rhys balançou a cabeça. – Você é boa, Merry. Mas não tão boa assim.

Ela tentou não deixar que as palavras dele a machucassem.

– Não. Eu não estou esperando por ataques, nem por... cópula. Mas eu dei a você muito pra absorver, e este lugar faria qualquer um se sentir um pouco louco. – Meredith estendeu a mão para tocar o braço dele, buscando um toque tranquilizador. – Nós vamos superar isso. Venha sentar-se comigo e esperar a noite passar.

– Eu lhe disse, não me *toque*! – Ele arrancou o braço do alcance dela e deu um passo largo para trás. Rhys apontou um dedo para ela: – Estou falando sério, Merry. Fique longe de mim agora. Eu não confio em mim mesmo.

– Tudo bem. – Lágrimas ardiam em seus olhos enquanto ela recuava para a pilha de peles. – Tudo bem. Não vou incomodá-lo mais.

Ela deitou-se de lado, abraçando-se contra o frio. Rhys arrastou-se para o lado oposto do fogo e agachou-se lá, encostando as costas em um barril e cruzando os braços sobre os joelhos.

Deste ponto de vista, as chamas e a fumaça pareciam dançar ao redor de seu rosto, distorcendo suas feições. Suas mãos estavam apertadas em punhos. Rhys estava tão tenso que Meredith o podia sentir vibrando com a força de sua fúria reprimida.

Ele estava lutando, ela podia perceber. Silenciosamente travando uma batalha ali no canto. Consigo mesmo, com seus demônios, com ela. Talvez apenas com a raiva em si... ela não podia ter certeza. Tudo o que sabia era que ele não a deixaria ajudá-lo. Rhys nem mesmo a deixaria se aproximar.

Ela deve ter adormecido eventualmente, pois a próxima coisa da qual se deu conta foi o som de pedra raspando contra pedra.

Ela tremeu. O fogo havia se apagado, e as peles haviam caído de sua forma adormecida. Seus joelhos encolheram-se em direção ao peito, e ela envolveu-os com os braços, tentando se aquecer.

Após um momento piscando para a pele arrepiada em seus braços, uma realização surgiu. Ou melhor, o próprio amanhecer era sua realização. O fogo havia se apagado, mas havia luz suficiente para distinguir os arredores. Tinha que ser luz do dia. Uma luz do dia fraca e empoeirada, mas ainda assim luz do dia. Todo o porão estava iluminado.

Rhys não estava em lugar nenhum à vista.

– Rhys? Você está aqui?

Ela lutou para se levantar do tapete. Certamente, por mais irritado que o lorde estivesse, ele não a teria deixado ali sozinha. Teria?

– Rhys?

Seu chamado ecoou pela adega, sem resposta.

O coração de Meredith começou a acelerar. Suas saias haviam se enredado em suas pernas, e ela tentou desembaraçá-las enquanto se sentava.

Então, da escadaria, ela ouviu um baixo e masculino grunhido de esforço. Seguido por um estrondo poderoso.

– Rhys!

Poeira sufocava o ar, mas Meredith arrastou-se por ele para alcançar a escada. Conforme as nuvens de poeira assentavam-se, ela avistou a silhueta dele na entrada recém-desobstruída, curvado enquanto se preparava para rolar para trás uma última pedra. Encaixando um pedaço de ferro sob o pedregulho, ele forçou e puxou com toda a sua força. Certamente, poderiam ter escalado a rocha do jeito que estava. A abertura já era grande o suficiente. Mas ela não interrompeu. Ele era inteligente o bastante para ter percebido o mesmo. Por qualquer razão, era importante para ele limpar completamente o caminho.

Com um último esforço tensionado, Rhys conseguiu balançar o pedregulho até sua ponta estreita. Um empurrão final com sua bota, e a coisa rolou para fora do caminho.

– Pronto – disse ele, limpando o suor da testa. Seus nós dos dedos estavam esfolados e sangrando. – Eu terminei por aqui.

Suas palavras tinham um tom de finalidade. Meredith perguntou-se o que significavam. Ele estava farto daquela horrível adega? Ou de Nethermoor como um todo?

E quanto a ela? Ele estava farto dela?

Os dois desceram de volta à vila, caminhando em silêncio. Rhys parecia pouco inclinado a conversar, para dizer o mínimo, então Meredith ficou alguns passos atrás. Ela estava dolorida por todos os lados. Seus músculos reclamavam da noite passada no chão frio e rochoso, sua cabeça pulsava, e seu estômago exigia comida. Pior de tudo era a dor lancinante em seu peito.

A dor aliviou consideravelmente quando entraram na taverna Três Cães e encontraram o lugar lotado de pessoas.

– Eles voltaram! – gritou Darryl por cima do salão. – A Sra. Maddox e nosso lorde, eles retornaram!

Atravessando a multidão que comemorava, o pai dela abriu caminho até a filha e quase caiu em seus braços.

– Merry... – disse ele, rouco, puxando-a para um abraço apertado e acariciando o cabelo dela. – Eu estava tão preocupado. Quer dizer, sabia que estava com Rhys e que ele cuidaria de você, mas ainda assim...

– Estou bem, pai. – Ela o abraçou de volta. – Sinto muito por ter preocupado você. Todos os outros já voltaram?

Esticando o pescoço, Meredith olhou por cima do ombro dele para a multidão. Tantas pessoas, todos os moradores da vila ao que parecia, mas nenhum sinal da única pessoa que ela procurava.

Até que avistou uma cesta de pãezinhos fermentados frescos, e seu fôlego ficou preso na garganta. Ela soltou-se do abraço de seu pai.

– Estou aqui, Sra. Maddox. – Cora saiu correndo da cozinha, batendo a farinha das mãos. – Estou aqui. Voltei ao trabalho. Sinto muito, senhora. E, não sei se pode me perdoar algum dia, mas eu juro que nunca mais vou deixar...

Meredith interrompeu o discurso da jovem ao puxá-la para um abraço apertado. Cora imediatamente dissolveu-se em lágrimas. A taverneira lançou um olhar de alívio na direção de Rhys, mas o lorde havia se movido para a multidão. Ela não conseguia vê-lo mais.

Ela voltou sua atenção para a moça em soluços nos seus braços.

– Pobre querida. Você nos deixou tão preocupados.

A camada de sujeira e areia que Meredith carregava sobre si misturou-se com a farinha em Cora. Independentemente disso, a taverneira acariciou o cabelo da jovem.

Cora contorceu-se em seus braços.

– Os pães vão queimar.

– Não se preocupe com isso. – Ela discretamente gesticulou para Darryl, direcionando-o para salvar os pães. Então, direcionou Cora para a mesa mais próxima e ajudou-a a sentar-se. – Onde você estava, querida?

Cora mordeu o lábio e virou os olhos para os ladrilhos. O quarto ficou muito silencioso.

– Não tenha medo – incentivou-a Meredith. – Você pode me contar.

– Ela estava comigo. – Uma mão masculina e pesada pousou no ombro da moça.

O olhar de Meredith percorreu da mão ao braço, do braço ao ombro, e direto para o rosto que deveria ter esperado desde o início. Droga, deveria ter sabido.

– Ela estava comigo – repetiu Gideon Myles. – A noite toda.

Enquanto Meredith o encarava, ondas vermelhas de raiva nadavam diante dos olhos dela, que só conseguiu pronunciar uma palavra.

– Onde?

– Em um lugar privado. Um lugar seguro.

– Só fomos dar uma volta – disse Cora, fungando seriamente. – Mas o nevoeiro subiu, e Gi... e o Sr. Myles disse que deveríamos esperar passar. Que não era seguro voltar pra casa. – Seu toque apertou-se sobre a mão de Meredith. – Senhora, eu juro. Não era minha intenção. Só fomos dar uma volta e quando o nevoeiro subiu...

– Não era seguro voltar pra casa. Eu sei. – Meredith engoliu em seco e virou-se para Gideon, enfrentando seu olhar sem arrependimento. – Não era seguro pra você, que chama este pântano de lar há mais anos do que essa moça tem de vida, caminhar até em casa. Mas era seguro para todos os outros na vila irem procurá-la no vale, no rio e no pântano por ela? Alguém poderia ter morrido.

Ele deu de ombros e desviou o olhar.

– Não desvie o olhar de mim. – Com um aperto final, ela soltou as mãos de Cora. Tremendo de fúria, colocou ambas as mãos na mesa e lentamente levantou-se. – Você tocou nela?

Cora abaixou a cabeça na mesa e chorou.

Meredith firmou o queixo e encarou Gideon até que ele encontrasse seu olhar.

– Eu fiz uma pergunta. Você tocou nela?

– Isso não é da sua conta, Meredith.

– Claro que é. – A taverneira chutou a cadeira para longe deles e deu um passo mais perto. – Responda-me.

– Eu não fiz nada que ela não quisesse.

Meredith nem se lembra de ter puxado a mão para trás e a deixado voar, apenas ouviu o estalo de sua palma contra o rosto não barbeado de Gideon.

– Seu bastardo! Ela é uma garota.

– Ela não é uma garota, ela é uma...

– Não diga isso. Não a chame disso.

Antes que Meredith pudesse atacá-lo outra vez, Gideon agarrou seu pulso com uma pegada feroz.

– Acredite, você não tem ideia do que eu ia dizer. – Soltando-a, ele a varreu com um olhar de puro desprezo. – O quê? Tudo bem pra você, mas não pra mim? Você pode se enfeitar e fugir com Ashworth para uma semana de fornicação de alta classe, mas eu não posso...

Gideon não viu o que estava por vir. Em um minuto ele estava em pé diante de Meredith, quase a chamando de meretriz, e, no momento seguinte, Rhys o tinha esmagado contra a parede. E porque não era o suficiente fazer isso uma vez, o lorde o agarrou pela camisa, puxou-o da parede e o esmagou contra ela mais uma vez.

Por toda a taverna, corpos saltaram das cadeiras e colaram-se às bordas do salão.

Segurando Gideon preso à parede com um braço, Rhys puxou para trás o outro e balançou. No último segundo, Gideon conseguiu se retorcer em seu aperto, de modo que o soco desviou de seu ombro e atingiu a parede, em vez de quebrar seu pescoço instantaneamente. Ele colocou um antebraço na garganta de Rhys e enfiou uma bota no ventre do homem maior, alavancando-o para longe. Com o outro braço, alcançou a pistola ao seu lado.

Rhys foi mais rápido.

– Sem armas – disse ele, arrancando a pistola da cintura de Gideon e jogando-a para o lado. – Apenas punhos.

A pistola deslizou pelos ladrilhos, parando aos pés de Cora.

Gideon deu um chute rápido no joelho de Rhys, o joelho esquerdo ferido que ele sempre favorecia. O chute fez Rhys recuar um passo, dando a Gideon um instante para respirar e reagir.

Atacar.

Desviando para o lado, ele agarrou um castiçal da lareira.

– Não! – gritou Meredith.

Os dedos de Gideon fecharam-se em torno do pesado cano de latão justo quando Rhys recuava para outro soco. Ambos balançaram ao mesmo tempo. O punho de Rhys conectou-se primeiro com o maxilar de Gideon, alterando o ângulo de descida do castiçal, mas não sua velocidade. O cajado desceu nas costas de Rhys com um baque surdo. Ambos os homens rugiram de dor, separando-se por um momento.

Mas não por muito tempo.

Com um grito de batalha inarticulado, Gideon balançou outra vez. Rhys desviou, e o castiçal acertou uma mesa, esmagando-se diretamente através do tampo da mesa. Enquanto Gideon lutava para retirar a arma de um ninho de lascas, Rhys pegou um banquinho e o balançou com força. O banquinho espatifou-se em pedaços sobre a cabeça de Gideon.

– Seu bastardo! – Abandonando o aperto no castiçal, Gideon baixou o ombro e carregou contra Rhys com toda a força.

Embora o lorde fosse o homem maior, ele foi pego desprevenido. E recuou quando Gideon o atingiu, e juntos atravessaram a distância do salão, batendo contra o balcão com um estrondo de vidro e madeira se partindo.

As mãos de Meredith voaram para a boca. Meu Deus. Eles tinham destruído toda a taverna.

Se Rhys sentiu algum dos socos de Gideon em seu peito e abdômen, ele não demonstrou. Em vez disso, fechou as mãos na camisa de Gideon e o levantou e jogou, balançando-o sobre o balcão e derrubando-o de costas. Em segundos, Rhys havia se lançado sobre o contrabandista, montando as coxas de Gideon para segurá-lo enquanto desferia golpe após golpe.

– Parem com isso! – implorou Meredith. – Rhys, Gideon. Pelo amor de Deus, parem!

Nenhum dos dois atendeu aos apelos dela.

As mãos de Gideon dispararam para agarrar o pescoço de Rhys. Ele travou os cotovelos, empurrando para cima até a cabeça de Rhys bater nas fileiras de copos pendurados. Enquanto lutavam, pequenos pedaços de vidro choveram sobre ambos, seguidos por filetes vermelhos de sangue. De quem era o sangue, Meredith não podia ter certeza.

Assim que a chuva de vidro se dissipou, a cena parecia quase a mesma. Gideon deitado de costas no bar; Rhys pairando sobre ele. Os dedos de Gideon apertavam forte em volta do pescoço de Rhys, cortando sua respiração. Enquanto isso, o lorde desferia golpe após golpe poderoso nas costelas de Gideon. Meredith ouviu um estalo doentio.

Oh, Deus. Isso não pararia até que um deles estivesse inconsciente. Ou morto.

Cora saltou em direção aos homens, mas Meredith agarrou a jovem pelo braço e a segurou. Não havia como parar aqueles dois. Qualquer um que tentasse intervir certamente seria ferido, se não morto.

– Morra! – rosnou Gideon, apertando os dedos em volta da garganta de Rhys.

Em resposta, o lorde grunhiu duas palavras.

– *Vem tentar.*

O rosto de Rhys tinha ganhado uma assustadora tonalidade de vermelho, mas Meredith podia dizer que a força de Gideon estava diminuindo. Com uma expressão quase arrependida, o lorde levantou o punho e desferiu um último golpe no maxilar do contrabandista. Sangue esguichou da boca do homem mais jovem, espirrando em Meredith e Cora. A moça gritou. O corpo de Gideon ficou mole, suas mãos caíram de volta para o balcão.

Um dente rolou para o chão e quicou nas pedras.

E Rhys continuou desferindo golpes.

– Levante-se. – *Pow.* – É isso o melhor que pode fazer? – *Pow.* – Fique em pé, seu miserável pedaço de lixo. – Ele agarrou Gideon pelo colarinho e o sacudiu, batendo sua cabeça contra o balcão. – Acorde, seu bastardo, e tente me matar de novo.

Rhys soltou a camisa de Gideon, e a cabeça do homem mais jovem rolou de volta para o balcão. O lorde sentou-se sobre ele, sangrando, ofegante e suando. E talvez, Meredith não podia dizer ao certo, chorando um pouco, também.

Justo quando havia reunido compostura para ir até ele, Rhys firmou a mandíbula e levantou seu punho pesado outra vez, como se fosse desferir em Gideon o golpe de morte. O salão prendeu a respiração.

– Não! – gritou Cora.

Meredith disse:

– Rhys, não!

De trás das duas mulheres, um homem abriu caminho através da multidão e correu para segurar o braço de Rhys. Meredith o reconheceu como amigo do lorde e protetor de Cora. O Sr. Julian Bellamy. Ela nunca imaginou que ficaria tão feliz em ver aquele homem outra vez.

– Guarde isso – disse Bellamy, ofegante e usando toda a sua força para conter a fúria de Rhys. – Guarde esse golpe para alguém que o mereça. Eu o encontrei.

Após um longo e tenso momento, Rhys abaixou o braço, puxando-o do aperto de Bellamy. Ele piscou para a forma imóvel de Gideon, como se nem reconhecesse o homem. Seu olhar vagou pelo balcão cheio de destroços, como se não tivesse ideia de como havia chegado ali.

– Rhys? – ela arriscou.

Os olhos dele levantaram-se para os dela, sem alma e frios. Engolindo em seco, ele limpou a testa com a manga. O linho ficou manchado com sujeira, suor e sangue.

– Você queria me ver com raiva – disse ele, cuspindo um bocado de sangue para o lado. – Está feliz agora?

Meredith engasgou com um soluço.

– Então você está com raiva. Brilhante. A hora não poderia ser melhor – Bellamy agarrou a camisa de Rhys e o puxou, exigindo sua atenção. – Guarde sua ira. Eu o encontrei. O homem que matou Leo.

Capítulo 23

O silêncio que se seguiu foi profundo. Todos, incluindo Meredith, ficaram atônitos com aquele quadro de carnificina e destruição. A taverna já tinha visto mais do que sua cota de brigas, mas nunca nada parecido. Ninguém sabia o que viria a seguir.

Quebrando a tensão, o Sr. Bellamy deu um tapinha no ombro de Rhys.

– Vamos, Ashworth – disse ele, gentilmente. – Vamos tirá-lo deste lugar.

Após uma pausa momentânea, Rhys assentiu. Ele deslizou para fora do balcão, pousando com um estrondo ressonante.

Bellamy avaliou a aparência do lorde, franzindo o nariz para o sangue e a sujeira.

– Você tem um traje limpo em algum lugar?

Rhys tocou o lábio sangrando.

– Lá em cima, no meu chalé.

– Então vamos para o chalé. – Bellamy inclinou a cabeça na direção de Meredith. – Senhora Maddox, sempre um prazer.

Meredith quase abraçou o homem, tão grata que estava. Ninguém aqui na vila teria conseguido interromper aquela cena e trazer Rhys de volta à realidade.

Bellamy lançou um olhar inquisidor para Cora.

– Você está bem?

A jovem assentiu.

– Fique atenta pra não fugir de novo. Quando sairmos, você virá conosco.

Meredith tentou captar o olhar de Rhys, mas ele se recusou a encontrar o olhar dela.

– Rhys – chamou ela, agarrando o braço dele. – Olhe pra mim. Você está machucado?

– Por que você se importa?

– É claro que me importo.

– Não se importe. Eu não quero que se importe. – Rhys desvencilhou-se do toque dela. – Eu não posso estar perto de você agora.

Quando os homens saíram, os cães dispararam atrás deles. Meredith ficou para trás. Ela olhou ao redor para os destroços e perguntou a si mesma o que estava mais despedaçado: sua taverna ou seu coração?

Cora correu para o lado de Gideon. Em segundos, ele estava resmungando maldições e contorcendo-se em cima do balcão, provando que Rhys não o tinha derrotado completamente.

Por um longo minuto fervilhando, Meredith contemplou derrotar Gideon ela mesma. Então, sua natureza prática prevaleceu. Não queria aquele tipo de bagunça em sua taverna, nem esse tipo de culpa em sua alma. Gideon não valia a pena. Ela queria, no entanto, impedi-lo de sangrar por todo o balcão. Então, foi buscar seu conjunto de bandagens e remédios, mas, quando trouxe a pequena caixa da cozinha, Cora a tirou de suas mãos.

– Eu cuidarei dele – disse, com firmeza. Não havia mais um tom infantil na voz dela, apenas a resolução de uma mulher.

Harold e Laurence estavam atrás dela, arregaçando as mangas.

– Nós o levaremos para um dos quartos de hóspedes – disse Cora.

Meredith assentiu de forma entorpecida.

– Eu limparei aqui embaixo.

Depois de expulsar todos do salão, ela trancou a porta. Sozinha, varreu cada lasca de vidro quebrado e cada pedaço de madeira estilhaçada. Meredith enxugou o sangue do balcão e esfregou os ladrilhos com areia. E endireitou os móveis restantes, devolvendo o castiçal de bronze ao seu lugar na lareira.

Quando chegou a hora do almoço, ela subiu para lavar-se e trocar de vestido, e então preparou uma refeição simples para a família. Pão, queijo e linguiças. Ela chamou seu pai e Darryl, que estavam no estábulo dos cavalos. O estafe e a carruagem do Sr. Bellamy ainda estavam lá, mas não havia sinal do cavalheiro. Ou de Rhys.

Depois de os homens terem feito sua refeição, Meredith preparou uma bandeja e a levou para cima.

– Trouxe um pouco de chá e caldo – disse ela, empurrando a porta com o pé. – E comida sólida para você, Cora.

Gideon estava deitado na cama, ainda com suas botas e calças, mas sem camisa. Cora sentava-se em uma cadeira ao lado dele, segurando um cataplasma em um lado do rosto dele.

– Ele está dormindo – disse ela. – Eu dei a ele um láudano para a dor.

Meredith colocou a bandeja em uma mesa próxima. Então, aproximou-se para ficar sobre o ombro de Cora e alcançou a mão da jovem para levantar o cataplasma do rosto dele. Céus! O maxilar do homem, a bochecha e a testa eram uma única grande contusão inchada.

Ele não conseguiria ver a luz do dia com aquele olho durante uma semana.

– Bem, Gideon – disse ela, baixinho, mesmo sabendo que ele não podia ouvi-la. – Você mereceu isso.

– Não foi como você está pensando – contou Cora. Ela alisou o cabelo de Gideon. – Nós dois, ontem à noite.

– Mesmo assim. Ele já merecia isso. – Desde aquela noite em que Rhys entrou cambaleando do pântano com um corte no couro cabeludo.

Meredith fez sua vez cuidando do homem ferido enquanto Cora descansava, depois preparou uma refeição noturna. E, depois de tudo varrido, lavado e guardado, ela sentou-se em seu balcão arranhado e amassado e serviu-se um generoso copo de vinho. Depois um segundo.

Um jornal dobrado jazia no balcão. Ela o deixou intocado.

Ele não poderia dizer a ela o que queria saber hoje.

Perto da meia-noite, houve uma batida na porta do seu quarto. Meredith enrolou um xale sobre os ombros, foi até a porta e deslizou o trinco para abrir uma fresta.

Rhys estava lá, vestido com uma camisa limpa e calças. Os pequenos cortes em sua testa haviam sido cuidados e limpos.

– Eu parto ao amanhecer – informou ele.

Ela só pôde piscar para ele.

– É o assassino. Bellamy acha que encontrou o homem que estava com Leo na noite em que ele foi atacado. Chama-se Faraday. Estava se escondendo na Cornualha. Bellamy está falando com Cora agora. Ela virá junto para confirmar a identidade dele.

– Por que você precisa ir?

A sobrancelha dele arqueou-se.

– Não é óbvio? Sou o músculo. Em caso de relutância, sou eu quem vai arrancar a verdade dele. Depois, aplicar a justiça se for necessário.

– Entendo.

– Sim. Você entende. Como todos entenderam nesta manhã. É o que eu faço. – Uma aversão a si mesmo cintilou nos olhos dele. Quando falou, sua voz estava rouca: – E quanto a Myles? Ele vai...

– Ele vai sobreviver. Está sofrendo, mas vai viver.

O rosto dele permaneceu sombrio, mas os cantos de sua boca suavizaram com o alívio. Ela acrescentou:

– Ele mereceu, pelo que fez com Cora.

À menção a moça, Rhys encolheu novamente.

– Ela estava sob minha proteção. Nunca a deveria ter deixado sozinha. – Ele limpou a garganta e se sacudiu um pouco. – Descarreguei as compras de Bath, arrumei minhas coisas do chalé. E trouxe de volta os cães.

O olhar do lorde se dirigiu a eles. Dois pares de olhos castanhos aguados olharam para ela lamentavelmente. Um baixo gemido soou de uma garganta canina.

– Eles vão sentir sua falta – disse ela.

– Eu vou sentir falta deles.

Meredith abriu toda a porta, e os cães correram para dentro, tropeçando uns nos outros em sua corrida para a lareira. Mesmo depois de as mascotes se acomodarem, ela manteve a porta aberta em convite. Ela permitiu que o xale escorregasse de um ombro.

– Ainda leva algumas horas até o amanhecer. – Desavergonhada, Meredith sabia. Mas, droga, de que adiantava o orgulho? Se Rhys estava partindo para sempre, ela queria uma última noite.

– Não – O maxilar dele se tencionou. – Não me convide para entrar. Porque não tenho forças pra recusar, e eu só estaria usando-a. Do mesmo jeito que usei Myles esta manhã. Estou fulo da vida, e você seria apenas mais uma pessoa sem nome para eu descontar. Eu seria duro e rápido, até esquecer quem você é. Quem eu sou. – Ele engoliu em seco. – Eu estaria usando você.

Meu Deus. Se ele estava tentando desencorajá-la, estava fazendo tudo errado. Meredith apertou as pernas uma contra a outra enquanto o calor úmido surgia entre suas coxas. Ela nunca havia ficado tão excitada, tão rapidamente. O que ele descreveu era exatamente o que Merry desejava. Uma última vez intensa, rápida e inesquecível.

Olhando-o corajosamente nos olhos, Meredith abriu a porta ainda mais.

– Nós estaríamos usando um ao outro.

Isso foi tudo o que precisou.

Antes mesmo que ela pudesse recuperar o fôlego, Rhys adentrou o quarto, agarrou-a em seus braços e fechou a porta, prensando-a contra ela. Meredith estava encurralada entre a porta de carvalho em suas costas e a dura parede de músculos quentes à sua frente, e nunca se sentiu mais completa e deliciosamente aprisionada.

Rhys deslizou as mãos para os quadris dela e a levantou, pressionando-a contra a porta. Deixando seu xale cair no chão, Meredith puxou freneticamente a barra de seu camisão, levantando-o até sua cintura para poder envolver as pernas ao redor da cintura dele. Cruzando os tornozelos, puxou sua pélvis para se unir à dela. Ambos gemeram quando a dura protuberância da ereção dele esfregou contra a sexualidade exposta dela. Meredith já estava úmida por ele, e Rhys estava inacreditavelmente rígido por ela. Não havia necessidade de preliminares.

Ele a segurou com um braço poderoso enquanto abria as calças com a mão livre. Com um impulso forte e rápido, Rhys a penetrou, chocando sua coluna contra a porta. Ela ofegou, e o homem avançou outra vez, entregando tudo o que havia prometido. Uma penetração boa, forte e sem nome, na lascívia do esquecimento.

Rhys mordeu o ombro dela, e Meredith arranhou o pescoço dele com suas unhas. Ele respondeu com um rosnado profano, cru e desenfreado, como ela nunca havia ouvido dentro de um quarto de dormir. Ela achou deveras excitante. Conforme o prazer acumulava-se e se enrolava em sua sexualidade, seus membros ficaram flácidos. A força dele sustentava todo o corpo dela enquanto a empurrava contra a porta repetidas vezes, e Merry se tornou inerte, apenas tentando manter-se à tona no mar violento e turbulento da lascívia.

– Rhys. – Ela deslizou os dedos pelo cabelo cortado dele. – Oh, sim.

E então ele parou.

O lorde congelou, profundo dentro dela, ofegando contra a curva de seu pescoço.

Os quadris dela contorciam-se de necessidade. Céus, ela estava tão perto. Ele pretendia torturá-la?

– Eu não posso fazer isso – disse ele, ofegando por ar.

– O que você quer dizer? – Ela apertou as pernas ao redor da cintura dele. Seus músculos íntimos contraíram-se ao redor dele também, e Rhys gemeu de prazer.

– Eu não consigo. Não assim. – Ele ofegou contra o pescoço dela. – Os malditos cachorros estão mastigando minhas botas.

Com um suspiro, Meredith contorceu-se e esticou o pescoço para ver. De fato, lá estavam os dois cães a seus pés, mordiscando a borla da bota dele onde ela emaranhava-se com a barra de seu camisão.

Meredith não pôde evitar. Ela riu. E, depois de um momento, Rhys se juntou a ela, rindo baixo contra seu pescoço.

Ele levantou a cabeça para encontrar o olhar dela. Os dois permaneceram assim por um momento, unidos em corpo, ambos respirando com dificuldade, rindo com os olhos e falando sem palavras.

Uma doçura insuportável floresceu no coração de Meredith, enchendo seu peito e espalhando-se para seus membros. Ambos haviam começado isso em um frenesi de raiva e desespero, e tudo o que foi necessário foi um minuto de sua pele contra a dela para que a normalidade benigna prevalecesse. Era como ele vinha dizendo desde o início. Estar juntos simplesmente parecia tão certo.

Com mãos trêmulas, ela acariciou o cabelo dele. Seus olhos brilhavam com afeto e vulnerabilidade, e Meredith teve um pressentimento de que eles pareciam assim porque estavam refletindo a emoção desprotegida nos dela.

O lorde engoliu em seco, e ela segurou seu rosto com as duas mãos.

– Oh, Rhys.

Eu o amo, ela pensou. *Estou irremediavelmente apaixonada por você, e vai me deixar ao amanhecer.*

– Não diga – disse ele. – Eu sei.

Ainda ereto e profundamente plantado dentro dela, ele segurou as nádegas dela em suas mãos e a levantou para longe da porta. Ele virou, dando passos desajeitados em direção à cama, e gentilmente a deitou no colchão sem nunca se retirar do corpo dela.

Levando-a para perto da cabeceira, Rhys se juntou a ela na cama, com botas e tudo. Os cães, privados de sua diversão, voltaram para o tapete diante da lareira. Meredith estava sob ele na cama, completamente cercada por sua força e protegida do frio. E ela nunca se sentiu tão assustada, solitária e fria.

Ele puxou a barra da camisola dela, levantando-a até o meio.

– Tire isso. Eu quero vê-la. Eu preciso ver você...

Uma última vez.

As palavras não ditas lhe deram arrepios. Mas, mesmo tremendo enquanto fazia isso, Meredith levantou a camisola e a tirou pela cabeça, jogando-a de lado. Ela puxou a camisa dele em seguida, enquanto Rhys começava a se mover dentro dela outra vez. Lentamente, agora. Com delicadeza.

Ao mudar seu peso de um braço para o outro, ele a ajudou a puxar a camisa pela cabeça. Os dois estavam tão expostos quanto poderiam estar sem se separar, e nenhum deles estava disposto a fazer isso.

Equilibrado em um cotovelo, Rhys traçou o contorno do seio dela com a mão livre.

– Você é tão linda. – Sua voz era um sussurro quebrado, rouco de desejo. – Tão bonita. – Flexionando sua coxa, ele penetrou profundamente, tocando seu colo. – Eu deveria ter sabido que era um sonho pensar que você me pertencia.

– Mas eu pertenço. – Ela segurou o rosto dele. – Eu sou sua. Corpo, coração, alma. Eu am...

– Não. – Ele a beijou para silenciá-la. – Eu não suporto.

Quando Rhys avançou profundamente mais uma vez, ela perdeu o fôlego para falar. Meredith o beijou em vez disso, pressionando os lábios na boca, mandíbula, garganta e orelha... qualquer parte dele que pudesse alcançar.

Rhys segurou os braços dela e a prendeu ao colchão, elevando-se enquanto se movia dentro dela, repetidas vezes. Meredith não queria que isso acabasse nunca. *Por favor, não deixe ser a última vez*. Ela lutou para se segurar e evitar o clímax. Se ele a deixasse insatisfeita, segundo o entendimento que ela possuía da mente masculina, o orgulho dele não permitiria que fosse embora.

Mas Rhys era demais para ela. Grande e feroz demais, terno e selvagem demais. Ela não conseguia resistir a ele. Nunca conseguiu. Ele a levou a um ápice brilhante e ofegante, então soltou um rugido selvagem enquanto encontrava seu próprio prazer nela.

Quando ele desabou, exausto e ofegante sobre ela, Meredith o envolveu em seus braços e o segurou firme.

– Fique – sussurrou ela. Sua língua passou sobre o sal de sua pele. – Não se vá.

– Eu preciso ir. – Ele retirou-se do corpo dela, depois sentou-se na beirada da cama, abotoando a braguilha da calça. – Eu tenho que resolver esse assunto com Faraday. Isso é o que eu faço.

– Não. – Ela se levantou, enrolando os lençóis da cama ao redor dela. – Não, isso não é o que você faz.

Ele pegou sua camisa.

– Você me viu esta manhã. A vila inteira me viu esta manhã. Foi assim que passei a maior parte da minha vida, Meredith. Lutando. Brigando. Destruindo coisas. Eu pensei que tinha deixado tudo isso para trás, mas... – Ele fixou um olhar duro e implacável nela. – Eu o teria matado.

– Talvez. Mas Gideon tentou matar você primeiro. Não é o caso com esse tal de Faraday.

– Ele é um assassino.

– Você não sabe disso. Pelo relato de Cora, ele poderia ter sido uma vítima inocente, assim como seu amigo Leo.

– Determinar sua culpa ou inocência não é meu trabalho. – Ele juntou o linho branco em suas mãos e enfiou a cabeça pelo buraco do pescoço da camisa. – Eu estou lá para bater primeiro, e Bellamy fará as perguntas depois.

– Você não pode fazer isso. Não vai fazer isso. – Ela segurou seu punho firme enquanto ele lutava para enfiar o braço na manga. – Todas aquelas batalhas e brigas ao longo da sua vida, todas elas tinham algo em comum. Eram lutas justas, equilibradas, com oponentes que mereciam. Você nunca foi um valentão, Rhys. Foi por isso que fiquei tão encantada com você quando era menina.

Ele debochou.

– Quando você era menina, eu nem a notava.

– Exatamente. – Ela alisou as costas da camisa dele, drapeando o linho crispado sobre os músculos ondulantes. – Você tem noção do quão notável isso é? Qualquer outro jovem na sua situação estaria procurando um alvo como eu: pequena, desajeitada e irritante. Seria tão fácil me atormentar. Os garotos do estábulo sempre me provocavam quando meu pai não estava. Estavam tão acostumados a serem empurrados por seus superiores e queriam alguém para empurrar também. Isso os fazia se sentir importantes, no controle. Mas você… – Ela acariciou as costas dele. – De todos os jovens, você tinha todos os motivos para tornar minha vida miserável, e nunca o fez. Você respeitava meu pai. Era gentil com os cavalariços. Valorizava aqueles cavalos. E me deixava em paz. – Com hesitação, ela levantou a mão até o cabelo dele. – Chame de tolice se quiser, mas… eu o amei por isso.

Com um praguejo abafado, ele apoiou os cotovelos nos joelhos e deixou a cabeça cair nas mãos.

– Você não acredita em mim? Eu ainda o amo, Rhys. Mais do que nunca.

– Eu sei. Eu sei. E não sei o que há de errado comigo. – Depois de esfregar o rosto com uma mão, ele apoiou o queixo. – Você diz que me ama. Eu sei na minha mente que isso deveria melhorar as coisas. – Ele olhou para ela. – Não deveria? Quero dizer, é a única coisa que esperei a minha vida inteira ouvir. E, agora que sussurrou essas três palavrinhas, minha raiva deveria desaparecer, a dor cessar, arco-íris deveriam romper as nuvens e um coro de anjos deveria cantar. – Os olhos dele brilharam com emoção enquanto a ponta do seu dedo traçava a curva do queixo dela. – Contra todas as probabilidades, essa mulher linda, inteligente e forte me ama. Minha vida deveria se acertar.

– Mas não… – disse ela.

Sacudindo a cabeça, Rhys retirou o toque.

– Não... Você continua dizendo que me ama. E isso corta mais fundo toda bendita vez. Dói, Merry. Não consigo entender, mas dói demais. Essas palavras... elas me fazem querer bater em coisas, extravasar em raiva. – Ele xingou outra vez, cerrando as mãos em punhos. – Algo está errado comigo. Muitas coisas estão erradas comigo.

– E eu sou um tanto culpada. Você não pode me perdoar.

– Não tem nada a ver com culpa ou perdão. É sobre estar quebrado. Não posso arriscar machucá-la.

Com um suspiro áspero, Rhys se levantou.

– Eu deveria ir.

Da cama, Meredith estendeu a mão e pegou a dele.

– Fique um pouco mais. Ainda não é de manhã. Se é difícil pra você, não precisamos falar.

– Sim, precisamos. Nós precisamos falar. – Ele virou-se e se agachou ao lado do colchão. Seus olhos estavam pensativos enquanto percorriam o nó de suas mãos unidas. – Eu fiz algum bem aqui, acho. O chalé é do seu pai para fazer o que ele quiser. Vou garantir que a pensão dele seja restabelecida. Os homens vão terminar a estalagem, e você terá os cavalos de correio, eu prometo. E vou pagar pelos danos à taverna.

– Não estou preocupada com a estalagem, seu tolo. Estou preocupada com você. – A voz dela falhou. – Rhys, pare de agir como se isso fosse o fim. Você não pode fazer isso comigo agora. O que aconteceu com toda aquela conversa sobre destino? Eu sou seu destino, e você é o meu?

Após pressionar um beijo firme em suas juntas, ele encostou a testa em suas mãos unidas.

– Eu juro pra você. Se alguma mulher pudesse fazer tudo certo, me tornar inteiro, seria você. Mas estou muito quebrado, Merry. É tarde demais pra mim. Eu gostaria que não fosse o caso, mas...

– Não diga isso. Não diga!

O lorde enxugou uma lágrima da bochecha dela.

– Algumas coisas simplesmente não são para ser.

Capítulo 24

Pensei que o condado de onde você vem fosse proibitivo – disse Bellamy, franzindo a testa para a pequena janela da carruagem. – Isso faz parecer alegre em comparação. É apenas coincidência, Ashworth, ou um nevoeiro deprimente realmente o segue por aí?

Rhys não respondeu. Esqueça o nevoeiro. Ele tinha a sensação de que uma maldita tempestade rugia dentro de seu peito. Seu coração fervilhava com emoções espessas, turbulentas e violentas. Dor, confusão e raiva. E, embora tivesse deixado Meredith há apenas metade de um dia, sentia tanta falta dela que mal conseguia respirar. Mas precisava impor uma distância entre eles. Não podia deixá-la ser pega na sua tempestade.

Distraidamente, o lorde passava a língua contra um corte no interior de seu lábio superior. O sabor de sangue o ajudava a se concentrar. O gosto metálico provocava nele um sentimento estranho, vagamente parecido com nostalgia. Assim como aquela briga com Myles no dia anterior havia lhe dado uma espécie de clareza. Dar e receber golpes... era isso que fazia, o que conhecia tão bem. Afinal, ele tinha sido criado para isso. Era o negócio da família.

– Conte-me sobre Faraday. Ele é grande?

Rhys esperava que sim. Ele não gostava de bater nos pequenos.

Bellamy deu de ombros.

Ele é muito parecido comigo, segundo Cora mencionou.

Arqueando uma sobrancelha, Rhys estudou seu companheiro com novo interesse. Com um olhar inquieto, Bellamy fez um movimento defensivo para baixo no assento.

– Então ele servirá – disse Rhys.

– Bom. – Bellamy puxou o punho da camisa. – Deveria ter pensado nisso meses atrás. No início, achei que Morland tinha arranjado o assassinato.

Ele queria as fichas do Clube dos Cavaleiros e estava lá no salão de jogos na noite em que Leo e eu fizemos planos para assistir à luta de boxe.

– Mas Morland não tinha nada a ver com isso. – Rhys franziu a testa. Ele achava que haviam encerrado aquela discussão em Gloucestershire.

– Sei disso agora. E foi quando percebi que, para cada ficha que Morland coletava, em algum lugar havia um ex-membro do Clube irritado. Então, passei por todos eles, fazendo perguntas sobre seus paradeiros na noite do assassinato. Perdi Faraday inicialmente, porque todos pareciam pensar que ele tinha deixado a cidade dias antes. Até seus empregados confirmaram isso.

– Mas ele não tinha.

– Não. E ele sabia sobre a luta de boxe. Foi a ficha de Faraday que Morland ganhou naquela noite. Estávamos todos observando eles jogarem. Depois que Faraday perdeu, Leo, com o espírito esportivo que tinha, apertou a mão de Morland, parabenizando-o por uma partida bem jogada. Faraday disfarçou bem, mas podia afirmar que ele estava furioso. Quando ele anunciou sua intenção de ir para o campo, assumimos que estava sem fundos. Nunca pensamos em questionar. Enfim, na minha terceira rodada de perguntas, um dos lacaios revelou a verdade. Peter Faraday não deixou a cidade até dois dias após a morte de Leo. – Ele xingou. – Tem que ser ele.

– Vamos esperar que Cora possa identificá-lo com toda a certeza.

A jovem estava reclinada no banco da frente, dormindo profundamente. Pelo menos, Rhys achava seguro presumir que ela estava dormindo, porque não conhecia nenhuma mulher que se exibisse na frente de dois cavalheiros com a boca escancarada por vontade própria. Esse sono real veio depois que ela apenas fingiu dormir ao sair de Devonshire e atravessar Bodmin Moor. Os olhos dela não encontraram os dele desde que saíram da Três Cães. Cora estava com medo dele de novo, e Rhys não podia dizer que a culpava nem um pouco.

A vila inteira voltaria a temê-lo. Ele nunca se esqueceria do momento em que tirou os olhos do rosto sangrando de Gideon Myles e se virou para encontrar o balcão destruído e os vilões reunidos de Buckleigh-in-the-Moor olhando para ele em um horror coletivo. E lá, no meio de todos eles, sua encantadora Meredith... seu rosto desprovido de cor e respingado de sangue. Só a memória era o suficiente para revirar o estômago dele e fazer sua cabeça pulsar de dor. Em toda a sua miserável vida, Rhys nunca tinha se sentido mais monstruoso.

– Lá está o sol – apontou Bellamy. – Graças a Deus.

Inclinando-se sobre ele, Rhys espiou pela janela. A Cornualha era um lugar solitário, mas, como Devonshire, tinha uma beleza severa. Ao contornarem uma curva, o nevoeiro se dissipou. Ele vislumbrou colinas verdes longas como dedo abraçando um mar azul e brilhante. As enseadas entre eles eram penhascos escuros em formato de favo de mel. Havia uma sensação de oscilar à beira do mundo enquanto sua carruagem e estafe navegavam pela estrada costeira, bem acima das ondas se quebrando.

– Que tipo de lugar estamos procurando? – questionou ele.

– De acordo com minha fonte, a casa está situada acima de uma enseada rochosa.

– Sua fonte foi mais específica? Parece haver muitas enseadas rochosas por aqui.

– Saberemos quando chegarmos lá – respondeu Bellamy com confiança. – Da última vez que paramos, aquele camponês me disse que é a única casa de qualquer tamanho em quilômetros.

A carruagem inclinou-se em outra curva acentuada, e Rhys agarrou a borda do assento para não deslizar para o colo de Bellamy. Isso não caía muito bem.

– Diga-me uma coisa – disse ele após um minuto. – Você acredita que esse Peter Faraday levou Leo para um beco sabendo que seriam atacados? Que pretendia atrair Leo para sua morte?

– É possível.

– Por que ele faria isso?

Bellamy cerrou os dentes.

– É por isso que estamos nesta pequena jornada, não é? Para descobrir.

– Bem, se sua teoria for verdadeira…– Rhys espiou para fora na estrada. – Como você sabe que não estamos sendo atraídos para uma emboscada nós mesmos?

– Eu não sei. – Ele bateu um dedo contra o vidro da janela. – Estaremos em alerta.

Uma casa surgiu à vista, emergindo do nevoeiro como se flutuasse em sua própria nuvem baixa. Era uma pequena construção de pedra e tijolo, de estilo excêntrico. A tinta das venezianas havia descascado da madeira. Nenhuma luz emanava de dentro, e nenhuma fumaça saía da chaminé.

– Não parece nada acolhedor, não é?

– Não – concordou Rhys. Tampouco parecia ocupada. – Talvez suas fontes estivessem desinformadas.

– Não, apenas olhe pra isso. É o lugar perfeito para se esconder. – Bellamy acordou Cora com um sacolejo. – Você precisa acordar agora.

Ashworth e eu entraremos. Você ficará aqui. Se não sairmos pra buscá-la em meia hora, você deve dizer ao cocheiro para levá-la de volta.

Piscando, Cora levantou-se e sentou-se. Após um alongamento preguiçoso, ela espiou pela janela, justo quando estavam se aproximando da casa.

– Minha nossa! – exclamou ela. – Não é a imagem do horror? Não vou ficar sozinha na carruagem. Quero entrar com vocês.

– Não sabemos com o que vamos nos deparar lá dentro – disse Rhys. – Pode haver perigo.

– Pensei que estava aqui para identificar o homem. Como posso fazer isso daqui? Eu lhe digo, não vou ficar nesta carruagem.

Conforme a carruagem parava, Bellamy inclinou-se para a frente.

– O que você vai fazer? Fugir no nevoeiro outra vez?

– Eu não fugi para o nevoeiro. Sou mais esperta do que isso, é apenas o que todos assumiram. – Ela suspirou. – Acho que estou acostumada a ser considerada estúpida.

– Você prefere ser considerada uma meretriz?

– Eu não sou uma meretriz! Não mais. E nunca peguei um centavo do Sr. Myles. Não foi nada do que você está pensando. – Cora lançou um breve e temeroso olhar para Rhys. – Ou o que você supôs, milorde. Gideon foi muito gentil comigo. Parece que temos muito em comum. Conversamos a noite toda. Na maior parte do tempo.

– Oh, *na maior parte* – ecoou Bellamy. – E agora suponho que esteja apaixonada por esse criminoso.

– E se eu estivesse? – indagou Cora. – Não vejo como isso é da sua conta.

– Do mesmo jeito que estava tão apaixonada por Leo após uma hora na companhia dele, e depois despiu o corpo dele de cada último centavo antes de despejá-lo na minha porta?

O lábio de Cora tremeu.

– Não acredito que você disse isso. Eu poderia ter deixado Leo lá, você sabe. Deixá-lo morrer na rua, sem ser identificado e sozinho.

Rhys suspirou pesadamente.

– Deixe pra lá, Bellamy. Só Deus sabe que tipo de mentiras o canalha contou a ela, só pra ficar debaixo das saias dela. Cora não é uma moça ruim, apenas facilmente influenciada.

Os cílios ruivos de Cora tremiam enquanto estudava as próprias mãos.

– Talvez eu seja.

Bellamy disse fervorosamente:

– Eu só estou...

– Você só está sendo um idiota. Eu sei. Todos estamos ficando cansados disso. Vamos esperar que seja uma coisa remediável.

Rhys suspeitava que fosse. Bellamy ainda estava enlutado pela perda de seu amigo. Ele estava ávido por respostas; Cora ansiava por afeto. Rhys se compadecia de ambos, mas não era bom em confortar ou em diplomacia. Sua metodologia para remediar os problemas das pessoas consistia em: seu punho direito ou seu punho esquerdo. Ontem ele lidou com Gideon Myles. Hoje lidaria com Faraday.

A porta da carruagem se abriu. Bellamy enrolou os dedos sobre a borda do teto para conseguir a sair.

– Venham então. Vocês dois.

Rhys saiu primeiro, depois ajudou Cora a descer. Eles atravessaram um arquipélago de pedras para chegar à entrada principal. Bellamy estendeu sua bengala e bateu com firmeza na porta.

– Olá! Estamos aqui pelo Sr. Peter Faraday.

Sem resposta. Após um minuto de espera, Bellamy bateu na porta novamente.

– Olá aí dentro. Olá!

A trava raspou. Enfim, a porta rangeu abrindo alguns centímetros. Um criado idoso revelou uma pequena fatia de si mesmo pela fresta. Não que ele tivesse muito mais para mostrar. Ele era um pequenino pedaço de homem para começar, polvilhado com cabelos brancos como pó. Tinha perdido um botão em seu colete, e, como resultado ou talvez a causa, todo o seu corpo estava torto.

– Desculpe-me – disse Bellamy ao criado. – Viajamos de Londres para falar com o Sr. Peter Faraday sobre um assunto de certa urgência.

O velho resmungou:

– Urgência? Não há nada urgente nesta vizinhança, exceto minha necessidade de urinar à noite. Além disso, ainda não é meio-dia, então o Sr. Faraday não está disponível para visitantes.

– Bom Deus, homem. Aqui não é Mayfair. Que se dane seu horário de recepção. Estamos aqui agora e exigimos vê-lo. Se não se afastar, teremos que movê-lo.

Com um sopro de indignação, o velho disse:

– Você nem mesmo ofereceu seu cartão.

Suspirando com impaciência, Bellamy alcançou o bolso do seu peitoral e retirou duas moedas. Rhys reconheceu uma como sendo a ficha do Clube dos Cavaleiros.

– Este é nosso cartão. Mostre-o ao seu patrão. – Na outra palma do velho, ele deixou cair um guinéu. – E esta é pra você.

As sobrancelhas cinzentas do mordomo arquearam-se. Seus dedos se fecharam sobre as moedas.

– Aguardem aqui, cavalheiros, se forem tão gentis.

Dentro de um minuto, o velho retornou. Ele colocou apenas a ficha do Clube de volta na mão de Bellamy.

– O Sr. Faraday receberá vocês na sala de estar.

O trio seguiu o mordomo por um corredor estreito que parecia ter se deformado e retorcido com o tempo. A sala de estar estava vazia, e o mordomo os deixou novamente, sem dizer quando poderiam esperar seu anfitrião.

– Você fica aqui. – Bellamy arrastou uma poltrona para o canto mais distante do salão e acomodou Cora nela, parcialmente atrás de um pequeno biombo. Ela não seria notada ali de início.

Por sua parte, Rhys sentou-se em um divã desgastado e apoiou uma bota na pequena mesa quadrada à sua frente.

Bellamy não aprovou.

– Você esteve sentado na carruagem o dia todo – disse ele. – Precisa se sentar agora? Você deveria estar no canto e parecer ameaçador. Ameaçador, não… aconchegante.

Ignorando-o, Rhys esticou o braço sobre o encosto do divã e observou os móveis modestos e os cantos cheios de teias de aranha.

– Pensei que estivéssemos atrás de um dândi bem-afortunado. Talvez toda a sua fortuna esteja investida em bordados de ouro. Certamente não foi investida nos móveis.

– Ele está se escondendo. Por que mais um homem com recursos viveria tão distante, em acomodações tão humildes?

– Talvez porque goste da revigorante brisa do mar? – Uma voz culta e desconhecida.

O olhar de Rhys voltou-se para a porta. Ali estava ele, presumiu, Peter Faraday. E, Deus, ele podia ver o que Cora quis dizer. Faraday era mesmo igual a Julian Bellamy. Ou, pelo menos, tinha uma semelhança impressionante. Observando melhor, o cabelo de Faraday era castanho-escuro, não preto-azulado. Ele era um ou dois centímetros mais baixo do que Bellamy. Sua tez era mais pálida. Mas, em um beco escuro, os dois seriam quase indistinguíveis um do outro.

– Senhores – disse Faraday, apoiando-se no batente da porta –, a que devo o prazer desta visita? – Ele usava uma bata simples sobre uma camisa e calças folgadas. Seu cabelo escuro estava espetado em ângulos estranhos. Parecia que acabara de sair da cama para recebê-los e não tinha intenção de ir a lugar algum tão cedo.

Pela aparência dele, Rhys apostaria que não saía da cama há semanas.

– Acredite, não há prazer algum nisso – disse Bellamy. – E, se você viu a ficha, sabe exatamente por que estamos aqui.

O olhar de Faraday aguçou-se. E ele permaneceu absolutamente imóvel.

– Sério?

Do seu lugar no divã, Rhys balançou a cabeça.

– Se os dois pretendem ser evasivos, ficaremos aqui o dia todo. Faraday, é a sua casa. Sente-se.

– Obrigado, ficarei em pé.

Rhys inclinou-se para a frente, observando o homem.

– Não por muito tempo, não é?

Faraday parecia prestes a desmaiar. Arrancar a verdade dele na base da força era um plano que não daria certo. Rhys podia ser um bruto violento, mas não estava em sua natureza bater em inválidos. Faraday obviamente já havia recebido sua cota de golpes.

Rhys disse casualmente:

– Sente-se. Esse velho que anda arrastando correntes sabe fazer chá? Vamos todos nos reunir e conversar sobre isso.

Bellamy lançou-lhe um olhar.

– Caso esteja se perguntando, você foi um fracasso total e absoluto – sussurrou ele – em ser ameaçador.

– Ah, vamos lá – disse Rhys. – Olhe pra ele. Quanto mais tempo fica em pé, mais a cor drena de seu rosto. O homem nem sequer se move, está tão rígido. – Ele acenou para Faraday. – Quantos ossos quebrou, quando você e Leo foram atacados?

O homem fez uma pausa.

– Meu quadril. Três costelas.

– Só isso?

– Meu pulso esquerdo. – Faraday levantou o membro diante dos olhos e examinou. – Acho que houve uma pequena fratura em um dos ossos, mas parece ter se soldado sozinho. Perdi alguns dentes. Fora isso... apenas hematomas, mas já desapareceram há muito tempo. – Ele pigarreou, constrangido: – Eu fui o sortudo.

Observando a postura do homem e sua expressão contraída, Rhys podia dizer que ele não estava mentindo. Na verdade, estava minimizando a extensão de suas feridas. Naquele momento, Rhys estava convencido da inocência do homem. Mais do que ninguém, sabia o quanto era difícil se recuperar de ferimentos tão graves. Não havia como um homem voluntariamente causá-los apenas para mascarar seu próprio envolvimento em um crime.

Ele levantou-se e atravessou a sala. Sem uma palavra, deslizou a mão sob o braço de Faraday e o levantou, transferindo o peso do homem ferido do batente da porta para o próprio ombro. Então, caminhou devagar junto com ele os três passos que o levavam até uma cadeira e ajudou-o a sentar.

– Obrigado – disse Faraday, dando a Rhys um olhar divertido. – Isso foi bastante ousado da sua parte.

– Se eu tivesse perguntado, você teria recusado a ajuda.

– Verdade.

Rhys voltou para sua própria cadeira.

– A cura dói mais que a quebra, eu sei. Eu mesmo já quebrei um osso ou dez.

– Imagino. – Faraday inclinou a cabeça uma fração. Seu olhar fixou-se na cicatriz na têmpora de Rhys, em seguida, deslizou para a fenda recente no lábio dele. – Você deve ser Ashworth, o grande herói de guerra. Ainda em batalha, pelo visto. Ainda tem dentes?

– A maioria deles.

– Bom. Giles faz excelentes biscoitos amanteigados. – Ele chamou por cima do ombro. – Giles! – Quando o velho mordomo apareceu na porta, Faraday instruiu: – Chá, Giles. E biscoitos amanteigados, e alguns sanduíches se conseguir prepará-los.

– Você não teria chocolate quente, por acaso? – Cora perguntou esperançosamente lá do canto.

– Bem, olá você – Faraday deu à jovem um sorriso malicioso. – Giles tinha mencionado mesmo uma moça bonita. Estava começando a pensar que ele tinha enlouquecido e confundido o Sr. Bellamy aqui.

– Maravilhoso… – murmurou Bellamy. – Chá e biscoitos amanteigados. É praticamente uma festa.

Faraday acomodou-se em sua cadeira.

– Pensei que você adorava festas. Sempre foi o que se dizia por Londres.

– Falar no tempo passado é apropriado. Não tenho frequentado tantas festas ultimamente.

Um sorriso irônico torceu os lábios do homem ferido.

– Então, somos dois.

– Então, o que aconteceu naquela noite? – perguntou Rhys. – Comece do início.

Faraday respirou fundo.

– Eu fui para East End para a luta de boxe, como todos os outros. Depois, por acaso, cruzei com Leo na rua. Ele me chamou e…

– Não é assim que a Srta. Dunn conta.

– Senhorita Dunn? – Faraday juntou as mãos com um cuidadoso ar de indiferença. – Quem é a Srta. Dunn?

Bellamy apontou para Cora.

– A Srta. Cora Dunn, a meretriz que o encontrou após o ataque. A que você instruiu a levar Leo para o meu endereço.

– Oh. – Faraday piscou para a moça com um novo interesse. – Lamento, querida. Não a reconheci. Estava escuro naquela noite.

– Ela diz que foi você quem chamou Leo.

– Mesmo? – Ele remexeu na borda da unha e encolheu um ombro. – Talvez tenha chamado. Para ser sincero, eu não me lembro. Não vejo como isso tenha importância.

– Se estiver mentindo pra nós... – disse Bellamy, a voz uma ameaça baixa. – ... isso tem importância, sim.

– O que você e Leo discutiram? – questionou Rhys. – Cora diz que ouviu brigas e gritos.

– Oh, sim. Leo estava irritado comigo. Você deve se lembrar, eu tinha perdido minha ficha do Clube dos Cavaleiros pro Duque de Morland alguns dias antes. Leo estava bravo por eu apostá-la. Sabia que Morland estava tentando coletar todos as dez fichas e dissolver o Clube, e ele me avisou para não jogar com ele.

– Mas você jogou.

– Joguei. Como disse a Leo, eu estava cansado daquele Clube bobo. Com membros como vocês dois, não era mais divertido. E eu nem mesmo crio cavalos.

– E como você *gasta* o seu tempo? – Bellamy perguntou com desprezo.

– Mais ou menos como você, meu amigo. Gasto dinheiro, quando tenho. Aperfeiçoo a arte do ócio. Trabalho para ser muito bom em não ser bom para nada.

– Então – disse Rhys –, se essa é a sua ambição de vida, por que veio até aqui, na borda da Inglaterra?

– Eu precisava de um lugar pra convalescer. Sou o herdeiro do meu tio, mas por enquanto não tenho propriedade própria. Este lugar me veio à mente. Uma vez trouxe uma loirinha doce pra cá para umas férias veranis muito agradáveis. – Ele lançou um olhar para Cora que Rhys não apreciou. – O aluguel é barato, e os empregados são discretos.

Giles entrou na sala de estar carregando um serviço de chá que balançava precariamente em sua bandeja. Cora aceitou a tarefa de servir e começou a distribuir xícaras do líquido fumegante para cada cavalheiro.

– Por que a necessidade de discrição? – indagou Rhys. – Você foi ferido em um ataque violento e, no entanto, fugiu da cena, deixando Leo aos cuidados de uma estranha. Deixou a cidade em segredo, escondeu-se nesta casa remota e nunca tentou ter seus agressores identificados ou levados à justiça. Por quê?

Bellamy bufou.

– Porque ele está escondendo algo, é óbvio.

– Obrigado, querida. – Depois de pegar a xícara de Cora, Faraday cautelosamente sorveu seu chá. – O que eu estaria escondendo?

– Se eu soubesse, não estaria aqui, não é? – disse Bellamy, ficando agitado.

– Nos conte sobre o ataque – interrompeu Rhys. – O que exatamente aconteceu naquela viela?

– Como eu disse, Leo e eu estávamos discutindo sobre as fichas enquanto a Srta. Dunn ali esperava logo na esquina. Da outra extremidade da viela vieram dois brutamontes. Fomos pegos de surpresa. Antes que soubéssemos o que estava acontecendo, eles estavam sobre nós, desferindo socos. Tentamos nos defender, mas os homens eram... grandes. E determinados.

– O que mais pode nos contar sobre eles? – perguntou Rhys.

– Cora disse que um era careca – comentou Bellamy. – E o outro...

– Era escocês, pelo sotaque dele – interveio a jovem. – Estou quase certa disso.

Rhys inclinou-se para a beirada de sua cadeira.

– Você os reconheceria, seria capaz de identificá-los se fossem capturados? Faraday colocou as mãos nas têmporas.

– Honestamente, uma vez que a surra começou, eu me lembro de pouco. Careca ou ruivo, irlandês ou escocês, narigudo ou com seis dedos... não tenho nenhuma lembrança. Se nem mesmo reconheci a Srta. Dunn, como reconheceria aqueles brutamontes de novo? Não houve tempo para dar uma boa olhada. Eles nem mesmo foram atrás do nosso dinheiro antes de começarem conosco.

– Bem, se não eram ladrões, o que eles queriam?

Um olhar estranho cruzou o rosto de Faraday.

– Você não sabe?

Rhys e Bellamy olharam um para o outro, perplexos.

– Eu serei amaldiçoado. Você *não* tem mesmo ideia. – Faraday esfregou os olhos por um longo momento. Então deu uma risada rouca enquanto pegava um pedaço de biscoito amanteigado. – Você, Sr. Bellamy. Eles estavam atrás de você.

Capítulo 25

Bellamy empalideceu.
— O que diabos você está dizendo?
— Quis dizer isso mesmo o que eu disse — respondeu Faraday. — Aquele ataque era destinado a você.

Bellamy saltou de sua cadeira. Uma xícara de chá caiu no chão, e Cora estremeceu.

— Calma lá! — Faraday arqueou uma sobrancelha para Rhys. — Seu amigo é um tanto impulsivo, não é?

Passando as mãos pelos cabelos escuros, Bellamy caminhou agitado pelo cômodo. A cada segundo, ele pontuava seus passos murmurando pragas.

Faraday o observou com um olhar desapaixonado, recostando-se na cadeira.

— Você tem que admitir, faz todo o sentido. Todos esperavam que Leo estivesse com você naquela noite, e nós dois temos uma forte semelhança. No escuro, poderíamos facilmente ser confundidos. Os brutamontes não estavam atrás de dinheiro, apenas de sangue.

Rhys franziu a testa.
— Mesmo assim, você não pode ter certeza.
— Leo tinha certeza.
— O quê? — Bellamy parou de caminhar.
— Ele disse: "Conte ao Julian" — disse Faraday. Ele piscou algumas vezes, limpou a garganta: — Essas foram as últimas palavras dele para mim. Leo as disse duas vezes, na verdade. Claro como o dia. "Conte ao Julian". Por que você acha que dei à Srta. Dunn o seu endereço?

– Oh, minha nossa! – Afundando seu peso no parapeito da janela, Bellamy colocou a mão nos olhos. – Eu sabia. Sabia que a morte dele era minha culpa. – A voz dele falhou. – Como vou encarar Lily novamente?

Faraday disse:

– Se valoriza a segurança dela, é melhor ficar longe de Lily. Evidentemente, você é um homem perigoso para se estar por perto. Leo nunca soube escolher suas companhias. Isso é o que acontece quando você inicia um clube e abre a associação para qualquer um.

Rhys deu ao anfitrião um olhar escrutinador.

– Se tudo isso é verdade, por que não esperou Cora voltar? Ir com ela à casa de Bellamy? Em vez disso, você fugiu e deixou Leo sozinho.

Bellamy disse:

– Ele tem razão. Isso não faz sentido.

Faraday deu de ombros, na defensiva.

– Não sei... acho que entrei em pânico.

– O que você tinha a temer?

– Perguntas. Suspeitas. Ser encontrado sozinho com um homem morto.

– Mas se sua história é verdadeira... – começou Rhys.

– *Se* – enfatizou Bellamy.

– Se sua história é verdadeira, você não teria nada a temer de um inquérito – concluiu Rhys. – Sem mencionar que... – Ele observou as pernas do homem. – ...você voltou para sua carruagem com um quadril quebrado?

– Não – Faraday franziu a testa ao dizer a palavra. – Eu rastejei.

A resposta não caiu bem para Rhys. O homem tinha arrastado uma perna quebrada e seu colete bordado com fios de ouro pelos becos de Whitechapel em vez de esperar por socorro?

Faraday absorveu o olhar cético de Rhys.

– Como eu disse, entrei em pânico. E... – Ele soltou um suspiro lento. – Eu sabia que ele ia morrer. E não queria assistir à morte de Leo. Simplesmente não conseguia.

– Então o deixou morrer sozinho – concluiu Bellamy. – Em um beco escuro e sujo, com uma meretriz como companhia.

Faraday pegou sua xícara de chá e olhou fixamente para dentro dela, sério.

– Sabe, acredito que já tive companhia o suficiente por hoje. Senhorita Dunn, mais uma vez seu rosto bonito melhorou uma ocasião muito sombria. Foi encantador, mas realmente preciso pedir que todos vocês saiam.

– Você é um mentiroso desgraçado – rosnou Bellamy. – Eu não vou a lugar nenhum até nos contar a verdade. Eu quero respostas.

Os olhos de Faraday ergueram-se.

– Eu lhes dei respostas. Muitas delas. Aqui estão mais algumas. Quais são os nomes dos meus pais? Jason e Emmeline Faraday. Meu lar de infância? Em Yorkshire. Onde fiz minha educação? Em Harrow e Cambridge. Estou cheio de respostas honestas pra esse tipo de pergunta, Sr. Bellamy. – Ele colocou sua xícara de chá na mesa com um estalo. – E você?

– Minha história não tem nada a ver com isso.

– Ah, eu suspeito que tem. E acho que mereço ouvi-la, considerando que passei os últimos meses me recuperando de golpes destinados a você.

Um silêncio tenso saturou a sala. Bellamy tocou o ombro de Rhys e fez um gesto com a cabeça em direção ao canto. Captando a dica, Rhys levantou-se do divã e o seguiu.

– O quê? – perguntou ele.

– Hora do músculo – sussurrou Bellamy.

Rhys balançou a cabeça.

– Pelo amor de Deus, o homem já está ferido.

– Você tem que perceber que ele está mentindo.

– Eu suspeito que ele não esteja sendo totalmente verdadeiro.

– Chame como quiser, Faraday está escondendo algo. Se você o atingir com força o suficiente, vai fazer seus segredos se soltarem.

– Talvez. – Rhys lançou-lhe um olhar frio. – E, se eu atingir você com força o suficiente, poderia fazer todos os seus se soltarem também. – Ele deixou a ameaça no ar por alguns segundos antes de acrescentar: – Mas não vou fazer isso. Eu não sou um valentão, como alguém me lembrou recentemente. – Alguém de quem ele sentia falta mais e mais a cada minuto que passava.

– Droga, Ashworth. Leo...

– Leo – interrompeu Rhys –, não iria querer que eu o atingisse. Estou certo disso.

– Então eu o farei.

– Não, você não vai. – Rhys colocou a mão no ombro de Bellamy. Então, ele apertou a pegada, aos poucos, até ter certeza de que o homem compreendia seu significado.

– Senhor Bellamy – disse Faraday, apoiando as mãos nos braços da cadeira e lutando para se levantar –, eu asseguro que lhes dei toda a ajuda que posso. Se quer mesmo encontrar os assassinos de Leo, há apenas uma pergunta que precisa ser respondida.

– Ah, é? – indagou Bellamy. – Qual é?

– Quem quer ver você morto?

— Quem me quer morto? — Bellamy murmurou para si mesmo, onde havia afundado no canto da carruagem. — A pergunta melhor seria, quem não me quer morto?

— Eu não quero você morto — disse Rhys. Então acrescentou honestamente: — Mas eu sou bastante ambivalente à sua existência em geral.

Os dentes dele chocalharam enquanto passavam por um buraco na estrada.

— Você não estava com uma mulher naquela noite? — indagou Rhys. Uma dama casada, se bem me lembro. Pensei que ela era a razão de você ter desistido da luta de boxe. Qual era o nome dela mesmo?

— Carnelia. Lady Carnelia Hightower. Mas, se o marido dela pretendesse matar seus amantes, eu estaria na ponta de uma fila muito longa — Bellamy suspirou: — Não, não foi ele. Mas há outros.

— Outros maridos ciumentos? Ou outros inimigos?

— Ambos. Mas por que você se importa?

Rhys deu de ombros.

— Suponho que eu não me importo. Para onde estamos indo, então?

— Eu vou pra Londres. Terei que me esconder, rondar um pouco e ver o que consigo descobrir.

— E a jovem? — perguntou Rhys. — Não posso mais oferecer proteção a ela.

Rhys também voltaria a Londres. Veria seu advogado por lá, discutiria arranjos para a propriedade e a pensão de George Lane. Depois pensaria no que fazer a seguir. Talvez voltasse ao exército. Ele poderia comprar de volta sua patente. Ou havia o trabalho de mercenário, caso quisesse uma mudança de ritmo. A Inglaterra não estava em guerra, mas certamente havia algo que precisava ser destruído em algum lugar. De preferência em algum lugar distante. Talvez, se colocasse um oceano entre ele e Meredith, aquela dor intensa no seu peito diminuiria.

— Por favor, não discutam sobre mim como se eu não estivesse aqui — pediu Cora, abraçando os braços ao redor do peito. — Eu deveria pensar que sou livre pra fazer o que quiser, agora que encontraram o Sr. Faraday. E eu quero voltar para a Três Cães.

— Por que você gostaria de voltar pra lá? — perguntou Bellamy.

— Eu gosto de trabalhar na estalagem. E gosto dos moradores da vila, e eles gostam de mim. Eu estava feliz lá.

A carruagem fez uma curva acentuada na estrada, e todos se inclinaram.

Bellamy disse:

– Isso é por causa desse tal Gideon Myles, não é?

– Não de todo – respondeu a moça, corando. – Mas sim, em parte.

– Isso não vai acabar nada bem, você sabe. O homem é um contrabandista insignificante.

– Contrabandista ou não, ele se importa comigo. – Cora olhou para Rhys. – Há alguém em Buckleigh-in-the-Moor que se importa com você também, milorde. Você não quer voltar?

Rhys suspirou e voltou a cabeça para a janela. A carruagem havia saído da estrada costeira, e ele pegou um último vislumbre dos dramáticos penhascos da Cornualha enquanto começavam a subir suavemente de volta para a estrada principal. A gravidade o puxava enquanto eles subiam a ladeira, e o lorde deslizou em direção à borda do assento voltado para trás. Ele apoiou uma bota no banco oposto, se firmando.

– Não é uma questão de querer voltar. É uma questão do que é melhor para todos.

– Exatamente – assentiu Bellamy. – Escute, Cora. É bom que você queira se estabelecer. Mas escolha um homem melhor para isso. Um canalha como esse só vai lhe trazer problemas. Acredite em mim, eu falo por experiência. Eu vivi uma vida do diabo, e agora alguém está tentando me matar. Eu não desejaria a mim mesmo a nenhuma dama, muito menos à que eu realmente... – Ele se interrompeu.

Rhys completou o pensamento por ele:

– Acho que o que Bellamy aqui está tentando dizer é que, se Gideon Myles realmente se importasse com você, ele a deixaria em paz.

Cora endireitou-se em seu assento:

– Que absurdo! – disse ela, calorosamente. – Que bobagem completamente covarde.

– *Covarde?* – Bellamy e Rhys falaram em uníssono.

– Talvez Gideon tenha feito algumas coisas ruins na vida – disse ela. – Mas por que um homem não pode mudar? Eu mudei. E não sou mais uma cortesã. Agora quero uma vida honesta, e talvez ele queira o mesmo. – Cora balançou a cabeça: – "Se ele se importasse com você, ele a deixaria em paz" – murmurou ela, imitando a voz profunda de Rhys. Seu olhar ousado encontrou-se com o dele. – Se ele realmente se importa comigo, ele ficará. E vai fazer o melhor.

Rhys a encarou, surpreso. Era essa a mesma jovem que tremia na presença dele algumas semanas atrás? Ele não tinha certeza sobre as perspectivas de uma vida honesta para Myles, mas tinha certeza de que

Cora não seria mais a meretriz de nenhum homem. A jovem agora conhecia seu próprio valor. Que bom para ela. Provavelmente a influência de Meredith era responsável por isso, pois tinha uma maneira de fazer as pessoas conhecerem o próprio valor.

Talvez Cora estivesse certa. Talvez ele *estivesse* sendo covarde. Em Devonshire, havia uma mulher que o amava. Amava-o o suficiente para arriscar sua própria vida para salvá-lo em uma decisão de frações de segundo e então dedicar os próximos quatorze anos lidando com as consequências daquilo. Cuidando de si mesma, de seu pai e da vila. E ela faria tudo isso novamente.

É claro que isso o aterrorizava. Como não? Toda a tragédia ainda remetia a ele, mas o resultado não era o de Rhys ser indesejado ou sem valor. Era o de ele ser amado. Meredith achava que salvar a vida dele valia cada sacrifício, e, se Rhys quisesse ficar com ela, precisaria de alguma forma encontrar a coragem dentro de si mesmo para *aceitar isso*. Céus. E ele achou que aceitar o conjunto de barbear como presente dela era difícil?

Rhys nunca fugiu de uma batalha em sua vida, mas estava fugindo como o diabo daquela. A dor no peito dele intensificou-se. Ele não conseguia entender por que ser amado doía tanto. E não ajudava em nada quando a carruagem deu um solavanco violento.

– O que foi isso? – indagou Cora, estremecendo com o som estridente do chicote.

Rhys se tencionou.

– Eu não sei.

Ele ouviu o cocheiro gritando com os cavalos do banco do condutor, instigando-os para a frente. Toda a carruagem deu um balanço violento. Houve outro solavanco, mais brusco do que o primeiro. Rhys quase perdeu seu assento enquanto a carruagem parava completamente. Bellamy olhou para Rhys.

– Será que ajudaria se nos oferecêssemos para caminhar?

– Talvez.

Eles nunca tiveram a chance de tomar uma atitude a respeito. Com um rangido baixo e premonitório, a carruagem começou a rolar.

Para trás.

Pela segunda vez na semana, Meredith dormiu até o meio-dia. Felizmente, a estalagem não tinha hóspedes. Ela não supunha que os locais esperariam um café da manhã completo naquele dia, e se esperavam… bem, eles aprenderiam a viver com a decepção.

Quando enfim reuniu forças para lavar-se, vestir-se e descer as escadas dos fundos, ficou atônita ao encontrar o salão cheio de homens. Todos haviam se reunido ao redor da lousa fixada na parede, discutindo e debatendo.

Em pé sobre uma cadeira, Darryl parecia estar defendendo tanto a lousa quanto sua própria vida com nada mais do que um coto de giz.

– Agora, senhores…

– Aquela bolsa deveria ser minha – disse Skinner, batendo no peito. – Eu tinha cinco semanas. Ninguém apostou mais tempo do que isso.

Harry Symmonds balançou a cabeça.

– Mas já se passaram mais de cinco semanas, não é? Isso não torna a sua aposta certa, só a faz errada como as demais. Tewkes, apenas cancele as apostas e declare empate.

Meredith não podia acreditar. Depois de tudo que aconteceu no dia anterior, eles estavam ali naquela manhã para discutir sobre uma aposta ridícula? Do balcão, ela colocou o dedo e o polegar na boca e assobiou por atenção. Quando todos se viraram para encará-la, ela reencontrou sua voz:

– O que diabos vocês estão fazendo?

Skinner deu de ombros.

– Bem, já que o Lorde Ashworth deixou a vila… há apostas pra serem resolvidas, Sra. Maddox.

Seu rosto queimou enfurecido. Com uma mão trêmula, Meredith pegou uma esponja úmida debaixo do balcão e a jogou em Darryl. Acertou o ombro dele com um esguicho molhado, e o rapaz gritou de surpresa.

– Apague essa lousa – ordenou ela.

Darryl obedeceu enquanto os homens observavam em silêncio.

– Agora saiam – pediu ela. – Todos vocês. A Três Cães está fechada até segunda ordem.

Os homens não se moveram.

– Para fora! – gritou ela, apontando para a porta. – Agora!

Enquanto eles dirigiam-se à saída, empurrando-se e resmungando entre si, um Darryl com aparência ansiosa gritou por cima do burburinho.

– É temporário, pessoal! Não desistam da Três Cães. Nós vamos arrumar este lugar rapidinho, a Sra. Maddox e eu, e estaremos servindo cerveja outra vez antes que vocês percebam.

– Não faça promessas, Darryl – alertou Meredith. – Vá ver o celeiro. Com certeza tem um estábulo precisando ser limpo, se você está no clima para remover excremento.

– Ora, Sra. Maddox. – Darryl aproximou-se dela, aparentemente decidindo não se ofender. – Eu sei que o lugar está ruim, mas vamos deixá-lo em forma rapidinho. E tudo vai dar certo no final. É como disse: homens vêm e vão, mas esta estrada sempre está aqui. E a estalagem também. Nós sempre temos a Três Cães. É nossa casa.

– Obrigada, Darryl.

As palavras do rapaz eram bem-intencionadas, supôs ela, mas não lhe ofereceram muito consolo. Aquela estalagem não se parecia mais com um lar. Não mais.

– Agora, se não se importa… eu gostaria de ficar um pouco sozinha.

– É claro, Sra. Maddox. Vamos resolver as vidraças nesta tarde.

Meredith olhou-o com severidade, precisaria ter uma conversa com Darryl sobre respeitar o espaço alheio. O rapaz estava começando a ficar presunçoso.

Assim que ele saiu e ela ficou sozinha, Meredith sentou-se em uma das poucas cadeiras que sobraram. Olhou ao redor do pequeno estabelecimento que se esforçara tanto para melhorar e do qual sentia tanto orgulho de administrar com estilo e eficiência. Seu coração sempre esteve naquela estalagem. E talvez, um dia, continuasse. Mas, agora, não estava mais. O coração dela estava com Rhys, e ele havia partido. Meredith apoiou os braços na mesa à sua frente e baixou a cabeça.

Apenas um minuto havia passado quando mãos fortes pousaram em seus ombros, massageando suavemente.

– Calma, Merry. Vai ficar tudo bem.

– Oh, papai. – Ela enxugou os olhos com o pulso enquanto seu pai contornava a mesa e deslizava para a cadeira oposta. Odiava ter que dizer isso, mas adiar o inevitável não ajudaria. – Ele se foi. Rhys partiu.

– Eu sei.

– Sinto muito. Sei que você deve estar decepcionado.

– Eu? Não se preocupe comigo, querida. – Ele envolveu suas mãos com seu próprio aperto marcado pela artrite. – Rhys voltará. Você vai ver…

– Você acredita mesmo nisso?

– Não sou o único. Eles já começaram outro bolão lá no pátio. Skinner está aceitando apostas sobre quando o Lorde Ashworth voltará.

– Bando de tolos – murmurou ela, balançando a cabeça. – E ingratos. Depois de como esta vila o tratou, por que Rhys iria querer voltar?

– Por você, Merry. Todos sabem que ele voltará por você. – Os olhos do pai dela aqueceram-se e se enrugaram nos cantos. – E minha aposta diz que será amanhã.

Capítulo 26

— Meu Deus! – disse Cora. – O que aconteceu?

Rhys se preparou enquanto a carruagem começava a se mover. Lentamente no início. Depois, ganhou velocidade, chacoalhando sem impedimentos ladeira abaixo, pelo caminho que acabaram de subir. – Nós nos soltamos da parelha. Deve ter sido o tranco de agora há pouco.

— Oh, céus... – disse ela. – Vamos todos morrer.

— Eventualmente. – Rhys levantou-se, tanto quanto foi capaz, e apoiou as mãos no teto rígido da carruagem. Usando sua força, ele chutou a porta da carruagem, estourando a trava em pedaços. – Mas não hoje.

— O que você está fazendo? – perguntou Cora.

Rhys ofereceu a ela sua mão e uma explicação de apenas uma palavra.

— Pule.

A boca da jovem se abriu enquanto olhava para a porta agora aberta e a paisagem acelerada passando.

— Você está louco?

Rhys deu uma olhada rápida pela janela traseira da carruagem. Como temia, a carruagem estava acelerando direto para a costa e para aqueles penhascos dramáticos.

— É pular agora ou despencar mais tarde – insistiu ele. Quando Cora ainda não se mexeu, ele fez um sinal para Bellamy: – Tire-a daqui!

— Certo.

Bellamy espantou o susto e entrou em ação, agarrando Cora pelo pulso e puxando-a em direção à porta aberta. Ele ficou atrás da jovem, envolvendo um braço em torno da cintura dela e apoiando o outro no teto da carruagem.

Rhys teria pulado com Cora ele mesmo, mas mal conseguia passar pela porta sozinho, quanto mais com uma moça nos braços. Ele esperava que Bellamy não estragasse tudo.

– Coloque as pernas nisso – orientou ele. – Você tem que passar pelas rodas.

Bellamy assentiu, seriamente:

– Em três, Cora. Um... Dois...

Cora encolheu-se.

– Não podemos fazer isso no cinco?

A carruagem chocou-se contra algum obstáculo, e ela gritou enquanto todo o conjunto balançava sobre duas rodas. Assim que a carruagem voltou a tocar o chão com as quatro rodas, Rhys tomou uma decisão. Sem mais hesitações. Apoiando sua bota no traseiro de Bellamy, Rhys flexionou a coxa e empurrou com toda a sua força.

– Três.

Foi estranhamente satisfatório. Ele já estava querendo dar um chute rápido no traseiro de Julian Bellamy mesmo.

Os dois desapareceram da carruagem, e, quando o veículo inteiro não quebrou um eixo ou capotou, Rhys assumiu que isso significava que tinham passado pelas rodas. Era hora de ele seguir.

Mas, justo quando se dirigia à porta aberta, a carruagem em alta velocidade atingiu uma pedra. Ou talvez tivesse saltado para fora da estrada. Não havia como dizer, mas o veículo ficou no ar por um segundo que lhe provocou náuseas. Então, pousou com um estrondo de madeira partindo, inclinando-se para um lado.

Rhys foi jogado para longe da porta, contra o lado oposto da carruagem. Sua cabeça atingiu a janela com um estalo violento. O mundo oscilou entre luz e escuridão por um momento enquanto ele dançava rumo à inconsciência.

Quando voltou a si, tudo o que Rhys sabia era que a carruagem não estava mais rolando. Mas também não havia parado. O veículo destruído quicava e tombava de um obstáculo para o outro, descendo pelo terreno rochoso conforme obedecia à força da gravidade. Avançando constantemente em direção àquele penhasco.

Rhys poderia ir com ela. Ele poderia.

Ele jazia atordoado e sem fôlego, um emaranhado de membros no chão. Sua cabeça pulsava de dor. Seria tão fácil ficar ali. Permitir que os destroços o levassem penhasco abaixo e o despedaçassem nas rochas abaixo. Por um fim em tudo, naquele instante.

O lorde continuava esperando que aquela voz se manifestasse, ecoando pelas paredes de seu crânio. *Levante-se. Fique em pé, miserável. Erga-se e suporte mais.*

Ela não veio. Ao contrário de todas as outras vezes em que Rhys flertou com a morte, desta vez o escuro porão de sua mente estava silencioso. Ele não ouvia seu pai o provocando e zombando dele, forçando-o a voltar à vida. O velho bastardo enfim havia tinha se calado.

Em vez disso, ele a ouviu. Rhys ouviu Meredith. Sua bela, forte e doce Merry. As palavras dela eram os sons ecoando nos ouvidos dele. *Eu o amo, Rhys. Fique. Não se vá.*

Que estranho milagre. Ele não desejava deixar este mundo. Ele queria ficar e fazer o seu melhor.

O que significava que precisava escapar daquela armadilha mortal. Naquele mesmo instante, se não antes.

Um solavanco selvagem da carruagem convenientemente o atirou em direção à porta. O próximo impacto o teria jogado de volta, mas Rhys agarrou a extremidade da abertura da porta e a segurou com toda a sua força.

Outro golpe violento e um alto estrondo de madeira, alguma roda ou eixo cedendo. A inclinação resultante enviou a carruagem para um deslize espiralado. Também fez com que a porta se fechasse com força sobre seus dedos. Rhys grunhiu de dor.

Mas, de alguma forma, apesar da destruição iminente da carruagem, o lorde conseguiu colocar as pernas debaixo de si, empurrou a porta aberta, poupou um breve olhar para o chão para julgar a distância...

E pulou.

Um pouco tarde demais.

Era um belo dia para morrer.

O sol brilhava acima, quente e reconfortante. Uma brisa fresca e salgada soprava sobre sua pele. Por um momento, tudo o que Rhys conseguia ouvir era a música de gaivotas distantes e o ritmo gentil das ondas.

Então veio o estrondo ensurdecedor, enquanto a carruagem estourava nas rochas pontiagudas abaixo.

Ele estremeceu, agarrando-se à saliência rochosa com todo o desespero. Duas mãos cheias de basalto desmoronando eram tudo que o impedia de seguir o mesmo caminho para o seu próprio fim. Torcendo o pescoço, Rhys olhou para baixo e teve um vislumbre da carruagem. Ou melhor, da madeira flutuante e destroços que uma vez foram uma carruagem.

O lorde balançou os pés em exploração, buscando alguma superfície da qual pudesse se impulsionar. As pontas de suas botas raspavam a face vertical do penhasco, mas ele não conseguia obter alavancagem suficiente. Se ao menos seus dedos não tivessem sido esmagados naquela porta alguns segundos antes. Então poderia ter encontrado mais força em suas mãos, o suficiente para se agarrar, puxar-se para cima, balançar uma perna sobre a beirada. Como estava, ele mal conseguia impedir-se de cair no mar.

Sua visão escureceu, ondulando no centro como a superfície de um lago. Que droga. Não era exatamente assim que sua vida se desenrolava? Ele enfim tinha parado de querer morrer. E, no mesmo dia, um acidente estúpido de carruagem conseguiria matá-lo.

Deus, ele amava Meredith. Rhys a amava demais. Agora, nunca teria a chance de dizer isso. Só podia esperar que ela de alguma forma soubesse. Era possível que ela soubesse, mesmo que ele nunca tivesse dito as palavras. Merry era uma mulher inteligente.

Ele fechou os olhos e concentrou-se internamente, negociando com seus dedos enfraquecidos e doloridos. *Aguentem firme agora*, ele lhes disse, *e vocês poderão acariciá-la mais tarde*. Para se distrair da altura vertiginosa, deixou sua mente vagar por todas as partes do corpo dela que mais desejava tocar. Que era cada parte dela, na verdade. Desde seu abundante cabelo escuro até seus dedos dos pés bem-feitos. E seu desejo pelo corpo dela não era nada comparado à admiração que tinha por sua força de espírito e seu coração generoso.

Conforme a força esvaía de seus braços, Rhys começou a tremer. Voltou sua concentração para dentro, focando naquela batida estável de seu coração. O coração que a amava tanto. Ele não estava morto ainda. Não enquanto aquele coração continuasse batendo.

Tum. Tum. Uma pausa preocupante. *Tum.*

Algo pousou em seu braço, e o lorde encolheu-se em reflexo, perdendo outra pegada.

– Jesus, Ashworth. Estou tentando ajudá-lo

Bellamy. Era Bellamy, vindo ajudar. Mas, por mais estranho que fosse, Rhys não se sentia especialmente resgatado.

– Pegue minha mão – disse Bellamy, balançando o apêndice sugerido na face de Rhys.

– De jeito nenhum – Rhys conseguiu rosnar. – Sou mais pesado do que você. A menos que tenha um apoio sólido para se firmar, você não me levantará. Eu só vou puxá-lo para baixo.

– Um ponto válido. – Bellamy abaixou-se até ficar de barriga para baixo e espiou além, passando pelos pés pendurados de Rhys.

– Suponho que não tenha uma saliência conveniente um ou dois pés abaixo de mim? – sugeriu Rhys.

– Não. A única coisa abaixo de você é a morte certa. – Bellamy levantou-se rapidamente e começou a cavar suas botas no solo. – Voltamos ao primeiro plano. Há um cume aqui. Vou firmar minhas botas. Você pega minha mão.

– Não vai funcionar.

– Vai ter que funcionar. Você tem alguma ideia melhor?

Rhys teve que admitir que não tinha.

– Tudo bem, então. No três.

– Depois daquela manobra na carruagem? – Bellamy balançou a cabeça. – Não confio em você para contar. Apenas me dê sua mão.

Sua mão direita tinha a pegada mais segura, então Rhys transferiu seu peso o máximo que pôde para aquele lado. Então, esticou cautelosamente sua mão esquerda.

No instante em que fez isso, duas coisas aconteceram. A pegada de Bellamy trancou em volta de seu pulso esquerdo. E a mão direita de Rhys começou a perder terreno. Grãos se desfaziam sob suas unhas enquanto seus dedos espalmados deslizavam para baixo. Ambos os homens xingaram em uníssono. Se Rhys perdesse a pegada, ele ficaria pendurado por uma mão, um peso morto no fim dos braços do amigo. E Bellamy não conseguiria segurá-lo por muito tempo, muito menos puxá-lo para cima.

Rhys arranhou freneticamente em busca de uma nova pegada. Nada. Seus dedos apenas deslizavam cada vez mais perto da beirada.

Ploft.

Rhys rugiu de dor enquanto Bellamy pisava em sua mão direita, fixando-a no chão com sua bota. Lágrimas picaram os cantos de seus olhos.

– Por Deus...

– Vamos lá, então – Bellamy rosnou entredentes, puxando o braço esquerdo de Rhys. – Levante-se.

A mão esmagada sob a bota de Bellamy doía por demais. Mas, pelo menos, não estava deslizando mais. Flexionando os músculos de seus braços e abdômen, Rhys conseguiu elevar-se o suficiente para balançar uma perna sobre a beirada do penhasco.

Alguns segundos de grunhidos e esforço depois, o lorde jazia no chão sólido, ofegante por ar e olhando para o céu azul brilhante. Vivo.

– Caramba. – Bellamy juntou-se a ele, desabando na grama cheia de pedras. – Eu lhe digo isso, Ashworth. As coisas nunca são tediosas quando você está por perto.

O dedo mindinho de sua mão direita destacava-se dos demais em um ângulo estranho. Rhys olhou para ele, atordoado pela dor familiar.

– Acho que você quebrou meu dedo.

– Acho que salvei a sua vida. E isso depois de você me chutar o traseiro, muito obrigado.

– Cadê a Cora?

Bellamy inclinou a cabeça em direção à encosta.

– O tornozelo dela está torcido, eu acho. O cocheiro parece um acabado, mas vai sobreviver.

Rhys apertou seu dedo mindinho machucado entre o polegar e o indicador da mão oposta. Apertando os dentes, ele puxou o dedo quebrado para fora, em seguida, respirou fundo e o forçou de volta ao alinhamento correto, contorcendo-se com a dor.

Era exatamente como ele tinha dito a Faraday. A cura sempre doía mais do que o machucado. Então, ele olhou para cima ao ver Cora e o cocheiro mancando encosta abaixo. A moça aproximou-se cautelosamente do penhasco, deu uma olhada para baixo e, depois recuou, pálida e ofegante.

– Nossa!

Rhys observou a roupa rasgada do cocheiro e os braços arranhados. No acidente, ele deve ter voado direto de seu assento.

– Você está bem? – ele perguntou ao cocheiro, levantando-se. – E os cavalos?

O cocheiro assentiu.

– Todos seguros, milorde.

– O que diabos aconteceu?

– As trações arrebentaram. Primeiro do lado direito, depois do esquerdo. Uma vez que se foram, a barra de divisão não pôde segurar. Uma quebra limpa entre a carruagem e a parelha.

– Sabotagem – sussurrou Bellamy. – Faraday estava certo. Alguém está tentando me matar. – Ele passou a mão pelo cabelo. – Talvez o próprio Faraday. Talvez tenha feito alguém trabalhar nisso enquanto você estava curtindo seu chá e biscoitos amanteigados.

– Ou *talvez* – disse Rhys – as trações apenas se partiram e nem tudo é sobre você. – Ele zombou da ideia de que o decadente criado de Faraday rastejaria sob a carruagem com uma lima ou grosa. – Má sorte, pura e simples.

Sua curiosidade enfim superou a sua tontura, e Rhys espiou penhasco abaixo. O chão descia acentuadamente. Bem abaixo, o mar mastigava os destroços torcidos com mandíbulas de rocha e onda. A carruagem inteira havia se despedaçado. Nenhum homem poderia ter sobrevivido àquela queda.

Sentindo-se subitamente sem fôlego, ele deu um puxão violento em sua gravata. A magnitude dos eventos dos últimos minutos começou a se assentar.

– Meu Deus – disse ele, maravilhado. – Eu quase morri.

– Nós todos quase morremos – disse Bellamy.

– Sim, mas... isso nunca acontece comigo. – Ele esfregou a nuca. – Quero dizer, eu já cheguei perto dezenas de vezes, mas nunca assim. Eu *realmente*, quase morri. Eu poderia não ter me salvado.

– Vou considerar isso como um desabafo de gratidão – disse Bellamy. – Você é sempre tão rude quando alguém salva sua vida?

Rhys fez uma careta, pensando em Meredith.

– Aparentemente.

Cora indicou a têmpora dele.

– Você está sangrando, milorde.

Rhys tocou a mão na testa. Seus dedos voltaram empapados de sangue. Ainda ofegante enquanto se endireitava, Rhys alcançou o lenço no bolso do peito.

Em vez disso, seus dedos fecharam-se sobre duas moedas de forma estranha. Ele puxou uma delas e a examinou. Um disco fino de bronze, estampado com a cabeça de um cavalo de um lado e sua cauda do outro. A ficha do Clube de Garanhões de Leo Chatwick.

– Bellamy – disse ele. – Cara ou coroa?

– O que você está falando?

– É um experimento. Apenas escolha cara ou coroa.

O homem deu de ombros.

– Coroa.

Rhys jogou a ficha e a pegou, batendo-a contra seu pulso. Quando removeu a mão, o rabo do cavalo brilhando para ele pareceu a coisa mais engraçada que já tinha visto. O riso ribombou de seu peito. Leo sempre adorou uma boa piada.

– Aqui. Esta era do Leo. – Ele jogou a ficha para Bellamy, que estava confuso e a pegou habilmente. – Agora é sua. Eu perdi.

Quem diria? Por tudo o que é sagrado e profano, Rhys havia perdido. Parece que sua maldita boa sorte enfim tinha se esgotado. Ele teria que aprender alguns truques novos, tais como a prática da cautela. Ele não tropeçaria mais pelo mundo, jogando aquela moeda com "Vida" de um lado e "Morte" do outro. Ele faria seu próprio destino agora.

E Rhys sabia exatamente onde – e com quem – ele queria fazê-lo.

Capítulo 27

Era quase meio-dia quando retornaram a Buckleigh-in-the-Moor no dia seguinte, montados em fila indiana nos quatro cavalos de tração. Devem ter sido uma visão e tanto. Os moradores saíram de suas casas para assistir enquanto, um a um, Rhys, Bellamy, Cora e o cocheiro muito maltratado trotavam pela estrada e entravam no pátio da Três Cães.

Rhys odiou ter que parar na noite anterior. Tudo nele queria retornar a Meredith o mais rápido possível. Ajoelhar-se, declarar seu amor, implorar por seu perdão. Quais palavras ele usaria nesse esforço, o lorde não conseguia imaginar. Bem, três palavras específicas eram certas. Além disso, apenas esperava por uma inspiração momentânea.

Mas o tornozelo de Cora precisava de cuidados médicos, e eles tinham pequenas lesões para tratar. Havia outras necessidades básicas também: descanso, comida e selas adequadas. Ele se forçou a ser paciente, esperar.

Agora estavam lá, e ele não esperaria nem mais um segundo. Assim que desacelerou seu cavalo, Rhys desmontou e apressou-se em direção à porta da estalagem.

Ele foi interceptado por Gideon Myles. O homem saiu correndo da entrada. Seu rosto era uma grande mancha roxa, seus passos eram mancos e seu semblante era determinado. Era um homem com um destino em mente.

Mas esse destino não era Rhys.

Gideon passou direto por Rhys e por Bellamy, apressando-se em ajudar Cora a descer do cavalo.

– Cora! – Ele puxou a moça para seus braços, enterrando o rosto no cabelo dela. – Cora, graças a Deus você voltou. Acordei e você tinha ido embora, e eu não tinha forças para segui-la... – Ele a abraçou forte. – Eu nunca a teria deixado ir. Você não vai sair do meu campo de visão de novo.

Rhys resmungou alto.

Myles afastou-se do abraço, observando o hematoma na bochecha de Cora e a borda desgastada de sua capa.

– O que aconteceu com você? – Ele lançou um olhar ardente para Rhys e Bellamy. – Se vocês a machucaram, eu mato vocês.

Rhys disse impacientemente:

– Ah, de repente você se preocupa com o bem-estar da moça?

– É claro que me preocupo. E não tem nada de repentino nisso. – Ele esfregou as mãos nos braços da jovem. – Eu a amo, mais do que minha própria vida. Teria dito isso outro dia, se alguém não tivesse enfiado o punho na minha cara.

– Verdade? – perguntou Cora, piscando forte. – Você... você me ama?

– Sim, verdade. – Ele a puxou para o lado, longe da multidão, apenas um passo. – Eu amo você. E tenho uma pergunta para fazer, mas sou vaidoso o suficiente para odiar ter que perguntar assim como estou.

– Provavelmente é o melhor – disse ela, timidamente. – Chegou ao meu conhecimento que posso ser influenciada por boa aparência e charme.

– Estou com falta destes dois no momento.

– Sim, você está. – Ela sorriu, passando os dedos pelo cabelo dele. – E, se vale a pena perguntar, a questão pode esperar.

– Entendo – disse Myles, com um sorriso lento espalhando-se por seu rosto. – Você quer que eu me esforce para conseguir.

Cora assentiu, entrelaçando os braços em volta do pescoço dele.

– Que bom, querida. Você deveria mesmo. – Inclinando a cabeça para ela, o homem a beijou de forma sonora. E bastante completa, considerando o estado inchado de sua mandíbula.

Enquanto a multidão reunida aplaudia o jovem casal, Bellamy veio ficar ao lado de Rhys.

– Isso me poupa o trabalho de encontrar um novo lugar para ela.

Maldito Gideon Myles e sua cena roubada. Rhys queria seu próprio reencontro feliz.

– Onde raios está Meredith?

– Você poderia me passar a tesoura, por favor? – Do seu lugar no alto do caixote, Meredith apoiou seu peso na moldura da janela e inclinou-se para o lado, estendendo um braço. – Elas estão logo ali, perto da renda.

– Aqui? – Remexendo os cabelos castanho-claros com uma mão, Darryl vasculhou os montes de tecido e linha até localizar a tesoura de costura desaparecida. Então, atravessou a passos largos o sótão e entregou-as a ela com um gesto galante. – Aqui está.

– Obrigada, Darryl.

O rapaz sorriu.

– Por você, Sra. Maddox, faço qualquer coisa.

Meredith voltou à sua tarefa. Ela esticou um pedaço de barbante do topo da janela até o parapeito, cortando-o no comprimento exato. Passando a tira ao redor do pescoço para guardá-la com segurança, começou outra medição na transversal.

– O que são estes? – indagou Darryl.

– O que são o quê?

– Estes.

Esticando o pescoço, ela o viu segurando um pedaço de madeira entalhada na mão, virando-o de um lado para o outro para examiná-lo.

– São flores – respondeu ela.

– Tem certeza? Parecem mais legumes pra mim. Estes aqui não são repolhos? E este aqui tem cara de aipo.

– É uma tulipa. São flores. – Ela sorriu para si mesma enquanto voltava às suas medições.

– Se a senhora diz...

Ela ouviu um baque surdo quando Darryl jogou o enfeite de tulipa de canto.

– Você está mesmo ansiosa pra fazer essas cortinas – comentou ele. – Qual a pressa, Sra. Maddox? Pensei que estaria mais preocupada em consertar a taverna.

– Aquela taverna está sempre precisando de algo. – Franzindo a testa em concentração, Meredith mordeu o lábio inferior. – Prontinho – disse ela, cortando a medida final da janela. Para Darryl, continuou: – Eu só quero que este lugar esteja bonito quando Rhys voltar. Parecendo um lar.

Darryl riu.

– Senhora Maddox, o Lorde Ashworth não vai voltar.

– Ele vai – retrucou Meredith. – Sei que ele partiu, mas vai voltar. Algum dia.

Com muita esperança, antes de se passarem mais quatorze anos. Mas não importava quanto tempo levasse, ela estaria esperando. Chame isso de destino. Chame isso de fé. Seja lá o que fosse, Meredith parecia ter pegado a contagiosa loucura de Rhys, e ela não queria ser curada.

– Não, Sra. Maddox. – A voz de Darryl soava confiante. – Ele não vai mesmo voltar.

Meredith virou o pescoço devagar.

– O que você quer dizer com isso?

O olho esquerdo dele tremeu enquanto ele lhe lançava um sorriso calmo.

– Ele não vai mais incomodar este lugar. Eu garanti isso. Buckleigh-in-the-Moor está livre da linhagem dos Ashworth. Para sempre.

O coração de Meredith começou a bater um pouco mais rápido, embora ela se ordenasse a permanecer calma. Era Darryl Tewkes falando. Certamente, isso era apenas mais uma de suas histórias imaginárias. Ela desceu do caixote, e seus pés tocaram o chão com um som oco.

– Darryl, o que você está dizendo?

– Eu resolvi as coisas pra senhora. Para todos. – Ele pegou um pedaço de renda e começou a dobrá-lo. – Você não está contente?

– Não. Não, eu não estou nada contente.

– Ora, ora. Sei que é uma mulher independente e que gosta de fazer as coisas à sua maneira, mas não deve ficar zangada comigo, Sra. Maddox. Ele não me deixou escolha. Tentamos dar ao lorde a dica pra ir embora, mas o homem não capta uma indireta. Primeiro as tochas não funcionaram, e mexer nas pedras dele também não. Tentamos atirar uma nele, e isso também não funcionou.

– Foi *você*?

Meredith ficou horrorizada. Quando Gideon havia acordado naquela tarde, os dois haviam compartilhado uma jarra de chá e uma longa conversa. Entre outras coisas, o homem jurou que não foi responsável pelo ferimento de Rhys naquela noite nas ruínas. Já que não tinha motivo para mentir sobre isso agora, ela concluiu que tudo deve ter sido um acidente. Evidentemente, concluiu errado.

Com uma força de vontade imensa, ela manteve sua voz calma.

– Darryl, o que você fez com o Lorde Ashworth? Diga agora mesmo.

– Eu não fiz nada com ele. Digamos apenas que dei uma atenção especial à carruagem do Sr. Bellamy.

Meredith engasgou.

– A carruagem do Sr. Bellamy? Mas… mas Cora foi com eles!

Darryl não tinha se apaixonado um pouquinho pela moça? Todo homem na vila era meio apaixonado pela jovem.

– Ah, você quer dizer a prostituta? – Ele balançou a cabeça, fazendo um *tsc* suave. – Ela parecia agradável no começo, mas mostrou sua verdadeira face no final. Estamos melhores sem ela, Sra. Maddox. A Três Cães não é esse tipo de estalagem.

Meredith só podia encará-lo, petrificada e incrédula.

– Sabe o que eu me pergunto? – O sorrisinho dele rastejava sobre a pele dela. – Eu me pergunto se ele vai nos assombrar quando estiver morto. Espero que sim. Os viajantes gostariam disso. Vou ter que mudar minha história um pouco, mas tudo bem. O que acha, Sra. Maddox? – ele perguntou, aproximando-se dela. – Qual soa melhor? "O Lorde Fantasma"? Ou "O Barão Espectral"?

– Nenhum – respondeu ela, recuando. Um assoalho rangeu. Seus dedos apertaram a tesoura de costura em sua mão. – Não se aproxime mais. Você está me assustando.

– São apenas histórias, Sra. Maddox. E sou apenas eu. Você me conhece.

– Não, eu acho que não conheço.

– Não fique zangada. – Ele aproximou-se mais. – Eu fiz isso por você. Por nós. Estávamos indo bem até o Lorde Ashworth voltar. Trazendo seu amigo chique de Londres e aquela prostituta, causando problemas para a vila inteira. Ele despedaçou a taverna, tentou levá-la embora.

Darryl gesticulou com raiva.

– Eu não podia vê-lo destruir a Três Cães, Sra. Maddox. Eu trabalhei duro demais por aquele lugar.

Ele trabalhou duro demais?

– Darryl, seu tolo. Ninguém trabalhou mais duro por aquele lugar do que eu. E estou lhe dizendo, o retorno do Lorde Ashworth foi a melhor coisa que já aconteceu para Buckleigh-in-the-Moor. A melhor coisa que já aconteceu pra mim. Como ousa, seu…

Apesar de toda a sua resolução de ser forte, Meredith começou a tremer. Seus olhos fecharam-se, e possibilidades horríveis piscaram por trás deles. Rhys sempre afirmava ser indestrutível, mas nenhum homem era imortal. E se Darryl de alguma forma tivesse conseguido…

Não.

Meredith abriu os olhos, e apenas soube, com uma certeza profunda, no íntimo do seu ser, que tudo ia ficar bem.

– Você está enganado, Darryl. O Lorde Ashworth está voltando. Não como um fantasma ou um espectro, mas vivo e inteiro.

– Agora, Sra. Maddox, você não está ouvindo…

– Não, eu não estou. Estou lhe dizendo, ele está voltando. Nunca estive tão certa de nada na minha vida.

– Por quê?

– Porque ele está parado atrás de você neste momento.

Darryl congelou. Ele engoliu em seco, e alto. Seus cílios dançaram selvagemente enquanto ele se virava a passos lentos, e então inclinou a cabeça para cima.

E para cima.

E mais para cima, até o olhar atento de Rhys.

– *Buuu!*

Com um movimento rápido como um relâmpago, Rhys agarrou Darryl pelo pescoço. O homem mais jovem contorceu-se e gaguejou, tentando em vão escapar do aperto de Rhys.

– Seu pequeno bastardo ardiloso – rosnou Rhys. – Eu sabia que não gostava de você.

– Cora está bem? – indagou Meredith, quase fora de si de emoção.

– Ela está bem. – Rhys apertou sua pegada, e a cor do rosto de Darryl aprofundou de escarlate para ameixa. – Mas poderia ter morrido. Todos nós poderíamos ter morrido. – Ele deu uma sacudida no rapaz. – Estou com vontade de jogá-lo no pântano, deixar os porcos selvagens farejarem você.

Lágrimas escorriam pelo rosto de Darryl a essa altura, e sua compleição violeta estava virando para azul.

– Rhys – disse Meredith, inclinando a cabeça em direção ao rapaz. – Por favor.

Ele instantaneamente soltou seu aperto.

– Maldição – murmurou Rhys enquanto Darryl caía no chão, arrastando ar com goles ásperos. – Sorte sua, esta é a semana em que desisto de matar homens com minhas próprias mãos.

– Céus. – Darryl contorcia-se no chão, agarrando o estômago e ofegando como um peixe retirado de um riacho. – Não consigo. Respirar.

Rhys o encarou.

– Queima, não é?

A cabeça de Darryl deu um tranco em resposta.

– Bom. Estou contente. – Rhys virou-se para Meredith. – Eu conheço essa sensação, Merry. – Ele falou baixo, só para ela. – Já estive à beira da morte mais vezes do que posso contar. E essa subida íngreme de volta à vida dói pra burro. A dor de uma lesão passa em segundos. Tudo que vem depois é a dor de sarar. – Ele a olhou profundamente, cheio de desculpas. – Eu havia me esquecido disso, entende. Voltar à vida... Dói.

Ela assentiu, entendendo-o perfeitamente. A alma dele estava machucada, e o amor dela... deve tê-lo atingido como gim derramado sobre uma ferida aberta. Mas Rhys estava ali, pronto para aceitar mais disso, não importa o quanto doesse por dentro. Porque era o homem mais corajoso na Terra. E ele era dela. Todo dela, finalmente. Seu coração encheu-se de alegria.

Do chão, Darryl gemeu.

– Sai fora – Rhys rosnou para ele. – Saia, e não volte. A menos que queira passar a eternidade assombrando essas ruínas você mesmo, não me deixará encontrá-lo.

Ainda ofegante, Darryl rastejou em direção à escada com a mão sobre sua barriga. Em um ritmo dolorosamente lento, ele desapareceu do sótão. Um baque surdo sugeriu que tinha passado pelos últimos degraus da maneira difícil. Enfim, eles ouviram a porta balançar em suas dobradiças.

Quando Meredith e Rhys ficaram sozinhos, ele virou-se para ela. Sua testa franzida com concentração.

– Eu a amo – disse ele de forma direta. – Eu tinha que dizer isso, antes de mais nada. Porque é a coisa mais importante. Eu amo você.

Querido, querido homem. Rhys tinha pronunciado aquelas palavras como se fossem algum tipo de veredito condenatório sobre sua vida.

– Estou muito feliz em ouvir isso.

Ele suspirou com alívio óbvio. Caminhou pelo quarto até ela, olhando ao redor do sótão.

– Você está pendurando cortinas?

Meredith assentiu, deslizando a tesoura para o parapeito da janela.

– A renda que você comprou em Bath.

– Linda.

Rhys parou ao lado da janela e observou a vista sobre o ombro dela. Tão perto dela, mas ainda sem tocar. Sua respiração acelerou, e seu coração começou a bater forte. Cada centímetro de Meredith formigava em antecipação.

Ele disse casualmente:

– Acho que este seria um canto ideal para uma penteadeira. Uma cadeirinha e um espelho. – Suas grandes mãos desenharam um quadrado no espaço vazio. Ah, como Meredith queria aquelas mãos sobre ela. – Seu conjunto de prata de escovas de cabelo pode ficar bem aqui.

– Bem ao lado do seu conjunto de barbear.

A grande mão dele alcançou a dela. A taverneira olhou para os olhos dele, castanhos e quentes, transbordando de emoção.

– *Merry.*

O coração dela encheu-se enquanto ele a puxava para seus braços. Exatamente onde ela queria estar. Rhys inclinou a cabeça até que seu queixo barbudo roçasse nas têmporas dela. E os dois ficaram ali juntos, apenas respirando. O momento era intenso demais para um beijo, profundo demais para palavras. O alívio, a alegria e a absoluta correção de tudo.

Meredith pressionou a testa contra a lapela desgastada dele e a parede de músculos por baixo.

– Eu sabia que você voltaria – sussurrou ela. – Eu só sabia.

As mãos dele enquadraram sua cintura, e o lorde a puxou para trás para olhá-la.

– Pensei que você não acreditasse em destino ou sina.

– Eu ainda não acredito. Mas eu acredito em você.

– Bom. – Sua garganta trabalhou enquanto ele olhava profundamente nos olhos dela. – Porque que se dane o destino. Deus e o diabo e cada um de seus asseclas poderiam reunir-se aqui e agora para me arrastar para o meu fim, e eu lutaria contra cada um deles pra ficar com você. Não porque é meu destino ou minha punição ou por falta de alternativas, mas porque eu a amo demais para estar em outro lugar. E, se você se recusar a casar comigo, eu ainda permanecerei aqui. Descerei até a estalagem todas as noites para uma refeição e uma cerveja, apenas para olhá-la e estar perto de você. Eu... – Ele afastou o cabelo do rosto dela, segurando sua bochecha com a mão calejada. – Merry, eu a amo.

– Oh, Rhys. Eu... – Ela hesitou, procurando os olhos dele. – Você aguentaria se...?

Ele assentiu.

– Diga-me.

– Eu também o amo. Amo você há tanto tempo.

Os olhos dele se fecharam brevemente, depois se abriram outra vez.

– Ainda dói um pouco. Mas está melhorando. – Seu polegar acariciou a bochecha dela. – Pelo que me lembro, você ainda me deve uma resposta.

– Lembre-me da pergunta.

– Você quer se casar comigo?

Meredith fingiu pensar a respeito.

– Sim.

Eles sorriram um para o outro. Depois de todo aquele tempo e toda aquela discussão... um sim era tão simples. Porque era o certo.

Em um súbito ímpeto de força, Rhys a agarrou pela cintura e a lançou ao ar como se Merry não pesasse nada. Ele a pegou logo abaixo dos quadris, segurando-a firme contra seu peito e deixando-a mais alta do que ele. O que deu a ela a imensa alegria de olhar para baixo, para seu largo sorriso. E então o grande prazer de inclinar a cabeça em graus lentos e provocantes... até que beijou aquele sorriso.

Como ela amava aquele homem. O amor deles nunca seria um tipo de afeto suave e gentil. Ambos eram feitos de granito, talhados naquele pântano. O amor deles seria também feroz, sólido e duradouro. Um amor para durar por toda a eternidade.

Enfim, colocando-a em pé, ele pressionou sua testa à dela.

– Eu já lhe agradeci por me salvar?

Com os olhos ainda fechados, Meredith balançou a cabeça em negativa.

– Bem, então. Vou fazer questão de fazer isso. Todos os dias, pelo resto de nossas vidas. – Ele beijou a testa dela. – Sou um homem quebrado, Merry. Não posso mentir pra você. Pode levar algum tempo antes que esteja verdadeiramente inteiro, e, mesmo assim, as peças podem nunca se encaixar perfeitamente. Mas sou grato a você. Grato *por* você. E eu a amo, mais do que tenho palavras ou força para expressar. Nunca mais sairei do seu lado.

Meredith jogou os braços ao redor do pescoço dele e o puxou para perto.

– Mesmo que tentasse, eu não deixaria você ir.

Promessas doces, ambas.

Mas não duraram muito. Rhys saiu do lado dela na manhã seguinte. E Meredith o deixou partir de bom grado, pois a tarefa era de certa urgência. Rhys cavalgou até Lydford e fez um retorno rápido, com o clérigo a reboque. Não era o primeiro domingo do mês, mas era um domingo. Portanto, o lorde havia decidido que seria o dia do casamento deles. Meredith não estava inclinada a discutir.

A pequena igreja da vila não via um culto de Oração Vespertina há anos, mas viu um naquela noite. À luz de velas, ainda por cima. Círios tremeluzentes aqueciam cada janela de vitral âmbar e vermelho. A leitura dos proclamas foi seguida por um rito de casamento, com toda a população de Buckleigh-in-the-Moor presente. O noivo vestia preto e branco, imaculados; a noiva, um véu de renda de Bath. Bellamy e Cora foram as testemunhas. George Lane olhava com orgulho.

E todos, pelo menos todos os que Cora conseguiu convencer, declararam a cena a imagem do romance.

Depois disso, reuniram-se para dançar e se divertir na taverna. Lá, cercada por convidados cada vez mais embriagados, Meredith entrelaçou os dedos atrás do pescoço do marido enquanto dançavam uma espécie de valsa.

– Lady Ashworth – disse ele em um tom de formalidade zombeteira –, você está incomumente encantadora esta noite. – Ele a puxou para perto e acariciou sua orelha. – Deus, é tão bom enfim poder chamá-la assim.

– É bom ouvir também. – Ela sorriu.

Meredith esperou por aquelas palavras há muito mais tempo do que ele. Desde seu décimo segundo verão, para ser exata. Agora estava aqui, nos braços dele. Sua esposa.

– Quando podemos ir? – A língua dele roçou o lóbulo da orelha dela. – Quero levar você pra casa.

A frase enviou um arrepio agradável pela espinha dela. O chalé ainda não era um lar. Sem móveis ou decorações. As cortinas ainda não estavam prontas. Mas Meredith cuidou do essencial naquela tarde: um colchão, cobertores, algumas garrafas de vinho e uma boa pilha de turfa para o fogo. Era tudo de que precisariam naquela noite.

– Logo – respondeu ela, afastando-se. – Mas primeiro... quero falar sobre a estalagem.

Rhys escondeu qualquer irritação e lhe deu um sorriso paciente.

– O que tem a estalagem?

– Eu conversei com o Gideon enquanto você estava fora.

O sorriso dele desvaneceu.

– Ah, é?

– Ele quer uma vida honesta agora, uma família. Com a Cora.

– Foi o que imaginei.

Meredith olhou para o balcão, onde o casal mais jovem trabalhava junto para servir bebidas.

– Eles são fofos juntos, não são?

– Suponho que sim. – Rhys deu de ombros, como se quisesse dizer que um homem grande e forte como ele não poderia saber nada sobre doçura.

Meredith sorriu. Ela sabia muito bem que Rhys sabia, mas não o forçaria a admitir.

– Acredite em mim, então. Eles são. E aposto que estarão casados até o Natal. Gideon vai limpar sua adega e usar isso como entrada para a Três Cães. – Ao notar a leve ruga na testa de Rhys, ela acelerou o discurso: – Ele e Cora vão gerenciar o lugar, sob minha supervisão no início. Vamos pagar-lhes com partes crescentes da estalagem, até que sejam os proprietários de fato. Por favor, diga que você concorda.

– Concordo com o que quiser, mas... – Sua expressão tornou-se mais preocupada. – Você realmente pretende desistir da estalagem?

– É claro que não. Pretendo vendê-la, com lucro. – Sorrindo, ela levou a mão ao rosto dele, esfregando o polegar em seu lábio inferior. – É o que é melhor para a vila.

– E quanto a você?

– Você é o que é melhor pra mim. De verdade, Rhys. Estou pronta para construir um futuro com você.

Merry pressionou um beijo leve nos lábios dele, e, quando tentou recuar, ele a segurou, transformando aquele beijo leve em algo maior, apaixonado. Profundamente excitante.

– Fico feliz que esteja se desfazendo da estalagem – disse ele após um momento. – Porque tenho um novo projeto pra você.

– Você quer dizer a Residência Nethermoor?

– Sim. E aposto que você já está cheia de ideias inteligentes para ela.

Ela conteve um sorriso. Meredith realmente tinha algumas.

– Eu sabia. Você é a mulher mais engenhosa da Inglaterra. – Ele ergueu o olhar, e uma risada brotou de seu peito. – Nunca me esquecerei daquela primeira noite, quando eu estava naquela porta. – Rhys inclinou a cabeça em direção à entrada. – E vi você quebrar aquela garrafa na cabeça do Harold Symmonds.

Ela riu da lembrança.

– Caiu feito uma pedra, não caiu?

– Eu caí mais forte. Soube naquele momento que você era a única para mim. – Ele puxou a mão dela do seu rosto, beijou a palma e depois a pressionou contra seu peito. – Sei que não preciso dizer, vi muitas coisas desagradáveis na minha vida. Sofri muitas feridas e muita dor. Mas, apesar de tudo, este coração continuou batendo. Você sente agora?

– Sim. – O batimento do coração dele pulsava contra a palma dela. Firme e forte, como sempre.

– Batalhas, lutas, confrontos. Não importa quão sombrias fossem as circunstâncias, não importa o quanto minha alma estivesse desesperada... este coração nunca desistiu. – Sua voz aprofundou-se, carregada de emoção. – Tenho uma teoria sobre o porquê. Quer ouvir?

Meredith assentiu.

– Este coração é seu.

As palavras falharam. As lágrimas teriam que bastar. Apenas algumas lágrimas agora, depois beijos pela noite toda. Seguidos por uma vida de paixão e amor terno. Aquele era apenas o feliz começo.

– É seu – disse ele. – E sempre será.

Agradecimentos

Muitos agradecimentos a Jennifer Haymore, Janga Brannon, Sarah Kirbo, Elyssa Papa, Lindsey Faber, Santa Byrnes, Diana Chung e Kim Castillo por suas ideias e incentivo.

Como sempre, sou grata à minha agente, Helen Breitwieser, minha editora, Kate Collins, sua assistente, Kelli Fillingim, minha revisora de texto, Martha Trachtenberg, e a todos da Random House.

Por último, mas não menos importante, muito amor ao meu maravilhoso marido e filhos.

Este livro foi composto com tipografia Electra Std e impresso em papel Off-White 70 g/m² na Formato Artes Gráficas.